귀신 문제 해결 탐정단
귀결사
1

귀결사 1

귀신 문제 해결 탐정단

전희원 장편 소설

"아무것도 기억나지 않아요.
… 제 몸 좀 찾아주세요."

열세번째밤

등장인물

인간들

정낙주

여성, 20대 후반, 전직 역도 선수, 역사이자, 귀신을 보고 이야기를 나눌 수 있는 능력이 있다. 번개를 맞고도 죽지 않고 오히려 능력이 생긴다. 힘이 어디에서 나오는지 알 수 없을 정도로 호리호리한 몸을 가지고 있다. 판수나 무당의 삶을 거부하려고 역도 선수가 되었지만 결국에는 4제중 하나인 백제 은미와 한 몸이 되어 살게 된다. 특히 5천 년 전부터 내려오는 신비한 영물이자 50킬로그램 무게의 마고봉을 가볍게 휘두른다. 마고봉은 귀신도 나가떨어지는 신비의 물건.

김시경

30대 후반, 전직 강력계 형사, 딸이 있다. 아직 능력이 나타나지 않았다. 현재는 낙주, 윤식, 진고랑과 함께 시작한 귀결(鬼決) 전문회사 팀장. 딸이 검찰인 고검장의 아들에게 겁탈을 당한 후 그에게 대든 후 경찰직을 그만두었다. 아내는 자살했으며 딸은 현재 정신병원에 입원해 있다.

고윤식

20대 중반, 전직 카레이서, 현재 귀결 전문회사의 운전 담당, 투명해지는 능력이 생겼다. 할아버지가 과거 제주 4.3때 피해자이다. 할아버지인 고두관을 만나 아버지인 고동주와 할아버지의 사연에 대해 알게 된다.

진고랑

60대 후반, 전직 골동품 장물아비, 귀결 전문회사 고문이자 '비형'을 몸주로 지녔던 판수였다. 그의 아버지 진태주가 해방 후 김일성과 함께 북한 체제를 곤고히 하는 데에 큰 역할을 한 뒤로 그 역시 한국에서 평생을 감시 받으며 살아왔다. 정상적인 직업을 갖지 못해, 골동품 장물아비로 살았다. 현재 그는 오봉서점이라는 책방의 주인이다.

연재명

낙주의 할머니(실제로는 엄마), 70세, 무당, 몸주(사이메이: 한국 이름 제명 - 일본에 두 번이나 천황을 지냈던 인물로 유일무이하다. 백제의 왕족이었으며 여자 천황이었다.), 대대로 제사장을 지낸 가문의 무당이다. 대외적으로는 마지막 제사장으로 알려져 있다.

담적

낙주의 실제 아버지(낙주는 할머니와 친한 아저씨로만 안다), 70세, 판수, 몸주(밀본) 역시 제사장 가문의 자손이다.

민수영

김시경의 아내. 평범한 주부로 살았지만 딸이 고검장의 아들에게 강간을 당한 후 자살하고 만다. 딸을 지켜주지 못했다는 죄책감으로 김시경과 딸 주변을 맴돈다.

고동주

현재는 죽은 인물이다. 고윤식의 아버지. 제주 4.3때 갓 백일을 지난 아이로 기적적으로 살아남았다.

고두관

고윤식의 할아버지. 제주 4.3때 죽임을 당했다. 자신의 몸이 어디에 있는지 알지 못하지만 그는 우선 자신의 자식인 고동주를 찾아 떠도는 귀신이 되었다.

장만도

현재 형사, 기자인 아내를 잃었다. 미제 사건으로 남아 있음. 평소 김시경이 형사였을 때 존경했다. 현재는 위의 지시를 받고 정낙주 일행에 관계된 사건을 조사하지만 결국 정낙주의 도움을 받아 그의 아내를 만나게 된다.

정해경

장만도의 아내. 죽기 전까진 기자였다. 이근배와 연관된 사건들을 조사하다 피살당했다.

양철형

형사, 김시경의 막역한 후배 경찰관, 안산에서 근무하고 있으며 김시경에게 필요한 정보들을 제공해준다.

방경언

그룹으로 성장한 방성사이언스 그룹의 회장, 99세, 과거 판수였으며 현재는 그의 형인 방귀언의 부활을 모색하고 있다.

방귀언

생존해 있다면 103세. 방성사이언스의 창립자. 현재 종로서 강력계 반장인 방성태의 아버지이기도 하다.

방성태

강력계 형사, 원칙주의자 방경언이 작은아버지이다. 드러내지 않지만 김시경을 증오한다. 방경언의 형인 방귀언이 거의 예순에 다다랐을 때 낳은 유일한 자식이다.

신재수

방경언의 한남동 집 집사, 방경언의 실질적인 비서이다. 매우 키가 크다.

방두한

방경언의 아들의 탈을 쓰고 있다. 식물학자이며 방성사이언스에서 생산하는 약품들의 대부분이 그의 손에 의해 만들어져 왔다. 지금은 죽은 시체를 살려내는 데에 골몰해 있다. 그도 어느 순간부터 판수의 운명을 걷는데 그의 몸주로 마라가 나타난다. 마라는 희대의 악마다.

이근배

방경언의 중요한 재력원. 하지만 어느 날 방두한에 의해 살해당한다. 과거 군사정부 시절 공안사건을 담당했던 핵심 고문기술자이다. 그의 아버지로부터 일제강점기 때 묻어 놓았던 금괴의 위치를 물려받는다. 세상이 잠잠해질 때까지 기다렸다가 사라질 각오였는데 시기가 늦어버렸다. 금괴를 써보지도 못했다는 억울함 때문에 부활을 꿈꾼다.

이고안

동조일보 부회장.

김두팔

야당 대표.

구명신

중년연맹 회장.

나상원

고검장.

심재훈

지검장, 고검장에게 휘둘리지만 결국 정의를 지키기로 한다.

윤 검사

고검장의 최측근. 진리나 정의를 우선시 하는 사람이 아니라 자신의 안락과 출세를 우선시 하는 인물. 고검장의 말을 전하는 인물이다.

그 외 사람들.

귀신들

이은미

낙주의 몸주이자 백제(흑제, 백제, 남제, 적제 중 1인)로 알려져 있다. 세상을 다스렸던 4대 신이자 황제 중 한 명이다. 세상을 다스렸던 고대국의 하나인 대인국의 여자 황제였다.

김상도

시국사범으로 잡혀 이근배에 의해 피살된 귀신, 1987년 은밀히 피살, 일제강점기 때 사라진 금괴를 알려준다.

민소영

12세 소녀, 1980년 죽음, 엄마와 아빠를 기다리다 죽었다. 모습을 감춘 마고였다. 마고는 지구를 탄생시킨 최초의 여자이다. 민소영이 대외적으로는 5 18때 부모를 잃은 소녀로 알고 있지만 실은 마고였던 것, 더이상 세상을 이대로 방치할 수 없어 '그날' 등장한다.

장건우

보육원에서 자란 인물. 자신을 입양해준 양부모를 찾으려고 한다. 양부모를 쉽게 찾지 못하면서 낙주와 함께 동행하며 사람의 일을 돕는다.

마라

부처가 득도할 즈음 나타나 깨달음을 방해했던 악귀. 방두한의 몸을 쓴다. 하지만 고대 대인국 시절 백제이자 황제였던 은미를 사랑했고 그녀만을 평생 기다렸다는 걸 깨닫게 된다.

비형

귀신과 인간 사이에 태어났다고 알려진 판수, 삼국시대 인물, 귀신들이 무서워한다. 이번 이야기 속에서는 이름만 등장을 한다.

밀본

귀신잡이 판수, 비형과 마찬가지로 귀신들이 매우 무서워한다. 삼국시대 인물.

황철

귀신잡이 판수, 궤를 들고 다닌다. 궤에 귀신을 잡아넣는다. 삼국시대 인물. 방경언과 협잡을 한다. 그는 귀신의 세계에서 부활을 꿈꾼다.

대복

종로서 강력반의 형사인 방성태의 몸주이다. 한 때는 그의 아버지였던 방귀언의 몸주인 귀신이었다.

백제

대인국의 여자 황제였으며 죽은 뒤로는 4대 고대 신 중 1명이 되었다. 4명의 신 중 능력이 가장 탁월하다. 은미의 화신.

흑제

4대 고대 신 중 1명.

남제

4대 고대 신 중 1명.

적제

4대 고대 신 중 1명.

고산지

2500년 전 귀신, 은미(백제)의 수호신, 인간 3배가 넘는 키와 덩치를 가지고 있다.

마고

지구를 만들고 남자와 여자를 창조해낸 창조주로 여자 신이다. 세상의 섭리를 관할하는 신. 소영의 몸을 쓴다.

그 외 귀신들.

차례

프롤로그

정읍 내장산 신선봉으로 올라가는 초입 사당 마당에 세 살쯤 먹은 낙주가 마당에 나와 서 있었다.

"물렀거라!"

어린 낙주의 입에서 늙은 무당이나 낼 법한 말투가 터져 나왔다. 그녀의 할머니로 알려진 재명이 놀라 사당에서 뛰어나왔다.

"니 누구 보고 소리를 질렀냐?"

"할머니 저기 모여 있는 사람들 안 보여? 이상하게 생긴 사람들!"

재명은 낙주가 손가락으로 가리키는 곳을 쳐다보았다. 마당이 끝나는 곳에 복숭아나무들이 담처럼 둘러서 있는 그곳에 여러 귀신들이 사당으로 들어오려고 기를 쓰고 있었다. 하지만 사당은 부적으로 둘러쌓여 있기도 하고 귀신들이 복숭아나무를 싫어해 마당으로 발을 들여놓지 못하고 있었다.

"니가 쩌것들이 보이냐?"

"할머니도 참, 그럼 나가 헛것 보고 하는 소릴까?"

세 살배기 여자 아이의 말투라고 하기엔 너무 어른스러웠다. 낙주가 당찬 무당이나 내뱉을 말을 아무렇지도 않게 내뱉었다. 낙주는 귀신들 보는 일이 재미없었는지 쪼르르 신물각 쪽으로 달려갔다. 신물각엔 재명이 굿을 나갈 때 쓰는 물건들을 넣어놓은 곳이었다. 딱히 귀한 물건이 없으니 잠가 두지 않고 살았다. 낙주는 신물각의 문을 활짝 연 후 제 키보다 큰 마고봉을 꺼내 들고 마당으로 나왔다.

"나, 낙주야!"

재명이 달려와 마고봉을 받아주려고 했지만 낙주는 그런 재명을 힐끔 쳐다볼 뿐 힘들어 하지 않았다.

"할머니 이 봉에서 소리 난다."

"이것아. 그걸 어떻게 들어 올린 거냐?"

동네 장정 둘이 들어도 낑낑거리는 무게의 마고봉을 낙주는 수수깡 가지고 놀 듯 가볍게 놀렸다.

"응? 이거? 할머니도 들어봐. 가벼워!"

재명의 몸주인 제명공주 예언대로 낙주는 장사로 태어났다는 걸 증명해 보였다. 그래도 재명의 눈에 낙주는 아직 말도 제대로 떼지 못한 어린 아이였다.

"할머니 이걸로 쩌기 서 있는 사람들 떼찌 해줄까?"

낙주는 여전히 마당 끝에서 서성거리는 귀신들을 가리켰다. 여자 아이가 말도 빠르고 영민하다지만 낙주는 또래의 아이들에 비해 배나 빨랐다. 무엇보다 재명을 놀라게 한 건 낙주가 귀신들을 볼 수 있다는 것과 세상에서 가장 무거울 지도 모를 마고봉을 장난감처럼 들고 논다는 것이었다.

"니 전에도 그거 갖고 놀았냐?"

"아니. 오늘 첨인데. 이게 막 날 불러갖고……, 할머니 왜?"

마고봉이 낙주를 불렀다? 재명이 그 사실을 깨닫는 순간 마고봉의 끝이 반짝거렸다. 재명은 깊고 길게 탄식했다. 귀신과 함께 살 운명을 피해갈 수 없다는 걸, 그리고 멀지 않아 신들이 부활할 징조라는 걸 어렴풋이 느낀 때문이었다.

그러나 어린 낙주는 그 후로는 귀신을 보지 못했다. 번개를 맞기 전까지는…….

1.

당신은 누구십니까

지하에 버려진 사람들

1

– 이리로 가는 게 맞긴 맞아?

낙주가 이마에 맺힌 땀을 손으로 훔치며 은미에게 물었다. 하지만 곁에 바짝 붙어 서 있는 은미에게서는 아무런 대꾸가 없었다. 낙주는 멀리 복도 끝에서 희미하게 반짝이는 빛에 집중했다. 문틈으로 빛이 새어나오고 있었다.

"누, 누나 어디까지 내려가야 하는 거야?"

윤식이 떨리는 목소리로 물었다. 두려움에 한껏 부릅뜬 눈동자에 낙주가 어깨에 메고 있는 가방이 보였다. 가벼운 줄 알고 선뜻 자신이 매겠다고 나섰다가 낭패를 본 마고봉이 들어 있는 가방이었다. 곰 같은 덩치의 윤식은 물론, 누구도 들지 못할 만큼 무거운 쇠봉을 낙주는 '마고봉'이라 불렀다. 마고는 동양에서 남자와 여자를 창조한 신이었다. 그러니까 굳이 따지자면 마고봉은 '남자와 여자를 창조한 신의 봉'

이었다.

낙주의 말에 따르면 언제부터인지 모르지만 집안 대대로 내려온 봉으로 집 사당 구석에 놓여 있던 물건이라고 했다. 낙주의 할머니인 재명이 마고봉이라고 말해 주었을 뿐 특별할 건 없다고 했지만, 쇠도 아니고 동도 아닌 봉은 날카로운 칼로 흠집을 내려고 덤볐다가 애꿎은 칼만 날릴 만큼 단단했다. 무엇보다 특이한 것은 누구도 쉽게 들지 못한다는 점이었다. 재명의 사당 인근에 사는 장정들은 물론 낙주의 역기 동료 선수들조차 기를 쓰고 땀을 뻘뻘 흘려야 겨우 땅에서 들어 올리는 정도였다.

'진짜 미스터리야. 저 야리야리한 몸 어디에서 힘이 나오는지.'

낙주는 여자치고는 약간 큰 키에 근육질의 몸이었다. 그렇다고 보디빌더처럼 울퉁불퉁한 근육질은 아니었다. 늘씬한 몸에 군살이 없고 잔근육 발달이 두드러져 보이는 정도였다. 하지만 기이하게도 힘이 셌다. 팀원이 된 뒤 윤식은 낙주 이름을 검색한 적이 있는데, 황소의 뿔을 잡고 넘어뜨리는 장면을 보고 깜짝 놀란 적이 있었다. 미인은 약하다는 선입견을 여지없이 깨버린 여자였다.

'그나저나 하필이면 나한테 이런 걸 들라고 그래?'

윤식은 커다란 백을 추어올리며 투덜거렸다. 침낭처럼 생긴 백은 죽은 사람을 담는 가방이었기 때문이다.

윤식이 한창 투덜거릴 때였다. 시경이 뒤를 살피며 낙주의 셔츠 자락을 슬며시 잡았다. 앞 사람의 형체나 겨우 드러나는 희미한 빛에 의지해 계단을 훑으며 지하 5층까지 내려온 참이었다.

"낙주야, 귀신이 말한 데가 분명 여기 맞아?"

시경의 물음에 낙주가 걸음을 멈췄다. 그리고 옆의 은미에게 다시 한 번 확인했다.

- 여기가 진짜 맞긴 맞는 거야?
- 맞아요. 정말이에요.

은미가 고개를 끄덕였다. 윤식과 시경은 볼 수 없지만, 낙주의 곁을 종종거리며 따라다니는 존재, 바로 은미라는 이름의 귀신이었다.

"맞대."

"그래? 그래도 그렇지. 우리 너무 순진한 거 아냐? 사람 말도 못 믿는 세상에 귀신 말을 믿고 여길 내려오다니. 우리 모두 미친 게 분명해."

"그러게 따라오든지 말든지 맘대로 하라고 했잖아."

낙주는 대수롭잖게 말했지만 그녀도 심장이 뛰는 걸 어쩌지 못했다. 지금껏 살면서 이런 광경을 본 적이 있을까? 희미한 빛에 사물들의 윤곽이 어렴풋이 잡히기는 했지만, 주위는 어둠으로 가득했다. 바닥은 시린 물기로 흥건했다. 정체되어 있는 공기는 탁하고 습했으며, 시큼하면서 역겨운 냄새를 풍겼다. 어디선가 낮은 흐느낌까지 들려왔다.

"너, 너도 들었지? 사, 사람 목소리 맞지?"

시경의 목소리가 떨렸다. 낙주의 옷소매를 잡은 그의 손은 땀으로 흥건했다.

"형, 이 옷 좀 놔요!"

"조, 조용히 좀 말해! 내가 언제 옷을 잡았다고…… 아, 내가 잡고 있었구나. 긴장하면 뭘 잡는 버릇이 있어서……."

시경이 긴장감으로 바짝 마른 얼굴을 손바닥으로 마른세수를 하듯 썩썩 비볐다. 그리고 뿌옇고 어두운 복도를 빠르게 둘러보았다.

"아무리 생각해도 우리 미쳤어. 미치지 않고서야…… 진짜 확실한 거지?"

"나도 몰라요."

시경의 거듭된 질문에 낙주가 고개를 저었다. 오늘처럼 귀신의 청을 들어주는 일은 처음이었다. 귀신의 말을 들은 게 처음이었으며 귀신과 약속을 하고 시커먼 어둠뿐인 지하까지 내려오게 된 것도 처음이었다. 그때 은미가 다시 낙주에게 속삭였다.

- 언니, 저 빛을 따라가면 될 거 같아요.
- 될 거 같다가 뭐야? 귀신이 그런 것도 몰라?
- 귀신이라도 다 아는 건 아니잖아요.

낙주는 귀신이지만 모르는 건 모른다고 말하는 은미를 보며 한숨을 내쉬었다. 은미는 낙주를 찾아온 귀신이었다. 정확하게 말하면 보름 전 낙주는 은미를 보게 되었다. 더 정확히 말하면 은미가 하는 말이 들렸다.

귀신들을 보고 기겁을 했던 게 꼭 1년 전이었다. 역도 선수의 삶을 포기했던 바로 그날, 낙주는 다시 귀신을 보기 시작했다.

"글쎄요. 뇌에 별다른 이상 소견은 나오지 않았는데. 정신과 상담 좀 받아보시죠."

"그거 신내림 받아서 무당되라는 뜻이야. 너, 귀신 보이지? 어떤 일을 계기로 네 몸이 개천한 거야. 잠자다가 개천하는 수도 있고, 사고를 당해서 개천되기도 해. 누군가를 만나도 그런 일이 일어나고. 어쨌든 무당 안 하면 몸이 아파. 하는 일마다 안 되고. 내가 싸게 내림굿 받아줄게."

낙주는 병원도 찾아가보고 무당도 찾아가 봤다. 마지막에 찾아간 그녀의 할머니 재명은 더 이상한 말을 해주었다.

"네 눈에 그들이 보이는 것 역시 네가 괴력을 갖고 태어난 것처럼 주어진 능력이라고 생각해라. 아마 지장보살께서 네게 주신 능력일지도 모르겠구나. 그 높은 뜻이야 나 같은 미물이 알 수는 없지만 말이다."

낙주는 할머니가 해주었던 말을 믿기로 했다. 병도 아니고 무당이 되라는 뜻도 아닌, 어쩌다 보니 귀신들을 볼 수 있는 존재가 되었다는 것이었다. 사찰의 중도 성당의 신부도 그녀가 무병을 앓고 있는 것이라고 말했다. 하지만 그들이 보인다고 해서 딱히 불편할 것도 없었다. 그렇게 귀신들이 보이고 그네들이 속닥거리는 말을 듣는 게 익숙해질 즈음 은미가 찾아왔다.

- 은미야, 그런데 여기에는 왜 귀신이 하나도 없냐?

귀신은 어디에나 있었다. 그런데 지하엔 귀신이 보이질 않았다.

- 나도 몰라요.

낙주는 자신의 어깨 뒤에 숨은 은미를 돌아보았다. 은미와 말을 나누기 시작한 것은 얼마 안 됐지만, 잘 때나 심지어 화장실 갈 때도 바짝 붙어 다녀서 그런지 오랫동안 알고 지낸 사이처럼 여겨졌다.

낙주는 은미를 처음 만난 건 천둥과 번개를 동반한 비가 억수같이 쏟아지던 날이었다. 우산 속에서 스마트폰을 열고 할머니 재명에게 전화를 걸고 있었다. 떨어져 사는 대신 반드시 일주일에 한 번은 전화를 걸기로 약속한 낙주였다. 그때 가느다란 실 번개 하나가 그녀를 향해 내리쳤다. 그것도 하필이면 스마트폰을 작살내며.

어려서부터 여러 차례 번개를 맞은 낙주에게 그리 놀랄 일은 아니었다. 처음 번개를 맞은 것은 초등학교 졸업식장에서였다. 그야말로 마른하늘에 날벼락이었다. 전교생이 놀라 번개에 맞은 낙주가 죽은 줄로만 알았다. 하지만 낙주는 멀쩡하게 일어나 전교생을 한 차례 더 놀라게 만들었다.

그 일로 한동안 낙주는 번개 소녀라고 불렸다. 중학교 때는 폭우를 피해 나무 아래 있다가, 고등학교 때는 비가 부슬부슬 오는 깊은 밤 골목을 지나다가 건달들 여럿을 만났는데 또 번개를 맞았다. 번개를 맞고도 멀쩡하게 서 있는 낙주를 보고 건달들은 뒤도 안 돌아보고 도망쳤다. 그 후로도 체력 단련을 위해 산악 구보를 하다가, 이른 새벽 담력을 기르겠다고 마포대교 아래에서 여의도를 향해 한강을 헤엄치다가, 할머니 재명의 사당 마당에서 아궁이에 넣을 장작을 패려고 도끼를 높이 들었다가…… 낙주는 수시로 번개를 맞았다. 어느새 1년에 한 차례는 번개를 맞아야 그해는 별 탈 없이 지나간다고 여길 정도였다. 그러다가 한동안 잠잠했는데 역도 선수를 그만두고 재명에게 전화를 걸던 순간 또 한 차례 번개를 맞았고, 은미가 찾아온 것이다.

보통 평범한 사람들은 사는 동안 번개 맞는 일은 없는 게 정상이었다. 하지만 낙주는 수시로 번개를 맞았고, 재명은 그게 귀신의 말을 들을 운명이라고 했다.

"번개는 너의 새로운 삶의 시작을 알리는 신호일 뿐이야. 그런데 매번 번개를 맞고도 살아있는 걸 보면 네 운명이 특이하긴 특이하다."

재명은 별일 아니라는 듯 무심하게 말했었다.

그 뒤로 낙주는 1년 가까이 귀신들을 보고도 못 본 척하며 지냈다. 놀랍고 두려워 절대 상대하고 싶지 않았다. 하지만 귀신들은 시도 때도 없이 나타나 낙주에게 말을 걸었다. 울고 불며 하소연을 했다. 밤이고 낮이고 상관하지 않았다. 낮에 새벽닭이 울면 귀신이 사라진다는 건 새빨간 거짓말이었다.

은미는 자신이 나타나고 싶을 때 나타났다. 밥 먹고 화장실에서 볼일을 볼 때도 찾아와 징징거렸다. 결국 귀신과 이야기하는 일도 번개를 맞는 일처럼 더이상 무섭거나 두려운 일이 아니라 일상이 되어갔다.

처음 와보는 지하실을 찾은 것도 은미 때문이었다. 자기 몸을 찾아달라고 어찌나 보채던지. 계속 모른 척했더니 한 시간 간격으로 나타나 투덜대며 낙주를 괴롭혔다. 귓속이 앵앵거려 결국에는 그녀의 청을 들어주기로 약속할 수밖에 없었다. 그랬는데 괜한 걸음 했다는 생각이 들만큼 기분이 나빴다. 은미의 할아버지가 몰래 숨겨 놓은 금괴를 빌미로 시경과 윤식을 꼬드겨 데려왔는데, 은미가 말한 보상을 믿어야 할지 말아야 할지 여전히 의문이었다.

"낙주야, 아무래도 우리가 너무 낭만적으로 생각하고 들어온 거 같은데."

시경이 지하실을 둘러보며 말했다. 그가 지금까지 경험한 흔한 사건 현장들과 분위기가 달랐다. 사방에 피가 낭자한 현장에도 두려움을 느끼지 못했는데 이곳은 분위기가 달랐다. 마치 지옥으로 걸어가는 듯한 느낌이었다.

"형, 이런 일에 무슨 낭만이 있겠어?"

낙주는 각이 지고 단단한 시경의 옆얼굴을 쳐다보았다. 낙주가 보기에 적잖이 긴장한 기색이 역력했다.

"그러게, 이런 현장에 낭만이란 게 있을 수 없겠지. 내 말은 우리가 너무 쉽게 생각한 거 아니냐는 거야. 여긴 우리보다 경찰이 더 필요하다는 느낌이 들어서 그래."

"하지만 귀신이 경찰을 찾아갈 순 없잖아. 귀신을 믿는 경찰도 없을 테고."

낙주의 말에 시경은 어둠을 쳐다보며 입맛을 다셨다.

"강력반 형사 20년이 넘었지만 이런 음산한 분위기는 처음이야. 귀신도 귀신이지만, 이런 곳에서 뭔 짓인가를 벌였을 텐데, 그 인간들이 더 무섭다, 무서워!"

"형이 무서워하면 우린 어떻겠어. 난 땀이 흘러서 등이 다 축축해."

"아이고, 천하의 정낙주가 무서운 게 있다고?"

"형, 나도 무서운 게 있는 여자라고."

"겉보기만 여자지……."

"형, 그럼 내가 남자야?"

"누가 남자래, 말이 그렇다는 거지. 너 생각나?"

"뭐?"

그들은 걸음을 옮기면서 쉬지 않고 소곤거렸다. 무서움을 떨쳐버리려는 무의식적인 행동이었다.

"내가 지난번에 주 형사 소개시켜줬을 때 생각 안 나?"

"그러니까 나한테 그런 소개팅 만들어주지 말라고."

"주 형사가 그러더라. 데이트로 달리기 하는 여잔 처음 봤다고. 처음엔 한 100미터 달리려나 싶었단다. 그런데……."

"형, 그 얘기 백 번도 더 했어."

"그땐 제대로 말을 안 했잖아. 아니 데이트 나와서 두 시간씩 달리는 사람이 어딨어? 주 형사가 질렸단다."

"형사라는 게 그렇게 부실해서야 원."

윤식은 어두운 지하실에 소름이 돋는 중에도 낙주와 시경의 대화에 피식 웃음이 나왔다. 앙숙 같다가도 친남매 같은 분위기를 연출하는 둘 사이 때문이었다. 하지만 낙주가 시경을 형이라 부르는 건 영 어색할 뿐이었다.

낙주는 손가락도 길고 얼굴이 하얀 미인이었다. 튼튼해 보이기는 하지만 허벅지 역시 그냥 보통의 여자였다. 뚜렷한 이목구비와 늘씬한 몸 때문에 오히려 모델로 보이지, 역도 선수라는 생각은 전혀 들지 않았다.

낙주는 시경과의 말씨름에 졌다는 듯 고개를 저으며 걷는 속도를 높였다. 여기까지 내려왔는데 되돌아갈 수는 없었다. 복도 양편에는 3미터 간격으로 철창이 달린 문이 하나씩 검은 입을 벌리고 있었다. 하지만 낙주와 시경은 복도 끝 빛이 새어 나오는 문까지 앞만 보고 걸음을 옮겼다.

그때 호기심을 이기지 못하고 철창 안을 힐끔대던 윤식의 눈에 방 안에 널브러진 희미한 덩어리들이 보였다. 윤식이 철창 가까이 얼굴을 들이댔다. 그러자 냄새가 그를 덮쳤다. 구더기가 슬기 시작한 고깃덩어리, 심연의 바닥에 고인 물까지 게워 올릴 냄새. 시취였다. 윤식은 놀라 뒤로 물러나며 입을 막았다. 헤진 고깃덩어리는 인간의 몸이었다. 윤식은 속이 울렁거렸다. 입술은 파랗게 변색되었고 다리에 힘을 주어도 떨림이 멈추지 않았다. 입을 막고 있던 손이 열리며 신물과 함께 비명이 목구멍을 역류했다.

"왜 그래?"

시경이 뒤를 돌아보며 물었다.

"방, 방에 사, 사람들이 있어요!"

"사람들?"

시경과 낙주가 윤식이 가리키는 철창 안으로 얼굴을 들이밀었다가 화들짝 놀라 뒤로 물러섰다. 어둠 속에 사람들의 형체가 어슴푸레 보였다. 살인사건 현장과는 달랐다. 인간을 도륙하는 도살장 분위기였다.

"여, 여기 뭐 하는 데지?"

시경이 진저리를 치며 누구에게랄 것도 없이 물었다.

"나, 나도 몰라요. 이런 현장은 형이 더 잘 알잖아!"

그제야 어디론가 슬그머니 사라졌던 은미가 낙주의 등 뒤에 나타났다.

- 여기 뭐하는 데야?
- 나도 잘 몰라요.
- 도대체 귀신이 아는 게 뭐야?
- 전 여기 끌려오자마자 바로 죽었대요.

- 죽었대요?

- 아니, 여기서 죽은 거 확실해요.

- 죽은 건 어떻게 알고?

- 그게 참 이상해요. 내가 죽었는데 죽은 거 같은 기분도 안 들고 그래요. 그냥 뭔가 허전하기만 해요.

- 죽으면 저승사자 같은 게 나타나서 데려가는 거 아냐? 뭐 심판도 받고 그러는 거잖아.

- 나도 잘 몰라요. 그런 게 있는지 들어보지 못했어요.

- 누구한테 말을 들어?

- 뭐 귀신들은 수다 안 떠는 줄 아세요? 언니는 몰라도 너무 몰라요. 사람들이 좋아하는 건 귀신들도 좋아한다구요. 돈, 맛있는 거, 이성, 수다…… 그런 거 다 좋아해요.

- 미치겠네. 아무튼 몸 찾아준 후에 약속이나 어기지나 마.

- 귀신이 약속 어기겠어요.

낙주는 제 손으로 머리를 쥐어뜯었다. 귀신과 약속을 지키기 위해 길을 나선 것도 기막힌 일이지만, 귀신 말만 믿고 시경과 윤식을 데려온 게 미안했다.

2

은미가 말한 복도 끝 문으로 다가갈수록 유통기한이 지난 우유가 섞이며 풍기는 냄새가 진동했다. 머리카락을 태우는 냄새, 유황불의 냄새와 범벅이 되어 낙주의 코를 자극했다. 얼핏 대마초를 태우는 냄새도 섞여 있는 듯했다.

"낙주야, 여기 아무래도 도살장 같다."

시경이 경찰에 있을 때 연쇄살인범의 아지트였던 지하 창고와 비슷한 분위기를 풍겼다. 윤식은 걸음을 멈추고 그들이 내려온 계단 쪽을 돌아다보았다. 돌아갈 길이 까마득해 보였다. 윤식은 후회하고 또 후회했다. 반쯤 미친 인간들의 회사에 입사한 것도 후회되었고, 그만두지 못하고 질질 끌려 다니고 있는 것도 후회되었다. 하지만 사원인 주제에 상사들이 가자고 하는 곳에 가지 않겠다고 버틸 순 없었다. 흥신소라기에 운전대 놓고 쉬는 동안 가볍게 할 수 있는 일로 생각했는데 벌어지는 일의 그릇도 판도 달랐다.

윤식은 연신 마른침을 삼켰다. 다시 되돌아 나갈 수는 있는 걸까. 점점 두려워졌다. 귀신이 정말 금괴를 묻어 놓았다는 위치를 가르쳐줄까? 아니, 금괴가 있기는 할까? 아니, 귀신을 믿는 게 맞는 건가?

"아무래도 우리 귀신한테 홀린 거 같아요."

"진짜로 홀린 거 맞아."

윤식의 말에 낙주가 대꾸했다.

"사실 이런 건 경찰한테 알려야 하는 거잖아요."

"여기 오기 전까진 이런 이상한 덴지 몰랐잖아."

낙주가 변명이라고 말했지만 변명조차 이미 늦은 뒤였다. 바로 코앞에 빛이 새어 나오는 문이 보였다.

"쉿!"

낙주가 손가락으로 입술을 가렸다. 윤식이 손바닥으로 제 입을 막았다. 극도의 긴장감에 시경의 신경도 바짝 곤두섰다. 다시 예전의 강력반 형사로 돌아간 느낌이었다. 총만 들었으면 옛날과 다를 바 하나도 없었다.

세 사람은 최대한 발소리를 죽이며 문 앞으로 다가갔다. 그리고 문틈으로 고개를 들이민 순간 누가 먼저랄 것도 없이 주저앉았다.

"마, 맙소사!"

그들이 들여다본 방은 마치 커다란 공중목욕탕 같았다. 바닥에 꽃무늬 타일이 깔려 있었고, 가운데에 수술용 침대가 하나 놓여 있었다. 한쪽에는 열 명은 족히 들어갈 만한 큼지막한 욕조가 있었고, 갈고리 몇 개가 천장에 매달려 축 늘어져 있었다. 그 갈고리 중 하나에 여자가 목이 꿰인 채 대롱거리며 매달려 있었다. 배가 쩍 열린 채. 여자의 발아래에는 쏟아진 장기들이 피범벅이 되어 쌓여 있었다. 그뿐만이 아니었다. 한쪽 벽면에는 수십 가닥의 전선들이 늘어져 있었는데, 전선들이 한 시신에 복잡하게 연결되어 있었다.

등활지옥(等活地獄)이었다. 옥졸들에 의해 살점이 갈기갈기 베이고 찢기고, 장기들이 쏟아져 나와 죽지만 다시 살아나 그 고통을 다시 받는다는 지옥.

낙주는 자신의 심장으로 갈고리가 쑤시고 들어와 박힌 듯 몸서리를 쳤다. 윤식과 시경은 전신이 칼로 난자라도 당한 듯 무릎이 꺾였다. 윤식은 끔찍한 광경에 눈과 입을 가렸지만 피비린내가 파고드는 바람에 구역질이 터졌다. 시경은 재빨리 안을 훑어보았다.

"정신 바짝 차려!"

시경이 일갈했다. 여긴 죽음과 삶이 뒤범벅이 된 공간이었다.

낙주는 눈에 맺혀 있던 눈물이 땀처럼 후드득 떨어지는 걸 느꼈다. 왜 슬픈지 모르겠는데 가슴이 아리도록 슬펐다.

- 은미, 너 어디 있어?

낙주의 물음에 일행을 지하 깊은 곳까지 끌고 온 은미는 대꾸 없이 흐느끼기만 했다.

- 그만 울고, 네 몸은 어디 있냐고?

시경이 윤식을 재촉해 배낭에서 시체백을 꺼냈다.

- 침대 위예요.

은미가 겨우 말했다. 낙주가 수술용 침대로 다가가자 피비린내와 방부제, 표백제 냄새가 코를 후벼 팠다. 침대 위에는 전신이 해체된 여자가 누워 있었다. 항문 쪽과 머리와 심장에 전선이 연결된 채. 인간을 납치해 무언가 끔찍한 실험을 하는 곳이 분명했다. 낙주는 차마 또렷이 볼 수 없어 고개를 돌렸다. 여자는 너무 심하게 훼손되어 있었다.

- 어떤 인간들이 이런 짓을 하는 거지!?

"형, 이 여자래."
낙주의 말에 시경이 다가왔다. 그는 익숙하게 시체백을 열었다. 시경과 낙주가 고무장갑을 끼고 여자의 몸을 수습하기 시작했다. 여자는 눈이 썩어 푹 꺼져 있었고, 유독 가슴 부분만 푹 꺼진 채 거칠게 꿰매져 있었다.

– 지옥에 떨어질 새끼들!

낙주는 문득 사무실 근처 사거리 전신주에 걸려 있던 플래카드가 떠올랐다. '민희를 찾아주세요'. 5년 전 실종되었고, 지금은 23살이 되는 민희를 찾아달라는 플래카드였다. 시경은 플랜카드를 보며 낙주에게 말했었다. 실종되는 사람들은 스스로 세상을 등졌거나, 마귀 같은 인간들에게 붙잡혀 죽음을 맞는 게 대부분이라고.

은미는 계속해서 흐느끼고 있었다. 낙주는 눈물을 보이지 않으려 고개를 들어 천장을 보았다. 천장에도 점점이 튄 피가 꽃처럼 박혀 있었다. 그 사이 시경은 은미라 짐작되는 여자의 몸을 수습해 백에 모두 담았다. 웩웩 헛구역질을 하던 윤식이 겨우 몸을 일으켰지만, 제대로 걷지 못할 정도로 부들부들 다리를 떨고 있었다.

"누, 누나, 근데 왜 아무도 없지?"

윤식이 후들거리는 제 허벅지를 손으로 꽉 잡은 채 말했다. 그때 시경이 뭘 하려는지 갈고리에 꿰인 다른 여자 시체를 끌어내렸다.

"형, 뭐 해!?"

"이대로 두고 갈 수는 없잖아!"

시경은 어느새 냉정해져 있었다. 그는 주머니를 뒤져 스마트폰을 꺼내 지하실 사방을 찍기 시작했다.

"형, 사진을 왜 찍어?"

“그럼 이런 현장을 그냥 둬? 내가 직접 수사는 못 해도 신고라도 해야지.”

윤식은 발을 굴렀다.

“그, 그러지 말고 어서 나가요.”

“다른 방에 있는 여자들도 모두 데리고 가자.”

“여, 여긴 지옥이야. 여자들을 어떻게 데려가. 지금 내 몸도 잘 못 추스르겠는데. 여자들 제대로 걷지도 못할 거야.”

윤식은 느닷없이 정의감이 발동된 시경이 원망스러웠다. 뒷걸음질하던 윤식은 무심결에 욕조 안을 들여다보다가 또 한 차례 비명을 지르며 주저앉았다.

“또 뭐야?”

시체를 갈고리에서 끌어내리던 시경이 놀라 윤식에게 다가갔다. 욕조 안에는 조각난 시신들이 널브러져 있었다. 시경은 코를 막고 뒷걸음질 쳤다.

“악마 새끼들이야. 일단 빨리 나가자.”

시경이 서둘렀다. 윤식은 이빨을 부딪치며 치를 떨었다.

“이런 데가 실제로 있을 거라 생각 못했는데.”

“이 새끼들 완전 사이코들이에요.”

윤식이 점퍼 주머니에서 전기 충격기를 꺼내 허공을 향해 들이밀었다. 그러다 충격기 버튼을 얼결에 눌러버렸다. 파란 불꽃이 튀며 요란을 떠는 충격기에 놀라 주저앉았다.

“그건 왜 꺼내고 지랄이야?”

“금, 금방 누가 튀어나올 거 같단 말이에요.”

시경은 시체백을 어깨에 단단히 멨다. 낙주에게 맡길까 했지만 그만

두었다. 이곳에서 낙주의 역할은 호위였다. 그렇게 이야기하고 내려온 길이었다.

–분명 네 몸 맞지?

낙주는 확실히 하기 위해 다시 물었다.

–잘 모르겠지만…… 몰골이 많이 달라졌지만 맞는 거 같아요.

–잘 모르겠다니? 네가 네 몸도 몰라봐?

–그걸 어떻게 알아요? 여기 오기 전부터 정신을 잃었던 거 같은데. 게다가 언니도 그 몸 봤잖아요. 그렇게 몸을 헤집어 놨는데 단번에 어떻게 아냐고요. 그런데 내 몸 맞는 거 같아요. 목에 손톱 크기만 한 점이 있는 걸 보면 그래요.

–나 원 참.

시경이 낙주의 팔뚝을 잡았다. 여리지만 돌처럼 단단한 팔뚝이었다.

"뭐래? 맞대?"

"맞는 거 같은데 확실히는 모르겠대요."

"하긴 시신 훼손이 심하면 유족들도 몰라봐. 그래도 본인은 알겠지."

"아무튼 빨리 빠져 나가죠."

"그래도 뭔 귀신이 그런대? 귀신들은 그러니까 뭐든 알고, 사람들 몸에도 막 들어가서 비밀도 알아내고 그런 존재들 아냐?"

낙주가 시경의 뜻을 전하자 은미가 고개를 저었다.

–나도 그런 줄 알았죠. 그런데 귀신이라고 해도 뭐 특별한 능력 같

은 게 생기거나 그런 건 아닌가 봐요. 오히려 사람일 때보다 더 무섭고 겁도 나고 그래요.

–좋아, 아무튼 네 몸을 찾았는데, 이제 어떻게 하는 거야? 잘 묻어주거나 화장하면 그 다음엔? 사라지는 거야?

–남들이 그러더라고요. 그런데 정말 그러냐고 물어봤더니 자기들도 경험해보지 않아서 모른다고…….

갈수록 태산이었다. 하긴 사람이 한 치 앞을 모르듯 귀신도 다음 날의 이야기를 어찌 알 수 있을까 싶었다. 어쨌든 일단은 앞뒤 따질 겨를이 없었다. 이곳에서 나가는 게 최우선이었다. 낙주도 대책 없이 이곳까지 왔지만 시경이나 윤식 심지어 귀신인 은미 역시 무대책으로 사는 존재들이라는 게 증명되었다.

– 다른 애들은 그냥 두고 가나요?

– 뭐? 다른 애들? 환장하겠다. 아무튼 그건 나중 이야기고. 네 몸 맞아?

– 맞을 거예요.

낙주는 결국 발걸음을 옮겼다. 지금은 아무런 방책이 없었다. 그녀는 방에서 나오며 복도를 살폈다. 괴괴한 흐느낌이 복도에 가득했다. 시경이 복도 끝을 쳐다보았다. 들어올 땐 분명 비상구를 알리는 파란 불빛이 희미하게 길을 밝혔었다. 그런데 지금은 비상구 불빛마저 사라져 복도는 어둠만 가득했다.

"우리 내려올 때 비상구 불 켜져 있지 않았나?"

"맞아요. 켜져 있었던 거 같은데."

윤식은 코를 연신 킁킁거렸다. 차의 스피드를 올릴 때나 맘에 드는 여자가 보이면 나타나는 버릇이었다. 그런데 오늘은 그 코가 위기의 냄새를 맡고 있었다.

- 언니, 재네들 그냥 두고 가면 안 돼요.

- 야, 지금 니 몸 들고 무사히 나갈 수 있을지도 걱정이야.

- 언니! 재네들 그냥 두고 가면 모두 심장 도려낼 거예요.

- 그게 무슨 소리야?

- 하나둘 기억이 좀 나는데 모두 심장만 빼갔어요. 나머진 거들떠보지도 않고 심장만 정성을 들여서 빼가곤 했어요.

- 두 개씩 있는 다른 장기도 아니고 심장을…….

낙주는 은미의 재촉에 할 말이 없었다. 그만큼 눈앞의 끔찍한 상황을 이해하고 받아들이기에는 너무 충격적이었다.

- 은미야, 아무래도 이건 우리가 할 일은 아닌 거 같아.

- 언니…….

은미는 다시 흐느꼈다. 낙주는 걸음을 멈췄다. 다리가 자꾸 무거워져서 걸을 수가 없었다. 뒤 따르던 시경이 시신백을 추스르고는 방마다 자물쇠를 열었다.

"팀장님, 어쩌려고요?"

"일단 데리고 나가야지. 여기서 나갈 수 있다면."

“미쳤어요? 이거 이러다 우리도 송장 돼요!”

“일단 이 시체 먼저 위로 올려다 놓고…….”

문이 열리자 여자들이 하나둘 기어나오기 시작했다. 그러나 기진맥진해 있어서 제대로 걸을 수가 없었다.

“구, 구해주세요.”

“저, 집에 좀 보내주세요.”

“저, 저도 데려가 주세요.”

여자들이 복도 바닥을 기며 애절하게 소리쳤다. 여자들이 제대로 거동을 못하니 시체를 올려다 놓고 다시 내려와 부축해서 나가야 할 판이었다. 윤식이 발끈해 소리쳤다.

“팀장님, 여길 다시 들어오자고요?”

“그럼, 저 여자들 보고 그냥 가? 싹 다 죽을 거 같은데?”

“아이씨, 지난 밤 꿈이 뒤숭숭하더니. 이게 뭐야?”

윤식은 부들부들 떨면서 투덜거렸다.

“형 말이 맞아. 이대로 두고 갈 순 없어. 일단 데리고 나갈 수 있는 사람들이라도 데리고 가자!”

낙주는 양팔로 여자를 한 명씩 끌어안았다. 아릿한 피 냄새가 풍겼다. 윤식도 마지못해 한 여자를 부축했다.

“빨리 움직여! 지체하다가는 우리도 은미 꼴 되는 거야!”

- 언니, 다른 여자들도 다 구해주면 더 드릴게요.

- 야! 일단 니 몸이랑 다른 여자들 올려놓고.

- 언니, 전 이미 죽었잖아요.

낙주는 은미의 말을 통해 귀신의 슬픈 감성이 살아 있는 사람에게도 전달되는 걸 느꼈다. 아무도 지키려 하지 않는 여자들. 훈련 숙소에서 풀이 죽은 채 감독 방을 드나들던 여자 선수들을 여럿 보았다. 그땐 낙주도 모른 척했다. 여자 선수들 몇몇은 떠났고 몇몇은 남았지만 그네들의 얼굴은 밝지 않았다.

"우리 팔자가 왜 이러나 모르겠다."

"뭔 소리여?"

누군가 나서서 틀린 걸 바로 잡아 주었다면 유망주들이 훈련장을 떠나는 일은 없었을 터였다. 다들 맏언니 격이었던 낙주만 쳐다보았다. 낙주는 그런 동생들의 시선을 외면했었다. 그런데 지금은 외면하면 안 될 것 같았다. 딱히 정의감 같은 게 발동한 건 아니었다. 다만 외면하면 안 되겠다는 생각이 들었다.

"형, 얼른 올라갔다가 내려오자."

낙주가 시경에게 말했다.

"이거 미친 짓이지만 그러려면 빨리 움직여!"

"형, 얘네들 여기에다 두면 살아남기 힘들 거야."

"그러겠지."

시경이 복도 끝으로 걸어갔다. 몸속의 장기들이 빈 시체라 그런지 생각보다 가벼웠다.

"이 놈들 사람을 데려다 뭔가 실험을 했던 거 같아."

"무슨 실험?"

"낸들 알아요. 나도 정신이 없는데. 사방에 널린 게 약품이고 전깃줄이에요."

시경이 복도로 나오며 앞장섰다.

"저희 좀 구해 주세요, 구해주세요."

흐느낌처럼 들리는 그 소리는 세 사람 모두에게 들렸다.

"조금만 기다려요. 다 데리고 나가 줄 거니까."

"팀장님, 이건 아닌 거 같은데. 우린 그냥 사람이나 찾아주는 정도지 이런 일 해주는 건 아니잖아."

- 언니 여기 있는 여자들 다 구해주시면 제가 평생 언니 도울게요.

- 미친 년, 지 몸도 못 챙기면서.

- 언니…….

낙주는 한숨을 쉬었다. 두려움에 온몸이 떨렸지만 어차피 지옥의 소굴까지 들어온 상황이었다. 낙주는 두 여자를 건사하면서 복도로 나오지도 못한 채 방 안에서 흐느끼는 여자들을 살폈다.

"누나 이제 그만 가요!"

윤식이 재촉했지만 낙주는 아랑곳 하지 않고 방문을 열었다. 밖에서 간단하게 잠기는 시건장치이지만 안에선 절대로 열 수 없는 구조였다. 그네들을 가둔 건 손쉽게 열 수 있는 간단한 고리에 불과했다.

"뭐 해요? 걸을 수 있으면 빨리빨리 나와서 걸어요!"

낙주는 여자들을 독려했다. 여자 둘을 부축하고 있는 탓에 다른 여자들을 도울 수 없는 게 안타까웠다.

"낙주야, 우리 차에 모두 탈 수 있을까?"

시경의 말이 신호였을까? 그들이 내려온 복도 끝에서 거칠게 문 여는 소리가 들리더니 환한 빛이 쏟아져 들어왔다. 뒤이어 발자국 소리가 빛을 뒤따라왔다.

눈이 풀린 사내 네 명이 복도 끝에서 몸을 드러냈다. 하나같이 흰 가운을 입고 있었고, 그중 둘은 안경까지 쓰고 있었다. 손에는 흰 고무장갑을 끼고 있었는데, 희극적이게도 모두 빨간 장화를 신고 있었다. 마치 연극 무대에 서 있는 배우 같은 느낌이었다. 의사의 분위기와 살인마의 분위기를 한꺼번에 풍기는 이상한 자들이었다.

"아 시발, 좆 됐네."

시경이 투덜거렸다.

"누나 이제 어떡해요?"

시경은 백을 내려놓고 허리춤에서 가스총을 꺼내 들었다.

"그거 진짜 총이죠?"

묻는 윤식의 얼굴에 화색이 돌았다.

"아냐. 가스총이야."

시경의 말에 윤식의 어깨가 축 처졌다. 그러는 사이 사내들이 일행을 향해 천천히 다가왔다.

"니들 뭐야?"

그들의 손에는 쇠파이프와 야구방망이, 장검이 들려 있었다.

- 여기 모두 몇 명이나 있어?

낙주가 등에 바짝 달라붙은 은미에게 다급하게 물었다.

- 몰라요.
- 너는 도대체 아는 게 뭐니?
- 다섯 명? 아니 여섯 명이었나? 어느 땐 일곱 명이었을 때도 있었

어요. 그 정신에 제가 그런 걸 어떻게 알겠어요. 아까도 말했지만 전 죽었잖아요.

낙주는 고개를 저으며 여자들을 벽에 기대어 놓고, 어깨에 메고 있던 자루를 바닥에 내려놓았다.

- 니 이름이 은미인 건 맞아?

- 아마도요. 맞을 거예요.

- 답이 없다. 없어.

- 언니, 저 은미예요. 이은미. 맞는 거 같아요. 입에 착 붙는 게, 진짜 은미예요.

- 그래, 은미야, 우리 살아서 나갈 수 있기를 빌어라.

- 누구한테요?

- 뭐, 많잖아. 부처님도 있고, 하느님도 있고, 하다못해 삼신할머니, 칠성신, 단군 할아버지도 있을 거고. 아님 염라대왕한테라도 빌어!

- 저 그런 사람들 만난 적 없는데요. 나한테 나타나지도 않고요.

- 말 꺼낸 내가 잘못이다.

낙주는 자루를 열었다. 자루에서 빛이 흘러나왔다.

"누나 봉에서 빛이 나!"

오늘은 여러 가지 놀랄 일들만 생겼다. 인간을 도륙하는 현장이 존재한다는 사실도 놀라운 일이었고, 눈앞의 마고봉도 스스로 빛을 발하고 있었다.

'마고봉이 희한한 건 깜깜한 어둠 속에선 가끔 스스로 빛을 뿜기 때

문이여.'

마고봉에서 흘러나온 빛이 마치 살아 있는 듯 어둔 구석구석을 비추었다. 주인인 낙주도 마고봉이 이렇게 빛을 뿜는 걸 보기는 처음이었다. 그들이 내려온 지하는 생명의 빛이라곤 없는 공간이었다. 그런데 빛은 죽음의 공간에 생명의 빛을 쏟아 부으려는 듯했다. 낙주는 두 개의 마고봉을 하나의 봉으로 연결했다.

"니들 시방 후레쉬 켰냐?"

사내들이 엉뚱한 말을 내뱉으며 다가왔다. 시경이 가스총으로 사내들을 겨누자 윤식이 뒤로 물러서며 물었다.

"형, 그거 여기서 쏘면 눈도 못 뜨는 거 아냐?"

복도는 사방이 완벽히 밀폐된 곳이었다. 시경은 윤식의 물음에 가스총을 허리춤에 다시 꽂고 대신 주먹을 쥐었다.

"오랜만에 몸 풀겠네."

시경은 다가오는 사내들을 보며 가볍게 발을 놀렸다. 방에서 빠져나온 여자들은 공포에 질린 듯 아랫도리를 적시며 복도 벽에 바짝 달라붙었다.

"뭐 하는 것들인데 허락도 없이 여길 들어오셨나? 몸뚱어리 보태주려고?"

"여긴 산 사람들이 들어올 데가 아닌데."

삭발 머리의 사내가 말이 채 끝나기도 전에 쇠파이프를 들더니 낙주를 향해 내리쳤다.

"형, 여자들 좀 봐줘."

시경을 뒤로 밀친 낙주가 마고봉을 들어 그의 공격을 막았다. 사내의 쇠파이프가 마고봉에 맞자 탄성 좋은 고무공처럼 뒤로 튕겨져 나갔다. 쇠 찢어지는 소리가 복도에 울려 퍼졌다. 낙주를 공격했던 사내는 튕겨진 쇠파이프의 탄력을 이기지 못하고 뒤로 나자빠졌다. 낙주도 놀라고 사내도 놀랐다.

“아오, 이것 봐라. 조져!”

사내의 명령에 나머지 사내 셋이 각자 든 무기를 휘두르며 달려들었다. 마고봉이 공간을 가르며 사내들의 관절을 공격했다. 낙주가 휘두른 건 50킬로그램이 넘는 무게의 무시무시한 쇳덩어리였다. 공간을 가르는 소리도 무서웠지만, 사내들의 관절을 가격했을 때 살이 터지는 소리도 무서웠다. 한 가지 더 기이한 건 마고봉이 무언가에 닿을 때마다 봉인되어 있던 빛이 터지듯 터진다는 점이었다.

복도는 금세 비명으로 채워졌다. 사내들은 무릎을 꺾고 혹은 허리를 꺾고 앞으로 맥없이 픽픽 쓰러졌다. 잘 벼린 장검을 든 사내가 기세 좋게 달려들었지만 마고봉과 부딪친 칼은 간단하게 두 동강 나고 말았다.

“니, 니들 뭐야? 왜 남의 나와바리에 와서…….”

낙주는 장검 든 사내의 왼쪽 무릎 관절을 향해 마고봉을 날렸다. 살이 찢어지며 뼈와 뼈 사이를 채운 무릎 연골이 박살이 났다. 사내는 외마디 비명을 지르며 다른 사내들처럼 그대로 기절했다.

복도에는 네 사내가 쓰러진 채 신음 소리를 냈다. 시경이 다시 가스총을 빼들고 다시 앞장을 섰다. 그 뒤를 윤식이 따라붙고, 마지막에 낙주가 여자 둘을 부축한 채 뒤를 따랐다. 일행은 복도 끝에 다다르자 계단을 밟고 위로 올라갔다.

“다른 애들은요?”

“일단 애들 먼저 올려다 주고 다시 들어오자. 쉿!”

건물 출입문 밖에서 두런거리는 소리가 들렸다. 기척으로 봐서 수십 명은 되는 듯했다.

"낭패다. 밖에 사람이 너무 많은데."

"일단 나가자."

"우리 차 가까이 있지?"

누가 대답을 할 사이도 없이 낙주는 불쑥 문을 열고 밖으로 나갔다. 한 여자를 부축하고 마고봉을 든 낙주가 앞서고, 그 뒤를 시체백을 맨 시경이 그리고 마지막에 다른 한 여자를 부축한 윤식이 따랐다. 사내들이 건물 밖 도로 쪽에 모여 수군거리고 있었다. 다행히 낙주 일행 쪽엔 눈길을 주지 않았다.

"얼른 움직여!"

낙주가 낮게 중얼거렸다. 그들이 타고 온 승합차가 건물 가까이 있었지만 한없이 멀게만 느껴졌다. 무사히 승합차에 도착한 낙주는 먼저 여자들과 시체백을 받아주었다. 윤식이 서둘러 운전석 쪽으로 달려갔다.

"가자!"

윤식이 여전히 덜덜 떨리는 손으로 가까스로 시동을 걸자 헤드라이트가 켜졌다. 그 순간 출구 쪽에 모여 웅성거리던 사내들이 일제히 승합차 쪽을 쳐다보았다. 그들이 승합차 쪽으로 다가왔다.

"뭐라고? 지금 나온 것들이 여자들까지 데려갔다고? 니들 뭐 하는 새끼들이야!"

다가오던 사내의 목소리가 승합차 안까지 들렸다.

"야! 입구 막아!"

사내가 출구 쪽을 쳐다보며 소리를 질렀다. 모여 있던 사내들이 서둘러 차 안으로 뛰어 들어갔다.

"좆 됐다!"

다시 지하실로 들어가 남겨진 여자들을 구출하는 건 불가능했다.

"낙주야, 어쩔 수 없다. 윤식아 뚫어봐!"

"팀장님, 이 차가 탱크라도 되는 줄 아세요? 이건 그냥 승합차라고요!"

"인마, 너 카레이서잖아!"

"카레이서가 막힌 길 뚫고 나가는 사람인가."

말은 그렇게 내뱉었지만 윤식은 이미 출구를 향해 승합차를 돌진하고 있었다.

"죽기 아니면 까무러치기지! 다들 뭐든 잘 잡아요!"

사내들이 출구 쪽을 차로 막으려는 순간, 윤식은 두 대 사이로 승합차를 들이밀었다. 한 대는 앞 보닛이 찌그러졌고, 오른편의 차는 트렁크가 날아가 버렸다. 승합차는 멀쩡했다. 승합차에는 두 명의 남자와 세 명의 여자, 그리고 한 명의 귀신이 타고 있었다. 윤식은 뒤도 돌아보지 않고 질주했다.

3

시경은 고개를 돌려 승합차 꽁무니를 살폈다. 그들을 따라오는 차량은 보이지 않았다. 붉게 물든 노을을 보던 시경이 눈길을 거뒀다.

"우리나라가 왜 이 모양이 된 건지 모르겠다."

"살다 살다 진짜 그렇게 무서운 인간들은 처음이에요. 그나저나 복도에 남은 다른 아가씨들은 모두 어쩌죠?"

윤식은 전방을 살피랴 시경과 낙주 그리고 가까스로 탈출한 두 여자의 기분을 살피랴 부산을 떨면서도 남겨진 여자들을 걱정했다.

"어쩔 수 없지."

시경이 말했다. 한쪽에 비 맞은 고양이처럼 웅크리고 앉아 떨고 있는 여자들도 달리 방법이 없다는 걸 잘 알았다.

– 언니, 다시 가서 걔네들 구해주면 안 돼요?

– 어떻게 구해? 양아치 새끼들이 대 여섯 명만 되었어도 어떻게 해보겠는데. 니가 봐서 알잖아. 밖에서 서성거리는 놈들이 서른 놈은 되어 보이던데.

– 걔네들 정말 불쌍해요.

낙주는 은미의 넋두리에 대꾸하지 않았다.

– 내가 이게 뭐 하는 짓인지 모르겠다. 난 경찰도 아닌데.

낙주는 두 손으로 마른세수를 했다. 시경은 여전히 넋 잃은 사람처럼 초점 없는 눈길로 창밖을 내다보았다. 윤식은 산만한 아이처럼 사방을 이리저리 살피느라 정신이 없었다.

"이거라도 걸쳐요."

시경이 승합차에 굴러다니던 츄리닝을 여자들에게 건넸다.

"우, 우리 어떻게 되는 거죠?"

"일단 경찰서에 가서 신고합시다."

“우, 우리 그냥 집에 가게 해주면 안 되나요?”

긴 머리의 여자가 말했다.

“아까 그놈들 보니까 법이고 뭐고 무시하는 놈들 같던데, 집이 위험할 수도 있을 텐데.”

“시, 시골로 내려갈래요.”

“그 인간들이 보복하지 않을까요?”

이번엔 짧은 머리 여자가 물었다.

“그래서 경찰 보호를 받아야…….”

시경은 확실하게 대답하지 못했다. 경찰에 보호를 요청했지만 결국 제대로 보호받지 못해 죽은 사람들도 적잖이 있었다. 워낙 하는 일이 많은데 비해 경찰 인원이 적은 탓이었다. 제대로 법의 보호를 받으려면 우선 경찰 인력이 지금보다 배로 늘어야 가능할 터였다. 그것도 제대로 정의감 투철한 인간들로.

“둘 다 시골 어디가 집이요?”

“우리 둘 모두 부산 영도예요. 친구고요.”

“거기 내려가면 당분간 안전하게 지낼 데 있어요?”

두 여자가 서로를 바라보았다.

“언니들이랑 오빠들이랑…….”

“부모님은 없어요?”

낙주는 여자들과 시경의 이야기를 조용히 들었다. 윤식은 운전에만 집중했다.

“저희 보육원에서 자랐어요. 붙잡혀 왔던 여자들도 대부분 저희 같은 여자들인 거 같았어요.”

연고가 없는 여자들만 잡아왔다? 누군가 신고할 걸 사전에 예방하기 위해서? 조심스럽고 은밀하게 움직이는 놈들이라는 뜻이었다.

시경과 낙주는 상의 끝에 결국 여자들의 뜻에 따르기로 했다. 경찰에 간다고 해도 안전을 보장할 수 없다는 생각 때문이었다. 조사가 끝나면 결국 여자들은 경찰서 밖으로 나와 어디로든 가야만 했다. 그러느니 놈들이 움직이기 전에 어디로든 먼저 사라지는 게 나을 수도 있었다. 게다가, 경찰의 대부분은 정의롭지만 간혹 정의롭지 않은 경찰들도 있었다.

"……내 감이지만 아까 그놈들도 지저분한 경찰들하고 연결되어 있을지 몰라. 아니 그럴 가능성이 커. 전에도 증인 보호한답시고 경찰 두 명 붙였었는데 피고인 지인이 쥐도 새도 모르게 죽이고 사라졌더라고. 저놈들 정도면 분명 가늘게라도 선이 닿아 있을 거야. 이런 일 하는지 모르는 경찰과 선이 닿아 있을 수도 있고. 만약 그렇다면 경찰이나 검찰은 조무래기가 아니라 결정권자들일 가능성이 커. 일 저지르는 모양새로 봐서 경찰도 무서워하지 않는 것들일 수도 있고."

또한 여자들의 안전도 안전이지만 경찰을 찾아 여자들 보호를 요청한다는 게 일단 여러모로 문제가 많았다. 우선 현장에 간 사정을 설명할 방법이 없었다. 귀신의 증언을 듣고 갔다고? 결국 낙주와 시경은 주머니에 들어 있던 돈을 모두 꺼내 두 여자에게 건넸다.

"뒤도 돌아보지 말고 고향으로 내려가요."

시경은 지갑에서 명함을 꺼냈다.

"이거 옛날 명함이긴 한데, 정말로 위기에 닥쳤을 때 꼭 전화해요."

시경은 더 이상 해줄 말이 없었다.

"언니 제 이름은…… 정주희예요."

"저는 김미나고요. 진짜 우리 이름인지 잘은 모르겠만요……."

"알았어요. 정주희, 김미나 씨 꼭 기억하고 있을게요. 우리 형……."

낙주가 위로의 말을 건네려다가 시경의 눈치를 살피며 말끝을 흐렸다.

"무슨 일 생기면 이 사람한테 꼭 전화해요. 지금은 경찰이 아니지만 옛날엔 경찰이었던 사람이거든요."

잠시 뒤 승합차가 길가에 멈춰 서고, 여자들이 승합차에서 내렸다. 여자들이 택시에 타는 걸 확인한 후, 낙주 일행은 서울을 향해 다시 승합차를 출발시켰다. 낙주는 택시가 시야에서 완전히 사라질 때까지 백미러로 지켜보다가 시경에게 고개를 돌렸다.

"팀장님, 아까 그놈들이 우리 찾으려고 하겠지?"

"그럴 수도 있고 아닐 수도 있을 거야."

"형, 저 여자들 저렇게 보내도 괜찮은 건가 모르겠어. 다시 잡혀가는 거 아냐?"

"경찰이 아닌 다음에는 사람 찾는 게 그리 쉽지 않아. 더군다나 연고가 없는 사람들은 더더욱. 어쩌다 찾아낼 수는 있겠지만 그냥 무사하기를 바라야지."

"그럼, 우리가 지하실에서 본 거 우리가 말할 수 없다고 그냥 이대로 묻어버려요?"

"아, 맞다."

시경은 그제야 생각이 난 듯 스마트폰을 꺼내 다급하게 어디론가 전화를 걸었다.

"저 시경입니다. 잘 지내시고 계시죠?"

시경은 전화를 건 상대는 마 총경이었다. 마 총경은 시경이 그나마 믿는 경찰 쪽 사람들 중의 한 사람이었다.

"그냥 저냥 지내고 있습니다. 진희는……."

마 총경이 시경의 딸에 대해 물었다. 시경은 진희가 정신병원에 입원해 있다는 말을 차마 꺼내지 못했다. 아내는 이제 이승의 사람이 아니라는 말도 할 수 없었다. 시경은 마른침을 삼킨 후 입을 열었다.

"서장님, 지금 제 이야기할 때가 아니고요. 우연히 현장에 좀 나올 일이 있었는데, 여기서 만난 놈들이 아무래도 사람들 납치해서 뭔가 실험을 하는 놈들인 거 같아요. 잡혀온 몇몇은 장기 적출도 당한 거 갔고. 예전에 서장님께서 저희 닦달했던 거 기억하잖습니까. 단서 하나 발견하지 못했다고. ……네, 네, 그 사건과 유사합니다. 지금 현장으로 출동해야 할 거 같습니다. 빨리 가야 합니다. 어디냐면, 왕산동 재개발 들어가는 데 있잖습니까. 일반 주택단지 말고 공장지대 말입니다. ……네, 거기, 거기 맞습니다. 건물 옥상에 '노루모'라는 위장약 간판 큰 게 세워져 있어서 금방 찾을 수 있을 겁니다. 그 건물 지하 5층입니다. 무서운 놈들이에요. 누가 오든 준비 단단히 하고 와야 할 겁니다. ……진짜 장난 아니라니까요! 제가 언제 현장 두고 장난하는 거 봤습니까. 시체도 즐비하고 장기 적출 당할 사람들도 복도에 가득합니다. 다 여잡니다. 빨리 출동해 주세요! 거긴 지옥입니다, 지옥! 사진도 몇 컷 찍어뒀는데 같이 보내겠습니다. ……어떻게 거기 가게 되었는지는 묻지 마세요. 아무튼 대형 범죄 현장이니까. 빨리 출동하시라고요!"

시경은 통화를 끝낸 후 사진을 마 총경에게 전송했다. 정신없는 와중에도 열 장이나 사진을 찍은 게 다행이었다. 마 총경이 사진을 수신한 것을 확인한 시경은 맥이 빠져 입맛을 다셨다.

"아까 그 아가씨들 어떡해요?"

"……."

윤식의 물음에 낙주도 시영도 아무런 말이 없었다. 겨우 두 사람 구해 나왔을 뿐이었다. 시경은 창밖을 내다보았다. 모두 구해주고 싶지만 지금의 시경으로서는 역부족이었다. 마 총경이 경찰 특공대를 출동시켜 구해주기를 바랄 뿐이었다. 문득 정신을 놓고 하염없이 창밖만 내다보던 딸 진희의 얼굴이 떠올랐다.

4

낙주는 번개를 자주 맞았다. 선수촌 운동장에서도, 할머니 사당으로 가는 길가에서도, 놀러 올라간 뒷산에서도 걸핏하면 번개를 맞았다. 선수촌에서 번개를 맞았을 때는 역기를 하는 동료들도 있었다. 일상적인 일이었기에 운동장에 쓰러졌던 낙주는 별 탈 없이 가뿐하게 일어났다.

'대박! 번개 맞고 살아난 사람은 해외 토픽에서만 봤는데, 실제로 본 건 처음이야.'

낙주는 별달리 대꾸하지 않았다. 그동안 번개를 맞은 게 손가락으로 셀 수도 없었기 때문이었다.

'로또 맞을 확률보다 희귀한 확률이지 않아?'

'비 오는 날도 아니고, 마른하늘에 날벼락이 뭐야. 벼락 맞고 살아난 것도 말이 안 되네.'

'재 이번 올림픽에서 금메달 따는 거 아냐?'

'옛날에 정읍인가 어디에서 수시로 번개 맞는 소녀가 살았다고 했는데.'

'에이, 그런 게 어딨어?'

'정말이야! 신문에서 봤다니까. 그래서 번개 소녀라고 불린다고 했다고.'

'낙주 정도가 돼야 진짜 번개 소녀지. 소녀가 무슨?'

'그런가?'

낙주는 동료들이 떠들어대는 소리에 대꾸하지 않았다. 그 정읍 소녀가 자신이라는 말을 할 수 없었다.

얼마 뒤, 브라질 리우에서 열린 올림픽 용상 경기에 출전한 낙주는 190킬로그램을 번쩍 들어 올리고 있을 때였다. 세계 신기록을 세울 순간이었다. 낙주는 그 순간 귀신들을 보았다. 어쩐 일인지 객석은 물론 통로까지 인파로 가득했는데, 그때까지도 낙주는 그들이 모두 사람인 줄로만 생각했다. 낙주의 눈에는 객석이 가득 차 보였기 때문이다.

낙주는 연기대에 올라 190킬로그램의 바벨을 들어올리고 다리를 뻗었을 때 코치진들과 객석에서 환호가 터져 나왔는데 그 순간 보았다. 객석의 절반을 채운 희미한 존재들. 그들은 모두 귀신이었다. 지지대 삼아 버티고 있던 오른쪽 무릎에 강한 통증과 함께 그들이 귀신이라는 사실을 알게 되었다.

귀신의 말이 들리기 시작하더니 이젠 선명하게 보게 되었던 것. 하지만 그들은 이승 세계의 사람들과는 말을 섞지 않았다. 그게 그들만의 룰처럼 여겨질 정도로 오가며 어깨를 부딪쳐도 별다른 반응을 보여주지 않았다.

낙주는 은퇴를 한 뒤 한동안은 그들을 외면했다. 의식하는 게 더 우스운 일이다 싶어 눈이 마주치면 마주치는 대로, 미소를 지어 보이면 낙주도 미소를 지었다. 그들의 말이 들렸고 뭐라 소리치지만 귀를 닫았는데……. 어느 비 오던 날 재명에게 전화를 걸다가 역시 번개를 맞았다. 그리고 그날 은미가 찾아왔다. 은미는 달랐다. 처음부터 낙주가 귀신들을 보고 그들의 말을 들을 줄 안다는 사실을 파악하고 접근한 귀신이었다.

– 세상은 너무 빠른 거 같아요.

은미가 건넨 말을 낙주는 이해하지 못했다.
"누나, 앞으로 이런 데 올 거면 나 데리고 오지 말아요."
윤식이 뒷좌석에 앉은 낙주를 돌아보며 짜증을 냈다.
"나도 알고 온 거 아니라니까! 그냥 몸만 찾아주면 된다고 그런 줄 안 거지."
낙주가 짜증을 내자 시경이 코웃음을 쳤다.
"흥, 그러면서 마고봉은 왜 들고 온 건데요?"
"조금 위험할 수도 있다는 말은 해줬거든."
낙주의 말에 시경도 눈살을 찌푸렸다.
"위험할 수는 있다고? 이건 위험한 정도가 아니라 지옥이지."

– 죄송해요. 모두 위험하게 만들어서.

은미의 말에 낙주는 맨 뒷좌석에 놓인 백을 보았다. 안구까지 적출한 놈들이었다. 작은 조직이 아니라는 말이었다. 발을 잘못 담갔다는 생각이 들었다.
"죄송하대요."

"누가?"

"귀신이."

"이게 죄송하다면 다야! 우리도 골로 갈 뻔 했잖아."

"나도 미안해요. 그냥 안 들어주면 되는 건데. 하도 청승맞게 울어대서……"

- 언니, 정말 미안해요. 미안해요.

은미의 목소리가 점점 엷어졌다. 낙주는 괜히 그녀에게 미안했다. 너무 끔찍해 자세히 확인하지는 못했지만 그야말로 몸의 껍데기만 수습한 느낌이었다. 이런 짓을 하는 인간들이 있다는 게 두렵고 무서웠다.

"1년에 만 명 이상이 행방불명돼."

시경의 말에 낙주가 눈을 부릅떴다.

"만 명이나요?"

"그래. 그 사람들이 다 어디로 가겠어. 단순한 가출도 있겠지만 아까 그 여자들처럼 이유도 모른 채 붙잡혀서 실종되는 경우도 많을 거야. 더군다나 특별한 연고가 없으면 신고도 못하는 거지. 게다가 우리가 생각하는 것보다 수요가 엄청나."

"수요가 엄청나다는 게, 장기를 필요로 하는 사람이 많다는 건가요?"

시경이 고개를 끄덕거렸다.

"장기를 기증하는 사람은 적은데, 기다리는 사람들은 너무 많잖아. 순번 기다리다가 그냥 죽는 사람들도 허다하고."

"혹시 거기서 좀비 같은 걸 만들었던 건 아닐까요?"

윤식이 말했다. 시경과 낙주의 눈이 그에게 쏠렸다.

"지하실에 내려온 놈들, 폭력배나 양아치라기보다 실험하는 사람들 옷차림이었잖아요."

"젊어서 상상력은 좋다만 좀비는 만화나 영화에서나 나오는 이야기지. 인간이 바이러스에 감염돼 좀비가 된다는 건 좀 웃기지 않냐?"

시경은 윤식의 말을 단숨에 잘랐다. 그런 정도라면 이미 세상이 뒤집혀도 수십 번은 뒤집혔을 거였다. 차라리 중국에 적을 둔 불법장기매매 조직이 있고, 그들이 연고 없는 사람들을 잡아다 장기를 팔아먹는다는 게 더 설득력이 있었다.

윤식과 시경의 말을 듣고 있던 낙주가 은미를 쳐다보았다.

- 너 아까 거기 있었을 때, 가운 입은 인간들이 사람들 가지고 무슨 짓 하고 그랬어?

- 전선을 머리에 연결하기도 하고, 항문에 넣기도 하고…… 욕조 같은 곳에 몸을 담근 후에 거기에 전선을 연결하기도 하고 그랬던 거 같기는 해요. 막 전기 불꽃도 튀고.

- 그뿐이야?

- 그건 아니고 사람들 배 갈라서 뭘 꺼내서 다른 사람 배에 집어넣기도…… 우욱.

말을 끝내기도 전에 은미가 헛구역질을 했다.

- 내가 귀신 세계는 잘 모르겠다만 구역질하는 귀신을 다 만나네.

- 언니, 아까도 말했지만 사람들이 무서워하는 거 보기 싫어하고,

비위 상하는 거 보기 싫어하는 것처럼 귀신들도 똑같다니까요.

“아무튼 우리가 놔준 두 여성도 그렇고 좀 이상해.”

“뭐가? 그런 상황이면 누구라도 미쳐버릴 거다.”

“그게 아니라 애초에 정상인이 아니라 병자들을 잡아왔던 게 아닐까? 마지막 방에 갇혀 있던 여자는 병원에서 입은 환자복 입고 있었잖아. 시한부 선고를 받은 사람들? 아무튼 느낌이 그랬어.”

“그래도 아까 우리 차에 탔던 친구들은 환자처럼 보이진 않았는데.”

“정상인들도 몇몇은 있겠지.”

낙주가 윤식의 말을 두둔했다.

“아무튼 장기를 팔아먹든 사람 가지고 실험을 하든 완전히 미친 악마들이야.”

세 사람이 탄 승합차는 어느새 자유로로 접어들었다. 윤식은 그제야 안심이 되었다. 차는 길 위에 붉은 융단처럼 깔린 노을 위를 달렸다. 시발 IC로 접어든 승합차는 아울렛 매장으로 이어진 길을 따라 달리다 교악산 쪽 산길로 접어들었다.

차는 산기슭에 자리 잡은 창고 건물 앞에서 멈춰 섰다. 시경이 먼저 차에서 뛰어내려 창고 문을 열자 승합차가 창고 안으로 들어갔다.

지난해까지만 해도 차량을 튜닝 하던 공장이었다. 시경이 친구에게 빌려준 돈 대신 받은 부동산이었다.

윤식이 시동을 끌 때 시경의 스마트폰이 울렸다.

“……그게 말이 됩니까?”

시경이 통화를 하며 낙주와 윤식에게 백에 담긴 시체를 냉동고에 넣으라고 눈짓을 했다. 어차피 오늘 당장 유족을 찾아 돌려줄 수는 없었기 때문이다.

"살아 있는 여자들이 여러 명이었다니까요! ……네, 네, 여기저기 피가 흥건했으니까 혈흔은 건질 수 있을 겁니다. 하, 그 새끼들 정말 빠르네."

통화를 하던 시경이 입을 앙다물었다.

"책상 앞에만 앉아 있는 검사가 뭘 압니까? 정말 있었다니까요! 제가 서장님께 거짓말하는 거 봤습니까? 사진도 보내드렸잖아요. …… 제가 어떻게 거길 알아내서 갔는지는 말씀 못 드립니다. 말해도 믿지 못하실 거고요. …… 좋습니다. 그러면 제 창고로 아무나 좀 보내주세요. 그럼 사진이 아니라 증거를 보여드릴 수 있습니다."

통화를 할수록 시경의 얼굴이 어두워졌다.

"알아요. 증거 함부로 가지고 나온 거 문제된다는 거. 하지만 안 그랬음 아무것도 남지 않았을 거잖아요!"

낙주와 윤식이 점점 더 목소리가 커지는 시경의 통화에 귀를 기울였다. 주변이 고요하다 보니 시체를 가지고 나왔냐는, 미친 거 아니냐는 목소리가 고스란히 들렸다.

"지금은 제대로 설명드릴 수 없습니다. 아무튼 그렇게 됐어요. 우리한테 증거가 있어요. ……네, 네, 알겠습니다."

시경이 거칠게 통화를 끝내자 낙주가 물었다.

"서장님이죠? 뭐래요?"

"흔적도 없더래. 피 한 방울 없었대."

"그게 말이 되요?"

"그러게. 조직적인 놈들이라면 가능한 일이긴 하지. 그런데 그렇게 잔인한 놈들은 드문데……."

시경의 경험상 잔혹한 놈들은 유독 여자와 어린아이들을 타깃으로 정했다. 힘으로 쉽게 제압할 수 있기 때문이었다. 그런 점을 잘 알면서 조직적이기까지 한 놈들이었다. 시경은 몇몇을 제외하곤 경찰도 믿을 수 없다고 판단했다.

"어쩌시려고요?"

"나도 몰라. 다른 사람은 몰라도 서장인 마 총경만큼은 믿을 만해. 내가 그만둘 때도 끝까지 말린 사람이고. 반드시 복직시켜주겠다고 하긴 했는데……."

"했는데요?"

"그게 어디 일개 서장 힘으로 되나? 위에서 막고 있는데."

"위에서 왜 막아요?"

낙주의 반문에 시경은 괜한 소리를 했다는 생각이 들었다.

"아무것도 아냐. 아무튼 마 총경은 대한민국 경찰 중에 내가 유일하게 믿는 사람이니까 걱정하지 마라."

낙주는 얼굴이 일그러진 시경에게 딱히 위로할 말을 찾지 못했다.

"그래요, 이제 경찰이 알아서 하겠죠."

시경의 얼굴에 그늘이 드리워졌다.

"그래 경찰을 믿자. 사실 대부분 좋은 사람이니까."

낙주와 윤식은 그의 안색을 살폈다. 시경의 눈길은 냉동고로 향했다. 낙주로서도 이런 일은 처음이었다.

"그나저나 소문나서 귀신들이 너도나도 자기 몸 찾아달라고 달려들면 어쩌냐?"

시경이 혼잣말처럼 중얼거렸다. 낙주는 창고 밖으로 고개를 돌렸다. 인생이 자꾸만 꼬이는 것만 같았다. 낙주는 무릎 인대가 회복 불가능할 정도로 파열되며 역도 선수를 접어야 했다. 몸은 이미 완벽히 중량에 맞춘 상황이었는데도 말이다. 처음에는 현실을 받아들일 수 없었다. 하지만 무릎 인대가 파열되던 그 순간을 생각해보면 어딘가 이상했다. 그날 관중석은 물론이고 복도에도 귀신들로 가득했다. 희한한 건 온갖 인종의 귀신들을 보았다는 점이었다. 존재감이 너무 생생해서 처음에는 그들이 저승의 존재라고는 생각조차 할 수 없었다.

그 뒤로 낙주는 수많은 귀신들을 보았다. 그들은 주로 어디론가 바삐 걸어갔다. 어디로 가는지 모르겠지만 그들의 세계에 이정표가 따로 존재하는 모양이었다. 그렇게 낙주는 그들의 존재를 인식했는데, 그들 중 낙주가 자신들을 볼 수 있다는 것을 알아차리고 다가온 존재가 바로 은미였다.

"형, 저 여자 애 어쩌지?"

낙주가 시경을 향해 고개를 돌렸다. 은미의 몸이라 여겨지는 시체는 찾았는데 어찌해야 할지 답이 서질 않았다. 보통의 방식이라면 몸을 찾았으니 곧바로 유족을 찾아 화장한 뒤 근처 야산에서 뿌리거나 납골당에 모시면 됐다. 하지만…… 시경의 입에서 담배 연기가 흘러나왔다. 덩달아 낙주도 담배를 꺼내 물었다.

- 미안해요. 언니가 아니었으면 저 소멸되지도 못한 채 끝없이 떠돌았을 거예요.

낙주는 은미의 말을 시경이나 윤식에게 전달하지 않았다.

- 몸이 있으면 소멸돼?

- 저도 잘은 모르는데 아마 그런가 봐요. 예전에는 다 알았던 거 같

은데……. 죽으면서 그 충격으로 다 잊히거나, 아니면 정말 아무도 모르는 거 아닐까 싶어요.

– 그럼, 이승을 돌아다니는 귀신들은 몸을 못 찾거나 무덤에 들어가지 못하거나 화장이 안 되어서 그런 거야?

– 그런가 봐요.

– 소멸된 뒤엔 어떻게 되는 거야?

– 그것도 아무도 모르는 거 같아요. 살아 있을 땐 죽은 후에 어떻게 되는지 모르는 것처럼 말이죠.

낙주는 은미의 말에 고개를 끄덕거렸다. 살아 있다고 해서 삶에 대해 알지 못하듯이 죽은 후라 해서 죽음을 아는 건 아니라는 은미의 말이 와 닿았다. 한편으론 뭔가 공평하다는 생각까지 들었다.

– 그건 그거고, 몸은 어떡할래? 네가 봐도 알겠지만 다른 가족 분들한테 보여드리기 곤란할 정도야. 그래도 경찰엔 알려야 하겠지만.

– 저도 잘 모르겠어요. 그냥 언니랑 두 사람에게 죄송할 뿐이에요. 제 생각만 하는 바람에 그곳이 위험한 곳이라는 생각도 못하고. 그리고 말씀을 못 드렸는데…….

– 뭘?

– 저 실은 부모님이 없는 거 같아요.

– 그게 무슨 소리야?

– 돌아가신 할아버지 한 분만 계셨던 거 같아요.

– 확실히 네 몸인 건 맞지?

– 그것도 잘…….

“미안하대요.”

낙주는 시체백에 담긴 몸이 은미의 몸이 아닐지도 모른다는 말을 숨겼다. 어차피 흘러가버린 시간이었다. 은미는 낙주의 곁에 다소곳이 앉아 있었다. 시경이 가만히 고개를 끄덕이며 말했다.

“금괴 숨긴 곳이나 알려주라고 해.”

“저 시체는 마 총경님한테 안 알려요?”

윤식이 어둠으로 까맣게 물든 창고 밖을 내다보며 말했다.

“일이 커져서 알려야 할 거야. 그냥 어디서 조용히 죽은 사람이라면 모를까. 그리고 이미 알 거야.”

- 그럼 제 몸은 경찰서로 가게 되나요?

- 아마 그럴 거야. 신원을 파악해야 하니까.

낙주가 시경을 쳐다보았다.

“형, 시신들은 경찰에 넘기면 어디로 가냐고 묻는데?”

“누나, 그 형이라는 소리 좀 안 하면 안 돼?”

윤식이 낙주를 향해 투덜거렸다.

“윤식아, 그럼 내가 오빠라고 부르면 어울리겠냐?”

윤식은 낙주의 근육질 몸을 한 차례 훑어본 후 몸서리를 쳤다.

“그건 더 안 어울리네.”

낙주와 윤식의 소란에도 시경은 별다른 반응을 보이지 않았다. 오히려 낙주 가까이 붙어 앉아 있던 은미가 웃음을 터뜨렸다. 낙주는 문득 은미가 살아 있을 때도 밝은 성격이었을 거란 생각이 들었다. 그러거나 말거나 윤식은 싱크대 쪽으로 걸어가 냄비에 물을 받아 가스레인지 위에 올렸다. 그러고는 싱크대 안쪽을 뒤져 너구리를 꺼냈다.

"이 시간에 라면 먹으려고?"

시경이 물었다.

"팀장님이랑 누나는 속이 허하지 않아요? 난 지금 몸속이 텅텅 빈 느낌이에요."

"그럼 다섯 개만 더 끓여."

윤식의 눈이 휘둥그레졌다.

"아침부터 그걸 누가 다 먹는다고요?"

시경이 낙주를 힐금거리자, 윤식이 어처구니없는 얼굴로 물었다.

"원래 미인은 소식하는 거 아니에요?"

"니가 아직도 낙주를 모르는구나. 낙주의 미모는 먹는 거에서 나오는 거라고."

"살다 살다 별소리를 다 듣네요. 힘이 아니라요?"

"낙주는 굶으면 빛이 안 나. 낙주야, 그렇지?"

윤식이 입을 벌린 채 고개를 절레절레 젓자, 낙주가 얼굴을 찌푸리며 말했다.

"쓸데없는 소리는. 백에 담긴 시신은 어디로 가냐니까?"

시경은 낙주의 말을 듣는 둥 마는 둥 하며 담배 한 개비를 더 꺼내 물었다.

"형, 그렇게 줄담배 피면 일찍 죽어요."

"이미 맛이 간 인생이다. 내버려 둬라. 백에 담긴 시신은 국립과학수사원으로 보내질 거야."

"빤한 건데 뭐 하러 그래?"

"절차라는 게 있어."

"만약 안 보내면?"

"너 시체 유기라고 들어봤어? 지금도 사실 우린 시체를 유기한 거야. 아무튼 빨리 금괴 있는 데나 가르쳐달라고 해."

은미를 보지 못하다보니 시경이 은미가 있는 곳과는 정반대의 방향으로 고개를 돌렸다.

"형, 이 쪽에 앉아 있어."

낙주가 어깨를 툭 치자 시경이 낙주의 곁을 쳐다봤다.

"은미 씨, 그러니까 내 말은 우리가 목숨을 걸고 일을 했으니 금괴는 어디 있느냐 이겁니다."

"형, 새파랗게 젊은 애한테 무슨 존댓말이야?"

"그, 그래. 아무튼 금괴는 어딨소? 아니 어딨니? 하, 귀신이랑 이렇게 이야기하는 게 맞아?"

시경이 한숨을 내쉬자 낙주는 은미의 얼굴을 쳐다보았다.

– 그냥 내 몸만 찾으면 될 줄 알았는데, 그게 간단한 일이 아닌가 봐요.

– 그럼, 널 화장시키려고 해도 사망증명서 같은 게 있어야 하거든. 우리가 개인적으로 할 수가 없어. 소각로도 없고. 야매로 소각하는 사람들이 있긴 하지만, 확실하게 네 몸인지 확인도 해봐야 할 거 아냐.

– 그렇겠네요. 그럼 저 몸이 진짜 내 몸인지 아닌지 알려면 며칠 더 걸릴 수도 있겠네요.

– 그런 셈이지. 그런데 화장하면 사라지는 거 맞아?

– 사라지지 않더라도 뭔가 변화가 생기겠죠. 머리 위에 둥근 고리 같은 게 생긴다던가.

은미는 자신이 말해놓고 깔깔거리고 웃었다. 도무지 귀신다운 면모가 보이지 않았다.

"금괴는 뭐래?"

시경이 묻자 윤식도 끼어들었다.

"진짜 금괴 있대요? 가족 중에 밀수꾼이 있었나?"

- 그런 건 잘 몰라요.

"그런 건 잘 모른대."

- 할아버지 묘 비석 밑에 숨겨두었다고 그랬어요.

낙주의 귀가 번쩍 열렸다.

- 누가?
- 모르겠어요.
- 몰라?
- 그냥 가문의 비밀처럼 내려오는 거 같았어요.
- 할아버지 묘는?
- 공주에 있어요. 장기면이라는 곳인데…….

낙주는 은미의 말을 시경에게 전했다. 윤식이 재빨리 스마트폰을 꺼내 메모장 에플리케이션을 열고 꼼꼼하게 메모를 했다.

낙주는 이제 산 사람과 죽은 사람과의 뒤죽박죽인 대화를 알아듣는

데에 익숙했다.

잠깐 침묵이 이어졌고 그 사이 물이 끓어서 윤식은 냄비에 너구리 라면과 스프를 넣고 있었다. 사무실에 라면 냄새가 풍겼다.

“아무튼 라면부터 먹자. 갑자기 배가 막 고파오네.”

시경, 낙주, 윤식이 냄비에 코를 박고 막 젓가락을 드는 찰나 창고 앞으로 자가용이 자갈길을 밟으며 다가왔다. 그리고 창고 앞에 멈춰 서더니 활짝 열어놓은 창고 안으로 헤드라이트를 쏘았다. 아직 미명이 채 걷히기 전이라 그런지 세 사람은 눈부신 빛에 눈살을 있는 대로 찌푸렸다.

자동차 문을 열고 나타난 사람은 의외의 인물이었다.

‘방성태가 여긴 왜?’

그러잖아도 빛 때문에 찌푸리고 있던 시경의 얼굴이 한층 더 일그러졌다. 시경은 방성태를 꺼려했다. 상대를 훑어보는 끈적대는 눈빛도, 지나치게 강한 고집도 마음에 들지 않았다. 방성태는 한 번 고집을 부리면 상대의 이야기 따위 중요하게 생각하지 않는 인물이었다. 시경은 자신만이 옳다는 사고를 가진 사람들이 이 시대에서는 가장 위험한 인물이라고 생각했다. 특히 그는 강자에겐 약하고, 약자에겐 강한 전형적인 인물이었다.

시경은 재빨리 마 총경에게 톡을 보냈다.

‘아니, 왜 방성태를 보내요?’

‘그놈이 간다고 설치는데 어떡해? 다들 현장 일로 바쁘고. 그리고 그놈 차갑고 냉정해서 그렇지 실마리를 잘 풀잖아.’

‘그럼 왕산동 현장에도 방성태를 보냈어요?’

‘김 반장, 방성태도 쓸 만한 구석 많아. 명석하지, 눈치 빠르지, 통찰

력 있지.'

'서장님, 진희 문제로 제가 부장검사한테 대들었을 때 모르세요? 놈이 동료인 나를 두둔한 게 아니라 부장검사 두둔하던 거 잊으셨어요? 조사관에게 제가 일방적으로 주먹 휘둘렀다고 진술한 놈이라고요!'

'다 지난 일이야. 아무튼 지금은 인력이 없어. 게다가 방성태가 유독 나서겠다고 하니까 어쩔 수 없었기도 하고. 내 보기에 좀 야비한 구석이 있긴 하지만 형사 짬밥 먹으면서 사람 꼴 나는 것도 같아.'

'저놈은 안 변합니다.'

'그러니까 복귀하란 말이야. 야인처럼 떠돌지 말고.'

'지금 방 반장 왔습니다.'

시경은 다가온 방성태를 힐끔 보며 서둘러 톡을 끝냈다.

낙주는 희고 창백한 방성태의 얼굴을 본 순간 입맛이 싹 달아났다. 의뢰인들 신원 조회 때문에 시경과 함께 경찰서를 찾았을 때 두어 차례 만난 일이 있었다. 아무리 봐도 그에게는 정감이 가질 않았다.

'그래, 어디 믿을 만한 구석이 있으니까 저 인간을 보냈겠지.'

낙주가 애써 불편한 마음을 접으려 할 때 방성태가 아는 척을 했다.

"낙주 씨, 오랜만이네. 윤식이도 오랜만이고."

낙주와 윤식이 그에게 슬쩍 목례를 했다. 방성태는 낙주를 힐금거렸다. 군더더기 없는 몸매에 연예인 못지않은 미모를 가진 여자였다.

"마 서장한테 전화했다며?"

"너 보내라고 한 거 아닌데."

"우리 강력계에 나만 한 인물이 어디 있다고."

방성태가 주변을 둘러보며 너스레를 떨었다.

"김 반장, 반장이라 불러도 돼지? 날 왜 부른 거야?"

"널 부른 게 아니라 서장님한테 전화했더니 네가 온 거잖아."

"아무튼 결국 내가 왔잖아."

시경은 방성태가 느끼지 못할 정도로 고개를 저었다. 마 총경 말대로 기회주의적인 성향은 있지만 실마리 하나만큼은 잘 푸는 놈이었다.

"혈흔 몇 개는 찾을 수 있을 거 같은데 락스로 범벅을 해놨더라고. 너무 깨끗해서 의심이 가는데 과학수사대가 나가 있으니 뭐라도 건지겠지. 아무튼 네가 말한 증거는 뭐야?"

왕산동 현장에 다녀온 방성태를 빤히 쳐다보던 시경이 낙주를 향해 고개를 끄덕였다. 기회주의적인 인간이라 싫을 뿐 경찰로서의 능력까지는 의심할 수 없었다. 마 총경의 말대로 사건 실마리는 잘 풀었던 형사이긴 했다.

- 은미야, 이 사람한테 네 몸 넘겨야 할 거야. 거기 있는 놈들처럼 함부로 하지 않을 거고.

- 알겠어요.

시경의 눈짓에 낙주가 냉동고 문을 열고 백을 꺼냈다. 작업대 위에 올려놓고 지퍼를 열었다. 윤식은 멀찌감치 떨어졌다.

"허, 진짜네."

다 헤진 시체를 보고도 방성태의 목소리에는 별다른 흥분이 담겨 있지 않았다. 주검을 너무 많이 보아온 탓이라기보다 사람들의 주검에 냉정해지거나 무덤덤해진 탓이라는 생각에 낙주는 괜히 진저리가 났다.

"그런데 이거 시체 유기잖아. 왜 알 만한 사람이 이런 짓을 했을까?"

방성태가 시신을 살펴보며 지나가는 말투로 트집을 잡았다.

"이렇게라도 안 가져 나왔으면 영원히 묻혔을 거 아냐?"

"하긴 그렇긴 하지만……."

방성태와 시경 사이에 긴장감이 팽팽하게 흘렀다.

"이건 나중에 문제 될 수도 있어. 나는 위에 보고 안 할 수 없고."

"보고해라. 보고해. 총경님한텐 내가 다 말했으니까."

시경은 방성태가 수사보다 절차나 보고에 더 목을 매는 인간이라는 걸 다시금 절감했다. 방성태가 주머니를 뒤져 껌을 꺼내 씹으며 지나가듯 무심하게 물었다.

"그 소굴은 어떻게 안 거야?"

"목소리 깔지 마라."

시경의 말에 방성태의 입가에 예의 비웃음이 다시 걸렸다.

"김 반장, 아니 이제 반장도 아니지. 아직도 자기가 형사인 줄로 착각하고 사는 건 아니지?"

방성태가 고개를 바짝 들고 시경을 쳐다보았다. 시경의 얼굴이 붉으락푸르락 달아올랐다. 당장이라도 재수 없는 면상을 향해 주먹이라도 날리고 싶었다, 하지만 같이 똥이 되고 싶지 않았다.

"뭐 의리로다가 우리 경찰을 돕는다는 건 정말 좋은 일이지. 하기야 한때 종로서 강력반, 아니 전국 최고 베테랑인 형사였는데 당연한 거지. 민중의 지팡이!"

방성태가 오른손 주먹을 들어 보이며 낄낄댔다. 시경은 주먹을 꾹 쥐고 그냥 지켜보기만 했다.

"다시 묻는데, 어떻게 안 거냐고?"

"방 반장, 너만 정보원 있는 거 아니거든. 정보원인 친구들이 수상하다 그래서 가본 거지. 하두 여러 놈이 그러기에."

시경이 얼버무리자 방성태가 고개를 갸웃했다.

"정보원? 퇴직한 지 한참 됐는데도 아직 정보원이 있네. 뭐 의리로 맺어져 있다 이거지? 그래, 정보원은 보호해줘야지. 그게 룰이니까. 아무튼 과학수사대가 곧 도착할 거야. 현재로서는 증거라곤 저 시체가 유일하니까. 앞으론 뭐든 건들지도 끼어들지도 마. 알았지?"

시경은 어깨를 건들거리며 말하는 방성태를 보며 다시금 참을 '인' 자를 가슴에 새겼다. 경찰대학을 수석으로 졸업한 방성태였다. 그럼에도 바닥부터 경험하겠다며 말단 순경직을 자처했다는 소문도 있었다. 그 과정이야 어찌 흘러왔는지 모르겠지만 지금 그는 가장 영향력 있는 경찰서인 종로경찰서 강력 1반의 형사반장이었다.

- 정말 괜찮을까요?

은미는 낙주 옆에 서서 방성태를 구경했다.

- 뭐가?
- 제 몸 가지고 해부하고 그러는 거잖아요. 부검한다는 게.
- 그, 그렇겠지. 그래야 범인들 잡을 수 있을 테니까.
- 아플 거 같아요, 많이.

귀신에게도 마음이라는 게 존재한다는 말일까. 낙주는 투명한 회색으로 보이는 은미에게 눈길을 주었다.

- 얼른 화장해줬으면 좋겠어요.

- 몸을 찾으면 사라지는 게 아니라 화장해야 사라지는 건가?

- 그것도 실은 잘 모르겠어요. 그냥 자꾸만 제 몸 흉한 거 보니까 맘이 너무 아파요.

- 확실히 네 몸인지도 모르겠다면서?

- 몸이 너무 훼손돼서…….

방성태가 시경을 빤히 쳐다보았다. 하지만 시경은 그의 눈길을 피했다.

- 저 그렇게 만든 사람들 누구인지 알 수 없죠?

- 수사해봐야 알겠지. 그건 왜?

- 범인도 모른 채 어디론가 가버리면 그땐 더 억울하고 맘이 아플 거 같아서요.

낙주는 귀신도 그런 진실들을 궁금해하는 모양이라고 생각했다. 귀신이라고 해서 자신을 죽인 범인을 단숨에 알아내거나 그들에게 해코지를 할 수 있는 존재가 아니라는 사실도 어렴풋이 느꼈다.

5

"저 인간, 지가 아직도 반장인줄 알아."

방성태는 뒷좌석 문을 거칠게 닫으며 혼잣말을 중얼거렸다.

"반장님, 뭐라고요?"

조수석에 앉아 있던 방성태의 충복 조 형사가 힐끔 뒤를 돌아다보았다.

"김시경이 두고 하는 말이야. 신경 쓰지 마."

"아무튼 좀 그래요. 가끔 전화 걸어서 출동해라 마라……. 자기가 아직도 형사반장인 줄로 안다니까요."

"나 모르게 출동하고 그런 적이 있어?"

"무슨 말씀이세요. 전화가 왔다는 거죠. 그리고 우리 부서론 전화 잘 안 해요. 강력 2반이나 기동대에 가끔 전화를 하는 거 같더라고요."

"수사관으로 오래 살았다 이거지? 시민이면 시민으로 그냥 신고만 하면 되잖아."

방성태는 차창 밖을 내다보았다. 창고 같은 건물만 덩그러니 놓인 곳이었다. 주변 경관이 뛰어난 것도 아니고, 대중교통으로는 서울로 나갈 일이 아득한 곳이었다. 건물 주변으로는 잡초들이 허리 높이까지 무성하고, 잡초들 사이로 길고양이와 개들이 불쑥불쑥 고개를 내밀기도 했다. 퇴비 냄새도 났다. 파주의 변두리에 창고 같은 곳에서 산다는 말은 들었었는데 이토록 열악할 거라고는 생각해본 적이 없었다.

'그러게 겁 대가리 없이 부장검사한테 주먹을 날리니까 그렇게 되지.'

방성태는 혀를 차며 조 형사에게 물었다.

"과학수사대는 왜 아직 안 오는 거야?"

"근처 IC 지났다니까 금방 도착할 겁니다."

"담배 하나 줘봐."

방성태가 씹던 껌을 창밖으로 뱉고는 말했다.

"반장님, 담배 끊었잖아요."

"잔소리 말고 줘봐."

조 형사가 담배 한 개비를 건넸다. 방성태는 차에서 내려 도로 쪽으로 걸음을 옮기며 멀리 시경의 패거리들을 향해 잠깐 눈길을 보냈다.

'저 인간은 당최 알다가도 모르겠어. 은퇴한 여자 역도 선수랑 뭘 하겠다고…….'

미스터리

1

어느 시인의 시에서 '인생 총량의 법칙'이라는 단어를 읽은 적이 있었다. 그러니까 나쁜 일이 생기면 그 분량만큼 좋은 일도 생긴다는 말이었는데, 듣기에 무척 좋았다.

그런데 지금 이 순간이 나쁜 일인지 좋은 일인지 구분이 되질 않았다. 다만 그 시를 읽은 때문인지 지금의 상황이 나쁜 일이라면 언젠가는 다시 좋은 일이 일어날 수도 있을 거라는 막연한 믿음이 생긴 점은 다행이라는 생각을 갖게 되었다.

동네 아이들에게 무당의 딸이라고 놀림 받았던 시간들이 낙주에게 나쁜 일들이었다면 역도의 세계와 만나 올림픽 국가대표까지 되었던 일은 다행이었다. 어느 낯선 집 대문 앞에 서서 할머니가 굿하는 동안 장대 같은 걸 들고 있어야 하는 시간이 나쁜 시간이었다면 신기록을 새운 용상 역도 경기에 자신에게 박수를 보내는 사람들의 미소를 보는 건 좋은 일이었다. 그렇게 핑퐁처럼 좋은 일과 나쁜 일이 오갔다. 하지만 은미를 만난 게 그 연장선에 있는 일인지 아니면 좋은 일의 시작인지 알 수 없었지만, 은미를 보게 되면서 한 가지만은 분명하게 깨달았다. 죽음은 삶의 끝이 아니라 어쩌면 새로운 시작일지도 모른다는 사실을.

'이년아, 삶은 이미 정해져 있어. 그러니까 벗어나려고 발버둥 치지 마.'

무당의 손녀라고 놀림 받는 삶이 지긋지긋해 걸핏하면 반항하던 낙주를 두고 할머니는 늘 그렇게 얘기했다. 하지만 낙주는 삶이란 늘 우연의 연속이라 믿었다. 그렇지 않은 다음에야 자신에게 주어진 삶이 이해되지도 않았고 용서되지도 않았기 때문이다.

낙주는 방성태의 행동에 얼굴을 찌푸렸다. 전부터 느꼈던 건데 존댓말도 아니고 반말도 아닌 말투가 신경에 거슬렸다. 그게 보통 형사들의 말투인지는 모르지만 적잖이 기분 나쁜 게 사실이었다. 반말과 존댓말이 섞인 말투 속에는 '내가 너에 대해 전부 다 아니까 까불지 마'라는 의도가 담겨 있는 듯했다. 원래부터 신뢰가 가지 않는 인물인데 말투까지 그러니 믿음이 갈 수가 있겠는가. 그에 반해 시경은 상대를 깎아내리는 반말조의 말투를 입에 담지 않았다. 이런 낙주의 느낌은 은미도 마찬가지인 듯했다.

– 언니, 저 인간 원래 저렇게 빈정거려요?

– 나도 형 때문에 가끔 정보 얻으러 경찰서 갔다가 보곤 해서 잘 몰라.

– 아무튼, 저 인간 별로예요.

- 나도 그래. 별로 정이 안 가는 인상인데다 말투도 그래.
- 그럼 내가 잘못 본 게 아니라는 말이네요?

낙주는 은미의 말에 히죽 웃었다.

- 표현도 잘한다. 나도 저 인간 별론데 그렇다고 죽일 놈 같지도 않고 그래. 기회주의자라서 그런가?
- 그런데 저런 인간한테 저 몸을 넘겨요?
- 안 그럼, 방법이 없잖아.

은미와 대화를 나누던 낙주가 자신을 부르는 목소리에 고개를 돌렸다.

"그럼, 혹시 얼굴 기억나는 놈들 말해 줄 수 있나?"

낙주는 실실 웃으며 아예 말을 놓는 방성태의 모습에 더이상 참지 못하고 물었다.

"왜 자꾸 반말이세요?"

"내가? 그럴 리가?"

"지금도 반말하시잖아요."

"그럴 리가 없는데, 아니 그럴 리가 없을 겁니다."

해를 등지고 서 있어서 그런지 낙주의 그림자가 방성태의 몸 전체를 덮고 있었다. 그 때문이었을까. 햇빛에 가려 낙주의 얼굴이 보이지 않자 마주한 그녀가 위협적으로 느껴진 듯했다. 방성태는 낙주의 오른편으로 크게 벗어나며 다시 물었다.

"아무튼, 뭐 기억나는 거 없어…… 세요?"

낙주가 힐끗 은미를 바라보자 은미가 눈을 반짝였다.

– 유독 기억나는 남자가 하나 있었어요. 양쪽 손목에 한자를 문신처럼 그려 넣은 남자가 기억나요. 손등까지. '천상천하무여아天上天下無如我, 천상천하, 천상천하…… 시방세계역무비十方世界亦無比, 시방세계, 시방세계……' 언니가 왔을 땐 안 보였어요. 그 사람이 뭐라 뭐라 지시를 내리고 그러는 거 같았어요. 머리는 좀 긴 편이었고, 체격이 저 재수 없는 형사 정도였어요.

– 천상천하무여아? 그건 무슨 말이야?

– 부처님 태어났을 때 한 말인데 그걸 약간 바꾼 말 같아요. 하늘 아래 부처가 유일하다는 걸 하늘 아래 내가 유일하다, 남들과 비교할 수 없는 유일한 존재다. 뭐 그런 말인 거 같아요.

– 너 보기완 다르네.

– 잘 모르겠는데 한자 같은 건 분명하게 기억나더라고요. 읽으면 바로 해석이 되기도 하고요.

– 희한하네. 너 옛날 사람인 거 아냐?

– 옛날 언제요?

– 그야 나도 모르지. 그런데 죽는 마당인데 그런 게 기억나?

– 얼굴보다 그 남자 손등이랑 손목만 유독 기억에 남더라고요. 흐릿하지도 않고 굉장히 선명했거든요.

낙주는 은미의 말을 지하에서 도망 나오며 자신이 본 것처럼 방성태에게 전달했다.

"위험했을 텐데 자세히 살필 겨를이 있었던 모양이네. 혹시 아는 인간들이야?"

"말이 좀 심하네."

낙주는 계속된 반말에 참지 못하고 반말을 했다. 방성태도 반말하는 낙주에 대해 별다른 타박을 하지 않았다.

- 저 경찰 인간이 뭐라고 지껄이는 거예요?

은미가 말했다.

- 경찰 인간은 또 뭐냐?

- 경찰도 인간이잖아요. 경찰 인간들 밥맛인 거 같아요.

- 밥맛이라는 표현을 하는 거 보니까 아주 옛날 귀신은 아닌 모양이네.

- 그게 짜증나는 스타일이라는 거잖아요. 시경 아저씨는 왜 저런 경찰 인간을 불러대요.

- 그러게. 서장 말이 왕산동이랑 여기 올 사람이 저 친구밖에 없었다는 데 어떡해.

- 그래도 그렇죠. 야바위꾼 같아요.

- 야바위가 뭐야?

- 언니, 야바위도 몰라요?

- 혹시 남 속이고 그러는 거 말하는 거야?

- 맞아요. 저 경찰 인간 야바위꾼 같아.

"이상한 문신이라…… 이거 오대양 놈들하고 분위기가 비슷하지 않아? 그놈들 자취 감춘 지 굉장히 오래됐긴 했는데…… 혹시 낙주 씨가 잘못 본 거 아니야?"

방성태가 다시 반말로 지껄였다. 마치 자신의 믿음에서 벗어나는 인간들은 존중할 필요가 없다는 투였다.

"오대양? 혹시 20년 전엔가 집단으로 자살한?"

시경이 끼어들자 방성태가 어깨를 으쓱였다.

"그놈들 말고 또 누가 있나?"

"그런데 그놈들은 그때 완전히 와해되지 않았나?"

"와해됐다고 해서 싹 다 죽은 건 또 아니잖아. 선택받은 선민이라고 믿어서 지들이 핍박받는다고 고래고래 소리 지르고 그랬지. 20년 전이나 지금이나. 딱 조폭이지만."

"조폭은 지들끼리 의리라도 있지. 그것들은 자신들이 믿는 신과 인간만 있었지."

방성태가 꺼낸 오대양 사건이라는 말에 입이 쓴지 시경이 자꾸만 혀로 마른 입술을 핥았다.

"그놈들 진짜 무시무시했는데…… 조폭들도 함부로 못했잖아."

"그러게. 지금은 와해되서 명맥도 유지 못하고 있을텐데……."

낙주는 자신의 몸 주변을 서성대는 은미를 힐끔거렸다. 물론 그 모습은 낙주에게만 보였다. 방성태의 이야기가 듣기 거북했던 모양이었다. 방성태는 낙주와 윤식을 연신 힐금거렸다. 뭔가 말하지 않고 감춘 것을 말하라는 눈치였다.

"오대양 그 인간들은 아니겠지. 내 말은 그놈들이랑 분위기가 비슷하다는 거지. 그런데 왜 사람들한테서 장기를 꺼내고 그러는 거야?"

"그건 방 반장이 알아내야지."

방성태가 시경을 지그시 쳐다보았다.

"김 반장, 현장에서 오래 떠나 있더니 감 많이 죽었지? 기자도 간단하게 보이스피싱 당하는 시대야. 아무리 과학이나 기술이 발달했지만 말 몇 마디에 깜빡 속기 좋은 세상이기도 하잖아. 아무튼 곧 과학수사대 차량이 올 거야."

"국과수로 가지?"

"알면서 뭐 하러 물어?"

방성태는 이제 시경을 경찰 취급하지 않았다. 경찰을 그만두었으니 상관없지만 그래도 김시경은 전국에서 알아주는 베테랑이었다. 그에 대한 예우 차원에서라도 친절하게 말해줄 수도 있었다. 그러나 방성태는 일부러라도 그러지 않았다.

시경은 시경대로 지하실에서 찍은 사진에 대해 말하지 않았다. 마총경이 이미 보여주었을 텐데 방성태가 말하지 않는 걸 보니 중요하지 않다고 판단한 듯했다. 방성태는 딱딱하고 사무적이고 싸늘한 인간이지만 수사 하나만큼은 잘하는 인간이었다.

- 아깐 반말 안 하겠다고 해놓고는 왜 자꾸 반말하는 거예요?

은미가 방성태를 노려보았다. 낙주는 그녀의 표정이 귀여워 피식 웃고 말았다.

- 정말 웃기는 보리밥이에요.

- 웃기는 보리밥? 그런 말이 있어?

- 오다가다 귀신들이 그러던데요. 웃기는 보리밥이라고?

- 그건 무슨 뜻인데?

- 뭐, 말도 안 된다는 소리겠죠. 보리밥이 웃긴다는 게 말이 안 되잖아요.

은미의 말을 듣고 있다 보니 방성태로 인해 불쾌했던 기분이 한결 나아지는 듯했다. 그리고 잠시 뒤 과학수사대 차량이 창고 앞마당으로 들어섰다. 차에서 내린 멸균복 차림의 수사요원 세 명이 이동침대를 꺼내 밀면서 걸어왔다.

"김 반장, 이제 이런 일은 경찰한테 맡기고 하시는 사업이나 열심히 하셔."

시경은 방성태의 이 말에 별다른 대꾸를 하지 않았다. 낙주는 시경이 불쌍해보였다. 하지만 그런 내색은 하지 않았다. 그녀는 무심한 척 두 사람을 번갈아보며 눈만 깜빡거렸다.

그때였다. 전과 다른 밀착감이 낙주의 어깨에 전달되었다.

- 언니, 미안하고 죄송한데…….

- 뭐가?

- 진짜로 죄송해요.

- 뜸들이지 말고 말해.

- 아무래도 저기 담겨 있는 몸은 제 몸이 아닌 거 같아요.

- 뭐?

낙주가 황당한 눈으로 은미를 돌아볼 때, 과학수사대 요원들이 이동침대를 끌고 창고 안으로 들어왔다. 그리고 방성태의 지시에 따라 익숙하게 냉동고에서 시체를 꺼내 이동 침대로 옮겼다. 요원들과 방성태, 시경, 그리고 윤식이 그 모습을 지켜보고 있었지만, 낙주는 은미의 말에 정신이 없었다.

- 대체 그게 무슨 소리야?

- 다른 건 몰라도 자신의 몸에는 들어갈 수 있다는 말을 들었거든요.

- 그 말은 누구한테 들은 건데?

- 오다가다요. 그 공단역 입구에서 사람들이 모여 서서 불을 쬐고 있기에 다가갔었죠.

- 그런데?

- 그 사람들이 절 못 보는 줄 알았는데, 다 저를 보더라고요. 어떤 애는 나를 보고 미소를 짓기도 했고요. 첨엔 그런가 보다 했죠. 아무튼 혼자 돌아다니는 것도 심심하고 해서 가까이 갔는데 모두 저를 볼 수 있더라고요. 그런데 나중에 보니까 다 저 같은 귀신이었어요. 한편으론 안심이 되기도 하면서 한편으론 서럽기도 하고 그렇더라고요.

- 은미야, 네 몸이 아니라는 말을 하는데 뭐가 그렇게 서두가 길어?

- 그 사람들이 그러더라고요. '야, 니 몸에 들어가 봤어?' 그래서 물어봤죠. 몸에 들어갈 수 있냐고요? 그러니까 자기 몸에는 들어갈 수 있는 거 같대요. 그 사람들도 몸이 어디에 있는지 몰라서 못 들어가지만, 몸에 들어갔다가 나온 사람한테 들었대요.

- 그러니까 네 몸이면 네가 들어갈 수 있다? 그리고 몸을 잃어버린 귀신들도 많다?

은미가 고개를 빠르게 끄덕거렸다.

– 그런데 지금 저 몸에 들어가려고 애를 써봤는데 들어가지지가 않아요.

– 그걸 왜 지금 말해?

– 저도 몰랐어요. 자기 몸에 어떻게 들어가는지 알 수가 있어야죠. 그래서 자기 몸에 들어가는 시간이 따로 있는 건지, 아님 상황이 맞아야 들어가는지 모르니까 마냥 기다린 거죠. 그런데 생각해보니까 그냥 들어가게 되는 거 같은데, 들어가지지가 않아요. 처음에는 너무 흉측해서 제 모습을 자세히 안 봤는데 막상 해보니까 안 되고, 게다가 저는 오른쪽 목 뒤에 점이 큰 게 하나 있다고 그랬잖아요.

– 그랬지. 그런데 없어?

– 그게 점이 아니었나 봐요. 그냥 멍들었던 걸 제가 힐끔 보고 점이라고 생각했나 봐요.

낙주는 은미의 말을 말할까 망설이다 입을 다물었다. 방성태에게 굳이 알릴 이유가 없었다.

"그래, 요즘 심부름센터해서 밥은 좀 벌어먹는가?"

방성태의 말에 시경의 얼굴이 일그러졌다.

"지랄하고 있네. 니 걱정이나 해."

"한때 한솥밥 먹었는데 걱정하는 게 당연하지. 뭐 아님 말고. 일단 국립과학수사원에 가져가보면 신원 파악할 수 있을 거야. 여기다 둘 수도 없잖아. 그리고 우리가 가져가야 수사고 뭐고 하지."

방성태가 히죽대며 시경에게서 떨어졌다. 그 사이 과학수사대가 여자의 몸을 차량에 싣고 떠났다.

– 그럼 넌 어디에 있었던 건데?

– 모르겠어요. 분명 그런 침대였던 거 같은데. 어둡고 음산하고 축축하고 사방이 꽉 막힌 그곳이 맞는데. 무슨 깃발 같은 것도 보였고…….

시경과 윤식은 떠나는 차량을 보며 담배만 줄기차게 피워댔다. 낙주는 존재를 알려도 믿지도 않을 방성태에서 신경을 끄고, 은미와의 대화에 집중했다.

– 그럼 거기까지 어떻게 가게 된 건데?

– 그걸 저도 잘 모르겠어요. 그냥 거기에 내 몸이 있을 거 같았거든요. 그리고 분명 거기 풍경들 제가 다녔던 곳들이고요. 어쩌면…….

– 어쩌면 뭐?

– 제 몸을 그 인간들이 벌써 없애버린 건지도 몰라요. 아니면 그 욕조 안에 있던 몸들 중에…….

낭패였다. 가볍게 생각했지만 은미의 몸을 가지러 갔던 일은 죽음을 담보한 일이었다. 그런데 자신의 몸이 아니라니. 물론 제 몸도 몰라볼 만큼 시신이 훼손된 것은 사실이었지만 황당할 수밖에 없는 일이었다. 낙주가 은미의 말을 전하자 시경의 얼굴이 붉으락푸르락 달아올랐다.

"그러면 딜도 없었던 일이 되는 거야?"

2

윤식은 창고 입구에 쌓아놓은 빈 페인트 깡통을 쉴 새 없이 걷어찼다. 깡통이 요란한 소리를 내며 굴러갈 때마다 은미가 어깨를 움찔거렸다. 낙주는 그녀가 충분히 미안해하고 있다는 걸 알았다.

"윤식아, 그만 좀 차라. 정신 사나워."

시경의 말에 윤식이 어깨를 으쓱거린 후 더 이상 깡통을 차지 않았다. 시경이라고 해서 기분이 좋을 리 없었다.

그때 과수대를 배웅한 방성태가 다시 창고로 돌아오며 말했다.

"이거야 원, 수사하면 어느 정도 나오긴 하겠지만, 이번 수사는 어디서부터 시작해야 할지 모르겠네."

방성태가 담배꽁초를 손가락으로 튕겨 창고 밖으로 내보내며 다시 말을 이었다.

"이제 어떻게 하나? 저놈들 들쑤셔 놨으니 아예 깊게 숨어버릴 수도 있겠는데."

방성태의 말에 낙주는 난감한 기분이었다.

"아무튼 과수대에서도 뭔가 나와도 나올 테니 배후 밝히는 게 큰 문제인데, 드러날까 모르겠어. 요즘 미제 사건들 때문에 머리통 터질 지경이거든. 그러니까 김 반장, 이런 사건 만들지 맙시다."

방성태는 말을 끝맺고는 등을 돌렸다. 그리고 올 때처럼 마당에 한바탕 먼지바람을 일으키며 떠났다.

방성태가 떠나자 창고와 마당엔 괴괴한 정적만 남았다. 간간이 뒷산에서 뻐꾸기가 방정맞게 울어댔다. 시경은 담배를 꺼냈다가 도로 집어넣으며 혼잣말을 하듯 중얼거렸다.

"내가 하는 일이 매번 그렇지 뭐…… 창고 임대료 밀렸다고 벌써 열 차례나 문자가 왔는데……."

윤식도 풀이 죽은 채 어깨를 축 늘어트리며 시경을 쳐다보았다.

"팀장님, 그럼 내 월급은요?"

"그건 염려 마. 내가 어떡하든 빚내서라도 줄 테니까."

시경은 답답한지 기어이 담배를 꺼내 입에 물었다.

"이러니 내가 담배를 끊을 수가 없다니까. 낙주야, 그 친구 말이야. 아무리 바보라도 그렇지 어떻게 자기 몸을 모를 수가 있지?"

은미도 시경의 말에 고개를 푹 숙였다.

- 진짜 어떻게 자기 몸도 몰라보는 귀신이 있어?

- 그게 그러니까 깨끗하게 죽으면 괜찮을 텐데…….

- 휴, 그냥 없던 일로 하고 너 갈 길 가라.

낙주는 제 삶도 제대로 다스리지 못하는데 남의 삶을, 그것도 귀신의 삶을 돌봐준다는 게 어불성설이라는 생각이 들었다. 더 이상 은미를 살피는 것도 못할 짓이었다. 고개를 숙이고 몸을 배배 꼬던 은미가 얼굴을 들었다.

- 언니, 비록 제 몸은 못 찾았지만 약속은 지킬게요. 나중에라도 찾아주세요. 네?

"형, 그래도 은미가 약속은 지키겠다는데."

"약속을 지킨다고?"

"금괴가 들어 있을지도 모른다는 궤짝 말이야."

낙주는 반신반의하는 시경의 눈길을 애써 피하며 말했다.

"그래, 약속 지킨다니 가봐야지."

"금괴는 무슨……."

윤식이 자갈을 구둣발로 비벼대며 투덜거렸다. 시경이 그의 어깨를 두드렸다. 결국 윤식은 시경에게 이끌려 승합차에 올라탔다. 윤식이 시동을 걸고 라이트를 켰다. 은미도 낙주의 곁에 앉았다.

- 언니 혹시 시경 아저씨가 나 못 믿는 거 아니에요?

- 조금은 그런 거 같아. 그래도 어쩌겠어. 널 믿어야지.

- 그래요. 앞으로 믿을 수 있게 해드릴게요.

낙주는 은미의 말을 시경에게 전했다.

"허허, 다른 방법이 없네. 그 아가씨한테 전해. 난 믿는다고. 아니 앞으로 믿기로 했다고."

시경의 말에 낙주가 고개를 저었다.

"지금 다 듣고 있으니까 전할 필요도 없어. 형이랑 방 형사랑 창고 밖에서 나눴던 이야기도 다 들었대. 은미가 그러는데 방 형사가 형 보고 정신 차리라고 그랬다면서?"

"뭐?"

"그리고 이번 가을에 승진하게 될 거 같다는 말도 들었다던데 맞아?"

등받이에 허리를 붙이고 있던 시경이 등을 곧추세웠다.

"서장하고 다음 주쯤에 밥 한번 먹기로 했다면서? 복귀해야 한다고? 때론 불편부당하지만 잠깐 눈 감고 살 수도 있는 거 아니냐고…….”

시경의 눈이 화등잔만 해졌다.

“그, 그걸 어떻게…….”

“형, 이젠 진짜 은미 있는 거 믿겠어요?”

시경의 빠르게 고개를 끄덕거렸다. 곁에 앉아 있는 은미가 그 모습에 쿡쿡대며 웃었다. 운전을 하던 윤식이 룸미러로 뒤를 살피며 피식 미소를 지었다.

“지금도 곁에 있어?”

“응.”

“미안하다고 전해줘. 진심이야. 사실 방 형사 그놈이 와서 시체를 확인할 때까지도 난 사실 믿지 못하겠더라고. 그런데…… 이젠 진짜 믿을게. 그리고 우리 진짜로 귀결사 그런 일 해보자”

시경의 목소리에 힘이 깃들어 있었다. 낙주는 은미를 쳐다보았다. 은미가 가만히 고개를 끄덕거렸다.

- 너 울어?

- 아니. 귀신도 울어요?

- 그걸 나한테 물어보면 어떡해?

은미가 웃었다.

- 그러게요. 그런데 우는 귀신을 아직까지는 보지 못했어요. 귀신들은 안 우는 걸까요?

- 낸들 아나. 너도 모르는데.

- 우는 귀신이라. 그거 재미있겠는데요.

- 은미야, 그래도 울지 마라. 울 일이 없어야겠지만.

- 언니, 시경 아저씨한테 고맙다고 전해줘요.

- 뭘?

- 이제라도 믿어줘서.

- 그래. 사실 형 처음 봤을 때부터 난 그냥 믿음이 팍 가더라. 그래서 지금까지 같이 지내고 있는 거야.

- 언닌 의리파예요.

- 그건 또 뭔 소리야?

- 의리파, 보스파, 칠성파, 그런 거 있잖아요.

낙주는 웃으며 고개를 절레절레 저었다. 시경이 그런 낙주를 빤히 쳐다보고 있었고, 윤식은 룸미러로 그녀를 살피고 있었다.

- 언니 송탄으로 가요. 옛날에 쑥고개라고 불리던 동네예요. 보릿고개 시절에 쑥 캐다 먹고 살았다는 가난한 동네였어요.

- 아무래도 네가 나보다 훨씬 오래전에 태어났던 거 같아.

- 아무렴 어때요. 지금은 언니가 언니잖아요.

- 실은 내가 언니라고 불러야 하는 거 아냐?

- 그냥 지금 우리 모습만 봐요. 언니가 언니 같잖아요.

정색하는 은미의 모습에 낙주는 다시 한 번 웃고 말았다. 그리고 은미의 말을 시경에게 전달했다.

"송탄이라는 동네로 가야 한대."

오산 IC에서 빠져나가 미군 부대가 있는 번화가 쪽으로 내달려 서정리라는 동네 방향으로 달리다보면 쌍둥이 교회가 나오는데, 그 교회 뒤편에 작은 야산이 있고, 야산 너머에 몇몇 무덤이 보인다. 그 무덤 중에 '김일우'라는 이름이 새겨진 비석을 찾아 그 아래를 뒤지면 금괴가 나올 것이다. 낙주는 토 한마디 빼지 않고 시경에게 은미의 말을 전했다. 그들이 탄 스타렉스가 밤을 내달리다 휴게소에 잠시 들렀다. 윤식이 화장실이 급하다며 차에서 내려 휴게소 안으로 달려 들어갔다.

"팀장님, 오줌도 좀 누고 뭐 좀 먹어요."

"휴게소는 역시 호두과자지. 그 정도는 먹어줘야 고속도로 달린 기분이 나지."

시경과 윤식이 차에서 내렸지만 낙주와 은미는 그대로 차에 있었다. 낙주는 여전히 자신이 제대로 된 길을 걷고 있는지 알 수 없었다. 창밖은 짙은 어둠이 깔려 있었다. 그때 어둠 속에서 어른의 손에 잡혀 차에서 끌려나오는 아이들이 보였다. 어른이 칭얼대는 아이들을 달래며 화장실로 가고 있었다. 그들 뒤로 저희들끼리 웃고 떠들며 까부는 소년 소녀들이 나타났다. 학원 버스에서 내린 아이들이었다. 학원 버스를 타고 어디로 가고 있는 걸까? 혹시 저들도 귀신인가? 낙주는 문득 든 의심에 유심히 아이들을 살피다가 고개를 저었다. 그리고 씁쓸한 심사를 감추려 피식 웃고 말았다.

낙주에게는 저런 시절이 없었다. 부모님의 손을 잡고 나들이를 간 적도, 친구들끼리 어울려 놀던 기억도 없었다. 어려서부터 역기를 들었다. 역기를 들며 기뻐했고, 역기를 들면서 슬픔과 아픔을 견뎠다. 그리고 지금이었다.

시경과 윤식이 호두과자와 군밤을 사들고 돌아왔다.

"군밤 먹을래?"

시경이 군밤이 담긴 봉투를 내미는데 낙주의 마음이 괜히 울컥했다.

"형이나 먹어요."

윤식과 시경은 운전석과 조수석에 앉아 간식을 먹으며 창밖을 내다보았다. 그때 은미의 목소리가 들렸다.

– 언니가 본 그 학원 버스에서 나온 아이들, 귀신 맞아요.

낙주는 소름이 돋았다. 이젠 귀신들이 살아 있는 사람들 보는 것처럼 익숙해진 때문이었다.

– 내가 재네들 보면서 그런 생각하는 걸 어떻게 알았어?

– 언니, 나 귀신이기 전에 한 눈치 하거든요. 언니가 어깨 떠는 것도 느꼈어요. 그래서 짐작해서…….

낙주는 은미를 쳐다보았다. 귀신이라기보다 그냥 사람이었다. 할머니가 그녀에게 하던 말이 떠올랐다. 은미가 늘 하던 말이기도 했다.

'귀신도 산 사람과 다르지 않어. 사람이 좋아하는 거 귀신도 좋아하고, 사람이 싫어하는 건 귀신도 싫어혀.'

할머니는 제사를 지내면 꼭 산 사람의 밥상과 똑같은 수준의 상을 마련해 놓곤 했다.

– 언니는 운동 선수였죠?

낙주 곁에 희미한 존재로 앉아 있던 은미가 생뚱맞은 질문을 했다. 낙주는 은미를 한 차례 힐금거렸다.

- 그래, 역도 선수였어. 국가 대표도 했고.

- 난 언니 첨에 보고 진짜 너무 예뻐서 놀랐어요. 그런데도 남자들 몇 간단하게 때려눕히는 거 보고 또 한 번 놀랐고요. 아무튼 역도 선수는 왜 그만두셨어요?

- 부상 때문에. 나중에 알고 보니까 무릎도 끊어졌고 팔목도 인대가 끊어졌더라고. 그렇게 제대로 꽃 한번 피워보지 못하고 운동은 그만뒀지.

- 아까 보니까 무술 하는 사람처럼 마고봉도 잘 휘두르던데요.

- 뭐든 먹고살아야 하니까…… 마고봉은 나도 잘 모르겠는데, 태어날 때부터 난 몸으로 쓰는 일은 잘했대. 영화 속에서 나오는 격투 장면을 보면 그대로 따라할 수도 있어. 어려서부터 내가 본 무술이라는 건 다 따라했던 거 같아. 막싸움까지도. 그러다 어느 날 TV에서 외국 여자가 역기 드는 걸 보게 되었는데 그만 거기에 꽂힌 거지. 그 뒤로 역도만 생각하고 역도에만 미쳐 살았는데……

- 그래도 그렇지, 그 무거운 걸로 봉 만들 생각은 어떻게 한 거예요?

- 역도는 그만뒀지만 봉 잡고 있을 때가 가장 행복했지. 내 청춘 모두 역도에 바쳤으니까. 남은 건 없지만…….

- 아니 그 봉 말고요. 보기만 해도 좀 무섭고 그랬어요.

- 아, 마고봉? 할머니 거야. 할머니가 주신 거지. 그렇다고 무슨 엄청난 보물이나 그런 건 아냐. 고향집 사당에 먼지 잔뜩 뒤집어 쓴 채 있던 봉이었거든. 진짜 누구 건지도 몰라.

- 그런데 이름이 왜 마고봉이에요?

- 우리나라 태초 여자 이름이라고 하는데, 사실 나도 잘 몰라. 할머니가 마고봉이라고 말해서 그런 줄 아는 거지. 할머니도 왜 마고봉이라고 하는지 잘 모르는 것 같던데.

- 그런데 브라질 올림픽 때 역도 경기장에서 귀신들 봤던 거 확실해요?

시경과 윤식은 호두과자와 밤을 먹으며 낙주가 중얼중얼 뭐라 떠드는 모습을 힐금댔다.

- 맞아. 그전부터도 봤던 거 같은데, 그날부터 귀신을 볼 수 있다는 걸 확실하게 깨달은 거야.

- 그런데요. 저도 그 경기장에서 언니 본 거 같아요.

낙주는 목련꽃 무늬 치마를 팔랑거리며 즐거운 듯 몸을 흔드는 은미를 빤히 쳐다보았다.

- 브라질이었는데?

- 맞아요. 브라질.

- 거길 왔었단 말이야?

- 네.

- 어떻게?

- 언니도 참. 난 귀신이잖아요.

- 그러니까 귀신들이 여기서 저기로 어떻게 훌쩍 움직이느냐고?

매번 궁금했는데.

– 어떻게 가긴요, 저도 비행기 탔죠.

– 귀신이 뭐 하러 비행기를 타?

– 아니 그럼 비행기 안 타고 브라질까지 어떻게 가요?

– 넌 귀신이잖아.

– 귀신은 뭐 그 자체가 요술방망이인 줄 아세요? 가까운 거리는 상관없지만, 먼 거리는 우리도 비행기를 타든 버스를 타든 갈 수 있는 거 같더라고요. 아니면 귀신 고수가 되면 그냥 어디든 훌쩍 갈 수 있는지도 모르겠지만, 아무튼 귀신들도 뭔가를 타고 가야 해요.

– 어쨌든 좋아. 그런데 브라질엔 왜 갔는데?

– 왜긴요, 나도 올림픽이 보고 싶었죠. 살아 있을 땐 한 번도 구경을 못했으니까요.

– 잘된 일이라고 말하긴 좀 뭣하지만 그런 점은 잘된 거네.

– 그러게요. 브라질 가는 데 돈은 안 드니까요. 엄청 시간이 많이 걸려 지루해 죽는 줄 알았지만.

은미의 웃음에 쉬지 않고 중얼대던 낙주가 말을 멈췄다. 그리고 자신을 넋 놓고 구경하던 시경과 윤식에게 눈길을 돌리자 둘이 딴청을 부렸다.

"팀장님, 이제 출발하죠?"

"그, 그려."

"출, 출발합니다."

윤식이 다시 시동을 걸었다. 낙주는 목련꽃이 살아있는 듯 생생한 은미의 치마에 눈길을 주었다. 시경과 윤식에게는 보이지 않는 풍경이었다. 은미는 더 이상 치마를 살랑살랑 흔들지 않았다. 질문도 하지 않았다. 낙주는 왠지 좀 더 말을 걸어야 할 것만 같았다.

"가족은 있어?"

낙주의 질문에 동시에 세 사람이 대답했다. 시경은 뒤를 살피며 "뜬금없이 가족은 무슨……"이라며 말꼬리를 흘렸다. 윤식은 "저는 뭐 엄마하고 살아요"라고 대답했다. 정작 질문한 은미는 되물었다.

- 가족이요?

"형이랑 윤식이한테 물은 거 아냐. 은미한테 물은 거지."

"나 원 참 민망하네."

"흠흠, 미리 대답해 드린 걸로 해요."

시경과 윤식의 대답에 은미가 웃음을 지었다. 그녀의 웃음소리도 낙주에게만 들렸다.

- 할아버지만 기억나고 나머지 사람들은 잘 기억이 안 나요.

- 우리가 지금 가는 무덤에 묻힌 분이 할아버지야?

은미가 고개를 끄덕거렸다.

- 다른 가족들은 아예 기억이 안 나?

- 가물가물 뭔가 떠오르기도 하는데, 그 사람들이 내 가족들인가 의심이 들기도 해요.

- 왜?

- 정말 좋아했던 가족이라면 의심 같은 거 들지 않을 거 아니에요.

- 하긴…….

- 언니는요?

- 내 가족?

- 네.

- 난 할머니밖에 없어.

- 엄마랑 아빠는요?

- 몰라. 할머니 말로는 나 태어날 무렵에 돌아가셨다고 했어.

- 생각해 본 적 없었는데…… 누가 저한테 가족에 대해 물어본 거 처음인 거 같아요.

은미가 차창 밖에 깔린 어둠으로 시선을 돌렸다. 낙주는 그녀에게 연민을 느꼈다. 은미를 처음 만났을 때는 호기심 반 두려움 반이었다면, 지금은 연민이 그녀의 가슴에 가득 찼다.

- 언니, 저 살아 있었을 때는 예뻤을까요?

낙주는 그녀의 곁에 다소곳이 앉아 있는 은미를 살폈다. 희뭄한 여명이 차창 밖 능선을 타고 서서히 몰려오고 있었다. 그 희미한 빛에 의지해 은미를 살폈다. 목에서 찰랑거리는 머리카락과 약간 좁은 어깨와 갸름한 얼굴형, 쌍꺼풀이 없는 큰 눈까지. 은미는 누가 봐도 미인이었다.

- 예뻐! 살아 있었을 땐 더 예뻤을거야.

낙주의 말이 끝나기 무섭게 은미가 흐느꼈다.

- 언니 고마워요. 진짜 나도 언니만큼 예뻤으면 좋겠어요.
- 내가 무슨…….

말을 얼버무리던 낙주가 말머리를 돌렸다.

- 무덤 근처에 네가 살던 집이 있지 않을까?

은미는 대답 없이 푹 숙인 고개를 저었다. 낙주는 은미를 만난 뒤 수차례 묻고 싶었던 이야기를 드디어 꺼냈다.

- 은미야, 궁금해서 그런데…… 너 혹시 언제 죽은 거니?

그제야 두 손으로 눈물을 훔치며 은미가 고개를 들었다.

- 언니한테 정말 미안한데 그 지하실에서 죽은 게 아니라면 사실 언제 죽은 건지 나도 잘 모르겠어요. 귀신들은 아주 가까운 과거가 아니면 잘 기억을 못한대요. 소멸되기 전에 모든 기억을 잃게 되는 거 같다고. 어렸을 때 기억, 전생의 기억들은 더더욱 기억나지 않고요.

낙주는 달리 할 말이 없었다. 승합차 안에 무겁게 고인 침묵이 답답해서 낙주는 시경에게 고개를 돌렸다.
"형은 집에 안 들어가? 왜 맨날 사무실에서 자는 거야?"

창밖을 내다보며 넋 놓고 있던 시경이 화들짝 놀라듯 어깨를 곧추세웠다.

"다들 시간이 어긋나서 집에 가봐야 가족도 못 보고 그러니까……."

"생각해보니까. 거의 한 달은 집에 안 간 거 같은데? 우리가 뭐 정신없이 바쁜 사람들도 아닌데 왜 그래?"

"무슨 소리야. 일주일에 서너 번씩 다녀왔는데. 잠을 사무실에서 자서 그렇지……."

시경은 말끝을 얼버무리며 고개를 돌렸다. 낙주는 가족에 대해 좀 더 물으려다 그만두고 말았다. 말 못할 사정이라면 굳이 캐묻는 것도 그랬다.

다시 차 안은 고요해졌다. 그들이 탄 승합차 안으로 새벽의 미명이 빠른 속도로 밀려들고 있었다.

3

"아직 깜깜해서 앞이 잘 안 보이네."

승합차에서 내린 일행은 어슴푸레 드러난 능선을 길잡이 삼아 산을 타고 올라갔다. 길이라 짐작되는 곳으로 발을 내디뎠다. 수풀이 우거지지 않고 어둠 속에 희미하게 드러난 흙길을 걸었다.

- 여긴 얼마 만에 오는 거야?

낙주가 은미에게 물었다.

– 그리 오래된 거 같지는 않아요. 제가 기억하고 있는 걸 보면요. 왼편에 밤나무숲 보이죠?

– 무슨 나무인진 모르겠는데.

– 냄새가 나잖아요. 밤꽃 냄새.

은미는 제 말에 피식 웃었다.

– 왜 웃어?

– 그냥요. 그 맞은편에 두충나무가 심어져 있을 거예요. 그 나무 헤치고 안으로 들어가면 묘가 한 기 나오거든요.

낙주가 은미의 말을 옮겨 시경과 윤식에게 설명했다. 그들은 어둠과 잡풀을 헤집고 더듬더듬 앞으로 걸어 나갔다.

"폰 후레쉬라도 좀 켜요."

"미쳤냐? 땅 파러 왔다고 광고질 할 일 있어? 무덤 찾고 나서 켜."

시경은 어깨에 멘 배낭을 바짝 추어올렸다. 윤식은 연신 투덜거리며 손에 쥐고 있던 삽자루에 힘을 주었다. 윤식이 삽 두 자루를 낙주가 곡괭이를 들고 있었다. 잠시 뒤 시경이 잡초가 우거진 평지에 도착해 사방을 둘러보았다.

"여기 맞아?"

언제부터인지 모르겠지만 관리가 제대로 되지 않아 무덤이 어디에 있는지 찾기도 힘들었다.

– 여기 맞아?

낙주가 묻자 은미는 사방을 둘러보았다.

- 맞는 거 같아요. 저 앞으로 작은 강줄기가 보이잖아요. 뒤는 밤나무 숲이고, 두충나무랑 모두 똑같거든요. 인근에 다른 묘가 없어요.

"벌초를 먼저 해야겠는데."

"그럴 시간 없어. 일단 삽으로 여기저기 쑤셔봐."

윤식이 삽자루로 무성한 잡초 위를 훑으며 걸음을 옮겼다. 그러자 세 걸음 나갔을 뿐인데 삽에 돌덩이 부딪히는 소리가 들렸다.

"이젠 어쩔 수 없겠다."

시경이 배낭에서 랜턴을 꺼내들었다.

"존함이 뭐였냐고 물어봐."

- 은미야, 할아버지 함자가 어떻게 돼?

- 김자 길자 용자예요. 김길용. 근데 언니 다른 귀신들 보이세요?

은미의 말에 낙주가 사방을 둘러보았다. 어둠 속에 희미한 이물들이 보였다. 은미 말대로 귀신처럼 보였다. 예전이었다면 기겁을 했을 텐데 이젠 무덤덤했다. 그런데 사방을 살펴보니 그 수가 너무 많았다.

"인근에 공동묘지가 있었나?"

랜턴을 켜고 삽자루에 부딪쳐 돌 소리를 낸 곳을 비추던 시경이 낙주를 돌아보았다.

"뭐라고?"

"아무것도 아니에요."

낙주는 귀신 이야기를 하려다 말았다.

- 여기 왜 이렇게 귀신이 많아?
- 물어볼까요?

그때 귀신들 쪽에서 소리가 들려왔다.

- 여기? 전쟁 때 떼거지로 죽은 귀신들 천지라 그랴.
- 구덩이 몰아넣고 마을 사람들 통째로 싹 다 죽였지.
- 이짝저짝 볼 것도 없이 싸그리 말여. 그때 생각허믄 여전히 가슴이 쓰라려!
- 어렸을 때 개미 한 마리도 못 죽이던 녀석이 어찌 그리 독헌 놈이 되어부렸는지 모르것어. 나라가 워처게 그 모양이었는지.
- 지금은 괘얀타고 허는디?
- 언니 들었죠?

낙주는 주변을 떠돌며 시끄럽게 떠드는 귀신들을 모른 척했다. 그들의 이야기를 들으면서 귀신들이라고 모두 기억을 잃는 건 아니라는 생각이 들었다. 바로 죽기 전의 기억은 고스란히 간직하고 있는 듯했다. 그에 비해 지난 기억을 못하는 은미가 어딘가 이상했다.

귀신들이 무리 지어 몰려다니며 잡초를 베어내며 무덤을 찾는 시경과 윤식을 구경했다. 은미는 낙주 등 뒤에 바짝 달라붙어 떨어질 줄을 몰랐다.

- 은미야, 좀 춥거든. 떨어져라.

- 언니 저도 무서워요.

낙주는 기가 막혔다. 귀신이 귀신을 무서워한다고? 낙주는 은미의 말에 대꾸하지 않았다. 그때 시경이 낮게 소리를 질렀다.

"있다. 있어! 그냥 돌이 아니라 비석이 맞네! 어디 보자, 뭐라고 새겨져 있는데…… 김자 길자 용자 맞네!"

- 그 어른, 이자 거 안 계시는데.

시경의 등 뒤에서 어깨너머로 구경하던 허름한 베옷 차림의 귀신 사내가 중얼거렸다. 물론 낙주와 은미의 귀에만 들리는 소리였다. 이번에도 낙주는 못 들은 척했다. 은미는 아예 낙주의 가슴 쪽에 손을 뻗어 부여잡고 달라붙었다.

"빨리 파!"

"술이라도 좀 올려야 하지 않아요?"

"그, 그런가?"

시경이 낙주를 쳐다보았다.

"그냥 파세요. 무덤 주인은 이제 거기 없으시대요."

"그게 뭔 소리야?"

"말 그대로 혼이 안 계시다네요."

"누가?"

낙주는 시경의 등 뒤에서 서성거리는 사내 귀신에 대한 이야기할까 싶다고 말았다. 은미는 낙주의 등에 붙어서 사방을 살피느라 정신이 없었다.

"그냥 파세요."

결국 낙주가 랜턴을 비추고 윤식과 시경이 삽을 잡고 무덤을 파기 시작했다. 귀신들이 하나둘 모이기 시작하더니 묘 주변이 이내 귀신들로 바글거렸다. 낙주는 애써 외면하려 했지만 너무 많아 정신이 없었다. 오래전 시골에서나 입었을 법한 무명옷이나 삼베옷 차림의 귀신들이었다. 아이들도 여럿 보였는데, 살아 있는 아이들처럼 호기심어린 눈으로 와글와글 떠들어댔다. 무심한 척 듣지 않으려 들면 들리지 않다가도, 그들의 존재를 의식하면 말소리가 들려왔다. 마치 여느 집 잡다한 일상을 구경하는 동네 사람들 풍경 같았다. 은미는 낙주의 등에 착 달라붙어 떨어질 줄 몰랐다.

"있다!"

겨우 비석을 쓰러트린 시경이 환호성을 질렀다. 환호성에 깜짝 놀란 귀신들이 일제히 물러났다.

"굉장히 큰 데요."

"낙주야, 네가 힘 좀 써야겠다."

윤식과 시경이 낙주를 쳐다보았다. 낙주가 앞으로 나섰다. 땅에 박힌 상자가 보였다. 시경과 윤식은 물론 은미와 주변에 모인 귀신들까지 마른침을 삼켰다. 산 사람과 귀신이 다르지 않다는 걸 낙주는 새삼 깨달았다. 귀신의 호기심이나 욕망도 산 사람과 다르지 않다는 말은 할머니에게서 귀가 닳도록 들었다.

낙주는 상자 가장자리를 곡괭이로 찍었다. 그리고 불끈 힘을 줘 상자를 무덤 밖으로 끄집어냈다.

- 이런 건 저도 처음 봐요.

은미의 말에 주변에 모여 있던 귀신들이 일제히 은미를 쳐다보았다. 은미는 그들과 눈길을 마주치지 않고 낙주의 뒤통수만 쳐다보았다. 환호작약하며 달려든 윤식이 상자를 열려고 했지만, 상자에는 주먹만 한 자물쇠가 달려 있었다. 그런데 상자를 흔들어 보던 윤식이 고개를 갸웃했다.

"이상하네. 금괴가 든 상자면 무겁지 않나? 왜 이렇게 가벼워?"

"물러서봐."

시경이 윤식을 물리고 삽으로 자물쇠를 여러 차례 내리 찍었다. 캉, 캉! 삽과 자물쇠가 부딪히며 파란 불꽃이 튀었다. 사람도 귀신도 숨죽인 채 상자를 내려다보았다. 그리고 드디어 자물쇠가 떨어져 나갔다.

순간 랜턴 불빛으로 상자 안을 비춘 시경과 윤식의 얼굴이 썩어들었다.

"이, 이게 뭐야?"

시경이 상자에서 집어든 것은 금괴가 아니라, 열쇠 하나였다. 손바닥 길이만 한 열쇠. 겉은 녹이 슬어 거칠었다. 그것밖에 없었다. 상자 안에 든 것은 이상한 열쇠 하나가 전부였다.

- 금괴가 있다면서?

낙주가 등 뒤에 달라붙어 있던 은미에게 물었다.

- 저, 저도 잘 모르겠어요. 금괴가 들어 있다고 했는데.

시경과 윤식이 맥이 빠진 듯 바닥에 털썩 주저앉았다.

"그 지하에서 죽을 뻔했는데……."

"귀신을 믿다니……."

맥이 빠지긴 낙주도 마찬가지였다. 귀신들의 목소리가 시끄럽게 낙주의 귀를 파고들었다.

- 어디서 본 열쇤데, 김씨 어른 방앗간 열쇠 아냐?
- 아냐, 상엿집 열쇠야.
- 그냥 대문 열쇠다, 대문 열쇠.
- 누구네 집?
- 김씨 어른.
- 아니야, 우물 뚜껑 열쇠네.
- 미친놈, 우물은 무슨. 딱 보믄 모르겠냐, 곳간 열쇠지…….

낙주가 은미에게 물었다.

- 너는 저 열쇠 뭔지 몰라?
- 언젠가 본 것도 같은데…….

어느새 저편 능선으로 희붐한 빛이 기어오르고 있었다.

낙주 일행이 서울로 돌아오는 길은 조용했다. 들인 공에 비해 얻은 것은 열쇠 하나라 허탈한 탓이었다. 하지만 열쇠란 열 수 있는 다른 무언가가 존재한다는 뜻이었다. 오른쪽 어깨가 차가워진 낙주가 고개를 돌리니 은미가 조용히 그녀의 어깨에 머리를 기대고 있었다.

- 언니, 죄송해요. 열쇠만 달랑…….

- 열쇠만 나올 수도 있지. 나는 그게 아니라 다른 귀신들은 지나간 일들 기억하는 거 같던데, 너는 왜 기억을 못하는 거지?

- 가만 듣고 보니까 그러네요. 다른 귀신들 보면 옛날 얘기 신나게 하고 그러던데. 난 칠칠맞게 왜 그럴까요? 지 몸도 구분 못하고, 기억력도 부실하고, 저 원채 칠푼이였나 봐요.

- 칠푼이는 또 뭐야? 바보 뭐 그런 거야?

- 그래요. 칠푼이.

- 그런 단어 쓰는 걸 보면 옛날 사람인 거 같긴 한데.

낙주는 오늘 자신의 인생을 기억하지 못하는 귀신이 드물다는 걸 알게 되었다.

4

시경은 총경실 앞에서 머뭇거렸다. 시경은 모르지만, 시경 뒤에는 은미가 서 있었다. 심심하기도 했고, 사람 뒤를 쫓아다니는 게 취미라면 취미라 뒤를 따라온 참이었다.

- 시경 아저씨!

은미가 시경을 불렀지만 들릴 리가 없었다. 시경은 복도를 지나가는 다른 사람들과 어색하게 인사를 나누고 있었다.

– 시경 아저씨!

다시 한 번 불러도 시경은 은미의 말을 알아듣지 못했다. 그때 마침 서장실 문을 열고 나오던 마 총경이 시경을 발견했다.

"여기서 뭐 해, 들어오지 않고? 나 화장실 좀 다녀올 테니까 들어가 있어."

마 총경이 복도 끝 화장실로 향하는 사이 시경은 서장실 안으로 들어갔다. 그러자 입구에 앉아 있던 이진하가 시경을 반갑게 맞이했다. 마 총경의 비서였다.

"반장님, 오랜만이에요!"

"진하 씨도 오랜만이야."

"서장님 방금 나가셨는데 못 보셨어요?"

"아니 봤어. 들어가서 기다리래."

이진하가 시경을 서장 집무실로 안내했다. 서장실은 예전 그대로였다. 소파는 심플하며 단순했고 책상 또한 그리 크지 않았다. 왼편 벽은 책으로 가득했고, 오른편 벽은 각종 사건들에 대한 진행 상황을 기록한 보드판이 전면에 펼쳐져 있었다. 마 총경은 권위적이지 않은 인간이었다. 매사에 진지하고 불의에 타협하지 않았으며, 무엇보다 부하들 잘 챙기는 좋은 상사였다. 그래도 고검장의 면상에 주먹을 날린 시경을 구할 수는 없었다.

지난해 봄, 시경의 딸은 세 놈에게서 집단 성추행을 당한 뒤 정신을 놓았다. 딸을 지키느라 놈들을 온몸으로 막던 아내는 영영 깨어나지 못했다. 집에서 불과 5분 거리에 있는 공원에서 일어난 사건이었다. 그러나 셋이나 되는 가해자들은 단 한 명도 구속되지 않았다. 주범이

고검장의 아들이었던 게 컸다. 놈은 심신미약으로 집행유예를 받고 풀려났다. 지난날을 떠올리던 시경이 손으로 마른세수를 했다.

"반장님, 믹스 더블이죠?"

이진하가 커피 잔을 들고 들어왔다.

"그대로 기억하고 있네."

"반장님도 참, 나가신 게 얼마나 되셨다고……."

이진하가 말끝을 흐렸다.

"잘 지내시죠?"

"응."

"진희도 잘……."

"점점 좋아지고 있어."

두 사람이 말을 나누는 사이 마 총경이 서장실로 들어왔다. 이진하가 나가자 시경이 말했다.

"서장님, 잘 지내시죠?"

"나야 그렇지 뭐."

"서장님도 바쁘실 테고 왜 부르셨어요?"

은미는 시경과 마 총경을 살피며 방금 차를 내놓은 여자의 이야기를 뇌리에 담아뒀다.

"이번에 복직할 기회가 있는데, 복직해야지."

"복직이요?"

시경이 얼굴을 들어 마 총경을 쳐다보았다.

"일종의 사면 같은 거야."

"서장님, 저 때문에 여기저기 쫓아다니지 마세요."

“그런 거 아냐. 정말로 이번에…….”

마 총경이 말꼬리를 늘이며 커피 잔을 들었다.

“아무튼 복직해. 촉탁직이기는 하지만.”

“촉탁직이요? 촉탁 형사요?”

“그래, 그렇게라도 좀 지내다보면 복권도 되고 그럴 거야. 링에서 너무 멀리 떠나 있으면 나중에 돌아오기 힘들어져.”

“서장님, 저 복직할 마음 없습니다. 다시 들어오면 진희랑 와이프한테 정말 미안할 거 같아요. 딸이랑 자기 와이프도 못 지키는 남자가 누굴 지키겠습니까?”

시경은 자신도 모르게 고개를 푹 떨궜다. 맞은편에 앉아 있던 마 총경이 그의 어깨를 다독였다.

“인마, 그럴수록 더 심기일전 해야지. 제수씨도 네가 그러길 바랄 거고.”

“설령 제가 복직한다고 쳐요. 그때 그놈을 법의 이름으로 제대로 처벌할 수 있다면 복직하겠어요.”

시경의 말에 마 총경이 소파 등받이에 기대며 입맛을 다셨다.

“그래도 너 같은 놈이 자꾸 나타나야 그런 더러운 일들이 줄어들고 그런 인간들도 사라지고 그러지 않겠어?”

“글렀어요. 이놈의 자본주의 세상에서는.”

“인마, 왜 이렇게 염세적이야.”

“혹시 죽은 와이프가 나타나서 형사 계속하라고 하면 모를까.”

시경이 소파에서 일어났다.

“야, 야. 나랑 저녁이라도 먹고 가.”

“아니에요. 차에서 기다리는 사람이 있어서요. 그리고 그날 진짜로 출동할 사람이 방성태밖에 없었어요?”

“지가 간다고도 하잖아. 방성태가 그런 사건 잘 해결하지 않느냐는 전화도 받고 말이지.”

“누가 전화를 해요?”

“민감하게 생각하지 마. 부녀자 피해 사건들 방성태가 많이 다루기도 한 건 사실이잖아.”

시경은 더 이상 할 말이 없었다.

“서장님, 잘 지내세요.”

“생각 접지 마. 그리고 조만간 내가 사무실로 함 놀러갈게. 간다간다 하면서 한 번도 못 갔네. 심부름센터 이름은 정했어?”

“아직요.”

시경은 서장실에서 물러났다. 한동안 잊고 있었는데 경찰서에 오니 유독 아내가 더욱 보고 싶었다. 시경은 걸음을 빨리했다. 주차장에서 차에 기대고 선 채 담배를 피우고 있는 낙주가 눈에 들어왔다.

2.

몸을 잃어버린
귀신들

인간 같은 귀신

1

시경은 창문 밖의 태양을 향해 열쇠를 들어 올리고 꼼꼼히 살펴보았다. 열쇠는 일반적인 형태의 열쇠가 아니었다. 세 잎 클로버 모양의 머리에 13센티미터 길이의 늘씬한 허리와 다섯 개의 요철을 가진 끝부분.

무엇보다 시경을 흥분하게 만든 건 열쇠가 금이라는 사실이었다. 비록 금괴를 찾아내지는 못했지만 열쇠는 뭔가 비밀스러운 희망을 품게 해주기에는 충분했다.

"우리 흥신소 때려치우고 본격적으로 탐정 사무실 차리자. 어때?"

시경의 말에 낙주와 윤식이 고개를 돌렸다.

"탐정 사무실?"

"폼도 나고 경찰 쪽 정보 얻기도 쉽고 말이야. 낙주 넌 힘, 윤식이 넌 운전, 난 정보. 어때? 우리 잘 맞는 삼합이잖아. 어차피 너나 나나 땅 파서 장사할 것도 아니고. 목숨 걸고 그런 지옥도 들어가야 하는데 그냥 들어갈 수는 없잖아."

시경이 즉흥적인 생각이 아니라는 듯 조목조목 설명하며 윤식을 쳐다봤다.

"그래도 지난번에 간 지하 같은 데 다시 들어가라고 하면 나는 안 합니다."

윤식이 팔짱을 끼며 진저리를 쳤다.

"탐정 아무나 해요?"

낙주의 부정적인 반응에 시경이 말했다.

"그러니까 산 사람들 탐정을 하자는 게 아니라 죽은 귀신들 탐정을 해주자는 거지."

"네?"

윤식이 시경의 말에 호기심 어린 얼굴로 바짝 다가들었다.

"우리 귀결사를 하는 거야."

"귀결사요? 그게 뭐예요?"

"귀신들 일을 해결해주는 해결사! 그래서 귀결사지! 귀신들을 위한 탐정소, 귀결사. 어때?"

낙주는 시경과 윤식을 번갈아 보았다. 못할 건 없지만 귀신들을 상대한다는 건 썩 내키지 않았다. 그때 흐릿한 몸으로 그들의 이야기를 듣고 있던 은미가 낙주에게 말했다.

- 언니, 저 아저씨 돈 거 같아요.

순간 낙주의 입에서 웃음이 터져 나왔다.

"왜 웃어?"

"은미가 형 돈 거 같대요."

"야, 안 될 게 뭐가 있어? 우리 이미 한 건 했잖아. 비록 금괴는 못 얻었어도 대신 이렇게 열쇠가 있잖아."

시경이 황금열쇠를 들어 보였다.

"형, 나는 잘 때도 그렇고 심지어 똥 쌀 때도 달라붙어서 뭘 해결해 달라고 졸라대는 염치없는 귀신들이랑은 더 이상 엮이고 싶지 않아요. 그냥 평범하게 심부름센터나 해요."

낙주가 재차 반대를 했는데, 그때 고개를 갸웃하던 은미가 처음과 다른 의견을 꺼냈다.

– 언니, 저 아저씨 돈 거 같긴 하지만 뭐 나쁠 것도 없지 않을까요? 충분히 가능한 일이잖아요? 돈을 후불로 받아야 한다는 게 문제이지만, 하신다면 저도 도와드릴게요. 보답으로요.

– 몸 찾으면 사라지게 된다면서?

– 그러게요. 몸속에 혼이 들어가면 사라진다고 듣긴 했는데…….

– 그쪽에 대해선 정말 아무것도 모르는 모양이네.

– 참, 언니도 몇 번을 말해요. 저 죽은 초짜라고요.

– 그럼 말짱 황이잖아.

– 그땐 제가 믿을 만한 귀신 한 명 소개시켜 드리고 갈게요.

'죽은 초짜라.'

낙주는 은미의 말이 어이없어 그만 웃고 말았다. 그러거나 말거나 시경은 제 생각이 꽤 그럴듯한 듯 흥분한 모습이었다.

"귀신의 모든 걸 찾아드립니다. 야, 진짜 문구 좋다. 은미 보고 홍보 좀 하라고 하고."

"홍보라니?"

"귀신들한테 홍보를 좀 해야 장사가 될 거 아냐."

"형, 그럼 진짜 심부름센터는 접겠다는 거야?"

낙주가 묻자 시경이 한숨을 내쉬며 말했다.

"낙주야, 하루에 한 건 들어올까 말까 하는 심부름센터 해서 우리 앞으로 이렇게 라면이라도 제때 끓여 먹겠냐?"

때마침 윤식이 응접테이블 위에 너구리 6개가 담긴 냄비를 놓았다. 너구리의 냄새가 구수하게 올라왔다. 낙주의 곁에 있던 은미가 침을 삼켰다.

- 너, 냄새도 맡을 수 있어?

- 모르겠어요. 그냥 기억인 거 같아요. 냄새 못 맡아요.

"낙주야, 내 말 들어봐. 귀신들이 저승에서 무슨 재산이 필요하겠냐. 그러니까 소원 들어주면 숨겨놓은 비자금 등등 몽땅 우리한테 줄지 누가 알아? 위험 부담이 좀 크긴 하겠지만."

시경의 말은 일리가 있어 보였다.

- 언니, 만나는 귀신마다 말씀드릴 수 있어요.

낙주는 시경과 은미의 말이 어이없어 맥 빠진 웃음소리를 내고 말았다. 하지만 금강산도 식후경이라고 그들 앞에 놓인 라면이 불고 있었다. 귀신들 말을 들어줘야 하는 일이 귀찮다는 낙주나 귀신을 보면 소름 끼칠 거라는 윤식, 귀신과 동업을 하자는 시경이 냄비에 머리를 들이밀고 너구리를 먹기 시작했다.

시경은 시간 날 때마다 무덤에서 찾은 열쇠를 꺼내 닦았다. 그렇게 녹을 걷어내자 열쇠에서는 제법 비밀스러운 기운이 흘렀다. 시경이 더욱 열쇠에 애착이 간 건 열쇠가 금이라는 사실 때문이었다.

낙주와 윤식이 사무실로 들어서며 열쇠를 쳐다보느라 넋을 놓고 있는 시경 앞으로 다가갔다.

"어? 벌써 왔어?"

시경의 물음에 윤식이 소파에 털썩 주저앉으며 말했다.

"의뢰인이 말한 그 남자 뒤를 밟았는데, 여자가 의심하는 것처럼 다른 여자를 만나는 거 같지는 않더라구요."

"오늘도 그냥 곧장 집으로 들어간 게 전부예요."

낙주가 윤식 곁에 앉으며 말했다. 하지만 시경은 두 사람이 오늘 다녀온 일의 결과에 대해서는 그리 궁금하지 않은 투였다.

"팀장님, 우리 다시 이사 가면 안 돼요?"

윤식이 투덜댔다. 파주 창고에 있던 심부름센터를 성산동으로 옮긴 게 지난주였다.

"우리 이사 온 게 언젠데 벌써 이사를 가자고 그래?"

윤식이 품에서 봉투 하나를 꺼냈다.

"돈 절반 밖에 못 받았어요."

그제야 시경이 윤식을 쳐다보았다.

"그게 무슨 소리야?"

"남자랑 연애하는 여자를 발견하지 못했다고 그랬더니 의뢰인이 의뢰비를 절반만 주잖아요."

시경이 윤식에게서 봉투를 낚아채 금액을 확인했다.

"진짜 웃긴 여자네. 그래도 그렇지, 그거 하나를 똑바로 못 받아 오냐?"

시경의 타박에 낙주가 어깨를 으쓱거렸다.

"막무가내로 버티는데, 줘야 받죠. 있는 사람들이 왜 그러나 모르겠어요."

"원래 어설프게 가진 사람들이 더 갑질도 하고 그래."

짜증이 난 시경이 스마트폰 화면을 켜고 의뢰인에게 전화를 걸었다. 하지만 상대는 전화를 받지 않았다. 두 차례 더 전화를 걸었지만 소용없었다.

"전화를 아예 안 받네. 이거 이래가지곤 사무실 임대료도 못 내겠는데……."

시경이 낙주를 쳐다보며 말했다.

"낙주야, 우리 아무래도 지난번에 말했던 거 해야겠다."

"뭐요?"

"귀결사."

"그게 말이 돼요?"

"안 그럼 우리 굶어죽게 생겼는데 할 수 있는 건 뭐든 해봐야지!"

시경의 말을 한 귀로 흘려들으며 낙주는 창가 쪽으로 눈길을 돌렸다. 창턱에 놓인 키 작은 화분들이 해바라기를 하고 있었다. 창밖으로 초등학교 담장을 따라 늘어선 은행나무들이 보였다. 사무실 안쪽으로 오후의 햇살이 깊이 들어와 노닐었다. 빛들 속에 먼지들도 느릿느릿

부유하고 있었다.

"그래서 말인데…… 은미는 아직도 감감무소식이야?"

시경이 열쇠를 바지 주머니에 넣으며 물었다. 낙주가 시경을 쏘아보았다. 은미가 낙주의 곁을 떠난 건 결정적으로 시경 때문이었다. 어느날 갑자기 시경의 험담에 시무룩해진 은미는 모습을 감췄고, 어느새 한 달째 나타나지 않고 있었다. 파주에서 서울로 사무실을 옮길 때, 낙주는 창고 문에 메모지 한 장을 붙여놓기까지 했다.

'은미야, 우리 성산동으로 간다. 신북초등학교라고 있는데, 거기 운동장이 내려다보이는 건물이야. 외롭다고 다른 사람들한테 붙어 있지 말고 나한테 와. 내가 어떡하든 네 몸 찾아줄게.'

그 메모가 아직도 창고 문에 그대로 붙어 있는지 알 수가 없었다.

"내쫓을 땐 언제고."

"그게 무슨 소리야? 내가 언제 내쫓았다고? 지가 지 발로……."

발끈하던 시경이 제 손으로 입을 가렸다.

"누나, 은미 씨 없으면 다른 귀신들하고 하면 안 될까?"

윤식도 일이 없어 좀이 쑤시는 중이라 슬쩍 낙주를 떠봤다. 월급이라도 제대로 받을지조차 장담할 수 없는 지금 상황이 불안해서였다. 실은 60군데에 이력서를 넣었지만, 일주일이 지나도록 단 곳에서도 연락이 오지 않았다.

"다른 귀신들은 나한테 말 안 걸어."

"그럼 먼저 말 걸면 되지 않을까?"

시경이 낙주의 곁으로 바짝 다가와 그녀의 팔뚝을 살짝 잡았다.

"어후, 내 살다 살다 이런 근육은 진짜 처음 본다. 이런 미인이 소매 속에 강철 같은 근육을 숨기고 있을 거라고 누가 생각하겠어."

시경이 엉뚱하게도 낙주의 팔 근육에 대해 말했다.

"내가 예전에 조폭 보스도 몇 놈 잡아넣었는데, 그놈들 밑에 있던 애들도 이 정도는 아니었지. 우리 낙주한테 비하면 그놈들은 애기였어, 애기. 그건 그거고……."

시경이 바지주머니를 뒤져 담배 갑을 꺼냈다.

"내가 이거 화해의 뜻으로다가……."

시경이 낙주에게 보헴 1mg 담배를 내밀었다. 낙주가 슬쩍 그의 손에 들린 담배를 내려다보았다.

"나 담배 끊을 생각인데요."

"담배를 끊는다고?"

"아니, 끊으려고 한다고요."

"그럼, 아직 안 끊은 거네. 네가 몰라서 그렇지, 우리 일이 엄청 스트레스 받잖아. 그렇다고 스트레스 받을 때마다 술로 풀 수도 없고, 뭘 때려 부술 수도 없고. 그러니까 담배만 한 게 없어. 안 그래?"

시경이 윤식을 쳐다보며 동의를 구했다.

"전 담배 없어도 잘 견디는데요."

윤식이 눈치 없는 대답에 낙주가 피식 웃으며 바짝 붙은 시경에게서 떨어져 앉았다. 안산에 있는 양 형사가 이사 기념 선물로 보낸 소파였다. 양 형사는 시경이 아끼는 후배 형사이기도 했다. 안산으로 가면서 좀 멀어지긴 했지만, 시경의 부탁이면 언제든 달려올 터였다. 담배 든 손이 무안해 어쩌지 못한 채 우물대던 시경이 다시 한 번 낙주 쪽 소파 팔걸이에 엉덩이를 붙였다.

"낙주야, 미안하다. 내가 성질이 좀 그렇잖냐. 네 말대로 은미한테 그렇게 성질부릴 게 아니었는데. 그래도 목숨까지 걸고 그 지옥 같은 소굴에 들어갔다 왔는데, 열쇠 하나 달랑 손에 쥐었으니 열통이 안 터지냐? 너도 어이없어 했잖아."

시경이 슬그머니 다시 낙주에게 담배를 내밀었다. 낙주는 그의 넉살에 결국 피식 웃고 말았다. 지금까지 낙주가 본 시경은 그냥 딱 옆집 아저씨였다. 베테랑 형사였다는 게 믿어지지 않을 만큼 겁도 많고 카리스마 따윈 눈곱만큼도 찾아볼 수 없는.

그때였다. 낙주는 귓속을 파고드는 익숙한 목소리에 벌떡 일어났다.

"어이쿠!"

낙주가 일어서는 바람에 소파 팔걸이에 걸터앉아 있던 시경이 뒤로 쓰러지며 바닥에 엉덩방아를 찧었다.

– 언니!

낙주가 좌우를 살피고 뒤를 돌아다보았다.

– 언니, 나야. 바로 앞에 있잖아.

낙주가 정면을 쳐다보았다. 눈부신 빛을 등지고 있어서 은미의 형체가 미처 보이지 않았던 것이다. 귀신들은 빛을 싫어한다는 선입견도 은미가 빛 속에 있으리라는 짐작을 하지 못하게 만들었다.

– 은미야!

- 언니!

한 달 전에 보았던 목련꽃 무늬 흰 치마에 연한 남색의 블라우스 차림 그대로 은미가 팔을 벌리고 낙주에게 달려들었다. 낙주도 두 팔을 벌렸다. 은미와 낙주가 서로 꼭 끌어안았다. 낙주의 팔과 손이 제 몸을 끌어안는 꼴이었지만, 낙주는 진짜 은미를 품에 안은 듯이 괜히 마음이 울컥 미어졌다. 할머니 외에 딱히 가족이 없는 낙주였다. 잠깐뿐이었고, 게다가 귀신이었지만 은미가 사라진 뒤에야 낙주는 그녀를 동생으로 생각했다는 걸 깨달았다. 힘없고 나약해서 억울하게 세상을 떠날 수밖에 없었던 동생. 낙주의 눈에서 눈물이 흘렀다. 은미도 눈물을 흘리는데 형체가 없어 낙주의 옷을 적시지는 못했다.

"으, 은미가 왔어?"

시경이 낙주의 행동에 은미가 돌아온 것을 짐작하고 활짝 미소를 지었다.

- 언니, 미안했어요. 언니한테 미안하고 나 자신한테 화도 나고 그래서 차마 언니 곁에 있을 수도 없겠더라고요. 일이 잘못되었으면 언니랑 아저씨랑 윤식이 총각도 죽을 뻔했잖아요.

낙주는 말을 전하자 윤식이 입술을 삐죽였다.

"윤식이 총각이 뭐예요? 아줌마도 아닐 텐데. 그냥 윤식이라고 부르라 해요. 나이도 비슷할 거 같은데."

- 언니, 아무튼 그 열쇠가 어디에 쓰는 건지 제가 찾아볼게요. 언니

가 그리워서 다시 온 거긴 한데 열쇠를 쓸 수 있는 상자나 문 같은 거 찾아내면 내 몸도 찾아줘요. 어때요?

낙주가 다시 말을 전하자 시경이 호들갑스럽게 떠벌였다.

"그, 그거야, 당연한 거지. 윤식아, 너도 그럴 거지?"

"그, 그럼요!"

윤식도 덩달아 부산을 떨었다.

– 그동안 뭐 했어?

낙주가 눈물을 훔치며 묻자 은미가 낙주의 곁에 앉으며 팔짱을 끼며 말했다.

– 언니, 우리 못 본 지 얼마나 지났어요?

– 한 달도 더 지났어.

– 그래요? 정말 시간 빨리 가는구나. 겨우 며칠 지난 줄 알았는데. 파주 거기에 갔더니 텅 비었더라고요. 거기서 얼마나 울었는지 몰라요. 어떻게 그런 건지 알 수 없는데 진짜 나를 좋아해주고 사랑해주는 사람은 언니뿐이라는 걸 알겠더라고요. 살아 있을 때도 그런 걸 느낄 수 있는 건지 잘 모르겠지만, 사람의 진짜 마음이 느껴지는 거예요. 그런데 하마터면 언니가 써놓은 메모 못 볼 뻔했어요. 그럼 그것도 모르고 내 몸도 찾아다니고 언니도 찾아다니면서 세월 보냈을 거예요.

– 잘 왔어. 어디를 그렇게 돌아다닌 거야?

– 여기저기요. 언니랑 같이 다닐 땐 몰랐는데 혼자 다니니까 얼마나 무섭던지 몰라요.

낙주는 은미의 손에 힘이 들어가는 걸 미세하게 느꼈다. 형체가 없는 존재에게서 존재감을 느낀 순간이었다. 믿기지 않는 일이었다.

- 귀신들 만나고 다녔어요. 착하게 생긴 귀신들 만나 이런저런 거 묻고요.

- 그래서 뭐래?

- 실은 자기들도 모른데요. 어떻게 사라질 수 있는지. 한 가지 다행인 건, 배가 고프거나 졸리거나 그러진 않는데 외로움이나 쓸쓸함 같은 건 사무치게 느낀다고 하더라고요. 몸이 없어서 그런 거 같았어요.

- 몸 찾는 방법 아는 귀신은 못 만났어?

- 다들 말뿐이었어요. 고향을 찾아가야 한다는 귀신도 있고, 마지막 죽은 장소를 찾아가야 한다고도 하고, 그냥 어느 정도 시간이 지나면 저절로 사라진다고도 하더라고요. 영화처럼 죽은 사람은 어떤 빛을 따라간다며 그 빛을 기다리기만 하면 된다는 귀신도 있었고요. 그건 영화라고 말하니까 자긴 그 빛을 평생 기다렸다나. 그 귀신한테 언제 죽었냐고 물었더니 모른대요. 기가 막혀서.

낙주는 슬며시 웃음 지었다. 은미는 떠날 때의 그 모습 그대였다.

"낙주야, 우리 그 사업할 거라고 말해봐."

시경이 슬그머니 말했다. 귀신들의 문제를 해결해주는 사업을 해보자는 말이었다.

- 알고 있어요. 저도 살아 있을 때 오지랖이 넓은 년이었나 봐요. 안 그래도 오늘 한 명 데려왔거든요.

– 정, 정말?

– 건우야 들어와! 참고로 건우라는 이름이 자기 이름인지 확실히 알고 싶기도 한 귀신이에요.

은미가 사무실 출입문 쪽을 향해 소리쳤다. 낙주가 출입문 쪽으로 고개를 돌리자 시경과 윤식도 따라서 고개를 돌렸다.

– 윤식이 총각, 문 좀 열어줘요.

"윤식이 총각, 문 좀 열어주란다."

낙주의 말에 윤식이 발끈했다.

"누나, 윤식이 총각이 아니라니까! 그냥 윤식이라고 부르라고 해요."

"그래, 윤식 씨, 문 좀 열어주란다."

"그런데 귀신 같은 존재들은 문이나 벽 같은 것도 상관없이 쑥 들어오고 그러는 거 아니에요?"

"그럴 수 있는데, 너랑 형이 당황할까봐 사람처럼 들어오겠단다."

시경과 윤식이 낙주의 말에 피식 웃었다. 윤식이 침을 꿀꺽 삼키며 문을 열었다. 혹시 눈에 귀신이 보일지도 모르기 때문이었다. 그러나 역시 윤식의 눈에는 아무것도 보이지 않았다.

하지만 낙주의 눈에는 불쑥 머리를 들이미는 귀신이 똑똑히 보였다. 희멀건 한 얼굴이 사무실 안을 살피더니 은미를 향해 손을 흔들었다. 유독 눈이 크고 가늘고 긴 손가락에 귀신치고는 밝고 환한 얼굴도 인상적이었다. 낙주가 보기에 곱게 자랐거나 오랫동안 해가 들지 않은 지하에서 생활한 느낌이었다. 사무실에 들어온 귀신이 사람처럼 넙죽

인사를 건넸다.

– 인사드립니다. 장건우입니다.

2

이번에도 좀처럼 믿을 수 없는 제안이 들어왔다. 시경과 윤식은 망설일 수밖에 없었다. 낙주는 귀신들은 자기 몸을 어떤 연유로 잃어버렸는지 왜 모르는 건지, 그리고 왜 그렇게 몸을 찾으려고 애를 쓰는지 이해할 수가 없었다. 하지만 귀신들은 몸을 찾아야만 소멸에 이른다지만 정말 몸을 찾은 후 화장을 하거나 매장을 하면 영혼이 소멸되는지도, 그리고 왜 소멸이 되어야 하는지도 알지 못했다.

"그러니까 건우라는 귀신의 몸을 찾아주면 비싼 동전이 있는 곳을 알려준다는 거잖아."

시경의 반응은 시큰둥했다. 은미가 몸을 찾아달라고 부탁했을 땐 그런대로 긴장감이 엿보였는데, 지금은 흥미조차 없어 보였다.

– 언니! 저 아저씨 건우 말 못 믿는 거죠?

– 그게 말이지. 몸을 찾아주다가 너 때처럼 잘못하면 죽을 수도 있잖아. 그런데 돈 몇 푼 벌겠다고 누가 선뜻 나서겠어. 동전이 어떻게 생긴 건지도 모르고. 귀신이 사람들하고 비슷하다면 사람처럼 거짓말할 수도 있다는 거잖아.

낙주가 힐끔 건우를 쳐다보며 말했다.

– 동전은…….

건우가 울컥해 뭐라 이야기를 하려다가 은미에게 사실을 털어놓았다.

– 저 실은 보육원에서 자랐어요. 동전은 그 보육원 연못에 들어 있어요.
– 보육원? 그러면 살아 있을 때 기억이 있다는 뜻이잖아? 어디서 죽었는지도 알 거 같고.

낙주의 질문에 건우가 말했다.

– 실은 저 제 몸을 찾으려는 게 아니라…….
– 너 그럼 나한테 거짓말 한 거야?

은미가 다그치자 건우도 발끈했다.

– 거짓말하려고 한 거 아냐! 아무도 믿을 수가 없었을 뿐이지…….
– 그럼 왜?
– 실은 나 입양해준 분들 만날 수 있을까 해서…….
– 입양해준 분들?
– 돌아가셨지만 그분들이 나 정말 많이 아껴주셔서…….

낙주는 눈물을 글썽이는 건우를 보며 괜한 의심을 했다는 생각이 들었다. 살아있는 사람도 아니고 이미 죽어버린 귀신이 무슨 미련이 남아서 거짓말을 할까 싶었다.

- 저도 죽은 몸이라 쉽게 만날 수 있을 거라 생각했는데 살아 있는 사람들보다 사실은 더 찾기 어려워서요.

낙주는 귀신은 시대를 초월한다는 걸 알고 있었다. 수백 년 전에 죽었지만 어찌된 연유인지 소멸되지 않고 떠도는 귀신들이 있었다. 그러니 귀신들은 트렌드가 없었다. 복장도 천차만별이고 헤어스타일도 제각각이었다. 천 년 전 죽은 귀신과 바로 어제 죽은 귀신이 함께 거리를 배회했다. 그러니 살아 있는 사람들보다 귀신들의 수가 더 많을 터였다.

- 소멸되었으면 못 찾을 텐데…….

낙주의 말에 건우가 고개를 끄덕였다.

- 그래도 한번 찾아보려고요. 그분들께 고맙다는 말 한 번도 하지 못했어요. 살아 있을 때는 내가 당신들이 잃어버린 아들 대용품이냐고 비난하기만 하고…….

건우는 소리 없이 어깨를 떨었다. 은미가 그런 건우의 어깨를 안쓰러운지 부드럽게 다독여주었다.

낙주는 고민이 깊어졌다. 동생과 다르지 않은 은미가 데려온 귀신이었다. 하지만 청을 들어주자니 자신뿐만 아니라 시경과 윤식을 위험에 내몰지도 몰랐다. 낙주는 귀신의 청을 들어준다는 것이 살아 있는 사람들의 부탁을 들어주는 일과 전혀 다르다는 걸 새삼 절감했다. 그렇다고 거절하자니 건우의 사정이 딱했다.

시경과 윤식은 아예 관심이 없다는 듯 스마트폰을 꺼내 액정에 시선을 박고 있었다. 낙주는 귀결사를 해보자고 설레발을 치던 시경의 뒤통수를 빤히 쳐다보았다. 귀신과의 일이 여러모로 쉽지 않다고 판단해서인지, 아니면 동전이나 주겠다는 말이 시시해서인지 나 몰라라 하는 시경이 너무 얄미웠다. 그래선지 생각을 바꿨다.

– 좋아. 그런데 그 동전은 확실한 거야?

– 확실하다고 그랬잖아요. 보육원 연못에 처박아 두었대요.

– 그래 한번 찾아보자. 하지만 나 혼자는 힘들어. 죽은 몸도 아니고 다른 귀신을 찾는 일이니까 말이야. 소멸되었을지도 모르고. 그래도 일단 우리가 움직이려면 자본주의 사회이니까 돈이 들어간다고. 뭔가 분명한 대가를 저 두 남자한테 줘야 움직일 거야. 실은 나도 마찬가지고.

– 다, 당연히 그래야죠.

– 너를 입양한 부모를 못 찾아줘도 그럴 수 있어야 해.

– 그래야죠.

– 동전은 어디서 난 거고, 어떻게 모은 거야?

– 그게 사실 제 동전은 아니에요.

– 뭐?

- 보육원 원장이 희귀 동전을 모았어요. 컬렉션이 취미인데, 우표도 모으고 돌도 모으고…… 아무튼 주말에도 아이들 거리로 내몰아서 동전 주워오거나 구걸해 오라고 시켰어요. 애들은 원장이 무서우니까 어쩔 수 없이 그랬고요. 목표한 분량만큼 못 가져오면 매를 맞았어요. 구해온 동전 중에 하나라도 오래되거나 희귀한 동전이 있어야 그날 밥을 먹을 수 있었어요.

- 그걸 가만히 뒀어? 고발하지!

- 누나는 몰라요. 그 동네에서 곽 원장이라고 하면 모르는 사람이 없었어요. 경찰하고도 친하고요. 겉으로 보기엔 정말 위대한 사람처럼 굴거든요. 어른들만 몰라요. 그 인간이 이중인격자라는걸. 집이 따로 있는데 보육원 오갈 때는 경차를 끌고 다니지만, 집에서 다른 데 다닐 땐 외제차 끌고 다녀요. 거리에 떠도는 애들을 데려오기도 하고요. 그 애들이 원장한테는 다 돈이거든요. 나라에서 한 명당 매월 얼마씩 지원해주고요. 기업에서도 주고, 지자체에서도 나오고. 몰라서 그렇지 보육원이라는 게 별로 하는 거 없이 어마어마하게 돈 벌어들이는 장사예요.

낙주는 건우의 이야기를 들으며 적잖이 놀랐다.

- 말 안 듣거나 조금이라도 말대꾸하면 곧바로 닭장에 갇혀요. 무릎 꿇고 있어야 겨우 앉을 수 있는 그런 방이 지하에 수십 개가 있어요.

- 그럼 너는 어떻게 나온 거야?

- 구걸 나왔다가요. 양부모님이 포도 납품하러 왔다가 거리에 있는 절 만나서…….

구구절절 사연이 없는 인간이 있겠냐만 낙주는 건우의 이야기를 들을수록 서글퍼졌다. 하지만 여전히 소파에 앉아 있는 시경은 꾸벅꾸벅 졸고 있었고, 윤식은 레이싱 게임에 빠져 관심을 보이지 않았다.

- 저희 부모님께서 원장한테 돈까지 주고 절 입양해주셨어요. 원장은 제가 발이 빠르고 눈치도 빨라서 입양을 안 보내려고 했어요. 나이도 많다면서 어린애를 데려가라고요. 마지막엔 저 키우면서 돈 많이 들고 어쩌고 하니까 아버지가 돈을 가져왔어요. 보육원 떠나면서 뭔가 복수를 하고 싶은데 복수할 게 없었어요. 그래서 원장이 금고에 모아 놓았던 동전을 몰래 훔쳐서 못에 던져놓은 거예요.

- 금고 번호는 어떻게 알고?

- 금고 번호요? 보육원 애들 다 알아요. 애들 세워놓고 금고 열고 그랬거든요. 그냥 어깨너머로 다 보여요. 그래도 금고에 손 안댄 건 그 인간이 무서워서였어요. 다리가 부러지도록 때리는 날이 허다하니까요. 아무튼 훔친 동전들 비닐로 여러 겹 싸서 물도 들어가진 않았을 거예요.

- 원장이라는 인간 진짜 악질이었구나.

- 원장만이 아니었어요. 부인이 사무장이고, 그 인간 큰아들이 총무부장이고, 작은아들이 식당 책임자인가 그래요. 경비실에 근무하는 사람도 먼 친척이었고요. 다들 똑같은 인간들이었어요.

낙주는 건우의 말을 들으며 그들의 모습이 훤히 보였다.

- 동전은 옛날 동전이야? 얼마나 오래 된 건데?

– 아니에요. 조선시대 엽전은 몇 개 안 되요. 그리고 그건 별로 가치도 없고요. 주로 1988년에 생산된 500원짜리 동전이 있었는데 그게 비싼가 봐요.

건우의 말에 분노로 단단히 조였던 낙주의 마음이 한순간 풀려버렸다. 옛날 동전이나 500원짜리 동전 몇 개를 손에 넣겠다고 목숨을 담보로 걸라고? 누가 봐도 미친 짓이었다. 하지만 뒤이은 건우의 설명에 깜짝 놀라고 말았다.

– 저도 거기서 나온 후에 알았는데, 그냥 500원짜리가 아니에요. 1988년도에 생산된 동전은 딱 8천 개만 생산했대요. 외환위기 때라 그랬던 거 같은데, 지금은 대략 한 개에 80만 원에 팔린다고 하더라고요.

– 뭐?

– 그 동전이 한 5백 개쯤 있어요. 그걸 연못에 감춰놓은 거죠. 그건 그 인간 돈이 아니라 아이들 돈이잖아요.

낙주는 찬찬히 계산을 해보았다. 80만 원에 거래되는 동전 1천 개면…… 4억이었다!

"형, 내 말 들어봐."

낙주가 부르자 시경이 고개를 들었다.

"들어보나 마나지. 우리가 봉사단체도 아니고 나 원 참."

낙주는 건우가 보육원에서 자랐고 원장에 의해 강제로 구걸을 해왔다는 사실, 지금 찾으려는 부모님에 의해 입양되었고 그들도 죽었다는, 그러니까 몸을 찾는 귀신이 아니라 귀신을 찾는 귀신이라는 말까지 해주었다.

"허, 서울에서 김서방 찾기랑은 비교도 안 되는 일이잖아. 사정은 정말 딱한데…… 얼마나 많이 돌아다녀야 할지 알 수도 없고, 우리가 그렇게 자금이 넉넉한 사람들도 아니잖아. 주민등록이 있음 어떻게든 찾을 수 있지만 귀신은 좀……."

시경이 사정은 딱하지만 어쩔 수 없다는 식으로 말하자 낙주가 마지막 말을 꺼냈다.

"형, 이 친구가 준다는 500원짜리 동전이 희귀해서 하나에 80만 원에 거래가 된다네. 이 동전이 5백 개 가까이 있고."

낙주의 말에 시경이 의자에서 벌떡 일어났다. 그러고는 손가락을 하나둘 접어보던 시경이 소리를 질렀다.

"그, 그럼 4억? 그게 진짜야?"

옆에서 듣고 있던 윤식이 재빨리 검색을 해봤는지 스마트폰 화면에 뜬 사진을 시경에게 내밀었다.

"팀장님, 진짜예요! 평년에는 1백만 개씩 생산하는데 외환위기 때라 그 해에 딱 8천 개만 생산했대요. 지금은 개당 80만 원! 이게 수집가들한테 엄청 귀한 거래요."

"대박이잖아!"

시경과 윤식의 호들갑스런 모습에 건우가 씁쓸한 웃음을 지었다. 낙주는 머쓱해진 건우 때문에 마음이 불편했다.

"형 우리 찾아 줍시다. 은미 때랑 달라서 뭐 몸 찾는 것도 아니고. 귀신이라 좀 어려울 수도 있겠지만."

낙주의 말에 시경의 눈이 좌우로 바쁘게 움직였다.

"아니 그래도 그렇지. 죽을 수도 있는데……."

하지만 시경은 계산적이었던 자신이 민망해 얼른 말머리를 돌렸다.

"힘든 일이겠지만…… 그래, 한번 찾아보자."

시경은 자신이 기회주의자 같았다는 사실도 깨닫자 얼굴이 빨갛게 달아올랐다.

'그래도 돈도 벌고 그러려면 남 사정 같은 거 봐주면 안된다고 하던데……'

시경은 갈등을 했지만 결국 자신의 도움을 필요로 하는 사람들을 모른척하지 못했다.

시경은 언젠가 범인을 눈앞에 두고도 풀어줬던 기억이 떠올랐다. 갑작스런 화마에 분식집이 잿더미로 변한 뒤 어머니는 건물 화장실 청소부로 나가고, 형은 교통사고로 죽고, 누나는 공장 생활 3년 만에 백혈병에 걸려 투병 중인 집안의 둘째 아들을 검거해야 했다. 트럭 끌고 과일과 채소를 팔며 알뜰하게 살던 피의자였다. 월세 보증금까지 모아 전 재산을 식당 인수에 쏟아 부었는데 이중 계약이었던 것. 피의자라기보다는 피해자였다. 하지만 결과적으로 사기범을 난간 아래로 밀어버리면서 피의자가 되고만 사건이었다. 우발적인 범죄였지만 피해자가 반신불수가 되었기에 어쩔 수 없었다. 시경 앞에서 인생이 거지같다면서 눈물을 뚝뚝 흘리던 그를 시경은 결국 놓아주고 말았다. 잡히지 말고 잘 살라고. 그 이후 시경은 그의 소식을 듣지 못했다.

"그래, 우리가 언제 돈 보고 살았냐? 가오로 살았지. 찾아보자."

묘한 일이지만 살아 있는 사람의 진심은 귀신에게 금방 전달되었다. 건우가 시경을 끌어안았다.

"어, 추워!"

한기를 느낀 시경이 몸을 부르르 떨었다.
"형, 지금 건우가 형 끌어안아서 추운 거야."
"뭐?"
낙주의 말에 시경이 다시 한 번 몸서리를 쳤다.

3

낙주는 차창 너머 빈 나뭇가지들이 허공을 찌르고 있는 가로수들을 멍하니 바라보았다. 가을이 깊어지면서 나무들이 잎을 버리고 있었다. 인도와 도로에 수북이 쌓인 낙엽들이 차가 지나갈 때마다 큰 덩어리가 되어 날렸다. 윤식이 틀어놓은 라디오에서 '1/N'이라는 랩이 흘러나오고 있었다.
"……둥근 식탁 위의 식사……."
"윤식아, 이 노랜 클래식보다 더 듣기 힘드네. 다른 거 좀 틀어보자."
시경이 라디오 채널을 돌렸다.
'……사고 해역에서 20킬로미터 떨어진 곳으로 사람들의 발길이 뜸한 탓에 오랫동안 발견되지 않았다고 합니다.'

"씨, 왜 맘대로 돌려요!"
윤식이 운전대를 잡은 채로 다시 원래대로 채널을 돌리려 하자 시경이 그의 손을 막았다.
"잠깐만!"
시경의 목소리가 날카로워 윤식이 움찔 손을 거뒀다. 시경이 라디오에서 흘러나오는 목소리에 바짝 귀를 기울였다. 낙주와 뒤에 앉아 있는 은미, 그리고 건우도 시경을 따라 라디오 뉴스에 귀를 기울였다.

'낚시꾼 P씨에 의해 발견된 시신은 백골 상태였으며 몇 해 전 여객선 침몰로 수습되지 못했던 학생의 유골일 가능성이 커지면서 관심이 쏠리고 있습니다. 당시 거의 300여 명에 이르는 학생들이 사고를 당하면서 수습되지 못했던 다섯 명의 백골 중 한 명이기를 기원해…….'

시경이 라디오의 채널을 다시 돌렸다.

"빌어먹을, 빌어먹을! 좆같은 세상이야."

시경의 입에서 욕설이 튀어나왔다. 윤식과 낙주는 물론 비스듬하게 앉아 있던 은미와 건우마저도 허리를 곧추세우고 바로 앉았다. 그들이 탄 차가 안산 톨게이트를 빠져나가고 있었다.

4

바다가 보이고, 밀물과 썰물의 차가 크다. 길가에 포도를 내놓고 파는 상인들이 많고, 아예 원두막 같은 가건물을 지어 포도를 파는 집도 있다. 바다 한가운데 송전탑이 여러 개 있다…… 건우의 설명들을 조합하자 시경과 윤식은 금방 어디인지 짐작했다.

"안산 같은데?"

건우가 눈을 반짝이며 호들갑을 떨었다.

– 맞아요. 안산! 지금까지 왜 그 이름을 기억 못하고 있었죠? 전 은미랑 누나 못 만났으면 아마 지명도 모른 채 사라졌을지 몰라요.

– 괜찮아. 다른 귀신들도 가끔 그렇게 중요한 단어들을 잃어버린대.

– 누가 그래?

– 귀신들이.

– 허긴 그럴 거야. 죽었다는 사실을 인식하는 순간 그 충격이 굉장히 클 테니까. 그건 사람들도 똑같아. 은미 너도 그렇잖아.

– 그러게요. 저는 아예 기억이 별로 없어요.

우울한 표정을 짓던 것도 잠시. 은미가 금세 미소를 지었다.

“안산 맞네. 시화호 방조제 있는 동네 말이야. 영종도에 화력발전소가 있고, 거기서 생산한 전기를 육지로 보내느라 바다 위에 송전탑을 세웠거든.”

시경의 설명에 낙주가 물었다.

“어떻게 그렇게 잘 알아요?”

“내가 안산에서 처음 경찰 생활을 시작했거든.”

“윤식이 넌 거길 어떻게 알아?”

“누나도 참, 나 레이서잖아요. 서울에서 방파제 도로는 거기가 가장 가깝거든요. 그래서 밤만 되면 차 몰고 틈나는 대로 거기로 몰려가요. 아마 지금도 새벽에 질주하는 애들 많을 거예요.”

“그리고? 또 다른 기억은 없대?”

안산도 넓은 동네였다. 낙주는 건우의 말을 계속해서 전달했다. 서편의 4월, 낙조, 파란 지붕의 강아지 집…….

"여기 같은데요?"

낙주가 설명하던 사이 윤식이 스마트폰으로 검색한 내용을 보여주었다. 대부도에 있는 '서편의 4월'이라는 횟집이 검색 화면에 떠 있었다. 횟집 이름으로는 어울리지 않았지만 이름이 그랬다.

- 횟집이야?

낙주가 건우에게 물었다.

- 두 분이 처음엔 포도 농사를 지으셨어요. 그러다 횟집으로 바꾸셨는데…… 포도 농장 이름이 '서편의 4월'이었는데, 그걸 그대로 횟집 이름으로 쓰셨고요.

- 더 생각나는 건?

- 배 타고 들어온 사람들 있잖아요. 조사 나온 사람들한테 똥바가지로 똥물을 뿌리기도 했다는 말을 듣곤 했어요.

- 똥바가지? 그게 무슨 말이야?

낙주가 의아해하자 시경이 설명을 덧붙였다.

"영종도가 섬일 때 한전에서 발전소 건립하려고 했거든. 그래서 거기 주민들이 반대하면서 한전 직원들이 배 타고 넘어오면 똥물 뿌리고 그랬어. 안산이 맞아. 윤식이 찾아낸 거기, 대부도 쪽일 거야."

그렇게 일행은 안산까지 달려왔다. 시화 방조제를 건너 대부도로 들어서자 낙주의 곁에 앉아 있던 건우와 덩달아 은미까지 엉덩이를 들썩였다.

"니들 좀 가만히 있어!"

낙주가 버럭 소리치자 윤식과 시경이 동시에 뒤를 돌아다보았다.

"두 사람 말고 여기 둘이요."

낙주가 아무것도 보이지 않는 빈자리를 가리켰다. 시경이 맥없는 웃음을 날린 후 전방으로 고개를 돌렸다. 시경과 윤식도 건우의 바람대로 그의 부모 귀신을 찾을 수 있을 거 같았다. 세 사람과 두 귀신은 그렇게 '서편의 4월'이라는 횟집 앞에 도착했다.

- 마, 맞아요. 제가 죽기 전 모습 그대로네요.

건우가 말했다.

- 죽은 지 얼마나 됐는데?
- 2014년도니까 그래도 제법 됐죠.

낙주는 가게의 간판을 바라보았다. '서편의 4워'. '4월'이어야 할 글자에서 'ㄹ'이 떨어져 나가 '4워'가 된 간판이었다. 군데군데 큰 얼룩이 진 간판은 상호 밑의 전화번호도 절반이 떨어져 나가 지역 국번만 겨우 남아 있었다. 건우의 기억대로 왼편에 파란 지붕의 개집도 보였다.

"매번 느끼는 거지만 스마트폰의 위력이란 정말 대단해."

윤식이 자갈이 깔린 마당에 제멋대로 자란 잡초를 발로 비벼대며 말했다.

"완전히 망했는데."

시경의 말처럼 좌우에 늘어선 횟집과 바지락 칼국수집들은 초저녁

임에도 불을 밝히고 장사를 하고 있는데 반해 '서편의 4월'은 문이 꽁꽁 닫혀 있었다.

시경이 가게로 다가가 문을 좌측으로 밀어보았다. 잠긴 줄 알았던 문이 기다렸다는 듯이 스르르 열렸다. 문이 활짝 열리자 무겁고 탁한 공기가 훅 밀려 나왔다. 낙주가 먼저 가게 안으로 발을 들여놓았다. 테이블 위에 거꾸로 뒤집힌 채 올려놓은 의자들과 바닥과 싱크대 등에 쌓인 먼지들이 눈에 띄었다.

낙주는 내실부터 주방까지 구석구석을 뒤져보았지만 사람의 손길이 끊긴 지 오래된 식당이었다. 사람뿐만 아니라 귀신들의 흔적조차 보이지 않았다.

"어째 쉽다 했다. 이래 가지고 어떻게 그 부모님을 찾냐?"

낙주 일행이 식당에서 빠져나오던 순간이었다. 처음 보는 백발의 노파가 지팡이를 짚은 채 그들을 쳐다보고 있었다. 노파의 눈이라 믿기 어려울 정도로 매서운 눈빛에 일행은 주춤거리고 말았다.

"너그들 뭐여?"

노파가 세 사람을 차갑게 바라보며 물었다.

"그러니까 저희는……."

시경이 입을 열었지만 달리 설명할 길이 없어 낙주를 쳐다보았다. 낙주도 딱히 변명할 말이 없어 건우를 돌아보았다.

- 건우야, 저 할머니 본 적 있어?

- 하, 할머니…….

- 할머니야? 그러니까 네 진짜 할머니?

- 진짜 할머니는 아니죠. 전 입양된 거니까.

할머니를 보던 건우가 갑자기 등을 돌리고 일행에게서 멀어졌다. 은미가 불러도 일행에게로 돌아오지 않았다. 낙주는 건우의 느닷없는 행동에 고개를 갸웃거렸다. 어쨌든 노파에게 물어보면 뭐든 단서가 나올 거 같았다.

"할머니, 실은 여기 살았던 건우라고 아세요?"

"너그들이 건우 그 호랑말코 같은 놈을 와 찾어?"

"네?"

"너그놈들이 건우 그 아쌔기를 와 찾냐고? 이 거지발싸개 같은 놈덜아!"

노파가 지팡이를 휘둘렀다. 낙주가 재빨리 지팡이를 잡았다. 그동안 살아왔던 힘이 모두 다 꺼져버린 노파의 세월이 느껴졌는데, 노파가 갑자기 그러는 데에는 이유가 있을 터였다.

"저흰 건우 부탁을 받고 온 거예요."

"뭣이여?"

노파의 눈에 붉은 핏발이 돋았다.

"어디서 죽은지도 모르는 놈 부탁을 받았다고라? 뒤질 거믄 혼자 뒤지지 와 살 같고 피 같은 내 아들까징 데려가냐고!"

노파가 다시 화를 내며 지팡이를 마구 휘둘렀다. 서슬에 놀란 윤식이 저만치 달아나고, 시경도 멀찍이 물러섰다. 낙주는 방파제 쪽으로 도망치듯 가서는 쪼그려 앉아 있는 건우를 보았다. 울고 있는지 어깨를 크게 들썩이고 있었다.

한창 성을 내던 노파가 힘이 다했는지 바닥에 털썩 주저앉았다. 그러더니 마른 울음소리를 내기 시작했다. 낙주가 슬그머니 노파의 곁에 다가가 앉았다.

"아이고, 동석아! 아이고, 동석아! 어쩌자고 물귀신 같은 놈을 입양혀 가지고 이게 뭔 사단이냐. 내가 전생에 뭔 죄를 졌다고 친손주 잃고 어디서 거지같은 놈 입양허드니 니들도 가고. 아이고 아이고 얼른 내도 데려가거라."

노파의 신세타령에 건우가 왜 멀리 떨어져 앉아 훌쩍이는지 알 것 같았다. 그 때문인지 친부모는 아니지만 건우에게 꼭 부모를 찾아주어야겠다는 생각이 든 낙주는 노파에게 자신의 엉뚱한 능력과 같이 온 건우와 은미에 대해 사실대로 말했다.

"뭣이여? 건우가 여기 있다고? 느그들 사기꾼이재? 귀신을 본단 것도 이상허고, 말도 듣는다는 게 말이 되는 소리여? 내가 나이 좀 먹고 늙었어도 머리는 똘똘한데, 어디서 거짓부렁을 하고 지랄이여!"

노파가 버럭 화를 냈지만 낙주는 노파의 눈을 뚫어지게 쳐다보았다. 낙주가 거짓말을 하고 있는 게 아니라는 걸 노파의 나이라면 알 것도 같았다. 아닌 게 아니라 노파의 서슬이 조금씩 부드러워졌다.

"그놈 어떻게 생겼는디?"

노파의 눈에서 독기가 빠지는 것을 본 낙주가 멀리 떨어진 건우를 바라보며 설명을 했다.

"그러니까 얼굴이 아주 희고 이목구비가 또렷해요. 눈은 쌍꺼풀이 없는데 좀 큰 편이라 겁이 많아 보이는 인상이고요. 할머니 말씀대로 보육원에서 자랐다가 여기 장사하시는 분들께 입양되었답니다. 전에는 포도 과수원 하셨고요."

낙주는 윤식을 가리키며 건우의 키가 그 정도라고 말해주었다. 우울한 법도 한데 약간은 장난기도 있다는 말까지 보탰다.

"그놈의 새끼가 맞긴 맞는 거 같은디……."

노파가 주머니에서 담뱃갑을 꺼냈다. 오랜만에 보는 거북선이라는 담배였다. 낙주는 거북선이란 담배가 아직도 있다는 게 신기했다. 그런데 담뱃갑 속에는 담배가 한 개비도 없었다. 낙주는 자신의 말보로를 꺼내 노파에게 건네고 불까지 붙여주었다. 담배가 몸에 좋은 건 아니지만 노파에겐 유일한 낙일 거라는 생각이 들었다.

"뭔 담배가 이리 심심해."

낙주와 시경 그리고 윤식은 노파가 담배를 다 태울 때까지 조용히 기다렸다.

"할머니 이 횟집은 왜 이렇게……."

낙주는 담배를 다 태운 노파의 눈을 가만히 들여다보았다. 눈가에 진물이 흘렀지만 노파는 진물을 닦아내지 않았다. 노파의 입술이 파르르 떨렸다.

"그 죽일 놈이 탄 배가 사고가 났다는 소식에 아들 내외가 쩌기 아래로 내려갔는데, 제주도 가는 뱃길이었제, 수백 명이 죽었다는데, 넘들은 그래도 다 시신을 찾았다고 하드만. 그런데 그놈 시신을 못 찾으니 아들 내외가 뻰질나게 남쪽을 오가는데 가게가 성하겄어? 그러다가 시신 하나가 나왔다고 해서 부리나케 내려갔는데 그 길로 둘이 돌아오지 않은겨. 하늘도 무심허재. 건우 그 썩을 놈이야 그렇다쳐도 내 아들이랑 며느리가 뭔 잘못이여……."

낙주는 노파의 넋두리를 들으며 건우를 쳐다보았다. 건우는 여전히 먼 바다만 바라보고 있었다.

"할머니, 건우 잘못이 아니잖아요."

노파는 낙주의 말을 아예 들은 척도 하지 않았다.

"건우 잃어버리고 아들놈이 을매나 애타했는 줄을 알어? 니들이 알어? 과수원 땅도 조금씩 팔아서 찾겄다고 전국을 장돌뱅이처럼 떠돌았는디, 평생을! 그런 내 아들 놈 심정을 니년이 아냐고!"

노파가 느닷없이 버럭 소리를 질렀다. 낙주는 입맛만 다셨다. 증오로 가득 찬 노파에게 뭔가를 더 물어보고 싶지가 않았다. 동전에 대한 욕심도 사라졌다. 다만 건우가 안쓰러울 뿐이었다.

– 언니, 미안하지만 그래도 한번 물어봐요. 건우 부모님 어디에 묻으셨느지 어쨌는지?

은미에 말에 낙주는 담배를 통째로 노파에게 내밀며 그래도 건우를 미워하기만 하진 않았을 거라 생각했다.

"할머니, 돌아가신 아드님 내외는 어쩌셨어요?"

노파가 낙주를 힐끗 쳐다보았다.

"화장혓것지."

"그럼 화장해서 납골당에 모셨나요?"

"그기 잘 모르것어. 하도 경황이 없어놔서. 동네 사람덜이 나 쓰러진다고 델고 가질 않아서 잘은 모르것는디 그랬것지. 아이고 동석아……."

노파는 또 한 차례 눈물도 없는 마른울음을 울었다. 모든 게 허망하고 부질없다는 걸 알리는 울음이었다. 가족을 모두 잃었으니 살아 있는 게 무의미하다는 울음이기도 했고, 자신 혼자 살아서 숨 쉬는 게 미안하다는 울음이기도 했다.

근처 식당 사람들 몇몇이 가게 앞에 나와 노파와 낙주 일행을 구경하고 있었다. 시경과 윤식이 오른편에 있는 '대부갈비횟집'이란 가게로 다가갔다. 그러자 주인 내외로 보이는 통통한 몸매의 중년 여자와 남자가 서둘러 가게 안으로 들어갔다. 시경과 윤식도 따라서 가게 안으로 들어갔다.

노파에게 물어봐야 '4월의 그집' 주인 내외에 대해 알 수 없을 거 같았다. 주위 식당 몇 곳을 드나들며 수소문한 시경과 윤식이 돌아왔다.

"화장을 한 거 같대. 묘 썼다가는 할머니가 관리도 못할 거 같고. 납골당에 안치했는데 어딘지는 모른다네."

"화장하면 영혼이 소멸된다고 하지 않았나?"

시경이 낙주에게 물었다. 낙주가 은미에게 고개를 돌렸다.

- 은미야, 너 저번에 화장하면 영혼이 소멸된다고 하지 않았어?

- 네, 그렇다고들 했죠. 그런데 정확하게 아는 귀신은 없었어요. 화장해버리면 드나들 몸이 없으니 소멸되는 게 아니냐고 믿는 눈치였죠. 소멸된 귀신을 만날 수가 없으니 정확히 알 수가 없죠.

- 그럼 화장해도 소멸되지 않는 귀신이 있을 수도 있다는 말인가?

- 그러게요. 그게 아니라면 몸이 화장되었는데도 모를 수도 있을 거 같아요.

- 그런 경우엔 화장되는 순간 소멸되는 게 아닐까?

- 그럼 무덤에 육신이 있으면 소멸 안 되는 건가요?

- 은미야, 내가 그걸 어떻게 알아? 네가 더 잘 알겠지.

그때 건우가 둘 사이의 대화에 끼어들었다.

- 죽은 뒤 한 할아버지를 만난 일이 있어요. 그 할아버지는 죽은 지

백년쯤 되었대요. 그래도 여전히 이승을 떠도는데, 화장을 해도 무덤에 묻혀도 소멸되지 않는 귀신들도 있대요.

- 어떤 귀신들인데?

- 원이 강력한 귀신이라고 말했어요.

- 원이라면 미련?

- 그러니까 후회가 아주 크거나 후회할 일이 많은 귀신들은 정말 오래 떠돈대요. 원이 사라져야 비로소 소멸되고요. 그전엔 귀신이 원해도 소멸이 안 된대요.

낙주와 은미가 고개를 끄덕거렸다. 지금까지 들은 말 중에서 가장 일리가 있어 보였기 때문이었다.

- 어쩌면 소멸되지 않고 제가 이렇게 떠돌고 있는 것도 그런 원 때문인 거 같아요.

- 그럼 난 뭐 때문에 소멸되지 않고 있는 거지?

건우의 말에 은미가 갸웃거렸다.

- 때론 모를 수도 있대요. 너무 작거나 너무 커서. 하지만 소멸되려면 그 원을 찾아내고 해소되어야 가능해진대요. 하지만 소멸 뒤는 그 할아버지도 어찌되는지는 모르고요.

5

승합차는 시화호 방조제를 막힘없이 달렸다. 낙주와 은미 그리고 건우의 신경이 온통 시경에게 쏠렸다.

"……그래, 그 사건 맞아. 별다른 사건도 아니니까 내가 부탁하지. 그래, 맞아. 납골당을 찾을 수가 없어. 주민등록번호도 모르고. 화장 신고서 있을 거 아냐. 한번 찾아봐줘. ……나야 뭐 그럭저럭 살고 있지. 내비에 35분 나오니까 좀 밟으면 30분쯤 후면 도착할 거야. 양 형사 고마워, 있다가 보자."

시경이 통화를 끝내자 몸을 내밀고 통화를 엿듣고 있던 은미와 건우가 시치미 떼듯 의자 등받이로 얼른 등을 붙였다.

"건우 부모님들 돌아가신 게 교통사고는 맞는데……."

시경이 가로등 불빛 속에서 외롭게 뻗은 도로에 시선을 둔 채 말했다.

"맞는데요?"

윤식이 운전대를 잡은 채 물었다.

"그게 좀…… 일단 가보면 알 거야."

시경은 승합차가 안산경찰서 주차장에 도착할 때까지 입을 열지 않았다. 양 형사는 건물 현관 입구에 미리 나와 시경을 기다리고 있었다. 그의 오른손에는 파일첩이 들려 있었다.

"언제부터 나와 있었어?"

"시간 맞춰 나온 겁니다."

시경과 양 형사가 서로를 끌어안으며 어깨를 두드렸다. 그렇게 오랜만의 해후를 나눈 양 형사가 조사한 내용을 말했다.

"전화로도 말씀드렸지만, 안산에 거의 다 들어와서 사고가 났어요. 시신을 수습해서 곧바로 장례식장으로 인계했고요. 분명한 교통사고라 더 조사하고 말고 할 것도 없었고요. 유족이라고 할머니 한 분이 계신데 혼절하실까봐 마을 이장인가 하는 분이 다른 마을 분들하고 와서 장례도 치르고 그랬어요. 그리고 그 분들이 화장해 달라고 그랬다면서 화장을 했대요."

시경이 양 형사가 건넨 서류철을 살폈다. 첫 장에 '반미제'라는 글자가 적혀 있었다.

"미제면 미제지, 반미제는 또 뭐야?"

"그거 제가 적은 건데…… 장례식도 치르고 화장도 하고 그랬는데 납골당을 어디로 정했는지 아무도 모르는 거예요. 요즘은 산이나 강에다 유골 뿌리는 게 불법이거든요. 그렇게 뿌리고서 모른 척 하는 건지도 모르겠다는 생각이 들고 그랬는데. 그 뒤로 저도 바쁘고 그래서 잊고 있었죠."

"장례식장 직원 만났을 거 아냐?"

"그런데 그게 말이죠. 담당 직원이 그날로 거길 그만뒀어요. 수소문해도 어디 있는지 모르고요."

시경이 눈을 번뜩이며 서류를 천천히 넘겼다.

낙주는 힐끔 건우를 살폈다. 날이 어두워지면 귀신들의 표정을 살피기가 어려웠는데, 눈동자가 커지고 몸이 과장되게 부푸는 모양새 정도는 느낄 수 있었다. 하지만 당사자인 건우보다도 정작 은미가 더 놀란 눈치였다.

"유골이 없어졌다고? 묘한 일이네."

시경이 서류를 양 형사에게 넘겼다. 별달리 뭔가를 더 알아낼 만한 이야기가 없었다.

"납골당에 가봐야겠다."

"형님, 지금은 문 닫았으니 내일 가세요. 그리고 없어진 게 아니라 화장했는데 서류상 기록이 안 되어 있을 수도 있어요."

시경은 계단에 쪼그리고 앉아 낙주를 쳐다보았다. 건우의 부모를 찾는 일은 아무래도 요원할 것 같았다. 그러면 희귀 동전도 물 건너갈 게 분명했다.

"형님, 오랜만에 봤으니 저녁 먹으러 갑시다."

"저녁은 무슨."

"저녁 안 드셨잖아요. 형님 아니었음 저도 진즉 저승에 갔을 겁니다. 평생 저녁 사드려도 모자라지요."

"안 바빠?"

"바빠도 형님이랑 저녁 먹는 게 더 중요합니다."

두 사람의 내막은 알지 못하지만 낙주는 양 형사에게 믿음이 갔다. 그때 시무룩한 건우의 목소리가 들렸다.

– 저 이제 어쩌죠?

– 일단 내일 납골당에 가보자. 그러면 뭐라도 나오겠지.

화장한 사실은 없더라도 화장증명서나 사망증명서는 찾을 수 있을지 몰랐다. 거기서부터 시작하면 뭔가 답을 찾을 수 있을지도 몰랐다.

– 건우야, 너무 실망하지 마.

– 실망은 하지 않는데…… 어쩌면 저 영원히 이렇게 떠돌지도 모르

겠네요. 아무래도 엄마 아빠 만나기는 그른 거 같아요.

어깨를 들썩이며 흐느끼는 건우가 안타까웠지만 낙주와 은미로서도 어쩔 수 없는 노릇이었다. 건우는 다시 말없이 어딘가로 발걸음을 옮기기 시작했다.

- 건우야, 어디 가는 거야!
- 은미야, 내버려둬. 혼자 있고 싶을 거야.
- 저러다가 다시 안 오면 어떡해요?
- 그래도 돌아오겠지.

승합차 쪽으로 걸어가던 시경과 양 형사가 걸음을 멈추고 낙주를 돌아보았다.

"형님, 저 예쁜 아가씨가 뭐라는 겁니까? 건우라고 하는 것 같은데, 형님이 부탁한 4월의 그 집 아들 이름이 건우 아닌가? 그 친구도 시신 못 찾았다고 하는 거 같던데…… 건우란 애를 찾는 거예요?"

"아, 아냐. 그, 그런 게 있어."

시경이 양 형사의 어깨에 손을 얹고 승합차 쪽으로 끌고 갔다.

"그런데 형님, 저 아가씨 어째 낯이 익은데……."

양 형사가 고개를 갸우뚱대자 시경이 피식 웃음을 흘렸다.

"옛날에 국가대표 역도 선수였어. 몰라?"

"아, 정낙주 선수! 남자 팬들 진짜 많았잖아요! 갑자기 은퇴해서 한때 난리도 나고 그랬잖아요."

양 형사도 낙주의 팬이었다. 낙주가 인기가 많았던 이유는 미인이면서 거칠고 큰 힘을 필요로 하는 운동선수였다는 점 때문이었다.

"그런데 저런 분이 어떻게 반장님이랑?"

"역도가 인기가 없잖아. 선수 생활 그만두면 먹고 살 길이 막막하지."

양 형사가 고개를 끄덕였다.

"예전에 진짜 놀랐다니까요. 형님도 그 동영상 보셨죠? 황소를 쓰러트리는데 전부 벌떡 일어났다니까요. 한잔하고 있었는데 술잔 엎어지고 난리도 아니었어요. ……그런데 진짜 힘세요?"

"낙주 앞에서 까불지 마라. 잘못했다간 뼈도 못 추린다. 행여 엉뚱한 생각 품지도 말고. 뭐 하나 부러지지 않으려면."

시경이 웃으면서 서둘러 차에 올라탔다.

신비의 마고봉

1

양 형사가 일행을 데려간 곳은 오이도 선착장 부근의 횟집 거리였다. 바로 앞이 방파제라 방파제 쪽에도 간이 식탁과 의자들이 쭉 놓여 있었는데, 일행은 '파도'라는 이름의 횟집 앞에 자리를 잡았다. 파도가 방파제를 때리는 소리에 낙주는 불편했던 심사가 가라앉는 느낌이었다. 주변을 둘러보았지만 건우는 보이지 않았다.

주중인데다 밤이 깊어 그런지 횟집 거리는 한산했다. 낙주의 눈에 유독 빨갛게 옷을 입은 등대가 눈에 들어왔다.

– 언니, 등대 진짜 예쁘다!

은미는 낙주 곁에 앉아 연신 조잘댔다. 역시나 살아 있을 때에도 쾌활한 아가씨였을 거란 생각이 맞을 듯했다.

– 그런데 깜깜해지면 귀신들이 더 많이 나오는 거 아니냐?

– 언니, 나도 그 정도는 아는데 산 사람하고 별로 다르지 않아요. 밤잠 없는 귀신들만 나오는 거예요. 귀신들도 낮에 활동하고 밤에는 잠자고 그래요. 나도 처음엔 귀신들은 아침 해 뜨면 사라지고 그런 건 줄 알았는데 아니더라고요. 귀신들도 밤 무서워해요. 살아 있을 때 나쁜 놈은 귀신이 되어서도 나쁜 놈이고, 좋은 놈은 좋은 놈이고 그런 거 같더라고요.

– 어디서 자는데?

– 아무 데서나요.

– 아무 데서나?

– 자기로 마음만 먹으면 어디서든 잘 수 있잖아요. 우린 그렇잖아요. 예전에 살던 집에 여전히 미련이 남아 있는 치들은 집에서 자는 거죠.

은미의 말은 꼭 산 사람들 세상의 이야기처럼 들렸다.

– 그러고 보면 넌 참 독특해. 다른 귀신들은 자기가 살던 집도 알고, 몇 가지 기억하고 그러는데, 넌 네가 살던 집도 모르고 이름이 맞는지도 모르고 말이야.

– 그러게요. 제가 죽을 때 충격이 커서 그럴까요?

낙주는 그럴 수도 있겠다는 생각이 들었다. 그때 횟집 주인이 여러 생선을 섞은 모둠회와 소주를 내왔다.

"오랜만에 한잔씩들 하자."

시경의 제안에 윤식과 낙주가 서로를 쳐다보았다.

"차는요?"

"오늘은 여기서 자자. 양 형사가 숙소까지 다 마련해 놨단다."

시경이 관광호텔 쪽으로 눈길을 주자 윤식과 낙주가 양 형사에게 고맙다고 인사를 건넸다.

"별거 아닙니다. 비수기인데다 앱으로 예약하니까 엄청 싸더라고요. 그나마 방 두 개 얻기를 다행이네요……."

양 형사는 낙주를 힐끔대며 말끝을 흐렸다. 시경은 양 형사가 낙주에게 호감이 있다는 걸 알았다. 하긴 낙주를 싫어할 남자가 있을까. 하지만 양 형사가 감당할 만한 상대가 아니라는 점도 잘 알고 있었다.

오랫동안 긴장하며 지낸 탓인지 술이 달아 잔 비우는 속도가 빨랐다. 낙주는 한 잔 두 잔 술을 비우면서도 사방을 살폈다. 사라진 건우가 나타나기를 바랐기 때문이다. 그때 시경이 불쑥 푸념처럼 말을 꺼냈다.

"그러면 동전은 물 건너 간 거야? 이번에도 허탕친 건가?"

"뭐 그런 셈이죠."

낙주의 말에 시경이 한숨을 내쉬었다. 윤식도 잔에 가득 찬 술을 단숨에 비워냈다. 횟집 주인이 서비스라면서 해삼을 내왔다. 주인이 가게 안으로 돌아가자 양 형사가 목소리를 낮추며 말했다.

"저 양반도 지난번 여객선 사고 때 딸을 잃었어요."

"그, 그래?"

"외동딸이었는데……."

술상 위로 오가던 말들이 자연스럽게 몇 해 전 남해에서 일어났던 여객선 전복 사고로 흘러갔다. 아직 원인이 밝혀지지 않은 사고였다.

그들의 말을 듣고 있자니 낙주는 자꾸만 술이 당겼다. 오랜만에 마신 술이라 금방 취기가 오를 듯했는데 지난 일들만 자꾸 선명하게 떠올랐다. 살아 있는지 알 수 없는 부모, 늘 귀기 서린 모습으로 이 마을 저 마을로 굿을 하러 다니던 할머니, 주어진 인생이 견딜 수 없어서 몸에 가득 차 있던 힘을 소진해야만 겨우 잠들 수 있었던 시간들이…… 이런저런 상념에 빠진 동안 어느새 테이블 위에는 빈 소주병이 열다섯 병 가량 놓여 있었다.

"누나는 진짜 미스터리야. 남자 열 명도 가뿐하게 처리하지, 남자들도 들지 못하는 봉을 들고 휘두르지, 그리고 결정적으로 미인이지. 미인은 술도 잘 먹는가?"

졸다가 깨어 잔을 비우고 회 몇 점 집어먹고 다시 졸기를 반복하던 윤식이 낙주를 보며 투덜거렸다. 시경은 양 형사와 붙어 앉아 지난 미제 사건들에 대한 이야기를 나누느라 바빴다. 그때였다. 낙주가 거푸 잔 비우는 모습만 구경하던 은미가 느닷없이 소리쳤다.

–언니!

–왜?

–언니, 언니, 언니!

은미의 다급한 목소리에 낙주가 고개를 돌려 은미가 바라보는 쪽을 바라보았다. 바다 위에 내려앉은 달빛이 길을 만들고 있었는데, 그 길로 한 무리의 귀신들이 걸어오고 있었다.

– 언니, 저기 보이지?

- 새삼스럽게 왜 그래? 쟤네들도 잠이 없나 보지.
- 언니, 그게 아니라 쟤들은 그냥 방황하는 게 아니라 우리 쪽으로 곧장 걸어오고 있다니까.

낙주가 취기에 게슴츠레한 눈으로 귀신 무리를 쳐다보았다. 취기 탓인지 그들이 사람의 무리들처럼 보였다.

- 오면 오는 거지.
- 그런데 저것들은 왠지 좀 소름끼쳐.
- 은미야, 귀신이 그런 말을 하면 누가 믿겠냐? 그건 살아 있는 사람이 쓰는 말 아냐?
- 언니 말꼬리 잡지 말고 잘 봐요. 저 귀신들은 뭔가 좀 다르다니까!

낙주는 맥주잔에 가득 담긴 소주를 한입에 털어내고 의자에서 일어났다. 그리고 자신을 향해 몰려오는 귀신들을 정면으로 바라보았다. 은미는 낙주의 등 뒤에 숨었다.

- 너희들 뭐야?

낙주의 말에 한 무리가 되어 몰려오던 귀신들이 걸음을 멈추었다. 몇몇은 놀라 낙주를 쳐다보았다. 그제야 그들의 모습이 자세하게 보였다. 몇몇은 껄렁한 걸음걸이에 머리카락을 짧게 자른 헤어스타일이었다. 무리의 맨 앞에 선 귀신은 찢어진 눈매에 근육질의 몸을 가진 낯이 검게 물든 사내였다. 남색의 셔츠를 입고 있었는데 두어 번 접어 올린 소매 아래에 뱀 문신이 눈에 띄었다. 사내의 뒤를 살피던 낙주는 놀라 취기가 싹 달아나버리고 말았다. 밧줄에 몸이 꽁꽁 묶인 귀신들이 보였기 때문이다. 귀신이 귀신들 잡아가고 있다니 처음 보는 일이었다.

– 호, 이것 보게. 우리가 보여?

선두의 검은 사내가 흥미로운 눈으로 낙주의 위아래를 훑으며 말했다. 낙주는 은미가 해주었던 말이 떠올랐다. 살아 있을 때 나쁜 놈은 귀신이 되어도 나쁜 놈이라고. 그 이치는 살아 있을 때나 죽어서나 다르지 않을 터였다.

– 야, 이렇게 예쁜 여자가 귀신이 보인다? 너 무당이야?

비슷한 덩치의 사내 여섯이 무리들을 헤집고 앞으로 나왔다.

– 은미야, 이것들 뭐냐?
– 사, 사냥꾼들이 있다고 그랬어요.
– 사냥꾼?
– 떠도는 귀신들을 사냥해서 어디로 데려간대요.
– 어디로?
– 잘 몰라요.

검은 사내의 등 뒤에 굴비처럼 한 줄에 꿰인 귀신들이 어깨를 축 늘어뜨린 채 서 있었다. 그들이 나타난 뒤 횟집 주변을 떠돌던 귀신들이 하나도 보이지 않았다. 검은 사내 무리의 등장에 놀라 도망친 듯했다.

– 당주 형, 저년 우리가 진짜 보이는 모양이네.

팔뚝에 뱀 문신을 한 당주가 낙주를 빤히 쳐다보았다.

– 너 영매지?

당주가 놀랍거나 신기하다는 투가 아닌 심드렁한 투로 물었다. 귀신을 보는 사람이 있다는 게 별 신기한 일도 아닌 듯했다.

– 그러는 넌 뭐야?

낙주가 되물었다. 은미는 한 치도 떨어지지 않으려고 낙주의 등 뒤에 바짝 붙었다.

– 야, 너 이리와 봐.

당주는 낙주의 질문 따위엔 아랑곳하지 않고 은미를 불렀다. 낙주에게는 눈길도 마주치지 않았다.

– 왜요?
– 너도 몸뚱이 잃어버린 년이지? 너도 죽은 줄도 모르고 헤매고 다니는 년이지?

낙주는 순간 남아 있던 술기운이 싹 달아났다. 당주라는 귀신이 은미의 상황을 알고 있다는 것도 기분이 나빴지만, 헤매고 다닌다는 말이 기분을 상하게 만들었기 때문이다.

– 야!

낙주가 당주를 향해 소리를 질렀다. 그러자 당주가 낙주를 향해 으르렁댔다.

– 미친 년, 이승에 있는 것들은 이 세계의 일에 간섭 마라.

당주는 거침없이 다가와 막을 사이도 없이 낙주의 등 뒤에 있던 은미의 손목을 덥석 붙잡았다. 그러더니 그녀를 자신의 쪽으로 잡아챘다.

– 언니!

낙주가 얼결에 손을 뻗었다. 그러나 당주는 물론 은미의 옷자락 하나 잡을 수가 없었다. 살아 있는 자신은 살아 있지 않은 귀신들을 붙잡을 수 없었다.

– 은미 손 놔!

낙주는 은미를 질질 끌고 가는 당주를 향해 주먹질을 하고 발길질을 했지만 아무 소용도 없었다. 당주는 낙주의 발악에 피식 비웃음을 흘렸다.

- 병신 같은 년이 별 헛짓을 다해요. 이짝 일은 신경 끄고 네 앞가림이나 잘해라.

당주의 말은 거침이 없었다. 그는 자신을 따르는 무리들에게 은미를 넘겼다. 은미의 손목에 밧줄이 감겼다.

- 언니, 나 어떡해? 언니!

낙주는 은미의 비명에 번쩍 정신이 들었다. 그리고 술에 취한 윤식이 꾸벅꾸벅 졸면서도 끌어안고 있는 물건을 낚아챘다. 그 바람에 윤식이 술상에 얼굴을 박았다.

"으이씨, 깜짝이야! 누나, 왜 그래? 불만 있음 말을 하라고. 그, 그런데 뭔 일이여?"

윤식이 엉거주춤 일어서며 낙주를 바라보았다. 그제야 시경과 양 형사도 하던 이야기를 멈추고 낙주를 쳐다보았다.

낙주가 봉을 싸고 있던 커버를 걷어내자 허리 높이쯤 되는 두 개의 봉이 나타났다. 무슨 일인지 묻는 일행들의 목소리가 귀에 들어오지 않았다. 은미를 구해야겠다는 마음만 간절했다. 낙주는 두 개의 봉을 손에 쥔 순간, 우우웅~ 바람 소리인지 모를 기괴한 울음이 울렸다. 낙주는 울음소리가 마고봉에서 흘러나온다는 걸 알았다. 울음소리와 함께 마고봉이 부르르 몸을 떨었다.

- 당장 멈춰!

낙주의 벼락같은 일갈에 은미까지 밧줄에 꿰어 귀신들을 끌고 가던 무리들이 멈추었다. 검은 사내들이 낙주가 두 발을 벌리고 이상하게 생긴 봉을 양손에 들자 깔깔 웃음을 터뜨렸다. 뒤통수에서 한 길로 묶은 낙주의 머리카락이 바다에서 불어온 바람에 깃발처럼 휘날렸다.

- 뭐? 멈춰? 별 거지같은 년을 다 보겠네. 자 멈췄다! 어쩔 건데?

당주가 멈추자 뒤따르던 귀신들이 앞서 가던 귀신의 등에 순서대로 부딪치며 우르르 멈춰 섰다. 낙주는 망설이지 않고 은미를 묶고 있는 밧줄을 향해 마고봉을 내려쳤다. 은미를 구할 수 있다면 무슨 짓이든 해야 했다. 그 순간, 다급한 낙주의 머릿속에 문득 친동생 같았던 미연의 얼굴이 떠올랐다. 국가대표 합숙촌에서 만나 서로 의지하던 미연이었다. 미연은 할아버지 손에 자랐고, 낙주는 할머니 손에서 자랐다. 둘 모두 부모를 몰랐고 어려서부터 부모 없는 아이라고 놀림을 많이 받으며 살아왔다. 서로의 아픔을 잘 알고 있었기에 미연은 낙주를 친언니로 생각했고, 낙주도 미연을 친동생으로 여겼다.

그러나 낙주가 올림픽 출전 자격을 얻던 날 미연은 국가대표에서 떨어졌다. 그냥 집에 있겠다는 미연을 낙주는 밥을 사주겠다고 일부러 불러냈다. 그리고 횡단보도 앞에서 서 있던 미연을 졸음운전을 한 덤프트럭이 덮쳤다. 자신이 불러내지 않았다면 미연이 죽지 않았을 거라는 끔찍한 죄책감에 낙주는 어떻게든 미연을 떠올리지 않으려 노력했다. 그런데 지금 이 순간 낙주는 깨달았다. 귀찮게 달라붙는 은미를 내치지 못했던 게, 그녀가 눈에 보이지 않으면 마음이 허전했던 이유를.

낙주는 현역 시절에도 불가능했을 힘을 마고봉에 쏟아 부었다. 두 개의 강렬한 빛이 서로를 향해 빠른 속도로 달려와 부딪친 듯 맞닿은 밧줄과 봉 사이에 빛이 폭발했다. 그 빛은 죽은 자들의 눈에는 물론 산 자들의 눈에도 또렷이 보였다. 너무 밝아 눈이 멀 정도의 빛이었다. 졸린 눈을 비비며 낙주의 이상한 행동을 바라보던 윤식과 시경, 양 형사가 놀라 뒤로 나자빠졌다. 귀신들을 끌고 가던 사내들 역시 바닥에 털썩 주저앉았다. 그 순간 은미의 손을 감았던 밧줄이 끊어졌다. 은미가 재빠르게 낙주의 등 뒤로 달려와 붙었다.

– 너, 너 뭐야?

깜짝 놀란 당주가 나서며 주먹을 휘둘렀다. 그러나 헛손질이었다. 귀신의 주먹이 낙주의 몸에 닿을 리가 없었다. 하지만 낙주가 휘두른 마고봉은 당주의 몸에 닿았고 물리적인 충격을 고스란히 전했다. 봉에 맞은 당주가 훨훨 날아가듯 나가떨어졌다. 낙주가 마고봉을 휘두르며 귀신들을 때릴 때마다 환한 빛이 터졌다. 귀신들도 살아 있는 사람들도 모두 놀라 낙주의 춤을 구경했다.

“형, 형님, 저게 무슨 일이래요? 저 친구 대체 뭐예요?”

“말했잖아. 죽은 귀신들을 본다고.”

“나는 형님이 말장난한다고 생각했는데. 그런데 저 빛은 뭐예요?”

“낙주야! 뭔 일이냐?”

시경도 궁금해 소리를 질렀다. 하지만 낙주는 귀신들을 상대하느라 대답할 겨를이 없었다.

"팀장님, 모양새를 보니 누군가를 공격하는 거 같은데요."

윤식의 말에 시경이 눈을 부릅떴다.

"귀신들?"

"그것밖에 더 있겠어요?"

"형님, 저 아가씨가 정말 귀신들하고 싸우고 있는 거요?"

"그게, 아마도 그런가 보다."

시경도 처음 보는 풍경이라 무어라 확실하게 말할 수 없었다. 결국 남자 셋은 눈앞의 기이하고 놀라운 광경에 넋을 빼고 구경을 할 수밖에 없었다.

낙주가 마고봉을 휘두를 때마다 빛이 번쩍였고 허공을 찢는 소리가 들렸다. 그때마다 귀신들을 붙잡아 끌고 가던 사냥꾼들이 하나둘 나가떨어졌다.

낙주는 두 개의 봉이 가진 차이를 오늘 처음 알 수 있었다. 오른손에 쥔 7개의 별이 손잡이에 그려진 마고봉만이 귀신들에게 효과가 있었다. 별이 하나만 그려진 봉은 귀신들의 몸을 그냥 통과해 버렸다. 낙주는 오른손에 쥔 봉으로 삿된 존재들을 향해 거침없이 휘둘렀다. 귀신들을 엮고 있던 밧줄이 끊어졌고 손목이 자유로워진 귀신들이 서둘러 사방으로 도망을 치기 시작했다.

- 도, 도대체 네 년 정체가 뭐야?

당주가 놀란 목소리로 물었다.

- 년이라고 부르지 마라, 듣는 년 기분 나쁘니까.

마고봉이 만들어내는 번득이는 빛에 인근 가게의 사람들까지 우르르 밖으로 몰려나왔다. 빨간 등대 주변을 거닐며 데이트를 하던 연인들이 걸음을 멈추고, 거리를 지나가던 운전자들이 차를 멈추고 폭죽처럼 밤하늘을 가르는 빛을 구경했다. 어른은 물론 아이들도 감탄을 하며 박수를 쳤다. 그들의 눈에는 낙주 혼자 봉을 휘두르며 춤을 추는 듯 보였을 것이다. 그들은 낙주의 봉에 특수한 장치가 달려 불빛이 번쩍이는 것이라 생각했다. 사람들이 점점 더 낙주의 주변으로 모여들었다. 그러자 시경과 윤식뿐만 아니라 귀신을 모두 잃어버린 사냥꾼들도 당황했다. 마고봉에 맞아 길바닥에 쓰러진 사냥꾼들은 사람들의 발에 밟히고 자동차 바퀴에 깔리기도 했지만 이승의 어떤 물리력도 무의미했다. 하지만 낙주의 마고봉만큼은 달랐다. 결국 사냥꾼들도 어둠 속으로 하나둘 도망치고 문신을 한 당주만 남았다. 낙주가 마고봉으로 그를 가리켰다.

- 귀신들을 어디로 끌고 가는 거야?

당주는 긴장한 듯 얼굴이 잔뜩 굳어 있었지만 여전히 입에서는 피식대는 웃음소리가 새어나왔다.

- 흐흐흐, 살다 살다 너 같은 년은 처음이다.
- 년이라는 말 듣기 싫다고 했지!

낙주가 당주의 다리를 향해 봉을 내려쳤다. 당주의 입에서 비명이 터져 나왔다. 낙주는 고통을 느끼는 귀신보다도 자신이 휘두른 봉이 귀신에게도 고통을 줄 수 있다는 사실에 더욱 놀랐다. 은미는 낙주의 등 뒤에서 귀를 틀어막고 있었다.

- 어디로 끌고 가는 거냐니까?
- 흥, 말해준다고 네 년이 알겠느냐? 이건 죽은 자들의 일이라고!

당주의 입에서 다시 '년'이라는 말이 흘러나오자 분노한 낙주가 그의 머리통을 향해 봉을 내려쳤다. 그 순간 당주는 흔적을 남기지 않고 사라졌다.

2

낙주는 안산을 다녀온 뒤 사무실 창가에 앉아 초등학교 운동장만 내려다보았다. 시경과 윤식은 물론 은미 역시 낙주에게 말을 걸지 않았다.

'귀신을 볼 수 있는 일은 그렇다 쳐도 물질의 법칙에서 벗어난 귀신에게 물리력을 행사할 수 있다? 이게 가능한 일인가?'

낙주는 캐비닛 곁에 세워둔 마고봉을 하루에도 수십 차례 쳐다보며 오로지 그 생각에만 골몰했다.

'도대체 저 물건은 뭐지?'

정읍을 떠나올 때, 할머니가 했던 말이 요즘 들어 귀에 쟁쟁했다.

'망할 년, 이 할미가 싫다 이거지. 그랴, 니라도 무당은 하지 마라. 그런데 떠날 때 떠나도 저 마고는 갖고 가라. 내가 쓸 물건이 아니라니가 쓸 물건인게. 뭣에 쓰는 물건이냐고? 나도 몰러, 저 봉이 와 우리 가문에 내려오는지. 아무튼 내 손으로는 들 수도 없고 서로 땡기는 게 있어야. 저건 필시 니 물건이여. 모르긴 몰라도 니를 지켜줄 것이여. 내도 엄니한테 물려받아서 어떤 내력이 있는 줄은 자세히 몰러. 백두산에서 내려온 거라는 얘기만 들었제. 아무튼 눈 떠보니까 우리 법당 왼편 구석에 얌전하게 놓여 있었제. 기도드리다 가끔 봉을 쳐다보믄 봉이 스스로 말하는 기분이 들곤 했제. 왜 마고봉이라고 부르냐고? 그냥 처음부터 봉이 스스로 마고봉이라고 말했으니 그러제.'

할머니의 말은 맞았다. 올림픽 대회에서 무릎이 꺾인 후 낙주는 정읍으로 내려가 한동안 몸과 마음을 추슬러야 했다. 그리고 다시 서울로 돌아가기 위해 할머니 집을 떠날 때 왜 그런지 알 순 없지만 마고봉이 자신도 같이 데려가라고 말하는 것만 같았다. 그래서 들고 나오긴 했는데 마고봉에 이런 귀물인 줄은 상상도 못한 낙주였다.

낙주는 생각을 접고 다시 운동장을 내려다보았다. 파란색의 유니폼을 입은 아이들이 이리저리 몰려다니며 공을 차는 게 보였다. 등번호 9번을 단 아이가 골을 넣는 순간, 사무실 문이 열리며 시경과 윤식이 들어왔다.

오래 알고 지낸 사이도 아니고, 특별한 인연이 있는 사이도 아닌데, 낙주는 시경과 윤식에게서 가족의 정을 느꼈다. 그건 시경과 윤식도 마찬가지였다.

"어째 이 자슥은 연락이 없지?"

시경의 말이 끝나기 무섭게 그의 스마트폰이 울었다.

"양반되긴 글렀네. 여보세요. 어떻게 됐어?"

"김 형사님, 장물아비 찾았습니다. 폰으로 주소 보내드릴게요."

스마트폰 저편의 목소리가 낙주의 귀에도 들렸다.

"그래? 수고했다. 나중에 소주 한 잔 살게."

"그런데 그 인간은 왜 찾아요? 그 인간 일에서 손 뗀지 꽤 됐다고 하던데."

"그럴 일이 있어. 얼른 주소나 보내. 전번도 있음 같이 보내주고."

통화를 끝낸 시경의 눈이 반짝거렸다.

"팀장님, 무슨 일이에요?"

윤식이 묻자 시경이 낙주를 힐금거리며 말했다.

"은미가 알려준 열쇠 말이야. 그거 감정해 줄 장물아비 찾았단다."

"아니, 그런 거라면 고고학계나 하다못해 인사동에라도 가야 하는 거 아녜요? 도둑놈들 물건 잡는 장물아비라뇨?"

윤식의 물음에 시경이 윤식의 목에 헤드락을 걸었다.

"윤식아, 하나는 알고 둘은 모르는 소리 하지 마라. 우리나라 골동품들은 사실 학자들보다 문화재 팔아먹는 장물아비들이 더 잘 알아요. 더군다나 은밀하게 전해지는 것들은 더더욱 그렇고. 그놈들은 말이야, 집안의 숨겨진 비사 같은 것들까지 죄다 수집하기도 하거든. 자, 잡설은 그만하고 얼른 가자!"

목이 막힌 윤식이 켁켁 기침을 터뜨리며 화를 냈다.

"아씨, 왜 내 목을 조이고 그래요!"

"우리 모이고 그동안 푼돈만 벌었는데 이제야 큰 돈 만질 수 있는 기회가 왔는데 기분이 안 좋을 수가 있냐? 참, 낙주야 너도 같이 가자!"

"어디요?"

낙주가 그제야 고개를 돌리고 그들을 바라보았다.

"어디긴 어디야? 우리 하는 말 못 들었어? 황금열쇠 감정해 줄 장물아비 찾았으니 얼른 가봐야지."

"아…… 그럼, 가야죠."

소파에서 일어서던 낙주가 은미를 돌아보았다.

- 은미야, 너도 가자.

- 네, 그래요. 그나저나 기분 좀 풀렸어요?

- 풀릴 기분이 뭐 있어? 내가 나 자신을 잘 모르겠어서 좀 당황했던 거뿐이지.

- 암튼 잘됐다. 언니가 기분 좋아진 거 같아서. 난 언니랑 평생 살 거예요.

- 그게 뭔 소리야? 얼른 니 몸 찾아서 어디로든 가야지.

- 그래도 언니랑 같이 살 거예요. 나 구해준 사람이 언니잖아요.

- 그래, 너랑 나랑 백년 만년 같이 살자. 어차피 나도 혼자 살 팔잔거 같은데.

"당연하죠. 누나가 안 가면 안 되지! 힘센 누나가 우리를 지켜줘야죠. 안 그래?"

일부러 신이 난 척 가볍게 이야기하는 윤식을 보며 낙주는 피식 웃음을 지었다. 그리고 마고봉을 어깨에 메고 사무실을 나서다가 윤식의 뒤통수를 쳐다보았다. 그러고 보면 평소에도 윤식에게 별다른 이유 없이 마음이 쓰였던 건, 미연의 분위기를 윤식에게서도 느낀 때문이었던 듯했다. 유독 짱구처럼 튀어나온 뒤통수나 웃을 때면 입꼬리가 귀에 걸릴 정도로 크게 웃던 미연. 낙주가 걸음을 멈추자 윤식이 뒤를 돌아다보았다.

"누나, 또 이상한 놈들 나타난 거야?"

낙주는 고개를 저으며 웃음을 지었다. 그리고 은미도 윤식도, 그리고 시경도 자신이 지키리라 다짐했다.

3.

음에서 양으로 양에서 음으로

오봉서점

1

시경은 눈앞의 가게를 천천히 둘러보았다. 낡은 책들이 가득한 서점이었다. 고서들을 취급하는 것도 아니고, 중고 소설책이나 참고서 따위를 파는 헌책방이었다. 가게 앞에 내놓은 책들은 자동차 매연과 거리의 먼지를 잔뜩 뒤집어쓰고 있어서 마치 쓰레기 더미를 쌓아놓은 것처럼 보였다.

"오봉서점이라……."

시경이 중얼거리며 좁은 입구로 몸을 집어넣었다. 시경의 뒤를 이어 낙주와 윤식도 따라 서점 안으로 들어섰다.

"계십니까?"

쌓여 있는 책들 사이를 비집고 서점 안으로 들어가자 안쪽에 제법 넓은 공간이 나타났다. 네댓 명은 앉을 수 있는 큰 나무 테이블이 가장 먼저 눈에 들어왔다. 더 안쪽에는 식당에서 흔히 쓰는 나무 의자 두 개가 작은 테이블을 가운데 놓고 마주 본 형상이었는데, 그 의자에 진고랑과 한 늙은 남자가 앉아 한창 장기를 두고 있었다.

"진 선생, 오랜만입니다!"

시경이 아는 척을 했지만 진고랑은 맞은편 노인을 재촉하기 바빴다.

"잠깐만, 지금 중요한 순간이여. 어서 장 받으라니까."

"니미 또 만 원 날리게 생겼네. 진고랑 니 사기 장기지?"

윤식은 시경이 찾아온 진고랑이라는 노인의 이름을 입안에 굴리며 쿡 웃음을 지었다.

"이놈 봐라. 장기가 사기가 어딨냐? 장기에는 똑똑한 놈과 덜 똑똑한 놈만 있는겨."

진고랑의 말에 맞은편 노인이 입맛을 다시더니 조끼 주머니에서 만 원짜리 한 장을 꺼내 장기판 위에 올려놓았다.

"어때? 한 판 더할까?"

"아주 날을 잡아라, 잡아. 내한테 사기 칠 생각 그만하고 손님이나 받아."

"이놈이 사기 아니라니까……."

진고랑이 안경을 바로 쓰며 그제야 시경과 윤식, 그리고 낙주를 살폈다. 손으로 쓸어 넘긴 회백색의 머리카락이 인상적인 얼굴이었다. 수염 한 가닥 없이 말끔한 얼굴은 노인이라기에는 무척 팽팽했다.

"김 형사 아녀?"

"네, 맞습니다. 김 형사."

"이런 이게 얼마만이야? 사람이 어째 이리도 무심한가."

"선생님도 참, 저 자주 봐야 뭐가 좋다고요? 자주 안 뵈어야 좋은 거죠."

"뭔 소리여?"

"그럼 요즘도 일 하십니까?"

진고랑은 전문도굴범이었다. 낙주의 눈에 가장 먼저 들어온 것은 그의 넓은 어깨였다. 굵은 팔뚝과 마디가 큰 손도 보였다. 힘깨나 쓰게 생긴 몸이었다. 그런데 눈매는 그윽한 편이었다. 어떤 분야든 공부가 깊어지면 느껴지는 눈매였다. 시경과 차를 타고 오는 동안 대충 들은 내용보다 눈앞의 진고랑이란 사내는 더 거물이라는 느낌이 들었다. 장기를 두던 노인이 서점을 빠져나가자 진고랑이 믹스 커피 세 잔을 만들어왔다.

"이걸 끊어야 하는디…… 혹시 아직 담배 피는가?"

진고랑의 물음에 시경이 점퍼 주머니에서 말보루를 꺼내 내밀었다. 진고랑의 얼굴이 환해졌다. 그는 잡동사니를 모아 놓은 쟁반 위를 뒤져 라이터를 찾아내 불을 붙였다.

"우리 진짜 얼마만인가?"

"그러게요. 선생님이 공주에 있는 왕릉 뒤질 때였으니까 한 15년은 된 거 같습니다."

"15년이라…… 참 세월 빠르네. 내가 올해 일흔이니까. 자네가 마흔 후반이겠네."

시경은 대답 대신 히죽 웃었다.

- 언니, 여기 책방은 냄새가 좋은 거 같아. 어때요?
- 그냥 퀴퀴한 냄새만 나는데?
- 그런데 저 노인을 왜 찾아온 거예요?
- 나도 몰라. 네가 준 열쇠에 대해 물어보려고 하는 거 같던데.

"요즘은 일절 손 안 대세요?"

"김 형사, 나도 이제 늙었잖아. 삽질 열 번 하면 골병드는 나이라고."

"왜, 선생님 밑에서 조수하던……."

"김 형사, 이쪽도 3D야. 젊은 놈들은 안 하려고 해. 바로 눈앞의 땅을 파면 황금이 쏟아진다고 해도 안 한다니까."

"에이 설마요."

"진짜라니까. 요즘 젊은 놈들 이거 안해. 잘 알 거 아냐. 노하우 전수해주고 싶어도 전수 받으려고 하질 않아. 그러니까 진짜 보물을 보는 눈도 사라지고 마는 거지."

"뭐 전수랄 게 있겠습니까?"

시경이 애써 웃음을 참으며 말하자 진고랑이 눈을 부릅떴다.

"김 형사, 도굴은 아무나 하나? 내가 말하는 전수는 진짜를 보는 눈이야. 그런 눈이 없으면 말짱 황이야. 도자기를 언제 만들었는지 알아내는 눈, 한 자루 칼이더라도 칼의 재료가 어느 지역에서 나온 어떤 재료가 유독 많이 들어갔는지를 파악해내는 감각, 금관 무늬의 세공법이 어느 시대의 세공법이며, 모조품과 어떻게 다른지를 판단할 수 있는 직감 말이야. 우리 쪽을 너무 우습게 보지 마. ……별 볼일 없음 가지. 나 바쁘니까."

진고랑이 테이블에서 일어나 뒷문을 열고 들어가려 하자, 시경이 얼른 손을 잡았다.

"삐지시는 건 여전하시네."

"삐지긴 누가 삐졌다고 그래."

"자자, 일단 다시 앉으시고 이야기 좀 하시죠."

"나 이제 김 형사한테 숨기는 것도 없고, 손 뗀 지가 십 년도 훨씬 지났어. 뭔지 모르겠지만 딴 데 가서 알아봐."

진고랑이 시경의 손을 홱 뿌리쳤다. 낙주와 윤식은 두 사람을 지켜보기만 했다. 달리 할 수 있는 일도 없었다. 낙주는 좁은 서점에 꽉 들어찬 책들을 눈으로 훑었다. 『역사본기』, 『고조선사』, 『조선상고사』 시리즈, 『삼국의 역사』, 『삼국사기』, 『삼국유사』, 『청의 흐름』, 『명나라에서』, 『사기』, 『삼국지』, 『서유기』, 『조선왕조실록』, 『황제오경』, 『산해경』, 『금강경』, 『본오경』, 『가야의 역사』, 『일본사기』, 『왜와 일본』…… 서점 안의 책들은 거의 대부분 역사책들이었다. 그렇다고 골동품처럼 여겨지는 귀한 책자는 보이지 않았다. 하기야 돈이 될 만한 것들을 밖에 진열해 놓지는 않았을 터였다. 그래도 책꽂이를 매운 책들이 역사서라는 사실이 낙주의 마음을 차분하게 만들었다.

"진 선생님, 실은 열쇠가 하나 나왔어요."

열쇠라는 단어에 진고랑의 눈이 반짝였다.

"뭐가 나왔다고?"

"오래된 열쇠가 하나 나와서 찾아온 겁니다. 장물아비를 찾아온 게 아니라, 이 바닥에서 가장 눈이 좋은 분을 찾아온 거라고요."

시경이 띄워주자 진고랑이 몇 차례 헛기침을 했다.

"진즉 그렇게 말하면 좀 좋아. 사람 기분 잔뜩 상하게 만들 건 또 뭐여."

그제야 진고랑이 다시 의자에 앉았다. 낙주와 윤식도 비로소 슬그머니 의자에 엉덩이를 붙였다. 은미도 빈 의자를 찾아 앉았다.

시경이 문밖을 한 차례 살핀 후 점퍼 안주머니에서 비단 보자기로 싼 물건을 꺼냈다. 주인인 은미도 신기한 듯 보자기를 구경했다. 시경이 보자기를 테이블 중앙에 올려놓고 조심스럽게 펼쳤다. 최고의 골동품 장물아비 거처에서 펼친다는 느낌도 그렇거니와 천장에 달린 노란 수은등 때문인지 열쇠는 사방으로 제 빛을 뿜어내는 듯했다.

"이, 이게 뭐여?"

진고랑이 커다랗게 확장된 눈으로 시경을 쳐다보았다. 마치 젊은이처럼 반짝거리는 눈빛의 진고랑이 부리나케 입구 쪽으로 달려가 밖을 살핀 후 서둘러 셔터를 내렸다.

"김 형사, 이거 어디서 났어?"

시경은 은미의 존재 때문에 자세히 말할 수 없어 얼버무렸다.

"그냥 어느 사람한테서 받은 겁니다."

"이거 보통 물건이 아닌데…… 나한테 며칠만 시간 줄 수 있겠어?"

"시간을 달라는 건?"

"이거 조사해보게 여기다 좀 맡길 수……."

"말 같은 소리를 하세요. 차라리 고양이한테 생선을 맡기지."

시경이 다시 열쇠를 보자기로 감싸자 진고랑이 시경의 팔을 붙잡았다.

"조, 좋아. 그러면 사진이라도 좀 찍게 해줘."

진고랑은 일행을 서둘러 뒷문으로 끌고 갔다. 뒷문을 열자 또 다른 공간이 나타났다. 오른편은 그가 기거하는 숙소인 듯했고, 왼편 문을 열고 들어서며 불을 켜자 서너 명이 서면 꽉 찰 파란색 배경의 스튜디오가 드러났다. 작은 크기였지만 전문적으로 사진을 찍는 공간이었다. 진고랑은 배경 앞에 길쭉한 형태의 작은 탁자를 놓고 시경을 쳐다보았다. 그의 눈짓에 열쇠를 탁자 위에 올려놓으며 시경이 피식 웃음을 흘렸다.

"손 떼셨다며?"

"이, 이건 그냥 내 취미야. 사진 찍는 거 취미 말이야."

진고랑은 시경 일행을 신경 쓰지 않고 열쇠를 촬영하기 시작했다. 낙주는 탁자 위에 놓인 열쇠가 조명 때문에 더 선명하게 보이는 것 같았다. 진고랑은 그림자도 생기지 않는 사방에서 열쇠를 사진에 담기 바빴다. 열쇠를 뒤집어 놓고도 찍고 파란색 큐브 곁에 세워놓고 찍기도 했다. 뜨거운 조명 빛에 이마에 땀이 맺혀 흐르는데도 진고랑은 전혀 인식하지 못할 정도로 열중해 있었다.

사진 촬영이 끝나자 시경은 열쇠를 다시 보자기에 쌌다. 그리고 스튜디오에서 나온 후에야 진고랑은 크게 숨을 내쉬었다.

"진 선생님, 이 열쇠 언제 적 건지 알겠어요?"

시경의 물음에 서점 안은 침묵에 휩싸였다. 낙주는 물론 윤식도 침을 삼켰다. 카메라 안에 담긴 사진을 살피던 진고랑이 씩 웃음을 머금었다.

"언제 적 물건이냐고 물었지? 확인해봐야 알겠지만 내가 보기에 이 열쇠는 기원전 물건이야."

"선생님도 참 농담도 잘하시네."

"농담? 내가 물건 두고 농담하는 거 봤어?"

"이건 그냥 열쇠라고요."

"알아, 열쇠. 하지만 기원전이라니까!"

진고랑의 확신에 찬 말투에 일행의 눈이 화등잔만 하게 커졌다.

- 언니, 기원전이라뇨? 그게 무슨 말이에요?

- 그러니까 적어도 저 열쇠가 3천 년 전의 열쇠라는 거야. 3천 년 전…….

2

'가치를 매길 수 없다.'

시경은 진고랑의 마지막 말에 골몰하느라 그들 앞으로 다가온 다섯 명의 사내들에 대해 신경을 쓰지 못했다. 그들이 바로 코앞에 다가와 눈치를 챈 후에야 시경은 뒤늦게 상념에서 빠져나올 수 있었다.

"당신들 뭐야?"

가로등 불빛 아래 드러난 사내들은 시경보다 머리통 하나는 더 큰 덩치를 자랑하고 있었다. 그중의 한 명이 나서며 물었다.

"김시경?"

시경이 한 걸음 뒤로 물러서며 사내들을 올려다보았다. 하지만 면면을 살펴보아도 아는 얼굴들이 아니었다.

"너희들 뭐야?"

"그년 어딨어?"

"그년? 그년이 누구야?"

"그 봉 휘두르던 년!"

시경은 순간 긴장감에 머리가 주뼛 섰다. 한눈에도 범상치 않아 보이는 덩치들이 낙주를 찾는 이유를 알 것도 같았다. 안산에서 낙주가 귀신을 향해 봉을 휘둘렀다. 지금 눈앞에 나타난 사내들은 그날 낙주에게 당한 귀신들과 인연이 있는 인간들이라는 말이었다.

"말 뽄새 보소. 니들이 말한 그년이 니들보단 누나 같은데?"

시경의 빈정거림에 맨 앞의 사내가 피식 웃으며 팔짱을 끼며 뒤의 사내들을 향해 고개를 돌렸다. 그러자 뒤에 있던 사내 둘이 품에서 사시미를 꺼내들었다. 사시미의 옆면에 새겨진 글자들이 가로등 불빛에 선명하게 드러났다. 최고급 회를 뜰 때 사용하는 청극상이었다. 네노히라는 일본 장인이 수제로 만든다는, 조폭들 검거할 때 알게 된 칼이었다. 쉽게 볼 수 없는 칼을 들고 다니는 덩치들이 지금 시경의 앞에서 있는 것이었다.

"다시 한 번 묻는다. 그년 어딨어?"

사내의 협박에 시경의 입에서 실실 웃음이 새어 나왔다.

"웃어? 왜 웃어?"

사내가 황당한 눈으로 물을 때였다. 사내들의 뒤편에서 낙주의 목소리가 들려왔다.

"형, 저 인간들 뭐예요?"

시경이 웃음을 터뜨린 것도 뒤에서 얼굴을 드러낸 낙주 때문이었다. 거리에서 사무실에 들어가기 위해서는 작은 주차장을 거쳐 지나가야만 했다. 그리고 주차장에서 상가 쪽으로 난 좁은 길목엔 가로등이 없었는데, 그래선지 그곳의 어둠은 여느 어둠들보다 더 깊었다. 주변의 빛들 때문인 듯했다. 그 어둠 속에서 낙주가 불쑥 얼굴을 드러낸 것이다. 그리고 윤식이 그 뒤를 따라 모습을 드러냈다. 시경의 눈에 보이지는 않지만 은미도 뒤를 따르고 있었다.

- 언니, 저것들 분위기가 수상한데?

은미가 덩치의 사내들을 보며 말했다.

"니들 뭐야?"

낙주가 시경의 곁으로 다가와 섰다. 시경이 그녀의 옆구리를 쿡 찌르며 사내들이 든 사시미를 눈으로 가리켰다. 그러자 낙주가 어깨에 메고 있던 마고봉을 바닥에 내려놓았다. 쿵, 바닥이 울렸다. 맨 앞의 사내가 저도 모르게 움찔 뒤로 물러났다가 기분이 상한 듯 다시 앞으로 나서며 물었다.

"니가 그년이냐?"

"형님, 요즘은 예쁜 것들이 쌈질을 더 잘하는 모양이네요. 그냥 가만히 있다가 돈 많은 놈 물어서 시집이나 가믄 되지. 술집 데려다 마담으로 쓰면 딱 좋것는데. 오늘 끝장내야 하다니 이거 아까운데요."

사내의 뒤에서 청극상을 들고 있던 놈이 낙주를 훑어보며 입을 놀렸다.

"여잘 함부로 말하는 거 보니 원래 싸가지 없는 놈들이구나."

시경의 말에 사시미를 든 놈 둘이 앞으로 나섰다. 사시미를 배 앞쪽으로 올려 드는 바람에 소매가 올라가며 손목 부근의 문신이 드러났다.

"나를 왜 찾는대?"

낙주가 물었지만 그들은 더 이상 말하지 않았다. 마고봉을 휘두르는 당사자를 만났으니 더 할 말이 없다는 듯 앞으로 나서며 사시미를 휘둘렀다.

- 어머, 저것들이 우리 언니를!

- 은미야, 이런 인간들은 안 무섭냐?

- 언니, 내가 무서워하는 건 사람이 아니라 귀신이라니까.

- 난 니가 귀신이라는 게 믿어지지 않는다.

- 언니!

오른편에 서 있던 놈이 사시미를 앞세워 낙주를 향해 깊이 들어왔다. 놈의 사시미가 미세한 차이로 낙주의 가슴까지 와 닿았다가 멀어졌다. 시경과 윤식이 황급히 뒤로 물러났다.

"이것들 봐라?"

낙주가 재빨리 커버를 벗겨내고 양손에 마고봉을 나누어 들었다. 그러자 뒤에 있던 놈들도 합세를 했다. 양측이 간격을 두고 벌어지자 주차장이 좁을 정도였다. 시경이 부리나케 스마트폰을 꺼내 들고 전화를 걸었다.

"서장님! 우리 테러 당하고 있습니다, 빨리 좀 와줘요!"

낙주와 놈들이 서로의 빈틈을 찾으며 주차장을 천천히 돌았다. 놈들은 시경이나 윤식에겐 관심을 보이지 않았다. 그들의 목표는 오로지 낙주였다.

- 언니, 저 놈들 뒤에 그때 나를 끌고 가려고 했던 놈도 있어요!

낙주가 은미의 말에 놈들의 뒤를 살피는 순간, 사시미 하나가 그녀의 심장 쪽으로 밀고 들어왔다. 겨우 피하느라 피했는데 그만 팔뚝을 스치고 말았다.

- 언니!
- 은미야, 정신없으니까 호들갑 좀 그만 떨어.
- 이것들을 그냥!

은미는 앞으로 나서려다 놈들 뒤의 어둠 속에 숨어 있는 귀신들을 보고 화들짝 놀라 물러섰다. 어둠 속에 숨어 있는 귀신들은 수십 명이었다. 낙주는 등골에 오돌토돌 소름이 돋았다. 길거리의 불량배들과는 실력이나 눈매가 달랐다.

"니들 목적이 뭐야?"

다시 한 번 물었지만 놈들은 거리를 좁히며 사시미를 휘두를 뿐이었다.

"뭐라고요?"

"사람이 없어!"

허공에서 사시미를 휘둘러서 바람 가르는 휙휙 소리가 귀를 파고 들었다.

"서장님!"

"구로 쪽에 출동한 기동대한테 긴급은 쳐놨어. 그래도 거기 가려면 30분은 걸릴 거야!"

"그렇게 인원이 없어요?"

사내들과 귀신들이 점점 조여들었다.

"방 반장도 없어요?"

"그놈도 현장 나가있단 말이야!"

"서장님, 우리 좀 도와줘요!"

"어떻게 좀 버텨봐!"

"아, 진짜!"

시경은 방성태를 부를 정도로 위기감을 느꼈다. 눈앞의 사내들은 여느 조폭의 똘마니들과는 달랐다.

"교통이라도 좀 불러줘요!"

"야! 너도 몇 놈 처리할 수 있잖아!"

"지금 사시미 휘두르는 놈들은 그냥 조폭이 아니라고요!"

"기동대 출발했대!"

이미 늦었다.

"서장님! 서장님이라도 와요!"

시경이 스마트폰을 향해 소리치자 놈들이 사시미를 휘두르며 달려들었다. 낙주 쪽으로도 놈들이 밀고 들어왔다. 좀처럼 빈틈이 보이지 않는 폼들이었다. 시경에게 말을 붙이고 정작 싸울 땐 뒤로 물러난 사내의 얼굴에 희미하게 미소가 그려졌다. 낙주는 그 미소를 놓치지 않고 보았다. 마치 세상의 무엇도 거칠게 없다는 오만한 미소였다.

낙주는 마고봉을 고쳐 잡았다. 왼손은 하늘을 향해 쭉 뻗고, 오른손은 땅을 향해 뻗었다. 오른손은 방어를 왼손은 공격을 위한 폼이었다. 방금 전 당한 오른손 팔뚝이 따끔거렸지만 개의치 않았다. 윤식이 품에서 가스총을 꺼내들었지만, 사내들은 윤식을 쳐다보지도 않았다.

'이 인간들은 왜 귀신들과 어울리는 거지?'

사내 하나가 펜싱 칼로 상대를 공격하듯 팔을 뻗으며 한 차례 더 깊이 들어왔다. 한 사내가 공격하면 다른 세 사내는 방어 자세를 취했다. 저들의 공수 균형을 깨야만 했다. 뒤로 물러나던 낙주는 바닥에 버려진 캔을 발로 걷어차 사내 쪽으로 날렸다. 사내의 사시미가 캔을 막는 틈을 비집고 왼손의 마고봉으로 사내의 손목을 내려쳤다. 순간 균형이 깨졌다. 사내의 손에서 사시미가 떨어졌고 손목이 끊어질 듯 덜렁거렸다. 하지만 사내는 비명을 지르지 않았다. 오히려 낙주를 덮칠 듯 달려들었다. 그 사이 윤식이 사내에게 가스총을 발사했다. 사내가 눈을 감자 낙주는 다리를 들어 사내의 배를 후려쳤다. 사내가 뒤로 나가떨어졌다.

세 사내들이 사시미의 끝이 아래로 향하게 고쳐 잡은 후 밀고 들어왔다. 그러나 한번 균형이 깨지며 생긴 미세한 금은 결국 둑을 무너트리게 되어 있었다. 낙주의 마고봉이 춤을 추었다. 초등학교 시절부터 아이들이 인형을 갖고 놀 듯 봉을 갖고 논 낙주였다. 낙주의 손에 들린 마고봉은 그녀의 팔이며 그녀의 정신이기도 했다. 오른쪽 봉으로 사내들의 목을 찌르고 왼쪽 봉으로 사시미를 내려쳤다. 사시미는 부러지거나 깨지지 않았다. 대신 사내들의 목뼈에 금이 가고 관절이 부서졌다. 마고봉은 주차장 공간에 작은 회오리바람을 일으켰다. 겨울의 칼바람 같은 날카로운 소리가 마고봉의 궤적을 쫓아 터져 나왔다.

"너희 뭐 하는 놈들이야!"

사내 셋이 깨진 무릎을 부여잡거나 어깨를 감싸 안은 채 바닥을 뒹굴었다. 맨 앞에 나섰던 사내는 부하들이 쓰러지건 말건 여전히 팔짱을 낀 채 구경만 했다. 어떤 감정도 느껴지지 않는 사내였다. 행동을 하는 인간이 아니라 머리를 쓰는 인간이었다. 사내가 천천히 뒤로 물러나자 바닥에 쓰러져 있던 부하들도 기다시피하며 물러났다. 그들의 뒤에서 구경하던 귀신들도 물러났다. 처음으로 낙주에게 두들겨 맞은 사내가 제가 떨어뜨린 사시미를 회수하려 했지만 낙주의 마고봉이 사내의 손등을 내리찍었다. 그제야 사내의 입에서 처음으로 비명이 터져 나왔다. 다른 놈들이 비명을 질러대는 동료의 다리를 질질 잡아끌고 뒤로 물러섰다.

사내들과 귀신들이 사라졌다. 건물 앞 뒤 혹은 위에서 머리만 내밀고 이 광경을 구경하던 귀신들이 속닥거렸다.

– 저년한테 잘못 걸리면 뼈도 못 추린다.

– 빙신, 우리가 뼈가 어딨냐?

– 말이 그렇다는 거지.

– 사시미하고 봉하고 부딪쳤을 때 봤는가?

– 딱 보믄 모르것어? 사시미는 저년 봉한테는 상대가 안 돼.

– 니들도 뜨거운 맛 좀 볼래. 듣는 년 기분 나쁘다고 했지. 년이라고 하지 말라고!

낙주가 마고봉을 휘두르자 숨어 있던 귀신들도 모두 사라졌다. 마고봉의 진정한 위력을 아는 이들은 아직 아무도 없었다. 마고봉이 땅에 닿은 채 혼자 조용히 웅웅대며 몸을 떨었다.

공격과 방어는 순식간에 마무리되었다. 사내들이 꽁무니를 뺄 즈음에서야 기동대가 뒤늦게 도착했다. 기동대장이 낙주 일행들을 보고는 대원들을 현장에 배치하려 할 때 시경이 손을 저었다.

"다 도망갔소."

"김시경 반장님?"

기동대장은 시경을 알고 있는 눈치였다.

"아니, 어떻게 생겨 먹은 놈들이 감히 반장님을 공격합니까? 내 이것들을!"

"대장, 다 도망갔어."

시경의 퉁명스런 목소리에 민망해진 기동대장이 의무요원을 불러 시경과 윤식의 상처를 응급 처치해주었다. 그리고 정식으로 사건 접수를 하겠느냐는 질문에 시경은 고개를 저었다. 귀신과 같이 움직이는 놈들인데, 무슨 명분으로 사건을 접수한단 말인가. 잠시 뒤 기동대장은 강무산이라는 이름이 적힌 명함 한 장을 주고 철수했다.

"위급하실 때 지휘 계통 밟지 말고 제게 전화해 주십시오. 비록 전임 반장님이셨지만 곁에서 많이 봐왔습니다. 제 재량껏 출동할 수 있다면 한번 해보겠습니다. 우리도 체제가 좀 바뀌어서 선처리 후보고입니다."

믿을 수 있는 기동대장을 알게 되었다는 게 유일한 위로가 되었다. 기동대는 몰려올 때처럼 민첩하게 돌아갔다. 시경은 그나마 그들은 믿을 만하다는 생각이 들었다.

3

윤식은 신당시장 안으로 들어섰다. 시장 가장 안쪽 방앗간 앞에 윤식이 찾는 노점이 있었다. 1년 365일 명절에도 쉬지 않고 일했지만 각박한 현실에서 벗어나지 못하는 엄마의 노점이었다. 그래도 엄마는 푸념을 늘어놓지 않았다. 그냥 그런 게 삶이라고 말했다.

"엄마!"

윤식의 목소리에 마른멸치 위를 날아다니는 파리를 쫓던 엄마가 번쩍 고개를 들었다.

"아들 왔냐."

단 한 번도 자식에게 찡그린 얼굴을 보인 적 없는 엄마가 빙긋 미소를 지었다. 지치고 힘들어 인상 한번 쓸 법도 하련만 자식에겐 그런 모습 절대 보이지 않는 엄마가 좌판 밖으로 나와 윤식의 손을 꼭 잡았다. 오른손 검지가 바깥 방향으로 휘어져 있고 손바닥은 나무껍질처럼 거칠었다.

"누나는?"

"바쁘다고 하더니 며칠 소식이 없네."

누나는 여행사에서 일하고 있었다. 이번에는 유럽 9개국을 거쳐 아이슬란드를 마지막으로 들렀다가 돌아오는 여정이라 바쁜 듯했다.

"누나는 살판났어."

"이놈아, 누나 일이 그거잖아."

윤식이 투덜거렸지만 속마음이야 어디 그런가. 외교관이 되고 싶었던 누이였지만 집안 형편 탓에 제대로 공부할 수가 없었다. 엄마는 그게 가슴에 맺혀 늘 누나에게 미안해했다. 그래도 해외여행 동반 가이드로 사니 반쯤은 꿈을 이룬 거라며 씁쓸히 웃던 누나였다.

"어쩐 일이야?"

"나, 실은 취직했어."

"뭐? 아이고 잘됐다. 잘됐어. 뭔 회사야?"

"나중에 명함 나오면 알려줄게."

윤식이 멸치 한 마리를 집어 먹으며 물었다.

"그래도 아빠 제사 전에는 오겠지?"

"그런다고 하긴 했는데…… 이번엔 여행객들이 일정을 조정하고 그러는 모양이야."

"그래도 오겠지."

"그럴 거야."

얼마 후면 아버지의 기일이었다. 윤식은 제사상을 차리면 아버지 귀신이 찾아온다는 엄마의 말을 믿은 적이 없었다. 세상에 귀신이 어디 있냐고 말이다. 그런데 요즘은 아버지가 진짜 올지도 모르겠다는 생각이 들곤 했다. 귀신을 보는 낙주와 함께하면서 당연히 생각이 바뀔 수밖에 없었다.

"이제 우리 아들이 장남 노릇 제대로 할 모양이네."

"무슨 소리야?"

"관심도 없던 제사에 관심을 다 보이니 하는 말이잖아. 엄마가 알려줘도 까먹고 안 오곤 했잖아."

엄마의 말에 윤식이 무안해 고개를 돌렸다. 저 멀리 보이는 시장 입구로 붉은 노을이 밀려들고 있었다. 아버진 수많은 사람들이 지켜보는 가운데 허공에 떠 있던 컨테이너에서 떨어져 죽었다. 노을이 내려앉을 때였다. 용역 직원들과 기동대가 한 몸이 되어 시위대를 밀어붙이던 현장이 지금도 눈에 선했다. 건물 옥상에 있던 시위대의 컨테이너를 강제로 철거하는 중에 벌어진 일이었다. 경찰과 용역 직원들은 컨테이너를 기중기에 걸어 강제로 철거하려 했다. 컨테이너에서 마지막까지 남아 있던 세입자들은 결국 하나둘 건물을 빠져나왔다. 하지만 아버지는 마지막까지 남아 목소리를 높였다. 세입자의 목소리를 들어달라던, 창살을 붙잡고 절규하던 아빠의 마지막 눈을 윤식은 절대 잊지 못했다. 두려움이나 고통보다는 강한 신념과 의지가 담겨 있던 눈이었다. 컨테이너에 홀로 남았지만 윤식의 눈이 마주쳤을 땐 미소까지 지어보였다. 그게 아빠의 마지막 미소였다.

"원래 잊은 적 없어. 그냥 기분이 그래서 모른 척했던 거지."

"밥은 잘 먹고 다니지?"

"엄마는?"

"나야 시장 사람들이 잘 챙겨주잖아. 다들 아빠랑 친한 분들……."

엄마는 말을 끝맺지 못했다.

'아빠가 보고 싶을까? 나도 엄마도 진짜 하고 싶은 이야기들은 나누

지 못했는데……'

윤식은 엄마 곁에 쪼그리고 앉아 시장을 오가는 사람들을 구경했다. 사지도 않을 거면서 잔멸치를 하나둘 집어 먹는 손님을 볼 때면 얼굴을 찌푸렸지만, 엄마는 모른 척할 뿐이었다. 근방에 대형 마트가 생긴 뒤로 시장 경기는 바닥이었고, 어떻게든 손님 한 명이라도 더 끌려면 어쩔 수가 없었다.

"아직 보상 다 안 끝났지?"

"보상은 무슨…… 공사 지연됐다고 그때 데모했던 사람들한테 죄다 소송 걸었어."

엄마의 말에 윤식이 발딱 일어났다.

"우리는?"

"아빠 덕에 우리한텐 소장을 안 보냈더라."

윤식은 털썩 주저앉았다.

"빌어먹을 새끼들 우리가 돈이 어디 있다고……."

- 괜히 윤식이 총각 따라왔네.

은미는 윤식과 윤식의 엄마 주위를 빙빙 돌며 투덜거렸다. 호기심에 따라왔는데 재미는커녕 우울한 얘기만 들은 탓이었다. 그때였다. 은미는 갑자기 들려온 목소리에 깜짝 놀라 뒤를 돌아보았다. 열 명 남짓한 허름한 옷차림의 귀신들이 은미를 노려보고 있었다.

- 너 뭐 하는 년이야? 여기 우리 나와바리인 거 몰라?

은미는 앞에 선 텁수룩한 수염의 남자 귀신의 말에 입술을 삐죽였다.

- 금방 가요.

- 요즘 우리 시장에 모르는 귀신들이 드나드는데, 너도 뭐 염탐하러 온 거야?

- 염탐은 무슨 염탐을 해요? 귀신들끼리.

- 우리도 내쫓으려고 그러는 거 아냐?

수염 사내 뒤에 서 있던 귀신들이 한두 마디씩 거들기 시작하니 주위로 시끌시끌해지는 것은 순식간이었다.

- 요즘 세상에는 귀신도 믿을 게 못 돼.

- 쇠시장 쪽에는 귀신 씨가 말랐대요.

- 어떤 시버럴 귀신 잡것이 우리들을 잡아간다는데 너 그 끄나풀이지?

- 쫓긴 어떻게 내쫓아요?

- 요것 봐라. 아주 능청스럽네.

- 그냥 놀러온 거예요.

- 시장까지 놀러와?

- 우리 시장에서 어슬렁거리지 말고 언능 사라져라.

- 쇠시장 쪽에서 웬 판수가 나타나서 귀신들을 싹 쓸어갔다고 하던데.

- 판수 그까짓 것들! 나타나기만 해봐라.

은미와 오해를 푼 귀신들이 느릿느릿 다시 걸음을 옮기기 시작했다. 딱 보니 시장에 터를 잡은 터줏대감 귀신들인 듯했다.

"엄마, 아빠 제삿날 다시 올게."

"그래. 누나한테 연락 오믄 너한테도 바로 전화할게."

"혼자라고 밥 굶지 말고."

"이놈아, 엄마는 튼튼해. 엄마니까."

"엄마도 참…… 나도 걱정하지 마. 같이 일하는 사람들이 잘해줘서 굶을 일 없으니까."

"전화나 자주 혀. 오다가다 들를 일 있으면 오늘처럼 들르고."

"알았어. 엄마도 맘씨 좋은 아저씨 하나 새로 만나야 할 텐데."

"나는 생각 없다. 알지? 엉뚱한 생각하지 마."

어머니와 헤어진 윤식이 시장 입구 쪽으로 걷기 시작했고, 은미도 윤식의 뒤를 따랐다. 그런데 시장을 막 벗어날 무렵, 좀 전에 만났던 귀신들과는 기운이 전혀 다른 무리들이 시장 안으로 들어오는 게 은미의 눈에 띄었다. 셀 수 없이 많은 숫자에 놀란 은미가 윤식의 몸에 바짝 붙어 몸을 숨겼다. 귀신 무리 중 하나가 은미에게 잠깐 눈길을 주었지만, 재빨리 눈길을 피한 덕분에 대수롭지 않다는 듯 다시 걸음을 옮기기 시작했다.

– 싹 뒤져. 갓 죽은 것들은 하나도 남김없이 잡아야 해.

우두머리의 명령에 뒤따르던 귀신들이 주변을 샅샅이 살폈다. 은미는 얼른 윤식의 뒤를 따라 시장을 빠져나갔다.

4

탐정소는 성산동에서 황학동에 있는 진고랑의 책방으로 이사를 했다. 탐정소는 책방 안쪽에 새로운 터전을 마련했다. 진고랑이 자신의 책방을 아지트로 흔쾌히 내준 덕이었다. 시경은 물론 낙주와 윤식도 진고랑의 책방에서 안식을 얻었다.

"들어오는 입구는 좁지만 책꽂이가 벽처럼 이루어져 있고 안쪽으로 여러 길들로 이어져. 단골이라고 해도 여러번 드나들어야 비로소 나가는 길 찾을 수 있을 정도야."

시경과 낙주는 그 점이 특히 마음에 들었다. 그들이 더더욱 마음에 들었던 건, 전방 쪽만 제외하고 나머지 책방 주변이 온통 골목으로 이루어져 있는데 골목 역시 미로 같다는 점이었다.

거미줄처럼 이어진 골목들, 내부 구조가 어떻게 되어 있는지 알 수 없는 건물들, 낮은 건물들이 서로 어깨와 지붕을 맞대고 있어서 건물과 건물을 넘어 다니기 좋다는 점도 좋았다. 무엇보다 서울의 한복판에 있으면서도 옆집 사람들에게 무심하지 않았다.

"여기서 충분히 먹고 잘 수도 있어. 각자 떨어져 지내는 것보단 뭉쳐 지내는 게 더 안전할 거야."

시경은 터전을 옮긴 후 진고랑에게 열쇠에 대해 설명했다. 시경과 낙주의 이야기를 듣는 동안 진고랑의 눈이 시종 반짝거렸다. 진고랑이 유명한 판수라는 걸 알기 전까지는 그가 선뜻 자신의 책방을 사무실로 내놓은 이유를 알지 못했다. 그는 마치 자신을 알아봐주는 제왕을 80년 동안 기다린 강태공의 심정이었다고 말했다.

"여긴 안전해. 입구가 작기도 하지만 안전문도 튼튼하고 잠금쇠도 거의 은행 본점 같은 곳에 있는 대형 금고 수준이야."

진고랑의 말은 사실이었다. 문을 닫았을 때 모두 6개의 잠금쇠가 붙어 있었다.

"실은 이 책방 정리할까 고민 많이 했거든. 헌책은 안 팔리지. 그런데 전기세며 관리비며 꾸준히 나가지……. 자네들이 이 책방 쉐어해서 쓰고 전기세나 그런 것 좀 해결해주면 돼. 여기 다락방이랑 뒷방도 있어."

진고랑의 제안으로 그렇게 황학동 낡은 책방 거리의 한 귀퉁이에 탐정소를 차렸다. 자연스럽게 진고랑도 일행에 합류했다. 시경은 적극적으로 참여하는 진고랑의 모습에 처음에는 좀 의아해했다.

"나도 귀신에 대해 관심 많거든."

그의 제안으로 팀의 이름까지 정하고 명함까지 팠다.

'귀신 문제 해결 탐정소'

"우리 인원이 넷이잖아. 그리고 귀신들하고 일하니, 어때? 그럴듯하지?"

팀장 김시경, 고문 진고랑, 매니저 정낙주, 부매니저 고윤식.

첫눈이 내리고 있었다.

낙주는 책방 입구에 서서 거리를 내다보았다. 책방 거리엔 지나다니는 사람이 많지 않아 내리는 족족 눈이 쌓이고 있었다. 반면 도로는 쉴 새 없이 오가는 차량들 때문에 눈이 녹아 질퍽거렸다. 낙주는 담배를 꺼내 입에 물었다.

- 윤식이 엄마한테 다녀왔다고?
- 그렇다니까.

은미는 윤식에게 눈길을 주었다. 낙주도 그를 쳐다보았다. 책을 들여다보던 윤식이 잠깐 고개를 들었다가 왜 쳐다보느냐고 눈으로 물었다. 낙주가 손을 저었다.

- 엄마가 뭐 하셔?
- 시장에서 건어물 장사.
- 그랬구나.
- 방앗간 가게 앞 한쪽에서.
- 노점?
- 그런 거 같았어. 그런데 언니, 담배 끊는다며?
- 그게 잘 안 되네. 담배 배운 지도 얼마 안 되는데.
- 누나가 있대.
- 누나?
- 응, 누나. 여행 가이드래.

낙주가 고개를 끄덕거렸다.

- 아빠는?
- 돌아가셨나봐. 제삿날 오라고 하는 걸 보니까.

- 그랬구나…….

낙주는 새삼 같이 일하는 이들의 신상에 대해서 너무 모르고 있다는 생각이 들었다. 서로의 상처가 너무 깊은 줄 알기에 굳이 꺼내서 말하거나 묻지 않고 있었던 것이다. 담배 연기가 책방 안을 맴돌았다.

- 그런데 나 윤식이 총각 따라갔다가 좀 이상한 거 봤어.
- 뭐?
- 떼거리로 몰려다니는 귀신들이 있었는데, 갓 죽은 귀신들을 모조리 잡으려고 하더라고.
- 갓 죽은 귀신을?
- 응.
- 지난번에 본 그것들하고 비슷한 귀신들인가?
- 그럴지도 모르지. 참 그때 습격한 인간들은 대체 누구였을까?

은미는 낙주의 곁에 쪼그려 앉아 턱을 괸 채 눈 내리는 풍경을 구경했다.

- 나야 모르지. 건우라도 만나보면 단서라도 얻을 텐데.
- 근데 언니는 어떻게 그렇게 싸움을 잘해?
- 나도 잘 몰라.
- …… 난 옛날 사무실보다 여기가 더 아늑한 거 같아. 언닌 안 그래?

지금 오봉서점에는 낙주와 은미뿐이었다. 터전을 새로 옮기고 첫 번째 들어온 일 때문에 시경과 윤식이 진고랑과 함께 조사를 나간 참이었다. 늘 침착하고 차분하게 행동하던 진고랑이 빨리 가보자며 재촉했던 유일한 날이었다.

– 팀장님이랑 전부 별일 없겠지? 언니가 안 가 봐도 되는 건가 몰라.

진고랑도 낙주가 귀신을 보고 말을 나눌 수 있다는 걸 알게 되었다. 터전을 옮기자마자 한 노파 귀신의 의뢰가 들어왔었다. 책방 앞에 서성이던 걸 은미가 데리고 들어온 것이다.

– 안방 장판 들춰보믄 돈이 있을 거요. 어차피 그 집 철거 들어가면 하나도 못 건지니 아들놈한테 좀 전해주시오. 나가 정신을 놓는 바람에 그걸 전달하지 못했수. 돈이면 환장허는 아들놈이니 아마 수고비는 안 줄라할 것이오. 대신 베란다 쪽에 항아리가 하나 있는데, 그 항아리 밑에 구멍이 있고, 그 구멍 안에 비닐로 돌돌 말아놓은 게 있어요. 그걸 수고비로 가지면 될게요.

노파의 사연 겸 의뢰에 윤식이 곧장 노파의 아들과 통화를 했고, 어려운 일이 아니라며 세 사람이 부리나케 달려 나갔다. 낙주는 그들이 사무실을 나간 후에도 지난번 사무실 앞 주차장에서 만난 정체불명의 사내들에 골몰해 있었다.

– 오다가다 나처럼 귀신들하고 이야기할 수 있는 사람 만났다는 이야기 들은 적 없어?

낙주가 은미에게 물었다.

– 언니가 잘 몰라서 그러는데 진짜 귀신들과 말할 수 있는 사람은 굉장히 드물대. 빙의돼서 귀신들이랑 말하는 무당들이 더러 있다는데, 그건 특별한 의식을 치른 후라야 가능하다고 하는데 진짜인지는 나도 잘 모르겠어. 언니처럼 일상적으로 이야기 나누거나 그럴 수 있는 사람에 대해선 듣지 못했어.

은미의 말이 맞을 터였다. 귀신을 보고 말도 나눌 수 있는 낙주도 자기 자신이 이해되지 않는데 오죽할까. 낙주도 귀신을 보고 전에는 귀신이라는 존재 자체를 부정하려 애썼다.

– 그런데 언니…….
– 왜?
– 뭔가 막 기억이 나는 게 있는데, 도무지 종잡을 수가 없어.
– 무슨 소리야? 종잡을 수 없다니?
– 머릿속에 떠오르는 기억들이 내 기억이 맞는 건가 싶어서.
– 뭔데?
– 전쟁 중인데 내가 천막에서 부상병들을 들여다보고 있는 거야.
– 전쟁? 우리나라가 전쟁한 건…… 복장은?
– 북한군도 나오고, 국군도 나오고 그래.

- 한국전쟁? 그건 벌써 거의 70년 전인데.

- 그리고 기차를 타고 있는데 일본 군인들이…….

- 일본군? 헐, 나중엔 조선시대도 나오겠다.

- 응, 진짜 그래.

낙주는 무표정한 은미의 얼굴을 쳐다보다 실소를 터트렸다.

- 그래서 이상하다고…….

은미가 뭔가 더 이야기를 하려다가 말을 멈추었다. 진고랑과 시경, 윤식이 옆문을 열고 서점 안으로 들어서고 있었다.

"얼른 풀어보죠."

윤식이 궁금한 듯 재촉했다. 하지만 진고랑은 시경이 손에 든 비닐 봉투에는 관심이 없는 듯 테이블 위에 놓인 담배를 꺼내 물었다.

"내가 얼마나 살 거라고 담배를 다 끊었던 건지 모르것네."

그의 입에서 흘러나온 담배 연기가 서점 안을 맴돌다 흩어졌다.

"허, 이것 좀 봐."

시경이 비닐 뭉치를 풀어 테이블 위에 넓게 펼쳐놓았다. 지폐들이었다. 오래전 사라진 천 원짜리, 오천 원짜리, 만 원짜리 지폐에 오백 원짜리 지폐도 보였다. 뿐만 아니라 십 원짜리 지폐와 백 원짜리 지폐도 있었다.

"노파가 아주 오래전부터 모아두었던 돈이었던 모양이네요."

"세 묶음인데 삼백만 원쯤 되는 거 같아."

"옛날 돈이라 더 쳐주지 않을까요?"

윤식이 말하자 진고랑이 고개를 끄덕였다.

"좀 더 쳐주긴 할 거야. 오백 원짜리는 50배 정도?"

"그럼 2만 5천 원? 백 원짜리랑 십 원짜리는요?"

"그것도 조금 더 쳐주겠지."

"그러면 어디 보자…… 백 원짜리가 백 장이니까 250만 원? 와, 이거 괜찮잖아!"

윤식이 오백 원짜리 지폐 다발을 들어 보이며 눈을 부릅떴다.

"우리 일 시작하고 제대로 한 건 올렸다."

"그런데 노파가 좀 섭섭해 하지 않을까? 노파야 원래 돈 가치대로만 알고 있을 텐데."

시경의 말에 진고랑이 낙주를 쳐다보았다. 그러자 낙주는 은미를 바라보았고, 은미는 노파와 이야기를 나눈 뒤 낙주에게 다시 말을 전했다.

"괜찮대요. 어차피 아들놈 줘봐야 엉뚱한 곳에다가 써버릴 거라고. 아들놈이 정신 좀 차렸으면 좋겠대요. 그리고 지금 막 떠나셨어요."

낙주는 은미와 인사를 나누고 서점 밖으로 나가는 노파의 굽은 등을 물끄러미 바라보았다.

"죽으면 말짱 도루묵인데 모으기만 하고 왜 안 쓰신 건지 모르겠네."

시경이 돈을 다시 챙기며 씁쓸한 웃음을 지었다.

"그러게요. 전 첫 월급 받으면 몽땅 CD 사는 데 쓸 거예요."

"CD? 양도성예금증서?"

"아뇨. 음악 CD요. 그동안 랩을 못 들었더니 귀가 다 아파요."

"네가 그런 음악을 좋아했어?"

"그럼요. 나 완전히 랩 좋아해요. 노친네들이랑 어울리니까 못 들었던 것뿐이지. 예전에 몰고 다니던 차엔 CD랑 다운받은 것들 죄다 랩뿐이었어요."

"그거 막 빠르게 말하는 것처럼 노래하는 거지?"

진고랑의 물음에 윤식이 웃으며 말했다.

"선생님, 랩이라는 거 진짜 좋아요. 랩은 자유 그 자체예요. 어떤 형식도 틀도 없다고요."

"노래는 잘 모르겠던데, 형식도 틀도 없다는 말은 좋네."

세 사람이 노닥거릴 때였다. 은미의 눈에 서점 입구에서 서성이는 낯선 귀신이 보였다.

- 언니!
- 왜?
- 책방 입구에서 누가 서성거리는데요.
- 나도 봤어.

고개를 돌린 낙주의 눈에 이번에도 나이가 지긋한 노파 귀신이 보였다.

- 들어오라고 할까요?
- 뭐 우리 일이 귀신들 이야기 듣는 거니까.
- 들어오시래요.

낙주의 허락에 은미가 입구 쪽의 귀신을 향해 말했다. 시경과 윤식, 진고랑이 무슨 일이냐는 눈빛으로 묻자 낙주가 또 다른 의뢰인이 찾아왔다고 이야기를 했다. 연이은 의뢰에 시경과 윤식이 들뜬 표정을 짓는 것과 달리 노파는 조심스런 몸짓으로 서점 안으로 들어왔다.

- 실례하겠습니다.
- 안녕하세요, 할머니. 무슨 일로 오셨어요?
- 실은 제 딸아이가 죽었는데 찾을 수가 없어서요.

낙주는 은미와 노파의 이야기를 들으며 가슴이 아려왔다. 사연은 이랬다. 딸이 사귀던 남자에게 살해를 당했다는 것이다. 남자가 미심쩍지만 알리바이가 확실해서 경찰도 어쩌지 못하고 풀어줬다는 것이었다.

"할머니 남자가 따님을 죽였다는 걸 어떻게 확신하세요?"

"내 몸을 찾지 못해 떠돌다가 오랜만에 딸이 보고 싶어 찾아갔는데, 마침 남자랑 여행을 떠나더라고요. 그래서 따라갔는데 그곳에서 살해당하는 장면을 직접 목격했어요. 내가 구해줄 수가 없다는 사실 때문에 가슴이 얼마나 미어지던지……."

그러니 그런 진실을 알지 못했다. 노파는 여기저기 만나는 귀신마다 붙잡고 하소연했지만 이승과 저승의 일은 별개라 해결할 방법이 없다는 말만 들었던 것이다. 그러다 지나가는 귀신에게 낙주와 은미의 이야기를 듣고 찾아왔던 것.

- 안개가 정말 자욱이 끼고, 소나무 숲이 해변을 따라 이어진 곳이었어요. 텐트들도 많이 보이는 야영장이었는데 야트막한 산이 있고, 그 산 반대편 쪽에서 딸이 사고를 당했어요.

- 혹시 간판이나 광고판 같은 거 생각나시는 거 있으세요?
- 어은돌 슈퍼? 맞아요, 어은돌 슈퍼라는 간판이 생각나네요.

노파의 말에 윤식이 금방 '어은돌'이라는 지명을 검색해서 찾아냈다.

- 저희가 공짜로 해드릴 수는 없는데…….
- 딸내미가 아파서 삼 담가놓은 게 좀 있는데…….

은미가 낙주를 빤히 쳐다보았다.

- 언니…….
- 휴, 그래 가보자.

낙주에게서 설명을 들은 시경은 눈살을 찌푸렸지만 결국 일을 맡는데 수긍을 했다. 그리고 쇠뿔도 단 김에 빼랬다고 일행이 곧바로 책방을 나서려는데, 때마침 진고랑에게 전화가 걸려왔다.

"이거 춘천 책방 전화번혼데…… 뭔 일이지?"

진고랑이 전화를 받았다. 봉을 챙겨 어깨에 멘 낙주와 차 키를 든 윤식, 팔짱을 끼고 서 있는 시경, 그리고 낙주 곁에 바짝 붙어 있는 은미와 노파 귀신이 시경이 통화하는 모습을 지켜보았다.

"뭐라고? 그게 진짜야? 설마…… 카피 아냐?"

통화하던 진고랑이 흥분했는지 눈이 커지고 귀가 빨개졌다.

"……그래, 일단 가보면 알겠지."

통화를 끝낸 진고랑이 일행을 둘러보았다. 그는 처음에는 아무 일도 없었다는 듯 움직이려다 멈추고 다시 일행을 쳐다보았다.

"고문님, 이제 혼자가 아닙니다. 어떤 정보도 공유한다. 제가 그거 믿고 1년이나 밀린 임대료도 다 내드리고 그런 건데요."

시경의 말에 진고랑이 헛웃음을 지으며 고개를 끄덕였다.

"그래, 그렇지. 실은 말이야, 춘천에 있는 헌책방에 고서가 하나 들어왔는데, 그게 『대인국왕본기』라지 뭐야."

"그게 뭔데요?"

윤식이 물었다.

"몰라? 하긴 요즘 사람들이 우리나라 역사에 관심이 없지. 그러니까 3천 년 전쯤 고조선 시절에 다섯 나라가 세워졌는데, 백제국, 흑제국, 적제국, 청제국, 황제국이라고 불렸다고 해. 아무튼 그 다섯 나라의 역사를 기록한 게 『대인국왕본기』라는 책이야. 지금까지 입소문으로만 책을 본 사람이 있다고 전해질 뿐이었는데, 이번에 춘천 헌책방에 그 책이 들어왔다는 거야."

"헐, 그게 진짜예요?"

"진짜라고는 함부로 말 못하지. 무조건 믿을 건 아냐. 예전부터 비슷한 책이 많이 나돌긴 했으니까. 이번에도 복사본이나 모조품인지도 모르는데, 그래도 가서 살펴봐야지."

"그럼 고문님은 우리랑 따로 노시겠다?"

윤식의 핀잔에 진고랑이 발끈했다.

"이놈아, 『대인국왕본기』를 살피면 김 형사가 가지고 있는……."

"고문님, 언제까지 김 형사라고 할 겁니까? 김 팀장이라니까요."

"그려, 김 팀장. 아무튼 김 팀장이 가지고 있는 열쇠의 단서를 찾을 수 있을지도 모른단 말이야. 그래서 가려는 거여."

그렇게 진고랑은 홀로 춘천으로 떠났다. 열쇠를 가지고 가고 싶은 마음이 굴뚝같았지만, 열쇠는 시경이 절대 내어놓지 않았다. 어디에 따로 보관할 물건도 아니고, 분실할 경우 다시는 찾지 못할 물건이기에 시경은 열쇠를 분신처럼 품에서 떨어뜨리지 않았다. 바지 안쪽에 열쇠를 넣을 만한 주머니를 만들어 그곳에 보관하기 시작한 것이다.

시경과 낙주, 윤식은 승합차를 끌고 서해안 고속도로를 이용해 어은돌이라는 작은 바닷가 마을을 향해 달리기 시작했다.

귀신을 쫓는 사람들

1

목적지 부근에 도착했지만 노파의 기억이 가물가물했다. 바닷가 앞은 야영장이었는데, 겨울이라 인적이 드물었다.

"바닷가 오니까 드럽게 춥네."

윤식이 옷깃을 여미며 투덜거렸다. 낙주는 휑한 야영장을 둘러보았다.

"해질 무렵이라 더 추운 거야."

"그러게, 겨울엔 왜 해가 짧은지 모르겠네."

쉬지 않고 투덜대는 윤식을 낙주와 시경, 심지어 은미까지 빤히 쳐다보았다.

"너, 몰라서 그러는 거냐? 겨울이니까 해가 짧지."

– 그런 말은 나도 하겠네.

“그런 말은 은미도 할 수 있겠대. 그리고 과학적으로 말하면, 태양에서 우리나라가 가장 먼 거리를 지나고 있는데다가 약간 삐딱하게 기울어져서 그런 거야.”

낙주의 대답에 시경과 윤식은 물론 은미까지 조용히 환호성을 질렀다.

“흥, 상식 가지고 호들갑은.”

낙주가 한 발 앞 서 앞으로 걸어나갔다.

그때 주위를 살피던 노파가 솔밭 쪽으로 걸음을 옮기기 시작했다. 은미가 뒤를 따르고 낙주는 은미를 쫓아갔다.

“팀장님, 이 일도 별 볼일 없을 것 같은데.”

“그러게 말이다. 귀신들 사정 다 봐주다간 우리 다 굶을지도 몰라.”

“그렇다고 돈 되는 일만 하자고 말할 수도 없고.”

“그런 말 꺼내지도 마. 낙주 아니었음 우린 진즉 죽었을지도 몰라.”

시경과 윤식이 졸졸졸 뒤를 따르며

– 어디쯤인 거 같대?

낙주가 묻자 은미가 노파를 쳐다보았다.

– 솔밭이라는데…….

– 천지가 솔밭이잖아. 그런데 할머니가 아까부터 뭐라고 자꾸 중얼거리시는 거야?

– 태어나서 고향을 벗어나 보신 적이 없으셨대요. 처음 딸내미가 자기 남편이랑 여행 가는데 뒷좌석에 타고 가셨다네요. 살아선 한 번

도 어딜 다녀본 적이 없는데 죽어서라도 호강한다고 생각하셨다는데….

은미는 말을 멈추었다. 노파가 야영장 왼편 끝으로 달려가더니 한곳에 멈춰 섰다. 일행도 덩달아 노파의 뒤를 따라 발걸음을 서둘렀다.

"확실히 여기가 맞대?"

시경의 물음에 낙주가 어깨를 으쓱였다.

"할머니가 그렇다니까 그런 줄 알아야죠."

시경이 먼 바다로 달아나는 태양을 바라보며 입맛을 다셨다.

"그나저나 그 살인범 자식은 어떻게 야영장 바닥에 시신을 묻었을까?"

궁금했지만 답을 해줄 사람은 없었다.

일단 세 사람은 일단 근처 펜션을 찾았다. 겨울로 들어가는 초입이라 그런지 손님이라곤 낙주 일행이 전부였다. 윤식과 시경은 언 몸을 녹이고 싶은 마음에 부리나케 방으로 들어갔지만 낙주는 쉽사리 걸음을 뗄 수 없었다. 거실에 낯선 귀신들이 옹기종기 모여 앉아 있었기 때문이다.

- 은미야, 너희 귀신들도 추위 타니?

- 난 안 추운데 잘 모르겠어요. 그런데 겨울이라 습관적으로 추울 수도 있을 거 같아요.

- 습관적으로?

- 그냥 겨울이고 죽은 상태고 그러니까 어쩌면 맘이 추워서 그런 건지도…… 저도 괜히 춥네요.

은미가 노파의 손을 잡고 낙주의 곁을 지나 거실로 훌쩍 들어갔다.

"낙주 뭐 해? 안 들어오고?"

"드, 들어가요."

낙주는 귀신들이 앉아 있는 곳을 피하며 발을 옮겼다. 엉거주춤한 낙주의 걸음걸이를 보고 눈치 빠른 시경의 얼굴이 빠르게 굳었다.

"낙주야, 혹시 이 방에도 귀신들이……."

"아, 아니에요."

- 여러분, 한쪽으로 좀 앉아주세요. 제가 막 밟고 지나갈 수는 없잖아요.

귀신들은 낙주의 말에 다들 깜짝 놀란 눈치였다.

- 놀라지 마세요. 언니는 우리 말 들을 수 있거든요. 우리에게 말할 수도 있고요.

은미의 설명에 갑자기 귀신들이 수군거리기 시작했다.

- 무당이여?
- 무당은 아닌 거 같은데요.
- 영매?
- 뭔 소리당가, 영매가 여그를 뭐 빨 거 있다고 오것는가.
- 그라믄 뭐여?
- 낸들 알아?

- 혹시 내 말도 들리오?
- 인상 쓰는 거 보이 진짜가부네.

귀신 수십 명이 저마다 한 마디씩 내뱉자 귀가 얼얼할 정도였다. 은미는 얼굴을 찌푸리며 슬그머니 창가로 자리를 옮기더니 딴청을 부렸다. 낙주가 여전히 서 있는 모습을 보고 시경과 윤식이 슬그머니 구석으로 몸을 옮겨 앉았다.

- 아가씨, 이 여자 분이 증말로 우리하고 말을 할 수 있는겨?
- 벨일일세.
- 혹시 퇴마사 그런 거 아뇨?
- 뭐 퇴마사?
- 퇴마사 같은 거 아니니까 그냥 편히들 계세요. 다만 저도 좀 쉬게 말씀들 좀 그만하시고요.

낙주가 부탁을 했지만 그들은 쉬지 않고 소곤거렸다.

- 그만 좀 떠들어요!

낙주가 어깨에 메고 있던 마고봉으로 거실 바닥을 찍으며 호령하듯 말하자 일시에 귀신들이 입을 다물었다. 낙주는 그제야 소파에 앉았다. 시경과 윤식이 사방을 살피다 낙주의 곁에 앉았다.

2

펜션에 짐을 풀고 몸을 녹인 일행은 다시 밖으로 나와 노파의 딸이 묻혀 있을 거라 짐작되는 곳으로 왔다. 그리고 땅을 파기 위해 삽을 들고 달라붙었지만 꽝꽝 얼어붙은 땅은 꿈쩍도 하지 않았다.

"이거 삽으론 이빨도 안 들어가네."

"그럼 어떡해요?"

"굴삭기 불러야지."

"우리 돈으로?"

"일단 우리 돈으로 부르고 나중에 귀신한테……."

의견을 나누던 낙주와 윤식이 입을 다물었다. 굴삭기를 빌릴 돈이 아까웠기 때문이다. 그래도 억울하게 죽은 여자를 버려둘 수는 없었다.

"야, 비상금들 내봐!"

시경의 말에 낙주는 주머니에 있던 돈을 모두 내놓았다. 윤식도 투덜거리며 지갑 속의 지폐를 모두 꺼냈다. 모자란 금액은 시경이 마저 채워 넣었다.

얼마 뒤, 미니 굴삭기가 도착했고 꽝꽝 언 땅을 파기 시작했다. 그리고 1미터 남짓 파내려 가자 자줏빛의 점퍼를 입은 팔 하나가 드러났다. 화들짝 놀란 굴삭기 기사가 운행을 멈추고 운전석에서 뛰어내려왔다.

"이, 이게 뭡니까? 사, 사람이잖아요! 이런 말씀 없으셨잖아요!"

버럭버럭 소리치는 기사를 보며 시경이 오래전 사용하던 경찰 신분증을 그의 얼굴 앞에 내밀었다.

"미안하게 됐소. 미리 말하면 거절하실 게 빤해서 그랬소."

“아니, 이건 그러니까 시신을 꺼내는 건디, 아 오늘 진짜 재수 옴 붙었네.”

“뭘 모르시는 말씀이네요. 죽은 사람 만나면 그때부터 뭐든 대박난다고 했소.”

시경의 말에 기사가 입을 삐죽였다.

“벨 희한한 소릴 다 듣겠네요.”

“진짜예요.”

윤식이 거들었다.

- 언니, 저 말 진짜예요?

- 몰라. 나도 저런 말 처음 들었어.

- 아무튼 팀장님 얼렁뚱땅 넘어가는 데 일가견이 있으시네요.

시경은 곧바로 경찰에 전화를 걸고 있었다. 굴삭기 기사는 멀찌감치 떨어져서 담배만 뻑뻑 피워댔다. 노파는 땅 속에서 나온 팔을 보고 목 놓아 울음을 터뜨렸다.

- 니년이라도 행복하게 살아야지. 내가 박복혀서 그려, 이년 운명이 박복혀서…….

노파는 상엿소리를 내듯 느리고 구슬픈 울음을 울었다.

인근 경찰서에서 경찰들이 달려오고 시경의 설명을 들은 후에야 땅을 다시 파기 시작했다. 앰뷸런스도 도착했고, 잠시 뒤에는 서울의 관할 경찰서에서도 형사들이 내려왔다. 노파에게 딸이라는 확인도 받았다. 지난밤 거실을 점령했던 귀신들도 노파의 딸을 구경하며 떠들어댔다.

"이제 그놈은 어떻게 되는 거야?"

윤식이 금방이라도 폭발할 듯 화를 내며 물었다.

"경찰이 이미 그놈 검거하러 갔을 거야. 여자한테나 힘 자랑하고 여자나 패는 그런 남자 놈들은……."

"못살게 구는 정도가 아니잖아. 죽이는 거잖아. 그런 놈은 진짜 거세를 시켜버려야 해."

시체백에 싸여 앰뷸런스로 옮겨지는 여자의 시체를 보며 윤식은 씩씩거렸다. 오랫동안 좋아했던 여자가 자신보다 안정적이고 더 많이 배운 남자에게 가버렸던 윤식이었다. 하지만 그놈은 윤식이 청춘을 다 받쳐 사랑했던 여자를 허구한 날 두들겨 팼다. 결국 이혼을 했다는 소문을 들었지만 윤식은 차마 여자를 다시 찾아가지 못하고 있었다. 그런 그의 사정을 시경이나 낙주가 알 리 없었다.

"낙주야, 우린 이제 뜨자. 뭔 일인지 윤식이도 정신을 못 차리고 일단 여기부터 떠야겠다. 그러니까 얼른 물어봐."

"뭘요?"

"삼 담가 놓은 거 있다며?"

은근슬쩍 본론을 꺼내는 시경의 모습에 낙주는 한숨을 내쉬었다. 그러나 세상살이는 늘 매정한 법이었다. 낙주가 선뜻 입을 떼지 못하자 결국 은미가 나서 슬피 울고 있는 노파에 다가가 이야기를 건넸다. 그리고 깜짝 놀라 낙주에게 달려왔다.

– 언니, 언니! 빨리 가봐야 한대요.

– 왜?

– 여기 내려오기 전에 집에 들렀는데 철거가 시작되고 있었대요.

– 그걸 이제 말하면 어떡해! 어딘데?

– 창천동이래요.

– 거기에 철거할 동네가 있다고? 죄다 고층 건물들일 텐데…….

– 아니래요. 고층 건물들 안쪽에 낡은 주택들 몇 채가 있대요. 그중에 주복자라고 벽에 이름 써놓은 집이래요. 부엌 안쪽 깊숙이 항아리 하나가 있는데, 항아리 열면 삼 담은 술병이 하나 나올 거래요.

– 인삼주야 흔한데.

– 인삼주가 아닌가 봐요. 할머니 꿈에 할아버지가 나타나셔서 남산에 올라가보라고 하더래요.

– 남산?

– 남산 식물원 올라가는 도로에서 산책로 따라 올라가는데 자꾸만 숲으로 들어가고 싶어서 가셨는데 하도 예쁜 잎사귀가 있어서 보니 삼인 거 같더래요. 그래서…….

– 그럼 산삼?

– 사위 주려고 팔지도 않고 술을 담아놨는데 그런 흉한 놈인 줄 몰랐다고요.

낙주는 시경에게 부리나케 달려가 은미의 이야기를 전했다.

"뭐 산삼?"

목소리를 높이던 시경이 얼른 제 입을 막았다. 그리고 낙주를 쳐다보았다.

"낙주야, 할머니한테 미안하고 고맙다고 해라. 따님 부디 극락왕생

하길 바란다고도 전해주고. 우린 얼른 올라가자."

낙주는 앰뷸런스 근처에서 울고 있는 노파를 바라보았다. 노파도 낙주 일행이 떠나는 줄 알고 눈길을 주었다. 주변을 서성거리던 귀신들도 덩달아 낙주를 쳐다보았다. 낙주는 속으로 말했다.

'할머니, 따님이랑 좋은 데 가세요. 따님 영혼도 곧 돌아올 거예요.'

노파가 눈물을 흘리며 손을 흔들었다.

3

노파의 말은 사실이었다. 낙주 일행이 창천동에 도착했을 때는 철거는 이미 절반 이상 진행되고 있었다. 시경이 경찰 신분증을 들이밀고 막무가내로 노파의 집이라 추정되는 집으로 들어가 겨우 술병을 건져냈다.

시경은 신이 나서 술병을 들고 책방으로 돌아왔다. 마침 진고랑도 춘천에서 돌아와 책방에 있었다. 그는 어렵게 구한 『대인국왕본기』의 카피본을 들여다보느라 정신이 없었다.

"선생님, 이게 진짜 산삼주랍니다. 산삼주 드셔보신 적 없죠?"

진고랑은 카피본을 한쪽으로 치우고 투명한 술병을 뚫어지게 들여다보았다. 진고랑은 산삼에도 일가견이 있었다.

"잘은 모르겠지만 한 6년은 된 거 같네."

"6, 6년이요? 60년, 600년이 아니고?"

진고랑의 말에 시경이 눈을 부릅떴다.

"그려, 뿌리의 가로줄을 보면 알아. 그 수로 삼의 수령을 따지는 거여.”

“그런데 뭔 산삼이 6년이래요?”

“누가 산삼이래?”

“그러니까 그 할머니가…….”

“그냥 인삼이여.”

“네? 아니 그 할머니가 남산엘 올라갔다가 발견해서 캐냈다고…….”

“거기에 인삼 씨가 날아와 떨어졌겠지.”

“이, 이게 인삼이란 증거 있습니까?”

얼굴이 벌겋게 달아오른 시경이 버럭 소리를 질렀다. 진고랑이 그를 멀뚱히 쳐다보다가 천천히 입을 떼었다.

“이봐, 내가 산 세월이 70년이야. 산전수전 안 겪어본 일이 없어. 무엇보다 오래된 것들만 보면 눈이 뒤집히던 난데, 오래된 산삼이 경매장에 나왔다는 소리 들리면 안 찾아가 봤겠는가? 그래서 산삼에 대해선 좀 아는데, 딱 봐도 이건 밭에서 키우는 인삼 수준이야.”

“딴 맘이 있는 건 아니고요?”

“딴 맘? 이게 산삼주라도 되믄 내가 어떻게 할까봐? 예전의 김 형사는 배포가 컸는데 많이 쪼잔해졌네.”

진고랑이 얼굴을 찌푸렸다.

“뭐, 뭐가 쪼잔해져요? 남을 너무 믿어서 그런 거지…….”

시경은 금방 풀이 죽고 말았다.

“인삼은 보통 5년근에서 6년근을 먹으니까 6년 정도 됐다고 한 거고. 산삼은 이렇게 뿌리가 크거나 튼실하지 않아. 게다가 산삼은 뇌두랑 가로줄로 몇 년 정도 됐는지 가늠을 하는데, 뭐 이건 가늠할 줄도 보이지 않잖아.”

윤식이 재빨리 끼어들었다.

“그래도 인삼 가지고 술 담갔으니 돈은 좀 되지 않을까요?

“몇 년 묵혔으니 10만 원 정도?”

진고랑의 예상에 시경과 윤식의 낯빛은 꺼멓게 죽고 말았다. 남산 자락에서 산삼을 발견해 술을 담갔다는 말이 처음부터 신뢰가 가지 않았었다. 그래도 믿어보자고 했는데 결국은 헛고생만 한 거라는 생각에 맥이 빠지고 말았다.

“팀장님, 우리 또 헛고생한 겨? 젠장, 그냥 우리 이거 비우죠. 날도 추운데. 팔아서 큰 돈 안 될 거믄 우리가 먹는 거지.”

윤식의 말에 시경이 다시 한 번 희망고문을 이어갔다.

“그러다가 만약 진짜면?”

“김 팀장, 자네 같으면 서울 한복판 남산에 산신령님이 산삼을 점지해 주겠는가?”

“그래요. 우리 그냥 마시고 치워버리죠.”

낙주의 추임새에 결국 시경은 술병을 개봉했다. 진한 삼 냄새가 훅 콧속을 파고들었다. 결국 산삼주이기를 포기한 시경이 윤식을 불렀다.

“윤식아, 요 앞 치킨집에 가서 치킨 두 마리만 사와라.”

“돈 주세요.”

“돈? 야, 닭 두 마리 정도는 네가 살 수도 있잖아.”

“참나, 저 월급 언제 받았는지 까마득한데요?”

시경은 결국 카드를 내밀 수밖에 없었다.

“인삼주지만 그래도 억울하게 죽은 딸 찾아서 다행이잖아요. 돈은 안 되지만 우리가 아니면 해줄 수 없는 일을 해줬잖아. 딸이랑 할머니의 명복을 빌자.”

윤식이 통닭을 사온 뒤 가벼운 술판이 벌어졌다.

- 언니, 미안해요. 내가 또 괜히 나서서…….

- 니가 미안할 게 뭐가 있어. 그 할머니도 진짜 산삼일 줄 알았겠지. 산삼으로 알고 먹으면 산삼이지 뭐.

- 그런데 언니…….

은미가 시경과 윤식의 눈치를 보며 몸을 배배 꼬았다.

- 할 말이 뭔데?

- 그게요. 어제부터…….

- 어제부터 뭐?

- 건우가…….

- 건우가 왔어?

은미가 고개를 끄덕거렸다. 사는 게 자신의 의지와는 무관하게 불행하게 사는 사람들을 대할 때와 귀신을 대할 때가 전혀 다르지 않았다.

낙주는 귀신의 존재가 된다는 건 슬프고 외로운 일이라는 생각이 들었다. 그런데 자신을 기억하고 찾아줄 부모마저 잃어버렸다면 그 슬픔이 얼마나 클까 싶었다. 게다가 입양해준 부모이니 어쩌면 마음 놓고 울지도 못했을 터였다.

'차린 건 약소하지만 부디 이 음식들 흠향하시고, 이승의 인간들을 불쌍히 여기셔서 얼른 가셔야 하는 길로 가소서.'

할머니는 귀신에 씌었다는 사람들이 찾아오면 상다리가 부러지게 음식을 마련해 놓고 귀신들에게 그렇게 고하고는 했다. 하지만 썩은 몸이라도 있다면 그래도 갈 곳이 있지만, 문드러진 몸조차 없는 귀신들은 갈 곳조차 없었다. 결국 귀신이 많다는 건, 이 세상에 미련이 많이 몸이 소멸되었음에도 떠나지 못하는 존재들이 많다는 뜻이었다. 또한 몸을 잃어버린 존재들이 많다는 말이기도 했다.

- 건우 어디에 있는데?

- 오라고 할까요?

- 어쩌겠어. 팀장님이나 윤식이도 그냥 거기까지 나들이 다녀온 셈 친다고 했으니 일단 와보라고 해봐.

- 언니, 고마워요.

- 네가 뭘 고마워해?

부모를 찾아 구천까지 떠돌았을 건우를 생각을 하니 괜히 마음이 씁쓸했다.

치킨을 안주 삼아 산삼주 한 병을 금세 해치운 일행은 저마다 할 일을 하고 있었다. 진고랑은 『대인국왕본기』를 들여다보느라 주변엔 일절 관심이 없어 보였다. 시경과 윤식도 진고랑에게 설명을 듣고 분철한 책을 들여다보고 있지만 영 신통치 않은 모양이었다.

"도대체 뭘 찾으라는 건지……."

윤식이 먼저 백기를 들었다. 진고랑이 힐끔 윤식을 쳐다본 후 다시 책에 눈길을 주었다.

"누나 얼굴이 왜 그래?"

윤식은 눈치가 빨랐다. 낙주의 얼굴에 깃든 씁쓸함을 금방 눈치 챈 것이다.

"아무것도 아냐."

"에이, 아무것도 아닌 게 아닌데."

책 들여다보기가 진력이 난 윤식이 슬그머니 일어나자 시경이 얼굴도 들지 않은 채 한마디 툭 날렸다.

"부매니저야, 앉아서 책 봐라."

의자에서 일어나던 윤식이 다시 엉덩이를 붙였다.

"뭘 찾으라는 건지 도통 모르겠어요."

"이놈아, 개금(開金)이라는 한자나 건(鍵)이라는 한자, 아니면 부사약(副司鑰)이라는 한자 찾으라고 했잖아. 으아아, 눈꺼풀이 내려앉네!"

시경이 늘어지게 하품을 하며 말했다.

"팀장님, 한글도 제대로 모르는데 제가 한자를 어떻게 알아요. '개'자인가 싶어 찾아보믄 '문'자고, '건'자인가 싶어서 찾아보믄 '건'은 '건'인데 세우다는 뜻이고. '부사약'은 또 뭡니까? 궁중 약사입니까?"

투덜대는 윤식을 보며 진고랑이 고개를 저었다.

"고서로 돈 벌어먹으려면 지독한 끈기가 있어야 하는 거여. 아니면 모사꾼한테 속고 말지. 나도 젊었을 때 사기 많이 당했지."

"그러게요. 선생님도 그런데 전 어떻겠어요. 한자는 쥐약이라니까요. 내 이름도 제대로 못 쓰는데."

윤식이 살려달라는 눈빛으로 낙주를 바라볼 때, 은미와 건우가 책방 안으로 쑤욱 들어왔다. 낙주의 눈길이 사무실 쪽으로 향하자, 윤식은 낙주의 눈이 일그러지는 걸 놓치지 않았다.

"누나, 누구 왔지?"

진고랑과 시경이 머리를 들었다.

"누가 왔어?"

낙주는 거짓말이 서툴러 있는 그대로 말하는 성격이었다.

"건우."

"뭐 건우? 인사도 없이 가더니?"

윤식이 의자에서 벌떡 일어났다. 미안했던지 건우가 고개를 푹 숙인 채 얌전하게 걸어와 낙주 곁에 섰다.

"이 친구 어딨어요? 아무리 슬퍼도 그렇지, 온다 간다 말은 하고 가야 할 거 아냐!"

"윤식아, 그래서 다시 왔잖아."

– 누나, 미안해요.

낙주에게 죄송하다 말하는 건우는 귀신이지만 처음 보았을 때보다 얼굴이 더 창백해 보였다. 저간의 사정을 모두 알게 되어서 그렇게 느끼는 것인지도 몰랐다.

– 그렇게 입고 다니면 춥지 않냐?

낙주가 건우의 차림새를 살피며 물었다. 건우는 예전 그대로 얇은 셔츠에 헐렁한 면바지 차림이었다.

– 누나, 우린 옷 못 갈아입어요. 다른 사람으로 다시 태어났다가 죽으면 모를까. 항상 옷은 깨끗하게 입고 다녀야 해요. 그래야 죽었을 때 그 옷이 귀신 평생의 옷이 되니까요. 빨리 어디론가 가버리면 상관없

지만.

- 다른 사람으로 다시 태어나기는 하는 거야?

- 소문이 그래요. 다시 태어난 사람을 만나본 적이 없으니 알 수는 없지만요.

- 죽어서도 뭐든 확실한 건 없는 모양이네.

- 그런 거 같아요.

건우도 낙주도 잠시 뜸을 들였다.

- 부모님은 좀 찾아봤어?

- 사방팔방 수소문도 해보고 갈 수 있는 데까지 다 가봤는데…… 못 찾았어요.

진고랑은 책을 보느라 여념이 없고, 윤식과 시경은 오물거리는 낙주의 입에 온통 신경을 쏟았다.

- 희귀 동전 말씀드리려고 왔어요. 그땐 제 생각만 하느라고…….

- 그 약속 지키러 온 거야?

- 그것도 그거고. 저 혼자 움직이려니 외롭고 한계도 있고 그래서요.

- 좋아. 그런데 그때 너랑 같이 나타났던 그 사내들하고 귀신들은 뭐야?

낙주가 정색을 하고 건우를 쳐다보았다. 낙주는 성산동 사무실을 습격했던 낯선 귀신들과 함께 있었던 이유를 물었다.

- 저도 자세히는 몰라요. 귀신들 잡아서 전라도 어느 바닷가 마을로 데려간다는 것만 알아요.

- 그런데 너는 왜 그놈들에게 안 잡혀간 거야?

- 잘 모르겠는데 딱히 이유가 있다면, 저는 몸이 없는 것도 그렇고 죽은 지도 오래됐잖아요. 그게 이유라면 이유일 거예요.

- 그놈들은 왜 따라다닌 건데?

- 혹시나 해서요. 귀신들 잡아가는 사냥꾼들이 있다는 말에 혹시라도 사냥꾼 귀신들이 부모님이 어디 계신지 알지 않을까 싶어서요.

- 무섭지 않았어?

- 무섭긴 했는데, 붙잡히면 사라지기밖에 더 하겠어요. 그런데 저한텐 일절 관심이 없더라고요. 짐작인데 아마 죽은 지 얼마 안 된 귀신들을 잡아가는 거 같았어요.

- 그래? 그래서 결국 아무것도 못 알아냈고?

- 모른데요. 귀찮아하기도 하고.

그동안 건우가 경험한 일들을 일행들에게 이야기하자 시경의 눈이 휘둥그레졌다.

"그게 무슨 말이야? 몸이 있는 귀신들을 잡아가다니?"

"그러니까 몸하고 영혼하고 같이 있어야 한다는 말인 거 같아요. 건우랑 다른 몇몇 귀신들은 잡아가지 않았는데 몸이 없는 귀신은 필요가 없는 거 같대요."

낙주와 시경이 나누는 이야기가 관심을 끌었는지 그제야 진고랑이 책에서 빠져나와 얼굴을 들었다.

"그것 참 희한하네. 죽은 지 얼마 안 된 귀신만 잡아간다? 몸도 있어야 하고?"

『대인국왕본기』에만 집중하고 있는 줄 알았는데 사람들의 이야기를 모두 듣고 있었던 모양이었다.

"인간의 논리로는 해석하기 힘들 거야. 하긴 인간이 죽은 후에 어떻게 되는지 피상적으로만 알고 있지. 그나마 안다는 인간들이라고 해도 아주 쬐끔 아는 정도야. 그러니 그 세계에 대해 누가 알겠어. 만약 다른 귀신들은 데려가는데, 건우라는 친구를 내버려뒀다면 막 죽은 게 아니거나 물에서 죽었거나 하는 무슨 이유가 있겠지. 사후의 세계는 우주나 인간 탄생의 비밀보다 더 미지의 세계야. 그나마 우주는 이제 조금씩이라도 볼 수 있잖아. 우주선도 보내고. 탄생도 하나둘 미스터리가 풀리고 있고. 하지만 사후의 세계는 오로지 추론만 있을 뿐이지. 그것도 어떤 근거나 진실이 바탕이 된 추론이 아니라 막연한 추론 말이야. 살아 있는 존재는 그 누구도 사후 세계의 진실에 대해 알지 못해. 그래서 인간들이 그렇게 종교를 믿고 따르는 거겠지만."

시경과 윤식, 낙주가 입을 벌린 채 진고랑의 이야기를 들었다.

"선생님 말 들어보니 전부 맞는 말 같네요."

윤식의 말에 진고랑이 어깨를 으쓱였다.

"나도 그럴 거라 추측하는 거지 뭐."

시경이 낙주를 쳐다보았다.

"낙주야, 그 건우 친구 좀 데려와 봐."

"옆에 있는데요."

낙주의 말에 진고랑이 마치 건우가 보이기라도 한 듯 그가 서 있는 쪽을 노려보았다.

- 저, 저분은 뭐 하시는 분이죠?

건우의 목소리가 떨렸다. 낙주는 건우의 모습에 의구심이 들었다. 진고랑은 그저 골동품 찾아 전국을 떠도는 노인일 뿐이었다. 과거에는 골동품 장물아비로 살았다는 인물이었다.

- 혹시 판수 아닌가요?
- 판수?

건우의 물음에 이번에는 은미가 물었다.

- 너는 판수라고 못 들어봤어?

은미가 고개를 저었다.

- 판수가 뭐야?

낙주도 물었다.

- 판수는 그러니까, 전설적인 귀신잡이들이잖아요.
- 귀신잡이?
- 네, 귀신잡이.

낙주는 판수도 귀신잡이도 처음 듣는 말이었다. 영험하기로 소문난 무당 할머니에게서도 들어본 적이 없는 말이었다. 건우는 귀신임에도 진고랑을 보는 순간 얼어붙은 채 입을 떨고 손을 앞으로 모은 채 힘주어 잡았다. 은미는 그런 건우를 신기한 듯 쳐다보았다. 늘 게슴츠레하고 탁했던 진고랑의 눈이 반짝거렸다.

"낙주야, 그 건우라는 친구 지금 어때?"

진고랑이 물었다.

"무슨 이유인지 모르겠지만 선생님을 무서워하는데요."

"클클클……."

낙주의 말이 끝나자 진고랑이 느닷없이 웃음을 터뜨렸다.

"그리고 판수라고 하는데, 선생님 옛날 이름이 판수였어요? 진 판수?"

진고랑은 이번에는 더 크게 웃어젖혔다.

"판수, 그래 판수…… 정말 오랜만에 들어본다. 판수라는 말."

그는 건우를 찾으려는지 사방을 천천히 둘러보았다.

"걱정하지 말라 그래라. 여기에 귀신 잡는 대잡이가 있나, 신장이 있나, 걱정할 게 뭐가 있다고?"

낙주의 눈이 반짝였다. 진고랑의 말대로 대잡이니 신장이니 하는 것들이 없다는 사실을 확인한 건우가 귀신답지 않게 책방 바닥에 털썩 주저앉았다. 시경이 궁금한 듯 진고랑을 돌아보았다.

"선생님, 도대체 뭐예요? 판수, 귀신잡이는 뭐고, 대잡이니 신장이니 하는 건 또 뭐고?"

"다 옛날 일이여. 옛날 일이니까 건우 친구한테 무서워하지 말라 그래. 판수를 아는 걸 보면 건우도 제법 나이를 먹었겠는데."

진고랑은 여전히 낄낄거렸지만 왠지 그의 웃음은 쓸쓸하게 느껴졌다.

– 나이를 먹은 건 아니고요. 여기저기 부모님 찾으러 떠돌다보니 들은 이야기예요. 귀신들 잡는 판수가 있다고요.

시경과 낙주는 진고랑이 자신의 책방을 사무실로 내준 이유를 지금에서야 깨달을 수 있었다. 그는 원래부터 귀신과 관련된 인물이었던 것이다.

4

여전히 진고랑이 무서운지 연신 힐금대던 건우가 슬그머니 책방을 나갔다. 낙주는 곁에 있던 건우가 휑하니 사라져버리자 은미를 돌아보았다.

– 은미야, 건우 어디 가는 거야?
– 잠깐 어딜 다녀온다는데, 진짜 진 선생님이 무서웠던 모양이에요. 귀신이 무서워하는 사람들도 다 있네! 나는 옆집 할아버지처럼 사람 좋게만 보이는데.

"선생님, 판수가 뭔 말입니까?"
"판수라는 말 못 들어봤어?"
윤식의 물음에 진고랑이 책을 덮고 담배를 꺼내 물었다. 시경도 담배를 찾더니 불을 붙였다.
"아마 대한민국 책방 중에 흡연이 가능한 책방은 여기가 유일할 겁니다."
윤식이 얼굴을 찌푸리며 손을 휘휘 저었지만 진고랑이나 시경은 들은 척도 하지 않았다. 웃기게도 귀신인 은미도 코를 부여잡았다.
"은미는 판수에 대해 못 들어봤나?"
진고랑이 묻자 은미는 눈을 동그랗게 뜨고 고개를 저었다.
"판수는 쉽게 말하면 남자 무당이야."
"남자 무당이요? 그건 박수라고 하잖아요."
윤식이 고개를 갸웃하자 진고랑이 마저 대답했다.
"지역에 따라 조금씩 달라. 판수와 박수를 같이 취급하는 지역도 있고, 따로 구분하는 지역도 있지."
"그런데 건우가 선생님을 보고 왜 떨면서 사라진 겁니까?"
이번에 낙주가 물었다. 진고랑이 가늘고 길게 내뿜은 담배 연기가 기다란 창처럼 흐트러짐 없이 허공을 향해 곧게 뻗어나갔다.
"옛날부터 판수는 무서웠지. 귀신들에겐."
"무당하고 다른 것도 없다고 하셨잖아요?"
"비슷하기는 하지만 그래도 무당하고 판수는 엄연히 다르지."
시경과 윤식은 물론 낙주와 은미까지 진고랑의 곁으로 모여들었다. 노랗게 빛을 밝히는 전등과 테이블 옆에서 빨갛게 달아오른 전기히터가 고요하고 아늑한 분위기를 자아냈다.
"판수는 원래 맹인 무당이라고 보면 돼. 세월이 지나면서 맹인이 아닌 사람들도 판수가 되고는 했지만, 원래 판수는 맹인이었어. 이것도 지역에 따라 조금씩 다르긴 한데, 아무튼 중요한 건 무당들은 귀신을 달래서 어디론가 보낸다면, 판수들은 귀신들을 독경이나 막대기 같은 걸로 패서 쫓아내거나 병에 가두는 사람들이라고 할 수 있지."

"귀신을 쫓아내거나 병에 가둔다고요?"

"병에 가두기만 하는 게 아니라 가두어서 땅 속에 묻기도 했지."

설명을 하는 진고랑이 눈이 초점을 잃은 채 천장의 전등을 바라보고 있었다.

"그럼 선생님이 판수였다는 거예요?"

윤식이 질문을 했고, 낙주가 침을 삼켰다.

"판수를 했었지."

"장님 아니잖아요."

"한 스승 밑에서 귀신 쫓는 독경을 배우거나 대나무 작대기 휘두르는 법 배우면 판수가 되는 거야."

"그게 좀 이상하네요. 무당이라면 신 내림도 받고 그러는 거 아니에요?"

"판수들 중에 신 내림을 받는 이들도 있지만, 그냥 배워서 판수가 되는 친구들도 있어. 난 후자였지. 게다가 맹인도 아니니 별로 신통하지도 않았고."

진고랑이 설명을 하는 사이 윤식이 판수에 대해 검색을 한 모양이었다.

"와, 귀신들이 무당보다도 판수를 더 무서워했다는 말이 있네요."

진고랑이 알 듯 말 듯 미소를 지었다.

"옛날엔 그러니까 조선시대엔 왕이 불러서 길흉화복 점도 치고 그랬는데, 그 사람들이 대부분 판수야. 그중에 맹인도 있고, 아닌 사람도 있고 그랬을 거야."

"맞아요. 당시에는 영의정이니 좌의정이니 하는 사람들도 천민이나 다름없는 판수한테 함부로 '야', '자', '너' 같이 하대를 못했다고 검색에 나와요."

"그랬던가? 나야 그런 시대에 살지 않아서 잘 모르지. 아무튼 판수는 우리나라에만 있는 점쟁이라 보면 돼."

"귀신 쫓는 사람이라면서요?"

윤식이 다시 묻자 진고랑이 피식 웃음을 지었다.

"이놈아, 판수는 귀신도 쫓고 점도 봐주고 그런 사람이야. 사실 아주 영험하고 능력이 뛰어난 판수들도 있지만, 서당에서 한자 좀 익혀서 판수가 되는 사람들도 있었어. 지방 같은 덴 마을마다 판수가 있을 정도로 흔한 직업이기도 했고."

"거 참 재미있는 직업이네요. 선생님도 그런 판수 생활을 했다? 그러다 골동품 장물아비가 된 거다?"

시경의 호기심어린 질문에 진고랑이 옛일을 떠올리는지 씁쓸히 웃음을 지었다.

"판수라는 게 그래. 사실 판수하다 보면 먹고살기가 쉽지가 않아. 일명 프리랜서잖아. 그러니 부업을 뛸 수밖에. 판수를 하면 오래된 물건들을 만날 기회도 많으니 자연히 그쪽으로 일거리가 생기는 거고."

"그래서 판수를 하신 거란 말이죠?"

"그런 셈이지."

"그럼 그냥 사주책자 놓고 길바닥에서 점 봐주는 그런 사람들과 하나 다르지 않는 거잖아요?"

"그 사람들도 일종의 판수라고 보면 돼. 다만 진짜 판수는 몇 안 되지만."

"선생님은 진짜 판수?"

"옛날엔 잠깐 그랬던 거 같은데, 지금이야 그냥 동네 할아버지일 뿐이지. 니 놈들도 인정 안 할 거고."

"우리야 그렇지만 그래도 건우는 선생님 보고 무서워서 도망가네요."

"허 참, 그놈도 뭐가 무서워서 도망을 가? 내가 저를 어쩐다고."

윤식은 검색 사이트에서 찾아낸 이야기들을 일행에게 말했다. 귀신들은 무당보다 판수를 무서워했다는 것, 복숭아 나뭇가지로 귀신을 때리는 회초리를 만들거나 귀신을 가두는 병뚜껑을 만들었다는 것, 귀신을 쫓는 수십 가지의 경이 있는데 판수들은 앉은 자리에서 경을 읽어 귀신을 혼내기도 하고, 병으로 들어가도록 해서 벌을 주는 존재였다는 것이다. 낙주 곁에 앉아 이야기를 듣고 있던 은미가 진고랑에게서 조금씩 떨어져 구석 자리로 멀어졌다.

"그러면 뭐 해? 먹고살기 힘들어지면서 중들 탁발하듯 전국을 돌아다녀야 했는데. 피리 부는 재주로 호객 행위도 하고 그랬지. 하지만 지금이야 과학과 의술이 발달하면서 무당도 그렇고 판수들도 점점 그 수가 줄어들었어. 옛날엔 주로 병자들한테서 귀신 떨어지게 하는 게 일이었으니까."

"건우가 도망갈 만하네요. 부모님 찾아야 하는데 찾지 못하고 붙잡힐까봐."

"그래도 그게 아냐. 판수는 서울이 커지면서 사라졌어. 농촌에 인구가 줄어들면서 자연스럽게 도태되었지. 60년대 이후에는 거의 사라졌지. 여자들이 하는 무당은 예외고."

진고랑이 말을 끝내고 다시 책을 펼쳐들 때였다. 낙주가 의자에서 벌떡 일어났다. 책방 입구에 나타난 귀신들 때문이었다.

"선생님, 지금 문 앞에 귀신들로 득시글거려요. 발 디딜 틈도 없어요."

낙주의 말처럼 귀신들이 책방 앞에서 서로 밀치며 안을 들여다보겠다고 난리법석을 떨고 있었다.

- 은미야, 저 귀신들 대체 왜 그러는 거야?

- 모르겠어요. 물어볼까요?

은미가 귀신들에게 향했다. 귀신들은 낙주가 그들의 이야기를 들을 수 있다는 사실을 모르는 듯했다.

- 여긴 무슨 일로들 오셨어요?

은미가 묻자 귀신들이 서로 눈치를 보았다. 개중에 빨간색 원피스 차림에 화장을 진하게 한 여자가 입을 열었다.

- 쩌기 앉아 있는 게 진 판수지?

여자가 눈으로 진고랑을 가리켰다. 문 앞에 몰린 귀신들 모두의 시선이 진고랑에게 쏠려 있었다.

- 저 인간이 소문으로만 들었던 진 판수라고?

귀신들이 너도 나도 고개를 들이밀었다.

- 진고랑 아저씨를 아세요?

은미가 빨간 원피스에게 물었다.

- 죽은 지 오래되고 이 동네 미련 가진 귀신들 몇몇은 아마 알거야.
- 에이, 옛날에는 판수들 엄청 많았잖아. 저 인간이 진 판수인진 어떻게 알아?

빨간 원피스 곁에 서 있던 갈색 모직코트가 말했다.

- 내가 진 판수한테 복숭아 나무로 맞아봐서 알아.

빨간 원피스가 담담하게 말했다.

- 그, 그럼 저 인간이 판수계 전설이라는 진고랑이 맞단 말이지?

은미는 그들의 이야기가 흥미로웠다.

- 진고랑 아저씨가 전설이었다고요?

모직코트가 은미에게 눈을 흘겼다.

- 아가씨는 내가 거짓말이라도 한단 말이야?
- 그런 건 아니지만 언제 보셨던 건데요?

– 30년도 넘었지만 진 판수 맞네.

빨간 원피스의 여자가 말했다.

–진 판수를 아는 거 보니까 일찍 죽긴 일찍 죽은 모양이네.

원피스가 모직코트에게 말했다.

– 진 판수를 본 거 같다고 해서 소문이라고 생각했는데, 진짜 여기 살고 있었네.

빨간 원피스는 눈을 감더니 숨을 고르고는 다시 말을 이었다.

– 지금이야 뭐 대잡이가 있는 것도 아니고 판수들도 사라지고 해서 무슨 의미가 있겠어? 우리들도 사람들한테 붙어 있는 경우도 드물고 말이야.
– 허긴 옛날에나 판수지 지금 판수야 뭐.
–우리 귀신들보다 대접이 더 헐하대. 오죽하믄 판수라는 이름 아는 귀신들도 드물까.

은미의 질문에 귀신들이 일제히 그녀를 쳐다보았다. 낙주는 귀신들과 진고랑을 번갈아 쳐다보느라 여념이 없었다.

– 너 죽은 지 얼마나 됐어?

빨간 원피스의 여자가 물었다.

- 잘 모르겠는데요.
- 초짜 맞구먼. 진 판수를 모르는 걸 보믄.
- 아무리 귀신이라지만 정확하게 짚고 넘어가야제.

두꺼운 검정색 뿔테 안경에 군복 차림의 남자 귀신이 앞으로 나서며 입을 열었다. 그는 검정색 운동화를 신고 있었다.

- 진 판수가 활약했던 건 1980년 말까지여. 그러니까 정확하게 짚고 넘어가자믄 지금으로부터 39년쯤 된 거네. 그 뒤론 진 판수를 찾는 인간들도 드물었은께, 사실상 그 무렵부터 영업 접었지. 에, 그러니까 따지자믄 이 아가씨는 적어도 그 이전에 죽었다는 말이제. 아무리 빨리 죽었어도 38년쯤 되었다는 말이제.

그가 설명을 끝내고 헛기침을 하자 빨간 원피스의 여자가 그에게 물었다.

- 너는 언제 죽었는데?
- 나? 나가 죽은 날은 1987년허고도 6월이여. 날짜는 10일이고.
- 죽은 날짜도 정확히 알면서 몸을 못 찾아서 이리 떠도는 거야?

빨간 원피스의 여자가 묻자 남자가 한숨을 푹 내쉬었다.

– 그러게 말이여. 당체 내 몸을 어떤 놈들이 가져간 건지 알 수가 있어야지. 서울 한복판에서 그것도 대낮에 시위허다가 어딘가로 끌려가서 죽었는데, 그 판국에 어떤 놈들이 내 몸을 가져갔는지 오리무중이여. 아는 인간도 없고 아는 귀신도 없고…….

귀신들이 혀를 차며 자신이 죽은 날짜를 읊어댔다. 한 가지 공통점이라면 그들 역시 몸을 찾지 못했다는 것이었다.

– 그런데 왜 진 선생님을 찾아오신 거예요?

은미가 좌중을 조용히 시킨 후 물었다.

– 저 인간이 내막도 모름서 우릴 얼마나 홀대했는지 아는가?
– 사람이 귀신을 어떻게 홀대해요?
– 초짜는 초짜구먼. 저 인간이 평소에는 대나무 지팡이를 짚고 다니지만 귀신 잡을 땐 복숭아나무를 들고 나타나거든. 여기 어디 찾아보면 그 복숭아나무 작대기가 아직도 있을 거야. 그걸로 맞아 봤는가? 저 인간은 우리가 뵈질 않으니까 마구잡이로 후려치는데 살아 있을 때 군인들헌티 맞은 것보다 더 아팠단께.
– 니는 맞기만 혔제. 내는 딸기잼 담았던 병 속에서 30년 가까이 갇혀 있었어.

낙주는 도무지 이해되지 않는 이야기들이라 진고랑에게 물었다.
"선생님, 지금 귀신들이 입구에 모여서 자기들 신세한탄하고 난리도 아니에요. 그중에 한 귀신이 자기는 선생님 때문에 딸기잼 병 속에 30년을 갇혀 있었다는데, 진짜예요? 진짜 귀신들이 병 속에 갇히기도 해요?"

- 지금도 치가 떨려. 30년 동안 딸기잼 냄새를 맡아봤는가? 아조 돌아버리거든.

- 허, 귀신이라고 거짓말 못한다는 것도 순 거짓말이라니께. 막말로 우리 중에 냄새 맡을 수 있는 귀신 있음 나와봐. 그런 구라 이 아가씨한테나 먹히지 우리한테도 먹힐 거라 생각하믄 오산이제.

- 아니야, 그럴 수도 있어. 그 병이 딸기잼 담았던 병이라면 우린 그 기억의 냄새에 갇히는 거야.

말끔하게 회색 양복을 입은 남자 귀신의 말에 딸기잼 병에 갇혀 있었다고 주장하던 귀신이 반색했다.

- 그렇다니까. 나는 살아 있을 때에도 거짓말 못했거든.

으스대는 귀신을 향해 은미가 물었다.

- 그런데, 귀신이 왜 병에 갇혀요?

- 이 아가씨야. 복숭아나무로 뚜껑을 만들어서 닫아버리면 우린 꼼짝도 못해.

- 아니 왜요?

- 그러게 왜?

대부분의 귀신들도 이유에 대해선 모르는 모양이었다. 누구도 복숭아나무 뚜껑에 대해 답하지 못했다.

낙주가 이야기를 전하자 진고랑이 책꽂이 옆에 놓여 있던 커다란 항아리에서 작대기 하나를 꺼냈다. 손때에 절어 반들거리는 작대기였는데, 그가 작대기를 손에 들자 귀신들이 본능처럼 일제히 몇 걸음 뒤로 물러났다.

"본래 복숭아나무는 양기를 가장 많이 받는 나무야. 신선들이 복숭아를 즐겨 먹는 것도 그 때문이고. 이 지구를 굉장히 커다란 복숭아나무가 덮고 있었다는 전설도 있어. 까마득한 과거부터 복숭아나무가 신성시된 거지. 그래서 복숭아나무로 화살을 만들어 쏘면 귀신도 죽일 수 있다고 보았지. 나도 판수 시절에 복숭아나무를 사용했는데, 사용하면서도 사실인지 긴가민가했지. 그런데 병에 갇힌 귀신이 못 나왔다면 복숭아나무가 신령하단 말이 맞는다는 소리네. 아무튼 귀신들한테 여긴 너희들 놀 자리가 아니니까 빨리들 떠나라고 말 좀 전해라."

진고랑이 작대기로 문을 가리키자 귀신들 몇몇이 달아났다. 하지만 두려움에 떨면서도 자리를 떠나지 않고 머뭇거리는 귀신들도 있었다. 낙주는 떠나지 않는 귀신들의 사연들을 듣고는 진고랑에게 이야기했다.

"제발 자기 몸 좀 찾아 달래요. 그러면 말 안 해도 떠나겠답니다. 무조건 떠나라고 하면 어디로 가느냐고 묻네요."

"내가 지들 몸을 어떻게 찾아줘?"

"대한민국에서 가장 유명한 판수가 안 찾아주면 누가 찾아주느냐고 묻네요."

낙주는 귀신들이 떼거리로 몰려온 이유를 이제야 알 것 같았다.

"내가 너희들을 내쫓는 건 미안하다만 이 세계는 일단 산 사람들의 세계가 아니냐. 나로서는 산 사람들을 구하느라 스승에게 배운 대로 행했을 뿐이니. 어쨌든 내가 매를 들고 너희들을 때리고 병에 가둔 건 미안하게 됐다. 너희들이 몸 찾겠다고 사람들을 괴롭혔다는 걸 몰랐으니 이해해줄 거라 본다. 그리고 몸 찾는 일은 내 영역이 아니지만, 마침 찾아오긴 잘 찾아왔다."

진고랑이 낙주를 쳐다보며 말하자 빨간 원피스의 여자가 물었다.

- 진 판수가 한 말이 뭡니까?

은미가 우쭐한 얼굴로 대답했다.

- 우리가 실은 귀신들 몸 찾아주는 일을 하거든요.
- 뭐?

빨간 원피스의 여자가 은미에게 바짝 다가들었고, 주변에서 서성거리던 귀신들도 우르르 모여들었다.

- 누가 몸을 찾아준다고?
- 우리 언니가 실은 귀신들과 말이 통해요.
- 진짜?

귀신들이 일제히 낙주를 쳐다보았다. 낙주는 분위기가 어색해서 손을 들어 흔들어 주었다.

- 말도 되고 우리도 보이고?

좀처럼 믿지 못하겠다는 귀신들의 표정에 은미가 고개를 끄덕거렸다.

- 무보수는 아닐 테고…….
- 세상에 공짜가 어디 있겠는가?

은미가 그동안 몸을 찾아준 귀신들의 예를 들어주었다. 대가로 오래된 지폐를 주기도 했고, 산삼주라 믿는 술을 건네기도 했다고 말이다. 은미의 말에 귀신들이 너도나도 줄을 서기 시작했다.

- 몸 찾아서 뭐 하게?
- 그래야 다시 태어날 수도 있을 테고, 아님 미련 없이 이 세상에서 사라질 수도 있는 거잖아.

"어쩌죠?"

낙주가 시경과 윤식, 그리고 진고랑을 쳐다보았다.

"원래 우리 직업이 그런 건데 뭘. 하지만 그래도 사례비로 내놓는 게 가치가 있는 거면 받아줄 수 있지만 아니면……."

"아니면?"

"그건 어쩔 수 없잖아. 우리도 땅 파서 장사하는 거 아니니까."

시경이 대답을 하며 진고랑을 쳐다보았다. 윤식이 검색을 해서 찾아낸 '판수'는 몇몇을 제외하곤 대개가 가난하게 살았다고 했다. 그 몇

몇조차도 역사엔 기록이 전혀 남아 있지 않았다. 판수들이 현대에 와서 사라진 것은 인간의 병이 귀신들에 의한 게 아님이 밝혀졌기 때문이다. 의술이 발달하면서 더 이상 무의(巫醫)들을 필요로 하지 않게 된 것이다.

"맞아. 판수들은 투잡을 하지 않으면 먹고살기 힘들었어. 나도 그랬고."

"그래도 귀신들이 무서워하는 판수였다면서요?"

"귀신들이 무서워한다고 내가 풍족하게 사는 거랑은 관계가 없더라고. 게다가 귀신 쫓아줘도 내놓을 돈이 한 푼도 없는 경우도 많았고. 도저히 먹고살 길이 없더라고."

진고랑의 푸념에 시경이 낙주를 돌아보았다.

"낙주야, 귀신들 청을 들어준다는 건 각오를 해야 한다는 거야. 이미 그런 세계에 들어서긴 했지만…… 재미있는 사업의 영역을 훌쩍 벗어나는 일이란 걸 명심했으면 좋겠어."

"이미 우리 선생님이랑 같이 하기로 했잖아요."

"그랬지. 하지만 그땐 이렇게 사업처럼 대대적으로 벌이겠다는 뜻은 아니었지. 오다가다 몇몇 귀신들 만나 청 들어주고 돈벌이 좀 하자는 거였지. 어쩌면 한 푼도 못 벌고 우리가 먼저 나가떨어질 수도 있어. 그래도 할 거야"

시경의 질문에 모든 시선이 낙주에게로 향했다. 사람들도 귀신들도.

– 그런 건 걱정하지 말어. 지지난 정권에서 감춘 금괴 위치를 내가 알고 있거든.

검정색으로 물들인 군복 귀신이 말하자 다른 귀신들도 앞다퉈 떠들기 시작했다.

- 나도 아는 거 있어. 야당에서 대표하던 인간이 감춰놓은 그림 어디 있는지 알아. 그놈이 뒈지고 나서 그 그림 위치를 아는 인간이 아무도 없거든. 그림은 곧 돈이잖어!
- 그림만 있겠는가? 도자기도 있고 금괴도 있고 그럴 것이야. 언젠가 신안 앞바다에서 죽은 잠수부를 만났는데, 거긴 아직도 노다지가 수장되어 있다고 하드만.

귀신들 사이에서 이런저런 말들이 오갔다. 낙주도 고민이 되었다. 막상 귀신들 몸을 찾아주는 사업을 하겠다고 마음먹었지만 시경의 말대로 누구도 장담할 수 없는 일이었다. 얼마나 위험한지 알 수도 없었다.
그렇게 귀신들이 저마다 알고 있는 것들을 떠들어대는데, 작은 인영이 귀신들 다리 사이를 비집고 나와 낙주 앞에 섰다. 열 살쯤 먹은 양갈래로 머리를 땋은 어린 소녀 귀신이었다. 흰 얼굴에 눈과 코와 입이 뚜렷했고 목도 길었다. 소녀가 양손을 가지런히 앞에 모두고 빤히 낙주를 쳐다보았다.

- 언니, 전 드릴 게 아무것도 없어요.

소녀의 말에 어른 귀신들이 일제히 입을 다물었다.

– 전 몸 안 찾아도 좋아요. 그냥 우리 엄마 한 번만 만나게 해줘요.

고요한 책방 안이 더 고요해졌다. 시경과 윤식은 무슨 일인지 몰라 눈만 껌뻑거렸다. 낙주가 눈앞에 있는 소녀의 말을 일행에게 말해 주었다.

– 전 어디서 죽었는지, 언제 죽었는지도 몰라요. 제가 왜 죽었는지도…….

소녀가 말을 하며 머리를 푹 숙였다. 그 순간이었다. 환상이었을까. 낙주의 눈에 소녀가 울고 있는 것처럼 보였다.

"형, 나 이거 해야 할 거 같아요."

낙주는 마음속 깊이 소용돌이치는 감정을 달랠 수가 없어 천장만 물끄러미 올려다보았다.

4.

은미

황금건과 궤

1

은미와 낙주 일행이 탄 차가 천안 IC를 빠져나갔다. 그 뒤에 차 두 대 간격을 두고 세 대의 검정색 승합차가 따라붙고 있었다. 하지만 그 차들이 낙주 일행의 뒤를 밟고 있다는 걸 그들은 알지 못했다.

"누나, 모두 몇이나 접수를 했어?"

"108명, 아니 108귀신."

"거참 묘하네. 하필이면 왜 108명, 아니 108귀신이래?"

시경이 무덤덤하게 말했다.

"내가 그렇게 접수를 받은 게 아니라 귀신들끼리 정한 거야. 너무 많으면 우리가 감당 못한다고 나름대로 정한 숫자래. 딱히 마땅한 숫자를 정하지 못하고 있었는데 어떤 귀신이 사람들은 108을 좋아한다고 해서 그냥 그렇게 정해진 거야."

"별스런 귀신들도 다 있네."

이른 새벽부터 출발한 터라 톨게이트를 빠져나갈 즈음 어느새 아침

해가 산등성이로 기어오르고 있었다.

"입장으로 가고 있는 거지?"

"내비가 알려주는 데로 잘 가고 있습니다."

윤식의 심드렁한 대답에 시경이 피식 웃음을 지었다. 시경은 밤새 들떠 있었다. 『대인국왕본기』는 독특한 형식으로 역사를 기록하고 있었다. 기존의 역사책은 각 나라별로 흥망성쇠를 기록하는데, 『대인국왕본기』는 한 시대에 얽히고설킨 각 나라의 흐름과 교류, 대치관계 등을 기록하고 있었다. 따라서 백제국만의 내용을 필요로 한다 해도 책 전체를 모두 다 읽어야 그 흐름을 정확히 파악할 수 있었다.

진고랑은 그리 길지 않은 『대인국왕본기』가 세상의 그 어떤 책보다 흥미로웠다.

'역시 모든 역사가 무너지는 건 결국 인간의 욕망 때문이로구나.'

대인국 다섯 나라들이 멸망한 기록을 읽으며 상념에 빠져 있던 진고랑은 이내 『대인국왕본기』 3권 중 마지막 세 번째 권의 오언시(五言詩) 중에서 '황금건'이라는 한자와 '궤'라는 글자를 발견한 일을 떠올렸다. 짐작이 맞다면 황금건은 지금 시경이 바지 속에 은밀하게 감춰둔 황금 열쇠일 가능성이 컸다. '궤'는 위례산의 위례성 안쪽 낮은 돌무덤 어딘가에 잠들어 있다고 진고랑은 오랜 시간 연구 끝에 유추할 수 있었다. 자신을 비롯해 일행이 새벽부터 달려가고 있는 이유가 그 때문이었다.

그들이 탄 차는 시골 국도를 빠르게 달렸다. 과거 백제의 본향이 있는 곳이라 여기기에는 너무 한적한 느낌이었다. 벼의 밑동만 남아 파랗게 얼어 있는 논밭의 풍경들이나 아직 개점하지 않은 가게들과 한껏 몸을 움츠리고 어디론가 향하는 사람들의 모습마저 드문드문한 풍경이었다.

"크게 번성할 만한 곳도 아니지만, 그래도 이곳이 백제의 본향이라니 믿어지지가 않네요."

시경의 감상에 진고랑이 대답했다.

"출발을 여기서 했다는 거지. 본격적으로 백제가 성립된 곳은 여기가 아니니까."

진고랑은 역사에 관한한 질문에는 막힘이 없었다. 물론 딱히 역사에 해박한 지식이 없는 일행들이 묻는 역사적 질문이라는 게 원초적인 수준일 수밖에 없어 전문적인 대답을 할 필요는 없었다. 그러나 전문적인 물음을 던진다고 해도 충분히 답을 낼 수 있을 만큼의 소양을 진고랑은 갖추고 있었다.

"그나저나 『대인국왕본기』가 선생님 손에 들어올 정도면 읽을 만한 사람들은 다 읽어본 거 아닙니까?"

"그럴지도 모르지만 그래봤자 몇 명 안 돼. 워낙 희귀한 책이니까."

"그런데 읽어본 사람 중에서 책에서 '황금건'과 '궤'를 찾아낸 사람이 한 명도 없을까요?"

"찾은 사람도 있겠지."

"그럼 열쇠에 맞는 궤 같은 건 진즉 도굴되지 않았을까요?"

"물론 그럴 가능성도 있지. 그런데 백제는 왕릉조차도 지하에 조성한 경우가 많았어. 그래서 일제 강점기의 수난에도 온전하게 보존된 경우들이 더러 있지. 우리가 몰라서 그렇지 백제 왕릉들 중 일부는 우리가 알지 못하는 지하에 조성되어 있을 거야. 아직 발견되지 않은 것들도 있고. 백제인들은 훗날 도굴범들이 날뛸 거라 생각했을지도 몰라."

"그러니까 다른 국가의 왕릉들처럼 위로 봉분만 쌓아올린 무덤이 아니라 봉분은 없이 땅속에 무덤 자리를 쓴 경우가 있다는 말입니까?"
"그래, 백제 때에는 그랬어. 겉으로 화려하게 드러내 봐야 도굴밖에 더 당하겠느냐는 걸 잘 알고 있었던 거지. 그러니 아직 발견되지 않은 무덤들이 지하에서 조용하게 숨 쉬고 있을 거야. 어쩌면 우리가 찾는 곳도 왕릉의 무덤일 가능성이 커."
"소문에 의하면 엄청나게 큰 무덤이 위례산에 있다고 하던데요?"
"눈으로 확인해야지. 풍문이나 추측은 진실의 눈을 가리거든. 아니, 진실을 감추는 가장 큰 장애물이지."
일행들이 두런두런 이야기를 나누는 사이, 차가 위례산 입구에 다다랐다. 겨울인데다가 그리 유명한 산이 아니어서 그런지 등산로 초입엔 민가도 가게도 눈에 띄지 않았다. 그게 아니라면 등산로를 잘못 선택한 것인지도 몰랐다. 낙주는 위례산 정상으로 향하는 이정표를 살폈다. 이정표대로라면 대략 3시간 남짓 산행을 해야만 했다.
비교적 완만한 길을 낙주가 가볍게 오르기 시작했다. 반면 시경과 윤식은 금세 헉헉대기 시작했다. 오히려 진고랑이 고령에도 성큼성큼 산을 올랐다. 아무래도 전직 때문인 듯했다.
"우리 일이 늘 그랬어. 눈으로 확인하지 않으면 밤잠을 못 자. 99퍼센트 확신을 해도 막상 거짓이거나 위작이라는 게 드러나는 일이 비일비재하고. 그럴 때 드는 배신감이란 이루 말할 수 없지. 그런 거에 비하면 이건 그냥 나들이야."
진고랑은 황금열쇠와 열쇠로 열 수 있는 궤 속의 보물보다도 '궤' 자체에 더 관심이 많았다. 만약 그런 '궤'가 실재한다면 그건 기원전의 '궤'일 터였다.

- 언니, 뒤에 귀신들 보여요?
- 그래.
- 왜 우릴 따라오는 거처럼 보이죠?
- 귀신들 할 일이 없다며? 누굴 따라다니는 게 가장 큰 취미고.
- 허긴 나도 한동안 이 사람 저 사람 따라다녔으니까.
- 그나저나 건우는 안 보이네?

은미의 말대로 사방이 온통 귀신이었다. 귀신들은 낙주 일행을 구경하고 있었다. 은미는 무언가 마음에 안 든다는 듯 연신 귀신들을 힐끔거렸지만, 낙주는 눈길을 주지 않았다. 혹시 모를 때를 대비해 어깨에 멘 마고봉을 담은 가방을 추스를 뿐이었다.

- 몰라요. 뭣 좀 알아본다고 가선 영 나타나질 않네요.
- 그런데 넌 여기 와본 적 없어?
- 그러게요. 열쇠가 할아버지 비석 밑에서 나왔으니 나하고 이 산도 연관이 있지 않을까 싶기는 한데, 잘 모르겠어요.

은미는 낙주의 질문에 성실하게 대답했다. 살아 있을 때에도 매사 성실했을 거란 생각이 들었다.

- 요즘은 다른 기억들은 안 떠올라?
- 실은 너무 많이 떠올라서 말 안 했어요.
- 너무 많아?
- 어느 땐 칼을 찬 장수가 떠오르기도 하고, 어느 땐 내가 죽창을

들고 있기도 해요. 그리고 어느 땐 길고 까만 모자를 쓰고 무섭게 사람들을 둘러보는 기억도 나더라고요. 귀신이 꿈을 꾼다는 건 좀 이상할지 모르겠지만, 다 꿈인 거 같아요.

- 귀신들은 꿈 안 꾼다며?

- 그러게요. 꿈이 아니면 기억이라는 말인데, 말이 안 되잖아요. 그런데 매번 거기 도살장 같은 곳의 기억이 마지막이에요. 나는 진짜 거기서 죽었나 봐요.

- 미안해.

- 뭐가요?

- 정작 네 몸은 못 찾고 있잖아.

- 뭘요. 다른 사람 몸이라도 찾아주었으니 다행이죠.

은미가 낙주보다 두어 발 앞서 걸었다. 낙주는 멈춰 서서 어느새 뒤처진 세 사람을 내려다보았다. 그들 뒤로 해찰하듯 산길을 오르는 여럿의 귀신들이 보였다.

- 저 귀신들이 계속 따라오네.

- 갈 데가 없어 그렇겠지.

낙주는 대수롭지 않게 받아들였다.

한 시간 남짓 산을 오르고 10분 정도 쉬기를 세 차례 반복하자 마침내 위례산 정상의 모습이 나타났다. 한겨울로 접어들어선지 해발 500미터 남짓이지만 산 정상 부근에는 녹지 않은 눈들이 함부로 버린 이불처럼 쌓여 있었다.

“하아, 공기는 정말 드럽게 좋네.”

“인마, 좋으면 그냥 좋은 거지, 드럽게 좋은 건 또 뭐냐?”

시경이 윤식에게 핀잔을 주었다.

“그냥 우리들 말이에요. 자꾸 딴죽 걸면 꼰대 소리 들어요.”

“흥, 나 이미 꼰대거든. 꼰대 소리 들어도 할 말은 해야지. 안 하고 속으로 꿍한 게 진짜 꼰대거든!”

두 사람이 티격태격할 때였다. 시경의 스마트폰이 울었다.

2

“아무래도 이상해.”

산 정상에서 멀리 천안 시내를 말없이 내려다보던 시경이 낙주에게 말했다. 그는 전화 통화를 한 후 내내 말이 없었다. 윤식은 힘든지 숨을 고르고 있었고, 진고랑은 담배를 피우고 있었다. 은미는 위례성 안을 둘러본다며 어디론가 사라진 참이었고, 낙주는 도대체 어디에서 궤를 찾을 수 있을지 막막해하고 있던 참이었다.

“뭐가 이상해요?”

“낙주야, 은미 옆에 있니?”

“지금 여기 없어요. 둘러본다고 어디론가 갔어요.”

낙주의 대답에 우물쭈물하던 시경이 입을 열었다.

“왜 우리가 지하실에서 수습한 시신 있잖아.”

“은미 시신이라고 착각해서 장기매매 소굴 같은 데서 가져온 시신 말이에요?”

"그래. 그런데 그 시신에서 아무것도 안 나왔대."

"아무것도 안 나오다니?"

"그러니까 지문으로도 신원 조회가 안 된단 말이야."

시경의 말에 낙주는 대수롭지 않게 생각했다.

"그럴 수도 있는 거 아니에요?"

"그럴 수가 없지! 한국 사람이라면, 그리고 성인이라면 모두 주민등록증을 만들게 되어 있잖아. 우리 과학 수준이 생각보다 뛰어나기 때문에 지문을 찍었다면 반드시 기록에 남게 되어 있는 거야."

"다른 가능성도 있잖아."

진고랑이 담배를 발로 비벼 끄며 말했다.

"있기는 있죠. 외국 사람이거나……."

"외국인 아니었어요. 딱 보기에도 한국인이었잖아요?"

"조선족일 수도 있고, 일본인이나 중국인 중에도 한국인이랑 구분하기 힘든 사람도 많아."

"또 다른 가능성도 있나요?"

이번엔 윤식이 시경을 쳐다보았다.

"감춘 걸 수도 있지."

"감추다니요?"

"그야말로 그 시신이 가진 진실을 은폐했을 수도 있다는 거야."

시경의 말에 일행이 얼굴을 찌푸렸다. 그때 윤식이 무릎을 쳤다.

"맞아, 처음 볼 때부터 방 반장이라는 인간 왠지 기분 나빴어요. 그 인간이 진실을 감춘 거 아닐까요?"

"형사 반장이 감추긴 뭘 감추겠어. 그럴만한 계급도 아니고. 인간미는 없지만 자기 일은 분명하게 처리하는 놈이야."

시경이 고개를 젓자, 낙주는 그날 지하실에서 구해준 두 여자가 떠올랐다. 이름도 기억났다. 김미나, 정주희.

"그 여자 분들한테 연락을 해보는 건 어떨까요?"

"그러지 않는 게 좋을 거야. 방성태가 진짜 집요하고 지독하거든. 그 여자들 노출시켰다간 상처 엄청 입을 수도 있어. 무엇보다 께름칙해. 잘못하면 괜히 피해 입을 수도 있고 말이야."

낙주는 시경의 걱정에 수긍할 수밖에 없었다.

"우리 팀장님이 아니라 어떻게 그런 인간미 제로인 것들이 잘나가는지 모르겠어. 그래도 지도 사람이잖아요?"

윤식이 투덜대자 시경이 피식 웃음을 흘렸다.

"사람이지. 밥도 먹고 똥도 싸고. 인간미만 없을 뿐이지. 그 친구는 이제 확신이 드는 거지만 조직에 충실한 친구야. 진실보다는 조직이 망가질 상황이라면 진실을 조작할 수도 있겠다는 생각이 들 정도로."

시경의 방성태에 대한 생각을 듣고 있던 낙주가 넓적한 돌 위에 앉아 있다가 벌떡 일어났다. 어딜 다녀온 건지 몰라도 은미가 숨을 헐떡이며 낙주의 곁으로 부리나케 다가왔다.

- 무슨 일이야?

- 언니, 저기 개량 한복 입은 사람들이랑 귀신들 보여요?

낙주는 은미가 가리키는 쪽을 쳐다보았다. 그곳에 귀신인지 사람들인지 모를 한 무리가 보였다. 그들도 낙주 쪽을 쳐다보았다. 눈이 마주치자 무리들이 도망치듯 서둘러 산길을 내려가기 시작했다.

낙주는 께름칙한 눈으로 그들을 관찰했다. 위례산에 머무는 귀신들로 보이지 않는데다가 사람들의 행색도 등산객이 아니었다. 물론 그렇다고 낯선 풍경은 아니었다. 어느 산이든 귀신은 넘쳐나고, 산이 영험하다면 무당이나 박수들도 기도처 삼아 드나드니 말이다.

– 난 또…… 귀신들이 많은 걸 보니까 영험한 산인 모양이지.

낙주가 그들에게서 신경을 끌 때, 시경은 안산의 양 형사에게 전화를 걸었다.

"……그래, 좀 알아봐줘. 그날 국과수에 넘겼거든. 방 반장한테 연락해봐도 결과 아직 안 나왔다고만 하거든. 뭐 사건을 해결하려는 게 아니라 우리가 구해 나온 여자니까 좀 알아보려고. 그리고 좀 알아야 뭐든 하지. 너무 애는 쓰지마. 행여 티나면 너만 힘들어질 수 있으니까." 전화를 끊은 시경을 향해 낙주가 귀신과 사람의 무리들이 성을 둘러보았다가 하산하는 모습을 설명했다.

"여기야 그냥 아무나 올라다닐 수 있는 산이잖아. 우릴 미행할 이유가 뭐가 있겠어."

"설령 우릴 미행하는 작자들이라 해도 이제 함부로 못하겠는데. 천하장사 낙주가 있고 귀신들도 무서워한다는 우리 진 선생님도 계시잖아."

낙주만을 제외하고 그들의 등장은 대수롭지 않은 일이 되었다.

잠시 뒤 시경은 준비해 온 금속탐지기를 배낭에서 꺼내 성안을 샅샅이 뒤지기 시작했다.

"누나, 우리 대체 뭘 찾아야 하는 거야?"

"나도 잘 몰라."

"선생님, 뭘 찾아야 해요?"

"궤!"

윤식이 낙주 쪽으로 돌아섰다.

"쳇, 그 말은 나도 하겠다."

윤식이 낮게 중얼거렸지만 진고랑의 귀에 들릴 정도였다. 하지만 진고랑은 개의치 않고 땅에 얼굴을 박고 열심히 뭔가를 찾으며 앞으로 나아갈 뿐이었다. 낙주도 뭘 찾아야 하는지 정확히 모른 채로 잡초들을 헤집을 뿐이었는데, 그때 시경의 목소리가 들려왔다.

"다들 이리로 와봐!"

시경이 손짓을 했다. 세 사람이 시경에게 다가갔다.

"뭐 좀 찾았어?"

진고랑이 물었다.

"설마라는 생각이 들긴 하는데."

시경이 손으로 잡초를 뜯어내고 발로 사방을 걷어내기 시작했다. 윤식과 진고랑이 합세하자 금세 잡초가 사라지고 흙이 치워지면서 바위가 나타났다. 그런데 놀랍게도 편평한 바위의 크기가 진고랑의 책방보다도 두 배 정도나 컸다는 점이었다.

"이거 고인돌 같은데?"

멀찍이 물러나 바위를 살피던 진고랑의 눈이 반짝였다.

"이 밑에 뭔가 있다면 도굴 자체가 힘들었겠는데요! ……그런데 무게만도 몇 톤은 넘을 텐데, 그럼 우리도 말짱 황인 거잖아요."

기대감을 높이던 윤식이 이내 풀이 죽은 목소리로 말했다.

"그럼 영영 못 보는 건가? 그래도 들 수 있는 사람이……."

시경이 아쉬운 듯 말을 하다 말고 낙주에게 고개를 돌렸다. 윤식과 진고랑의 시선도 자연스럽게 낙주에게로 향했다. 심지어 은미마저도 낙주를 빤히 쳐다보았다.

"왜 다들 날 쳐다봐요?"

낙주는 그들에게서 고개를 돌렸다.

'내가 무슨 굴삭기도 아니고. 저 바위를 어떻게 들라는 거야!'

- 언니, 건우가 왔어요.

낙주가 고개를 돌리자 은미 곁으로 다가와 푹 고개를 숙이는 건우가 보였다. 짜증이 난 낙주가 건우를 향해 톡 쏘아붙였다.

- 건우, 너! 우리한테 볼일 없는 거 아니었어? 다시 찾아왔다가 다시 또 도망가고. 너 마음대로 할 거면 왜 또 찾아와?

- 언니…… 잠깐만요.

- 왜? 너 또 편들어주려고?

- 저 그 귀신들 어디로 끌고 가는지 알아왔어요.

- 뭐? 귀신들? 끌고가는 곳?

- 언니 그날 있잖아요. 귀신들 손 묶어서 끌고 가던 거 봤잖아요. 그 귀신들.

한창 성을 내던 낙주의 귀가 번쩍 뜨였다.

- 귀신들 어디로 끌고 가는지 알게 되면 부모님 귀신도 찾을 수 있을 거 같아서 돌아다니다 왔던 거예요. 그러다 귀신들 몇몇에게 남도

쪽 이야기를 들었는데 귀신들한테 얻은 정보라 거길 가봐야 확실할 거 같아서 다녀온 거예요.

– 진 선생님이 그러시더라 진실을 가리는 가장 큰 장애물이 추측이나 풍문이라고. 어딘데?

건우는 큼큼 두어차례 기침을 했다.

– 졸본이라는 바닷가 마을인데 거기에 무지하게 큰 기도원이 있더라고요.

– 기도원? 기도원에서 귀신들을 데려가? 왜?

– 저도 거기까진 몰라요. 끌려갔다 도망 나온 귀신들도 정확한 이유는 모른대요. 다만 이상한 낌새 때문에 몇몇은 도망 나올 수 있었는데, 위색에 묶여 있어서 꼼짝을 못하거나, 몸이 거기에 있다 보니 의지도 약해져서 포기한 귀신들도 있었어요.

낙주의 중얼대는 모습에 시경과 윤식, 진고랑이 다가왔다. 낙주는 그들에게 건우의 말을 전했다.

"졸본이라는 바닷가 마을이라고요? 생전 처음 들어보는데……."

윤식이 곧장 스마트폰으로 검색을 했다.

"졸본이라고 있긴 있네요. 모두 세 군데나 나오는데, 바닷가 쪽은 진도에서 그리 멀지 않은 마을뿐이에요."

윤식이 화면을 키워 졸본이라는 마을의 지도를 일행에게 보여주었다.

"흠, 진도에서 멀지 않네?"

"그러거나 말거나 우리가 그 일에 관여할 건 아니잖아?"

"그건 그렇지만 왠지 우리랑 뭔가 연결되어 있는 더러운 기분도 들고 그러네."

인상을 찌푸리는 시경을 향해 낙주가 물었다.

"형은 직감 같은 거 안 믿는다며?"

"옛날엔 그랬지. 그런데 이 일을 하다보니까 직감이라는 거 믿을 만한 구석이 있다는 생각이 드네."

시경이 어깨를 으쓱이고는 낙주의 팔을 잡아 자연스럽게 바위 앞으로 데려갔다.

"형!"

시경의 속내를 알아챈 낙주가 손을 뿌리쳤다.

"낙주야, 한번 들어보기라도 해라. 우리도 같이 들게. 안 되면 힘 좀 쓰는 귀신들 좀 몇 불러오면 어떨까?"

"형, 말이 되는 소리를 해요. 귀신들은 이생의 물질에 아무런 영향도 못 미친다고요."

"그게 사실일까? 호러 영화들 보면 귀신들이 막 염력도 부리고, 순간 이동도 하고, 구름을 끌고 와서 비도 내리게 하고 그러잖아."

"형, 그건 영화잖아. 현실은 안 그래요!"

- 언니 한번 들어봐요. 우리도 도와줄게요.

낙주가 거절을 했지만 은미까지 시경을 거들었다.

- 은미야, 이건 내가 들 수 있는 게 아냐. 헤라클레스라도 못 들

거야.

- 헤라클레스가 누구예요?

- 그리스 신화에 나오는 미치도록 힘 좋은 신이야.

- 언니도 그에 못지 않을 걸요.

- 누나, 저도 도울게요.

옆에 있던 건우도 나섰다.

- 나 원 참.

- 언니, 난 황금열쇠가 언니 손에 들어간 게 우연만은 아니라는 생각이 들어요.

- 그건 또 무슨 뚱딴지같은 소리야?

- 나도 잘은 모르는데…… 그게 기원전 열쇠라면서요?

- 그런데?

- 그런 물건이면 뭐 나름 영험하지 않을까요?

은미도 제 말이 어처구니없는지 말끝에 웃음을 달았다. 더 진지하게 몰아붙였다면 낙주는 바위 들기를 거절했을 지도 몰랐다. 낙주는 세상의 모든 일이 우연의 결과라 믿는 쪽이었다. 그렇지 않은 다음에야 자신의 태생부터 용서가 되지 않았기 때문이다. 부모도 모르고 만신인 할머니 밑에서 남자보다 힘센 소녀로 자랐다. 동네 장정들 넷이서도 들지 못하는 서까래를 혼자 들어 올린 게 불과 열세 살이었을 때였다.

결국 낙주는 바위를 꼼꼼히 살폈고, 고개를 끄덕였다. 반대편에 지렛대를 끼우고 힘을 쓰면 어쩌면 조금은 들어 올릴 수도 있겠다는 생각이 들었다.

“결심했어? 역시 우리 낙주라니까.”

시경이 손바닥을 치며 낙주 옆으로 다가와 바위틈에 양손을 찔러 넣었다. 윤식도 달라붙었고, 진고랑까지 손에 침까지 뱉어가며 힘을 보탤 준비를 끝냈다.

“한 번뿐이에요.”

“그래도 몇 번 해봐야지.”

“힘은 처음 쓸 때 가장 강해요. 그다음부터는 점점 약해지는 거예요.”

“역도 경기 보면 몇 차례씩 들잖아?”

시경의 물음에 낙주가 고개를 저었다.

“그건 충분히 쉬고 다음 경기에 나가기 위한 거야. 그리고 그때는 전략적으로 힘을 분배하기도 하고. 하지만 결정적일 때는, 첫 힘에 모든 걸 걸어요. 차선이라는 건 없어요. 내가 역기를 들 때 늘 그런 심정으로 들었어요. 지금 현재가 가장 중요하다!”

바위 밑에 손을 넣은 낙주가 어깨를 바위에 기댔다. 그리고 기합을 넣더니 불끈 힘을 쓰기 시작했다. 순간, 바위가 굉음을 내며 뒤로 밀리기 시작했다. 수백수천 년을 뿌리박혀 있던 바위가 제자리에서 밀려나고 있었다.

“맙소사, 진짜 움직이잖아!”

시경과 윤식, 진고랑도 놀랐지만 은미도 놀랐다. 바위도 놀랐는지 땅과 맞닿은 면에서 뽀얗게 먼지가 일었다. 기분 때문인지 시큼한 냄새도 피어올랐다.

“여기 틈이 있어! 확실히 이건 뚜껑이라고!”

시경의 목소리가 흥분으로 떨렸다. 바위가 밀리면서 흙과 돌들이 틈

아래로 우수수 떨어져 내렸다.

낙주는 한 차례 더 힘을 쏟았다. 허벅지가 터져버릴 듯 힘을 주었고, 팔뚝의 근육들이 폭발할 듯 힘을 쏟았다. 얼굴이 터질 듯 붉게 달아올랐다. 시경과 윤식도 미약하지만 힘을 보탰다. 진고랑까지 얼굴이 발개지도록 힘을 주었다. 은미도 달라붙었고, 건우도 붙었지만, 그들의 힘이 전달된 것인지 알 수는 없었다.

"열려라!"

낙주의 입에서 굉음이 터져 나오는 순간, 낙주의 발이 닿은 바닥이 꺼지고 반대편 쪽으로 밀린 바위는 바닥이 지지대가 되어 조금씩 아주 조금씩 위로 밀려 올라갔다. 그러자 바위 밑에서 오래 삭은 과일의 냄새가 풍겼다. 바위와 강하게 결속되어 있던 흙과 돌들이 단숨에 깨져버렸다.

"이겨내야 해!"

낙주는 범처럼 포효하며 바위를 밀어붙였다. 올림픽 경기장에선 왜 이렇게 힘을 못 쏟았는지 이해가 되지 않을 정도로, 그리 길지 않은 삶을 살면서 몸 안에 차곡차곡 쌓여 있던 울분들이 터져 나왔다. 사방에서 몰려든 귀신들의 놀란 모습도 선명하게 보였다. 그렇다고 무릎의 힘이 빠지지도 않았다. 그날 올림픽 경기장에서도 지금처럼 그들의 존재를 이해하고 받아들였다면 인생이 달라졌을까. 그땐 알지 못했지만 지금은 자신이 귀신을 보고 말을 나눌 수도 있다는 사실을 받아들여서 힘이 온전하게 하나의 의지대로 쏟아진 것일 뿐일까.

낙주는 할머니의 얼굴이 떠올랐다. 큰 무당이 될 팔자라며 공부 따위 할 필요가 없다던 할머니는 부모의 존재 같은 건 몰라도 된다고 낙주를 구슬렸다. 어차피 연이 닿을 인간들이 아니라며 궁금해 할 필요 없다던 말들이 귓가에 쟁쟁했다. 과거의 서글펐던 기억들이 힘을 앗아 갈지도 모른다고 생각했는데 오히려 울분들은 낙주의 힘을 극상까지 끌어올렸다.

윤식과 시경, 진고랑은 힘을 보탤 생각도 못하고 어느새 입을 떡 벌린 채 바위와 싸우고 있는 낙주를 구경하고 있었다. 이미 인간의 영역을 이미 넘어선 낙주의 용틀임에 마침내 바위가 균형을 잃으며 반대편 쪽으로 밀려 나갔다. 그리고 어둔 구멍 하나가 나타났다.

3

모두 너무 놀라 눈조차 깜빡이지 못했다. 위례산의 정상에 있던 평범한 바위처럼 생긴 바위가 고인돌의 돌 뚜껑이었다는 사실에 놀라지 않을 사람이 누가 있을까. 각자 스마트폰의 손전등 기능을 켜고 구멍 안을 살폈다.

"어, 어떻게 계, 계단이 있는 거지?"

오랜 세월을 살아온 진고랑조차 구멍 아래로 내려가는 계단에 말까지 더듬었다. 계단은 한 사람이 겨우 내려갈 정도로 폭이 좁았다. 그러나 아무도 선뜻 계단 아래로 발을 내딛지 못했다.

"이건 아무래도 낙주가 먼저 내려가야 할 것 같아."

모두가 낙주에게 은근슬쩍 차례를 미루었다. 낙주는 일행들이 두려움에 떨고 있음을 알아챘다. 기분 나쁠 수도 있었지만, 어떤 결과로 이어지든 계단을 따라 내려가는 게 자신에게 주어진 우연이라 생각이 들어 낙주는 받아들이기로 했다. 자신의 힘은 이럴 때 사용하는 것이라는 생각마저 들었다.

"그럼 제가 먼저 내려갈 테니 조심해서 따라오세요."

낙주가 일행에게 말한 뒤 계단에 발을 내디뎠다. 수천 년 인간의 발길이 닿지 않았던 계단이 낙주의 발바닥에 닿았다. 다섯 계단을 내려가자 구멍은 왼편으로 꺾였고, 천천히 걸음을 옮기자 다시 오른편으로 꺾이며 나선형의 형태를 보이기 시작했다. 은미는 낙주의 등에 찰싹 달라붙은 채 사방을 구경했다. 건우도 뒤에 바짝 붙어서 주위를 살폈다.

- 언니, 여긴 귀신인 나도 진짜 무서워요.

- 네가 안 무서운 게 있었냐? 사람도 무섭고 다른 귀신들도 무섭다며?

- 언니도 참, 그런 차원이 아니에요. 여긴 뭐라 말할 수 없을 정도로 무서워요.

- 나도 그래. 그리고 뒤에서 졸졸 따라오는 양반들도 그럴 거고.

얼마나 걸었을까. 맨 밑바닥인 듯한 지점에 낙주의 발이 닿았다. 폰 전등을 앞으로 비춰보니 길게 이어진 복도가 나타났다. 흙 속을 거칠게 다듬은 복도였다. 복도의 끝은 어둠에 잠겨 있었다. 한 차례 통로가 다시 꺾이는 듯했다. 낙주가 마른침을 삼키자 덩달아 은미와 건우도 꿀꺽 침을 삼켰다. 낙주의 옷자락을 잡은 시경의 손이 떨리고 있었다.

"낙주야, 천천히 좀 가자."

"지금 천천히 가고 있거든요."

낙주와 일행들은 머리를 살짝 숙인 채 앞으로 천천히 걸었다. 복도는 좌측으로 꺾였다가 우측으로 꺾이고 다시 우측으로 꺾였다가 좌측으로 꺾였다. 그들이 들어온 구멍의 빛은 이제 완전히 사라져 버렸다. 안으로 깊숙이 들어갈수록 흙 비린내가 강하게 풍겨왔다. 빛에 놀란 벌레들이 흩어졌다.

"왜 이게 아직까지 보존되었을까? 선생님, 사람 손길이 닿은 흔적 없죠?"

시경이 묻자 진고랑이 고개를 끄덕였다.

"사람들에게 발각될 연이 아니었던 거겠지. 그리고 모르긴 몰라도 이렇게 알려지지 않은 무덤들이 여전히 많을 거야. 아직도 찾지 못한 백제 시대 왕족의 무덤들도 있으니까."

앞서 나가던 낙주가 걸음을 멈추었다. 원형의 커다란 방이 낙주 앞에 모습을 드러냈다. 낙주가 든 스마트폰 불빛에 방 한가운데 자리한 사각의 물체가 모습을 보였다. 윤식과 시경이 기함을 터뜨리며 스마트폰을 놓치고 말았다.

낙주는 조금씩 앞으로 다가갔다. 빛이 닿는 자리에 사각의 제단이 있었고, 그 위에 기묘한 빛을 뿜어내는 검은 상자가 놓여 있었다. 진고랑이 추측한 '궤'가 눈앞의 상자를 가리키는 듯했다.

"얼, 얼른 들고 나갑시다. 여기 느낌이 너무 안 좋아요."

"당연히 안 좋을 수밖에 없지."

잔뜩 겁에 질린 윤식을 보며 진고랑이 차분하게 말했다.

"그게 무슨 말이에요?"

"죽은 자들의 공간이니 당연히 산 자에게 좋을 리가 없지 않겠나?"

"무, 무덤이라는 말이잖아요?"

"여기까지 들어와 놓고 무덤인지 아닌지 몰랐단 말이야? 아니면 억지로 모른 척하는 거야?"

티격태격하는 사이 모두가 궤를 중심으로 빙 둘러섰다.

"형, 얼른 열어봐요."

낙주의 말에 시경이 바지주머니 안쪽에서 황금열쇠를 꺼내 들었다. 그때 윤식이 뒤돌아섰다.

"어디 가?"

"누가 뒤에서 뚜껑이라도 닿으면 어떡해요?"

"윤식아, 그 바윗돌을 낙주가 아니면 누가 들 수 있다고 그래? 문 닫힐 일 없으니 안심해."

"아, 그렇겠구나."

윤식의 행동을 막은 시경이 황금열쇠를 든 채 궤를 살피기 시작했다. 그런데 도무지 궤에는 구멍이 보이지 않았다.

"뭐, 뭔가 잘못된 거 같은데. 구멍이 안 보여!"

"구멍 없는 상자가 어디 있어요? 잘 좀 찾아봐요."

"진짜 없다니까!"

윤식의 타박에 시경이 발끈하자 진고랑이 눈살을 찌푸렸다.

"일단 궤를 옮기자고. 아무래도 빨리 나가는 게 좋겠어."

도굴로 평생을 산 진고랑의 느낌을 무시할 수 없던 시경이 얼른 궤를 들어올렸다. 궤는 시경의 품에 꽉 찼다.

"혹시 사방에서 화살 같은 거 막 날아오는 거 아니죠?"

윤식의 엉뚱한 질문에 시경이 화들짝 놀라 사방으로 눈을 굴렸다. 하지만 다행이 그런 일은 벌어지지 않았다. 그만큼 일행의 심정은 모두 다급하기 그지없었다. 수천 년 전의 보물이 맞는다면 그 값어치 또한 막대할 거란 생각 때문이었다.

나갈 때는 들어올 때와 달리 낙주가 마지막을 지켰다. 등 뒤의 어둠이 무섭다며 은미와 건우도 낙주의 앞에 섰다. 그런데 이상하게도 구불구불한 미로를 되짚어 나가던 낙주는 쉽게 발걸음이 떼어지지 않았다. 어쩌면 이 무덤은 영원히 밝혀지지 말았어야 하는 무덤인지도 모르겠다는 생각이 자꾸만 머릿속을 어지럽혔다.

"나, 낙주야, 뭐 해?"

잠깐 걸음을 멈추었는데 바로 앞에 있던 일행들이 보이지 않았다. 정신을 차리고 서둘러 걸음을 옮길 때였다. 낙주의 귀에 탁한 비명소리가 들렸다. 깜짝 놀라 재빨리 마지막으로 구부러진 미로를 돌자 지상의 빛이 희미하게 앞을 비추고 있었다. 그러나 구멍 밖으로 나갔는지 일행의 모습이 보이지 않고, 지상의 빛이 서서히 사라지고 있었다.

– 누나!

은미의 목소리를 마지막으로 지상의 빛이 모두 사라졌다.

4

꽉 막힌 바위 밑에서 여러 차례 전화를 걸어보았지만 허사였다. 낙주는 벽에 등을 기대고 앉았다. 배터리는 아직 절반가량 남아 있었지만 혹시 몰라 전원을 꺼두었다. 어둠 속에 온전히 혼자만 남겨졌지만, 두렵거나 무섭다는 생각은 들지 않았다. 낙주의 곁에는 건우가 남아 있었다.

– 건우야, 곁에 있어?

– 네.

– 은미는 먼저 나간 거지?

– 무섭다고 서둘러 나갔어요.

– 너도 무서워?

– 나도 무서워요.

– 뭔 귀신들이 그러냐? 어두운 걸 무서워하고.

– 누나도 잘 알잖아요. 우리도 살아 있는 사람들하고 똑같잖아요.

– 그래, 똑같겠지.

– 누난 안 무서워요?

– 왜 그런지 난 안 무섭다.

– 이제 어떻게 해요?

– 나가야지.

– 어떻게요?

– 들어온 곳으로 나가야지. 다만 위에서 밀 때와 다르게 아래에서 들어 올리려면 진짜 죽을힘을 다해야 할 거야.

– 도대체 누가 뚜껑을 덮었을까요?

– 모르지.

– 뚜껑을 다시 덮을 힘이 있는 사람들이 위에 있다는 말이잖아요?

– 혼자가 아니었을 거야. 짐작이지만. ……그런데 건우 너는 왜 다시 돌아왔어?

– 저희 부모님 찾아야죠. 저 혼자 힘들다는 거 깨달았어요.

– 네가 살던 보육원은 어디에 있는 거야?

– 보령에요. 걱정 마세요. 그 보육원은 아직도 있어요. 원장이라는

인간은 옛날 그대로 애들한테 못되게 굴고 있고요.

낙주는 고개를 끄덕이며 다시 꽉 막힌 바위를 올려다보았다. 시경이나 윤식이 뚜껑을 열려고 애쓸 써도 불가능한 무게였다. 결국 자신이 해결을 해야 했다. 그때였다.

- 언니…….
- 조금 전에 은미가 말하는 거 같았는데, 너도 들었지?
- 아뇨.
- 언니…….

분명 은미의 목소리였다. 낙주는 스마트폰을 켜고 어둠 속을 살펴보았다. 그러나 은미는 보이지 않았다. 건우와 축축한 석벽만이 모습을 드러낼 뿐이었다. 하지만 은미의 목소리가 다시 선명하게 낙주의 귀를 파고들었다.

- 언니! 저 묶여서 어디론가 끌려가고 있어요!

자신의 귀에만 들리는 은미의 목소리는 다급한 기색이 역력했다. 누군가가 은미를 지난번처럼 끌고 가려고 하는 듯했다.

- 건우야, 귀신을 어떻게 묶어서 가는 거야?
- 위색(葦索)이라고 있어요.
- 위색이 뭐야?
- 짚으로 꼰 새끼줄이에요.

– 짚신 만들고 그런 거? 그러니까 벼 짚단 말하는 거야?

건우가 고개를 끄덕거렸다.

– 왜 그런지 알 수 없지만 위색에는 귀신들도 꼼짝 못해요. 어쩌면 은미를 졸본으로 끌고 가려는 건지도 몰라요.
– 은미는 몸도 없잖아.
– 그러게요. 그게 좀 이상해요. 사냥꾼들은 몸 없는 귀신들은 쳐다보지도 않던데.
– 도대체 귀신들을 잡아다가 뭘 하려는 거지?
– 엄청난 일을 꾸미고 있다는 건 알지만 그 이상은 저도 잘 모르겠어요. 기도원엘 들어갈 수가 없어요.
– 도망쳤다는 귀신들은 어떻게 된 거야?
– 그건 잘 모르겠고, 아무튼 중요한 건 귀신들 몸이 그 기도원에 있다는 거 아닐까요?
– 기도원에 귀신들 몸이 있다? 그럼 그건 시체 유기나 그런 거잖아.
– 사실 그런 건지도 잘 모르겠어요.
– 좀 모순이잖아.
– 뭐가요?
– 귀신들은 몸을 못 찾아서 난린데, 거기 있는 귀신들은 몸이 거기 있는데도 도망을 나온다는 게 앞뒤가 안 맞잖아?
– 그러게요. 듣고 보니 그것도 이상하네요.
– 거기 얼마나 있어?
– 어림잡아 200명은 넘는 거 같다고 하더라고요.

- 200명?

- 더 되면 더 됐지 그보단 적지 않다고들 해요.

- 도대체 거긴 뭐 하는 데야?

- 기도원이라고 이름만 붙여놨지 딱히 뭐 하는 곳인지는 도망 나왔던 귀신들도 잘 몰라요.

- 언니…… 나 어떡해?

다시 들려오는 은미의 다급한 목소리에 낙주는 마고봉을 떠올렸다. 바위를 들어올리기는 힘에 부쳐도 봉을 위로 올려치면 바위를 깰 수도 있지 않을까 싶었다. 기이한 힘을 가진 마고봉이면 어쩌면 가능하지도 않을까 생각한 것이다.

- 언니, 나 더 이상 못 버틸 거 같아!

한 차례 더 은미의 목소리가 들려왔다. 이제 가족과 다름없는 존재가 된 은미를, 낙주는 미연이처럼 잃고 싶지 않았다.

- 은미 목소리가 들리는 걸 보면 아직 근방 어디에 있는 거 같아. 빨리 나가자.

- 누나 잠깐만요. 저 밖에 좀 나갔다 올게요.

낙주는 봉 커버를 벗기고 두 개의 봉을 꺼냈다. 그 사이 건우가 다시 무덤 안으로 들어왔다. 낙주는 건우에게 잠깐 눈길을 준 후 거두었다. 그녀는 봉 하나로 천장 쪽을 찔러보니 길이는 충분하지만 바위에 힘을 쓸기에는 길이가 짧다는 거. 다시 두 개의 봉을 연결하니 그제야 길이가 충분했다. 낙주는 계단을 타고 내려온 길과 바위의 두께를 떠올리며 불끈 봉을 움켜쥐었다.

– 단 한 번의 힘, 현재의 힘, 미친 힘!

낙주는 봉을 바닥까지 내린 후 하늘에 구멍이라도 낼 듯 강렬한 기세로 위를 향해 찔렀다. 구멍 속에서 벗어나야 한다는 생각보다는 은미를 구해야 한다는 생각이 더 강렬하게 머리를 사로잡았다. 봉이 천장에 닿는 순간, 엄청난 굉음과 함께 깨진 바위 조각들이 비처럼 쏟아져 내렸다. 깨진 바위틈으로 빛줄기가 밀려 들어왔다.

– 누, 누나는 정말 대단해요!

파편이 튀어 얼굴에 상처가 났다. 따끔거리며 피도 흘렀다. 하지만 막막한 어둠을 뚫고 빛줄기가 비친다는 사실과 은미가 붙잡혀 갔을지도 모른다는 사실 때문에 볼이 찢어진 아픔을 느낄 틈도 없었다. 낙주는 봉으로 가지를 치듯 돌들을 쳐내며 구멍을 넓혔고, 마침내 차갑고 맑은 겨울 하늘이 드러났다. 잠시 뒤 낙주는 무덤 속에서 몸을 빼낼 수 있었다.

– 누난 정말이지 이 세상 사람이 아닌 거 같아요.

깨진 바위 위에 올라서니 겨울 햇살 아래 모든 게 보였다. 윤식과 시경, 진고랑이 서로서로 등을 진 채 스무 명 남짓의 낯선 사내들에게 힘겹게 대항하고 있었다. 은미는 위색이라는 새끼줄에 결박당한 채 귀신들에게 끌려가기 직전이었다. 귀신들이 있는 힘을 다해 끌어당기고 있었고, 은미는 땅에 발을 붙이고 끌려가지 않으려고 안간힘을 쓰고 있었다.

– 은미 재는 좀 이상해요. 저렇게 버틸 수 있는 귀신은 지금까지 못 봤거든요. 보통은 위색에 손이 묶이면 그냥 속절없이 끌려가는데…….

건우의 말을 한 귀로 흘려들으며 낙주는 은미에게 달려갔다. 그리고 은미와 귀신들 사이를 연결하고 있는 위색을 향해 봉을 내려쳤다. 순간 위색이 끊어지며 은미는 은미대로 귀신들은 귀신들대로 뒤로 나가떨어졌다.

– 언니, 나 진짜 무서웠어.

건우가 재빨리 은미의 손에 결박된 새끼줄을 풀었다. 귀신들이 다시 달려들었지만 낙주의 봉에 하나둘 나가떨어지며 연기처럼 꺼져버렸다.

"누나!"

윤식의 다급한 목소리에 낙주는 쉴 틈도 없이 일행에게 달려갔다. 사내들은 하나같이 피부를 뚫고 나올 듯 우락부락한 근육을 자랑하고 있었는데, 어깨 위로 김이 무럭무럭 솟아올라 사람의 모습이라기보다 들짐승처럼 보였다. 매서운 눈빛에 한겨울임에도 반팔 셔츠 차림의 사내들은 사시미나 야구방망이 따위를 들고 일행을 향해 휘둘렀다. 윤식은 나무 몽둥이를 들고 대적하고 있었지만 이미 얼굴이 피범벅이었고, 진고랑은 오른손으로 왼팔을 감싼 채 파랗게 질려 있었다. 그나마 모양새가 나은 시경 역시 다리를 절뚝거렸다. 건우가 산 아래 등산로를 내달리는 몇몇의 사내를 가리켰다.

– 누나 저기!

한 사내의 품에 들린 궤가 보였다. 하지만 지금은 궤를 되찾을 여유가 없었다. 낙주가 두 명의 사내를 고꾸라트렸을 때, 궤를 들고 도망친 쪽은 더 이상 보이지 않았다.

"니들은 이제 죽었다. 우리 누나가 누군지 모르지?"

윤식의 말에 우두머리로 보이는 사내가 낙주를 쳐다보며 앞으로 나섰다. 무리 중에서도 유독 어깨가 넓고 키도 크고 머리도 큰 자였다.

"네년이 정낙주지? 진짜 반갑군."

사내의 말에 낙주는 긴장이 되었지만 이내 평정심을 되찾았다.

"네가 나를 어떻게 알아?"

"한 10년 기다렸나? 이 지긋지긋한 짓도 오늘에서야 끝나네."

사내가 실실 비웃음을 지었다.

"날 기다려?"

"빨리 좀 찾아오지. 진즉부터 네년 오기를 기다렸는데."

다행히 우두머리인 사내가 움직이지 않자 다른 사내들도 대치만 할 뿐 공격에 나서진 않았다. 그 덕에 시경과 윤식, 진고랑이 한숨을 돌릴 수 있었다. 낙주는 낙주대로 사내들을 어찌 공격할지 머릿속이 복잡했다.

"물건은 우리 손에 들어왔으니…… 다행히 예언이 맞아떨어졌구나. '무덤의 뚜껑을 열려면, 한 여자 역사와 태초의 봉이 필요하다. 여자와 태초의 봉이 같이 오면 천지개벽이 시작이 되리라'."

남자가 예언 같은 말을 지껄였다.

"무슨 소리야?"

"큭큭큭, 미인이라 돌머리인가?"

사내가 빈정거리듯 말하며 낙주를 향해 다가왔다. 10년을 기다렸다? 뚜껑을 열려면 여자 역사와 태초의 봉이 필요하다? 낙주는 사내의 말을 되뇌며 이들이 10년 전부터 마고봉을 든 낙주가 나타나기를 기다려왔다는 것을 비로소 깨달을 수 있었다. 정말 지독하고 무서운 존재들이었다. 도대체 이들이 이토록 집요하게 궤를 찾는 이유가 무엇인지 궁금하지 않을 수가 없었다.

"태어나서 오늘처럼 말 많이 하기는 처음이네. 애들아 묻어!"

사내의 명령에 부하들이 다시금 달려들었다. 야구방망이와 일본도를 든 놈들이 일행을 향해 공격을 가하기 시작했다. 그러나 마고봉을 단단히 움켜쥔 낙주의 표정에서 두려움을 찾을 수는 없었다.

'이년아, 계집애가 왜 허구한 날 막대기만 갖고 노냐?'

'난 이게 재미있단 말이야.'

'읍내 칠뜨기파 애들 작살냈다며?'

'그놈들 진짜 칠뜨기야.'

'하이고 이년아, 넌 여자여, 여자. 내 뒤를 잘 이으려면 몸 성히 신내림 받아야 헌단 말이여.'

'할머니, 나 무당 안 한다고 했잖아!'

'니 운명인 걸 어쩌것냐.'

'할머니나 많이 해.'

'이년아, 무당이고 뭐고 지발 사내놈들 좀 두들겨 패지 마라. 곱상하게 생긴 가시나가 어째 그렇게 사내놈들을 패고 다닌다냐. 우리 살림 거덜난다, 거덜나.'

할머니는 말은 그렇게 했어도 낙주를 적극적으로 말리지는 않았다. 낙주가 인성이 썩은 망나니 같은 놈들만 상대한다는 것을 알았기 때문이다. 언제나 상대가 먼저 시비를 걸었고, 결과는 우스웠다. 낙주의 주먹 한 방이면 죄다 나가 떨어졌다. 떼거리로 몰려와도 나무 작대기 하나면 그만이었다.

일본도가 허공을 가르며 짓쳐들었다. 낙주가 마고봉으로 처내자 일본도는 간단하게 두 동강이 났다. 일본도를 쥐고 있던 건달이 놀라 뒤로 물러났다. 마고봉에 부딪친 알루미늄 야구방망이도 중간이 휘어져 버렸다. 보다 못한 우두머리 놈이 사시미를 들고 달려들었지만 낙주의 힘이 실린 마고봉에 손목이 맞아 덜렁거렸다.

낙주의 활약에 잠시 쉴 틈이 생긴 윤식이 걱정스런 눈으로 시경을 쳐다보았다. 힘이 빠져 주저앉은 시경의 허벅지는 피로 흥건했다.

"형 괜찮아?"

"괜찮아…… 그런데 저것들 이상하다."

시경의 말대로 낙주의 마고봉에 허리가 꺾이고 팔이며 무릎 관절이 부서져도 비명을 지르지 않았다. 우두머리 역시 손목이 부러져 덜렁거리는데도 고통을 느끼지 못하는 듯했다.

"아무래도 약에 취한 거 같아."

사내들은 부상당한 몸을 끌고도 포기하지 않고 낙주에게 달려들었다. 낙주가 휘두른 마고봉에 턱이 찢어져 피가 튀고, 목이 꺾이고, 어깨뼈가 움푹 꺼져도 그들은 지치지 않고 낙주를 공격했다. 낙주는 어느새 땀으로 흠뻑 젖은 채 씩씩 숨을 몰아쉬었다. 그때 사내들의 뒤편에서 기계음이 들려왔다. 우두머리의 사내가 물러나며 폰을 귀에 가져다 대었다.

"……네, 알겠습니다."

사내는 폰을 바지 주머니에 쑤셔 넣은 후 사시미로 낙주를 가리켰다.

"넌 언젠가 내가 죽인다. 애들아, 철수다."

우두머리의 한마디에 사내들이 일말의 주저도 없이 썰물처럼 뒤로 물러섰다. 그리고 낙주를 경계하며 등산로를 달려 도망치기 시작했다. 부상당한 사내들은 몸 성한 사내들에게 의지한 채 걸음을 옮겼다.

"니들 도대체 정체가 뭐야?"

낙주가 물었지만 사내는 콧방귀만 뀌었다.

"미친한 것, 네년이 알 거 없다. 가자!"

쫓아가 작살을 내고 싶지만 낙주는 포기할 수밖에 없었다. 모두 부상이 심했다. 시경과 윤식, 진고랑은 부러지고 찢어지고 피 범벅이었다.

"저놈들 우리가 무덤 안으로 들어갔을 때부터 밖에서 기다렸어."

윤식이 이를 덜덜덜 떨며 말했다.

"10년 전부터 기다리고 있었대."

낙주의 말에 시경이 눈을 부릅떴다.

"10년? 그게 무슨 말이야?"

"태초의 봉을 가진 여자 역사를 기다려왔다."

낙주와 우두머리의 대화를 들었던 진고랑이 대신 말했다.

"아까 그놈들은 낙주랑 마고봉을 기다린 거야. 이 문을 열 수 있는 사람과 봉을 기다린 거지. 자그마치 10년 동안."

긴장감이 풀린 낙주가 일행 털썩 주저앉았다. 어느새 사내들의 흔적은 보이지 않았다.

"10년 동안 준비해 왔던 놈들이야. 그러니 이렇게 간단하게 궤를 뺏기고 말았지."

– 언니, 저 남자들 뭐 하는 작자들이었을까? 언니를 10년 기다렸다는 건 또 뭐야? 진짜 무서운 인간들이네.

다행히 사내들에게 끌려가지 않은 은미는 낙주에게서 떨어질 줄을 몰랐다.

넋이 빠진 듯 먼 산을 바라보고 있는 진고랑의 얼굴도 군데군데 상처가 컸다. 머리가 깨진 윤식의 얼굴은 아예 피범벅이었다. 다행히 멈췄는지 피는 더 이상 흐르지 않았다. 윤식은 깨끗한 눈을 손으로 떠서 얼굴에 묻은 피를 닦아냈다.

"귀신이랑 뭔 사업을 한다고 했을 때부터 각오를 하긴 했지만……."

눈으로 닦았지만 여전히 불그죽죽한 얼굴을 한 윤식이 투덜거렸다.

"얼른 내려가서 병원부터 가자."

시경이 진고랑을 일으켜 세웠다.

"김 형사, 그 궤 찾을 수 있을까?"

"찾아야죠. 저것들이 대한민국 김시경 형사를 아주 우습게 생각했다는 게 괘씸하네요."

"대한민국 김시경 형사! 그럴듯하네요."

윤식이 히죽거리자 시경이 발끈했다.

"너 내가 시경 강력계에서 날렸다는 거 모르지?"

"알 수가 있나요? 제가 범죄를 저질러서 죄인으로 팀장님 만났으면 알려나?"

"나 농담하는 거 아냐."

"저도 농담하는 거 아니에요."

어느새 기운을 차린 시경과 윤식이 티격태격 말을 주고받으며 산을 내려가기 시작했다.

- 누나, 아무래도 그 인간들이랑 귀신들 졸본 기도원에서 온 작자들 같아요.

- 그렇겠지. 적어도 10년 전부터 기다렸으니 아주 지독한 작자들이라는 말이지. 소름이 돋는 게…….

- 소름이 돋아요? 왜?

- 우린 저쪽을 모르는데 저쪽은 우리를 속속들이 알고 있는 거 같잖아. 우리도 저놈들이 누구인지 알아야 할 거 같아. 그래야 뭐든 대비를 할 수 있을 거야.

- 남자들 중에 한둘은 졸본에서 본 것도 같아요.

- 졸본이라…….

네 명의 사신

1

동지가 지났다. 밤이 가장 긴 날을 귀신들은 싫어한다고 하는데, 그건 사람들이 만들어낸 미신이었다.

윤식은 찢어진 정수리 부근을 8센티 정도 꿰맸고, 시경은 오른쪽 무릎이 깨져 깁스를 했다. 진고랑도 팔을 열일곱 바늘이나 꿰맸다. 진고랑은 하루 종일 초점 잃은 눈으로 허깨비처럼 행동했다. 그건 시경도 마찬가지였다. 희대의 보물을 손에 넣었는가 싶었는데 눈앞에서 빼앗겼으니 그럴 법도 했다. 한 가지 위안이라면 궤를 열 수 있는 열쇠를 빼앗기지 않았다는 것 정도였다.

"짐작이지만 그 궤는 우리가 가지고 있는 열쇠 없으면 못 열 거야."

"그냥 깨부수면 되지 않겠어요?"

어떤 대책도 세우지 못한 채 시간만 흘렀다. 사실 대책을 세울 것도 없었다. 궤를 찾으려면 졸본으로 가야만 할 거 같았다. 그러나 낙주는 졸본에 관한 이야기는 꺼내지 않았다. 사내들을 찾아 나서자는 말도 하지 않았다. 언젠가는 결심을 해야 하지만 목숨을 담보로 내놓아야 한다는 걸 다들 알고 있었다. 게다가 시경이 이리저리 수소문을 해보았지만 생김새만으로 위례산에서 낙주 일행이 나타나기를 기다린 사내들의 정체를 확인할 수도 없었다. 귀신들이라면 더 말할 필요도 없었다. 막연하게 졸본으로 가야 한다고만 생각할 뿐, 어떤 확증이나 증언 따위가 없으니 망설일 수밖에 없었던 것이다.

방금 끓인 라면 여덟 개를 탁자에 올려놓고 일행이 빙 둘러 앉았다.

"누나는 도대체 몇 개를 먹어야 만족해?"

"너랑 다른 사람이 하나씩 먹으면 되잖아. 나머진……."

"누나가 다섯 개를 먹고?"

윤식이 낙주를 보며 고개를 절레절레 저었다.

"덩치라도 있으면 내가 말을 안 해. 그냥 약간 키 큰 보통 여자 몸 어디로 라면 다섯 개가 들어가는 거야?"

"이것도 적어. 평소엔 일곱 개쯤?"

"허긴 힘이 그냥 나오는 게 아니지."

진고랑의 수긍에 시경도 맞장구를 쳤다.

"윤식아, 낙주랑 살려면 우리 돈 많이 벌어야 한다."

진고랑이 입에 라면을 잔뜩 물고 낙주에게 물었다.

"그런데 그 물들인 군복 입었다던 귀신은 안 왔어?"

"선생님은 참, 입에 뭐 물고 말하지 말라니까요."

"김 팀장, 입에 뭐 물고 있을 때 생각나는 걸 어쩌나? 아무튼 그 귀신 연락 없어?"

진고랑의 말이 끝나기 무섭게 검은 군복 차림의 남자가 불쑥 책방 안으로 들어왔다. 사내 곁에는 소녀도 같이 서 있었다. 둘이 같이 돌아다니는 모양이었다. 낙주는 귀신들이 사람들보다 더 외로움을 탄다는 말을 들은 적이 있었는데, 혼자보다는 둘이 나을 터였다.

– 쩌기 영매님.

사내는 낙주를 보고 영매라 불렀다.

– 영매 아니라니까 자꾸 그렇게 부르면 일 안 봐줘요.
– 아, 알았어. 내가 수소문할 수 있는 데까지 해봤는데, 내가 마지막으로 머물렀던 곳이 남영동이더라고.
– 남영동?
– 거기 대공분실이라고 있었는데, 거기서 기억이 끝이여.
– 지금은 거기 없어졌잖아요?
– 그러게. 그래도 거길 가봐야 하지 않겠나? 거기서 기억이 끊어졌으니까.
– 언니, 라면 맛있어요?

소녀가 불쑥 끼어들었다.

– 맛있긴 하지만 몸엔 안 좋아.
– 몸에 안 좋아도 한번 먹어봤음 좋겠다.
– 옛날에 못 먹어봤어?
– 엄마는 맨날 시장에서 국수만 사줬어요.
– 국수도 다 같은 밀가루야.

– 국수는 1000원, 라면은 2000원이라고 국수만 사줬거든요.

낙주는 라면 그릇을 테이블 위에 내려놓았다. 윤식과 시경이 무슨 일인가 싶어 낙주를 빤히 쳐다보았다. 낙주가 입을 닦고 검은 군복의 사내와 소녀가 찾아왔다고 말했다.

“뭐 남영동? 거기서 죽었다면 시신 찾기 힘들 텐데…….”

“김 팀장, 군복 친구가 여의도 금괴 있는 데 알려준다는 그 친구지?”

“맞아요. 그런데 남영동이면 무슨 일이 벌어졌었는지 아는 사람들이 굉장히 드물어요. 지금이야 어느 정도 밝혀졌다지만 그래도 세상에 드러나지 않은 일들도 많거든요.”

“그래도 대한민국 김시경 형사라면 알아낼 수 있지 않을까요?”

윤식이 기대감 어린 눈빛으로 묻자 시경이 찔끔한 얼굴로 말했다.

“그, 그야 그렇지만…… 남영동으로 끌려간 기록이 없으면 정말 찾기 힘들어.”

“기록이 없을까?”

“기록에 없는 사람들도 있어요. 가족들도 모르고. 그러니까 그때 어떤 사건인지 모르겠지만 사건을 담당했던 수사관 몇몇만 아는 거예요.”

“그래, 그런 시절이 있었지.”

진고랑이 씁쓸한 얼굴로 고개를 끄덕였다.

– 쩌기 영매, 아니 낙주 씨.

사내가 이번에는 낙주의 이름을 불렀다.

– 좋네요. 그렇게 부르세요.

– 실은 나도 크게 희망은 안 갖고 있어요. 하지만 나도 얼른 소멸돼서 다른 뭔가로 환생이라는 걸 하고 싶거든요. 환생했다는 귀신을 만난 적이 없으니 그것도 진실인지 모르겠지만, 아무튼 오래전에 남영동에서 일했다는 귀신을 만난 적이 있어요. 그 귀신한테 죽었으니까 진실을 말해준다고 하면서 들은 이야긴데, 진실인지 모르겠지만, 아무튼 그때 남영동이 공식적으로다가 7층까지 있었는데 나는 8층 그러니까 옥상층에 갇혀 있었다고 하드라고요. 그때 나를 담당했던 수사관 이름도 알려줬는데, 이근배라고 했어요. 죽을 때까지 이름을 몰랐거든요. 그 사람이라면 내 몸을 어디에 숨겼는지 알 수 있지 않을까 싶어요.

"흠, 그 정도면 잘하면 찾을 수도 있을 거 같은데…… 양 형사가 잠깐 대공 쪽에서 일한 적이 있거든."

낙주가 사내의 말을 전달하자, 시경이 젓가락을 놓고 스마트폰을 들었다. 냄비 안의 라면은 어느새 바닥을 드러내고 있었다. 연결음이 잠시 이어지더니 양 형사의 목소리가 스마트폰에서 들려왔다.

"잠복중이라고? 수고가 많다. 혹시 너 남영동 쪽 사람들 좀 알고 있냐?"

시경의 얼굴이 잠시 굳어졌다. 진고랑과 윤식, 그리고 낙주와 귀신들이 시경의 얼굴을 뚫어지게 쳐다보았다.

"그래, 낙주랑 이야기한 거야. 맞아, 좀 알아봐줘. 이름이 이근배야."

시경의 통화가 계속될수록 사내의 얼굴에 미소가 걸렸다. 곁에 서 있던 소녀도 덩달아 좋아했다. 귀신들 세계에서도 외로움을 달래고자 새로운 가족이 탄생하는 모양이었다.

"그렇겠지. 시신을 몰래 빼내서 화장했을 가능성도 커. 그래도 수사관들도 사람이니 갖다 버리진 않았을 거야. 그 정도 기록은 남아 있지 않을까? 그래, 수고 좀 해줘. 고맙다. 다시 전화하자고."

시경이 통화를 끝낼 때였다. 진고랑이 갑자기 벌떡 일어서며 소리쳤다.

"그 궤 말이야. 그거 유골함이야!"

"네?"

일행이 무슨 뚱딴지같은 소리냐는 듯 쳐다보자 진고랑이 얼른 『대인국왕본기』를 들고 와 펼쳐보였다.

"이제야 생각났어. 여길 봐. 단웅부인이 아들 둘을 데리고 백두산 부근으로 남하했다는 말이잖아. 실제로 그 이전에는 백두산 위로 훨씬 더 먼 곳이 우리 땅이었다는 설도 있고 그러긴 했지. 그랬다면 책에 기록된 대로 남하했다는 게 맞지. 아무튼 단웅부인이 백두산 부근으로 남하했고 백제국이라는 나를 세운 후 통치하다 죽었다는 말인데, 단웅이 어떻게 통치를 했고 얼마나 큰 나라를 세웠었는지에 대한 구체적인 기록은 전설처럼 전달되는 게 전부야. 그때 모두 다섯 나라가 세상을 지배했다는 이야기도 전설이고. 다만 여기."

그가 책장을 넘겨 한곳을 가리켰다.

"해석하면 그녀는 61세에 죽었다. 그녀의 주검을 함에 담아 영원을 약속했다. 하늘과 땅의 이치로도 깨지지 않으나 단 하나의 열쇠만이 함을 열 수 있다. 함이 열리는 날, 새로운 왕이 부활한다."

"부활?"

"그래, 부활."

"에이, 그런 건 이제 코흘리개도 안 믿어요."

"그렇겠지. 사람이 부활한다면 그건 누구도 믿지 않겠지. 하지만 귀신이 부활한다면?"

진고랑의 말에 낙주는 전신에 소름이 돋았다. 그건 뭔가 세상이 뒤집어질 것만 같은 문장이었다.

"귀신이 부활해서 뭘 해요? 그래봐야 귀신인데."

윤식이 투덜대자 시경이 거들었다.

"우리가 위례산 정상에서 빼앗긴 궤에 단웅부인 유골이라도 들어있다는 말인가요?"

"그럴지도 모른다는 거지."

"그럼 그 유골이 우리한테 무슨 소용이 있어요? 그냥 뼛가루잖아요."

잔뜩 긴장을 했던 시경이 의자에 털썩 주저앉았다. 하지만 낙주는 전신의 소름이 잦아들지 않았다.

- 은미야, 귀신도 부활할 수 있어?

- 처음 듣는 소리예요. 윤식이 총각 말대로 귀신이 부활해서 뭘 해요? 그냥 귀신인데?

검정 군복의 사내도 은미를 거들었다.

- 그 말은 일리가 있네요. 귀신이 사람으로 부활하면 모를까 귀신이 귀신으로?

- 언니랑 아저씨는 하나만 알고 둘은 몰라요.

그때 사내의 곁에 서서 손가락을 빨고 있던 소녀가 입을 열었다.

- 무슨 소리야?

- 귀신이든 사람이든 부활 못 해요. 그것들은 씨앗이고 도구라 그랬어요.

- 씨앗이고 도구라고?

- 누구한테 그런 말을 들었어?

- 삼식이 할머니한테서요. 나 불쌍하다고 데리고 다니던 할머니예요.

- 그 할머니는 어디에 있어?

- 모르겠어요. 나보고 빨리 몸 찾기를 바란다고 하구선 사라졌어요.

- 귀신이 씨앗이고 도구라…… 그럼 댁들이 위례산에서 빼앗겼다는 그 궤에 씨앗이고 도구가 들어 있다는 말인가? 그리고 그 궤를 열 열쇠는 다른 곳에 있고?

시경이 바지 앞 춤을 뒤져 열쇠를 꺼내 들며 진고랑의 의견에 반론을 했다.

"그런데 궤에는 열쇠 구멍 같은 게 없었잖아요?"

모두 열쇠를 쳐다보았다.

"나도 그 궤에 뭐가 들어 있는지는 알 수 없지. 다만 짐작하고 추측하는 거 죽기보다 싫어하지만, 내 예감은 궤에 단웅부인의 유골이 들어 있을지도 모른다는 거야. 그 유골이 씨앗이고 도구라는 건 내 생각에도 아무래도 과장 같고."

진고랑이 맥이 빠진 듯 소파에 주저앉자 윤식이 말했다.

"선생님, 왜 그래요? 엄청 대단한 걸 찾아낸 사람처럼 굴더니."

"그렇다고 그게 뭘 증명하는 건지 알 수가 없잖아. 설령 궤에서 뭐가 나온다고 해서 달라질 게 있을까 싶기도 하고. 중요한 건…….”

진고랑이 낙주를 쳐다보며 말을 이었다.

“궤를 빼앗아 간 놈들은 자네랑 자네 봉이 나타나기를 10년을 기다렸다는 사실이야.”

진고랑의 마지막 말에 낙주는 다시 소름이 돋았다. 낙주는 벽에 걸린 시계를 쳐다보았다. 어느새 시계바늘이 자정을 넘어가고 있었다. 은미가 목소리가 들려온 것은 그때였다.

- 언니, 누가 몰려와요. 엄청 많아요!

밖으로 달려 나가는 은미를 따라 낙주도 마고봉을 챙기고 서둘러 입구 쪽으로 향했다. 깜짝 놀란 일행도 낙주의 뒤를 따랐다. 책방 문을 열자 매서운 겨울바람이 달려들었다. 인근 상가들은 전부 문이 닫혀 있었다. 도로에는 지나가는 차량이 없었다. 흔한 고양이 한 마리 눈에 띄지 않았다. 쓰레기들만이 세찬 바람에 이리저리 텅 빈 도로 위를 날아다녔다. 낙주는 힐끗 하늘을 올려다보았다. 손을 뻗으면 잡을 수 있을 것 같은 둥근 보름달이 거리를 샅샅이 비추고 있었다.

- 언니, 저기!

은미의 말에 낙주가 한곳을 바라보았다. 시경과 윤식, 진고랑의 눈도 낙주를 따라 움직였다. 그들의 시선이 닿은 곳에 엄청난 수의 무리가 책방 쪽으로 다가오고 있었다.

“저, 저 사람들 뭐지?”

시경의 눈에 도로의 절반을 가득 채운 채 밀려오는 사람들이 보였다. 하지만 나머지 절반을 꽉 채운 귀신들은 시경의 눈에 보이지 않았다. 사람과 귀신들이 뒤섞인 무리가 책방을 향해 밀려오고 있었던 것이다.

"반대편 차선은 귀신들로 채워져 있어요."

낙주가 눈에 보이는 모습을 말하자 일행이 눈을 부릅떴다.

"맙, 맙소사!"

"저것들이 왜 여기로 오는 거야?"

"전부 저한테 꼭 붙어 있어요. 알았죠!"

낙주가 일행을 향해 신신당부를 하며 은미에게도 말했다.

- 은미야, 너도!

- 언니, 저 사람들 이상해!

점점 책방을 향해 다가오는 무리들이 선명하게 보이기 시작했는데, 귀신들보다 오히려 사람들이 묘해 보였다. 귀신들은 그저 귀신들이었는데 사람들은 일반적인 사람들이 아니었다. 그들은 대부분 지팡이를 짚고 있었고, 지팡이로 바닥을 두드리며 걷고 있었다.

"얼레, 저 사람들 전부 장님들인데?"

윤식의 말에 지그시 눈을 뜨고 사람들을 살피던 진고랑이 뒷걸음질치다가 책 더미에 걸려 넘어졌다.

"저들은 판수야. 판수!"

"그게 무슨 말이에요?"

"저 사람들 전부 판수라고! 다 사라졌던 판수들을 누가 어디에서 불러모은 거지? 아무튼 옛날엔 판수하는 사람들 대부분 장님이었다고 내가 말했었잖아!"

"판수들이 왜?"

판수로 보이는 무리가 반대편 도로를 꽉 채운 채 책방을 향해 밀물처럼 몰려왔다. 그리고 20여 미터 남짓 거리를 두었을 때, 무리가 걸음을 멈추고는 땅바닥에 앉았다. 대신 귀신들이 앞으로 나왔고, 장님들 뒤에 서 있던 장정들이 그들을 비집고 빠져나왔다. 어디선가 길고 긴 단음의 피리소리가 울려 퍼지며 장님들이 입에서 주문이 흘러나오기 시작했다.

"나모라 다나다라 야야

나막알야 바로기제 새바라야 모지사다바야 마하 사다바야 마하가로니가야

옴살바 바예수 다라나 가라야 다사명 나막 까리다바 이맘 알야 바로기제 새바라 다바

니라간타 나막 하리나야 마발다 이사미

살발타 사다남 수반 아예염 살바보다남 바바말아 미수다감 다냐타

옴 아로계 아로가 마지로가 지가란제 혜혜하례

마하모지 사다바 사마라 사마라 하리나야……."

장님들의 주문에 진고랑이 눈을 부릅떴다.

"낙, 낙주야. 저건 다라니경이야. 판수들이 귀신들 잡을 때 쓰는!"

판수들의 주문이 거대한 물결처럼 몰려오기 시작했다. 그들의 목소리가 밤을 지배하기 시작했다. 검은 군복의 사내와 소녀가 몸부림을 쳤고, 은미는 풀썩 주저앉았다. 누구인지 모르나 그들은 은미를 잡으러 온 게 분명했다.

- 아니, 귀신들 잡는 주문이면 저쪽 귀신들도 꼼짝 못해야지!
- 언니, 쟤네들 잘 봐. 귀를 다 막았어!

낙주는 귀신들의 면면을 살폈다. 긴 꼬챙이가 귀에 박혀 있는 귀신이 있는가 하면, 말뚝이 박힌 귀신들도 있었다. 천으로 머리를 칭칭 감은 귀신이 있는가 하면, 헤드폰 따위를 쓴 귀신들도 보였다.

- 그게 가능해??
- 귀신들끼리는 가능한 거 같아요.
- 귀신들끼리?
- 자기 스스로는 못해도 다른 귀신이 말뚝을 박아주거나 꼬챙이를…….

낙주는 몸서리치는 은미를 품에 꼭 끌어안았다.

퍽, 퍽, 판수들의 경에 밤거리를 비추던 가로등들이 하나둘 깨져나가기 시작했다. 거리에 몰아치던 겨울바람도 달빛도 주문의 기세에 밀려나고 있었다. 판수들의 경이 사방으로 뻗어나가며 건물이나 구석 곳곳에 숨어 있던 귀신들이 쏟아져 나왔다. 그들은 고통에 몸부림치거나 길바닥에 널브러졌다. 검은 군복과 소녀도 아예 정신을 잃고 바닥에 쓰러졌다. 은미는 낙주를 붙잡고 가까스로 버티고 있었다.

판수들 뒤에서 나타난 사내들이 윤식과 시경, 진고랑을 향해 다가왔다. 윤식이 재빨리 품에서 가스총을 빼들었다. 시경은 책방 셔터를 내리는 쇠막대기를 들며 진고랑을 보호했다. 하지만 모두가 아직 환자들이었다. 시경은 아직도 깁스를 풀지 못한 상황이었다.

"이건 형사 짓 할 때보다도 어떻게 더 자주 사고가 터지냐? 위험도 백배 천배 더 심하네."

시경이 투덜거리는 사이 그들과의 거리는 손에 닿을 듯 좁혀졌다.

은미를 향해 귀신들이 달려들었다. 은미를 반드시 지켜야만 하는 낙주는 은미를 향해 달려다는 귀신들을 향해 가차 없이 마고봉을 휘둘렀다. 그런데 은미에게 닿은 손을 겨우겨우 떼어내기만 할 뿐, 낙주의 봉은 귀신들을 떼어내지 못했다. 봉의 힘이 약해진 것이다.

– 주문 때문인 것 같아요! 우리도 도망가지 못하고 하고, 언니 마고봉도 힘 못 쓰게 하는…….

은미는 필사적으로 낙주에게서 떨어지지 않으려 애썼다. 무게감이나 압박이 전혀 느껴지지 않는데도 낙주는 진땀을 흘렸다. 봉을 휘둘러도 귀신들은 봉을 두려워하지 않았다.

낙주는 시경과 윤식 등에게 신경을 쓸 겨를이 없었다. 그들은 이미 사내들에게 포위당해 있어 얼굴이 보이지도 않았다. 잠시 뒤 귀신들을 가까스로 뜯어내며 시경 쪽을 살펴보니 사내들이 하나둘 물러나는 모습이 보였다. 그리고 시경의 바지가 벗겨져 있었다. 빨리 그들에게 가봐야 한다고 생각했지만 낙주는 빈틈도 주지 않고 달려드는 귀신들에게서 은미를 보호하느라 걸음을 옮길 수가 없었다.

"누나! 누나!"

윤식이 애타게 낙주를 불렀지만 대답조차 할 수가 없었다. 그들이 보기에 낙주는 땀을 뻘뻘 흘리며 허공에 대고 혼자 봉을 휘두르며 춤을 추고 있는 것처럼 보일 뿐이었다.

귀신들은 일반적이며 물리적인 형태를 넘어서서 공격해왔다. 그들의 공격이 낙주에게는 아무런 의미가 없었지만 상식을 넘어선 형태로 밀려 들어왔다. 귀신 위에 귀신이 올라서고 그 위에 귀신이 올라서는 방식이었다. 빈틈이 있다면 그 빈틈을 파고들며 손을 뻗었다. 낙주는 처음으로 은미가 공포에 질려 떨고 있음을 피부로 느꼈다. 은미의 감정이 고스란히 전달되었다. 그래서 더더욱 일행에게 가지 못하고, 귀신들을 밀어내며 그들을 살필 수밖에 없었다. 세 남자는 이미 차가운 길바닥에 쓰러져 있었다. 나은 지 얼마 안 된 상처들이 다시 터져 얼굴은 이미 피투성이였다.

"낙주야, 나 어떡해? 원통해서 어떻게 사나? 낙주야!"

시경의 넋두리가 귓속을 파고들었다. 그때 은미가 떨어져나가는 느낌이 들었다. 낙주는 무의식적으로 한 손을 뻗어 은미를 붙잡으려고 했다. 낙주에게서 떨어진 은미를 향해 귀신들이 득달같이 달라붙었다. 그 순간이었다. 판수들의 경이 점령한 괴기스러움을 한순간 산산조각 내는 소리가 들려왔다. 인간들은 들을 수 없는 비명이 은미의 입에서 터져 나왔다. 빛을 발하던 주위의 모든 전등이 일시에 깨져버렸으며, 그녀에게 달려들던 귀신들이 탄성 좋은 공처럼 모두 튕겨져 나갔다.

은미의 위용에 놀란 것일까. 귀신들이 슬금슬금 은미에게서 물러날 즈음 피리 소리가 들려왔다. 그러자 판수들이 자리를 털고 일어나 어둠의 저편 쪽으로 물러나기 시작했다. 다가올 때보다 더 빠른 속도로 그들은 어둠을 몰고 사라졌다. 낙주는 봉에 몸을 의지한 채 새카만 어둠을 노려보았다.

2

시경은 테이블 위에 펼쳐놓은 가방 속에 대검 두 자루를 넣었다.

"팀장님, 어쩌려고요?"

가방 속에는 이미 가스총 두 자루와 충정봉 등의 무기가 들어 있었다. 그러나 현실적으로 지난밤의 무리들을 상대할 수준의 무기들은 아니었다.

"내 이 새끼들을 모조리 죽여버릴 거야."

"김 형사, 그렇게 감정적으로 처리할 일이 아니잖아."

진고랑이 고개를 저으며 말했다.

"선생님, 열쇠가 아까워서가 아니에요. 살다 살다 이런 무법천지는 처음입니다. 내가 오만 잡범들을 다 잡아봤지만 그놈들은 법으로 뭘 어떻게 해볼 수 있는 인간들이 아니에요. 선생님도 보셨잖아요."

시경의 말을 흘려들으며 낙주는 거리를 내다보았다. 눈이 내리고 있었다. 지난밤의 일을 지워버리려는 듯이 새벽부터 길은 물론 건물과 쓰레기들까지 모두 뒤덮으며 눈이 내리고 있었다. 은미는 여전히 낙주에게 바짝 붙어 떨어지려 하지 않았다. 건우는 구석에 앉아 자신의 머리만 쥐어뜯었다.

"내가 아주 작살을 낼 거예요."

"그놈들이 어디 있는 줄은 알고?"

"졸본이라는 곳에 있겠죠."

"김 형사…… 우린 저들에 대해 아는 게 너무 없어. 이럴 때일수록 차분하게 대처해야 해."

진고랑이 거듭 만류할 때 시경의 폰이 울렸다. 안산의 양 형사였다.

"지금은 길게 통화 못해. 그러니까 짧게 말해봐."

통화를 이어가던 시경의 얼굴이 창백했다.

"뭐? 그때 대공분실에서 근무했던 수사관이 그러니까 이 동네에 산다고?"

일행의 눈이 일제히 시경에게로 쏠렸다.

"폐지랑 고물 주우며 살아? 그게 말이 돼? 얼마나 악독한 놈인데. 알았어. 얼른 주소나 불러! 서울시 동대문구 황학동……."

"우리 동네 맞아. 안쪽으로 들어가면 허름한 단독주택들이 몇 채 있는데…… 고물을 집에 잔뜩 쌓아놓는 노인이 있는데 그 노인인가?"

진고랑이 더듬더듬 기억을 꺼내 놓는 사이 시경이 통화를 끝냈다.

"낙주야, 그 군복 아직 안 돌아왔어?"

시경의 물음에 낙주가 고개를 끄덕였다. 어젯밤 장님 판수들이 급습할 때부터 군복 귀신의 모습이 보이지 않고 있었다.

"빌어먹을, 하는 일마다 다 엉망이네."

시경이 무기를 챙기던 가방을 손바닥으로 후려치며 짜증을 낸 뒤, 의자에 털썩 주저앉았다.

"경찰기동대라도 동원할 수 있었으면 충분히 모두 잡아 처넣었을 수 있었는데."

무의미한 푸념이었다. 다른 힘이 필요하다는 자각을 할 만큼 상대는 무시무시한 존재들이었다. 윤식도 진고랑도 심지어 은미도 열쇠를 찾아야겠다고 선뜻 나서지 않을 정도로. 낙주는 할머니가 떠올랐다. 귀신과 닿아 있고 귀물과 연관된 일이라면 누구보다 할머니 전문 분야라는 생각이 들었다.

"가자!"

낙주는 결심을 한 듯 어깨에 마고봉을 걸쳤다.

"어딜?"

"부안에."

"거긴 왜?"

"우리 할머니한테 가야겠어."

"할머니? 할머니가 무슨 힘이……."

윤식이 말끝을 흐렸다. 시경도 맥 빠진 눈으로 낙주를 쳐다보았다. 진고랑은 여전히 『대인국왕본기』를 펼쳐놓고 있었다. 글을 읽는 것인지 그냥 시선을 두고 있는 것인지 알 수가 없었다.

"안 가요?"

"그러니까 할머니한테 왜 가냐고?"

"열쇠랑 궤랑 찾아야 하잖아요."

"어떻게?"

"우리 할머니 무당이에요. 아주 큰 무당."

낙주의 말에 가장 먼저 반응을 보인 건 책 속에 머리를 처박고 있던 진고랑이었다. 그리고 시경이 엉거주춤 의자에서 일어났고, 윤식도 덩달아 몸을 일으켰다. 그때였다. 사라졌던 검은 군복의 사내와 소녀가 다시 나타났다.

- 은미 씨, 낙주 씨가 어디 간다는 거야?

- 언니, 어디 가요?

- 할머니한테 간대.

- 할머니? 거긴 왜?

- 우리 괴롭힌 놈들한테서 물건 찾으러 간대.

– 할머니가 찾아준대?

– 아니, 나도 잘 몰라. 아무튼 그 귀신하고 판수들하고 전쟁하러 가겠다는 말 같았어.

마침내 주저하던 시경과 윤식이 낙주의 뒤를 따라 책방을 나섰다. 그 뒤를 은미와 군복의 사내 그리고 소녀가 따라갔다. 맨 마지막에 진고랑이 책방의 셔터를 내렸다.

승합차가 부안의 부여농원으로 들어선 것은 한 해의 마지막 날인 12월 31일 정오 무렵이었다. 일행의 눈앞에 너른 자갈밭이 펼쳐졌다. 그리고 자갈밭 왼편 깊숙한 곳에는 수백 년은 됨직한 느티나무가 가지를 넓게 벌리고 있었다.

"낙주야, 저 나무 당산나무 같은데?"

"형, 당산나무도 아네."

"너도 참, 내 나이가 몇인데 당산나무를 모르겠냐."

"맞아. 우리 할머니 사당 지켜주는 당산나무야. 900년쯤 된 느티나무인데 당산나무 역할을 하고 있지."

"900년? 와, 거의 천년을 산 나무네. 저 나무는 우리 인간들이 얼마나 우스울까?"

시경의 탄성에 낙주는 피식 웃으며 승합차에서 내렸다. 하지만 검정 군복의 사내와 소녀는 차 밖으로 나오질 못했다.

– 왜 그래요?

은미가 묻자 군복 귀신이 당황한 얼굴로 말했다.

- 왜 그런지 모르겠는데 발을 내릴 수가 없어요.
- 뭔가 저희들을 못 내리게 막고 있어요.
- 저는 내렸는데요.
- 그것 참 이상하네.

낙주는 언젠가 할머니에게서 들었던 말이 떠올랐다. 잡귀들은 함부로 사당 근처엔 발을 디디지 못한다는. 아무래도 군복 사내와 소녀가 차에서 내리지 못하는 이유도 그 때문인 듯했는데, 한편으로 거리낌 없는 은미를 보며 고개를 갸웃하고 말았다.

- 일단 차에서 기다려요. 할머니한테 물어볼게요.

둘을 차에 놔두고 낙주와 은미는 일행의 뒤를 따라갔다. 시경과 윤식, 진고랑은 사내와 소녀가 차에서 내렸는지 내리지 못했는지 알 턱이 없었다.

"누나, 주차장이 굉장히 넓은데요."

윤식이 주위를 둘러보며 말했다.

"지금은 겨울이라 넓어 보이지만 여름만 되면 안 그래."

"여름엔 사람이 많이 찾아와요?"

"그게 아니라, 잡초가 올라와서 완전히 풀밭이 되거든. 바닥이 안 보일 정도로."

낙주의 말에 윤식은 길쭉한 사당을 이리저리 살폈다. 농원 입구 전봇대에 외등 하나가 달려 있어 사람이 살고 있다는 표식이 있을 뿐 인기척이라곤 느껴지지 않았다. 그들이 걸음을 옮기자 당산나무 아래 자리 잡은 개집들에서 개들이 우르르 나왔다. 덩치도 제각각이고 몸피며 색도 제각각인 녀석들이 차에서 내리는 사람들을 보고도 말똥말똥 구경만 할 뿐 짖지 않았다. 겨울 햇살이 자갈 마당 위로 쏟아져 내렸다.

"여기가 할머니 집 맞아요?"

윤식이 재차 물었다.

"맞아. 내가 태어난 곳이기도 해."

전체적으로 거무튀튀한 사당은 일자형이라 사당이라기보다 전통 가옥을 기숙사나 펜션으로 개조한 느낌이었다. 특이한 점이 있다면 댓돌이나 주춧돌의 크기와 높낮이가 다르다는 점이었다. 건물 오른편 댓돌은 계단처럼 깎여 있는데 보통 사당들의 댓돌과 달리 여섯 단이나 되었다.

한낮이었지만 거무튀튀한 사당만 덩그러니 놓여 있는 풍경 때문에 조금은 을씨년스러웠다. 사당 뒤는 대나무 숲이 감싸고 있었고, 당산나무를 마주보는 오른편엔 복숭아나무가 가지를 늘어트린 채 그들을 맞이했다.

- 언니, 개들이 왜 안 짖어요?
- 너, 개 무서워해?
- 무서워하진 않지만 좋아하지도 않아요.
- 할머니가 그러는데 저 개들은 귀신만 보고 짖는대.
- 저도 귀신이잖아요?
- 그러게 좀 이상하긴 한데, 걔들도 사람이건 귀신이건 너무 오랜

만에 봐서 그저 반가운 모양이지.

– 귀신들 중엔 나만 차에서 내릴 수 있는 것도 그렇고, 기분이 좀 이상한데 나쁘지는 않아요. 왜 그런지 모르겠지만 여긴 다른 귀신들도 보이지 않네요.

낙주는 은미의 말을 듣고 사당 주변을 둘러보았다. 예전엔 알지 못했는데 은미의 말처럼 서울에서 수없이 봤던 귀신이 전혀 눈에 띄지 않았다.

"이 사당 좀 독특하군. 꼭 검은 사당이라고 이름 지으면 맞을 거 같아."

진고랑이 유심히 사당을 살피며 말했다.

"목재들 대부분이 번개 맞은 대추나무로 지은 거라 그래요."

낙주가 진고랑에게 설명을 하며 오른편 계단 쪽으로 걸음을 옮겼다. 다른 사람들과 은미도 졸졸졸 그의 뒤를 따랐다.

"할머니!"

낙주가 소리치는 순간이었다.

"낙주냐?"

할머니의 목소리가 기다렸다는 듯이 들려왔다. 사당 안에서 흘러나온다기보다 사당 전체가 말을 하듯이 울리는 느낌에 일행들이 멈칫했다.

그리고 굳게 닫혀 있던 사당 옆문이 와락 열리며 발이 먼저 쓰윽 나타났다. 낙주의 할머니 재명이 문밖으로 나왔다. 낙주를 제외한 나머지 사람들과 은미가 입을 벌리고 그녀를 쳐다보았다. 사당의 출입문이 유독 컸던 이유도, 댓돌이나 주춧돌이 남달랐던 이유도, 목소리가 사당을 울렸던 이유도 그제야 이해한다는 얼굴들이었다.

재명은 낙주와는 완전 달랐다. 일반 남성보다도 머리통 하나는 더 큰 거구에 백발의 머리카락을 자랑하고 있었다. 낙주와 재명이 조손지간이니 어느 정도 닮은 구석이 있을 법한데, 두 사람은 닮은 구석이라고는 눈을 씻고 찾아도 찾을 수가 없을 정도였다.

"낙주 이것아!"

재명은 낙주를 보자 와락 끌어안았다. 두 사람이 끌어안고 있는데 가만 살펴보니 눈매가 그나마 닮은 듯도 했다.

"소식도 없이 지내더니 이게 얼마만이냐?"

"하루가 멀다 하고 꿈속까지 찾아와서 밥 먹었냐, 잠은 잘 자냐고 물은 건 누군데?"

"내가 그랬냐?"

"할머니도 참."

낙주와 재명이 오랜만의 안부를 나누는 동안, 세 남자는 사당 안을 둘러보았다. 흔한 법당이었다. 단청이 있고 제단이 있는. 한 가지 다른 모습이 있다면 제단 위에 놓인 초상화들이었다. 초상화 밑에 그들의 이름이 적혀 있었다.

"단군, 단웅부인, 주몽, 온조, 견훤, 박혁거세, 왕건, 이성계…… 팀장님, 저 초상화들 전부 건국 시조들인데요."

윤식이 시경에게 속닥거렸다.

"그러게."

시경도 낮게 대답하며 처음 보는 낙주의 할머니 재명을 살폈다.

"우리 낙주, 객지 생활하니까 얼굴이 많이 상했네 그려."

"할머니, 난 잘 먹고 잘 자고 잘 살고 있으니까 걱정 붙들어 매셔."

"그건 그래요. 라면을 혼자 여섯 개씩 먹는데……."

윤식이 혼잣말처럼 중얼거렸지만, 재명은 못 들은 척하며 일행을 둘러봤고, 곧바로 눈을 반짝이더니 옷매무새를 정리하더니 은미에게 큰절을 올렸다.

"백제님, 먼 길 오셨습니다."

재명의 말에 낙주가 눈을 부릅떴다.

"할머니, 은미가 보여?"

"이년이! 백제님한테 은미가 뭐여?"

"백제님? 고구려, 신라, 백제 할 때 백제?"

"이년아, 그게 아니라 다섯 나라를 통치하던 다섯 분의 왕이 있었는데 그중의 한 분이고, 귀신들의 왕이기도 하다는 거야."

"다섯이 누군데?"

"백제, 청제, 흑제, 적제, 황제가 있는데 이렇게 다섯 분을 오제라고 헌다."

"흰색, 파란색, 검은색, 빨간색, 노란색?"

재명이 낙주를 한심스런 눈빛으로 쳐다보다가 곧 은미를 향해 다시 공손히 머리를 조아렸다. 그러자 은미가 어색한 눈빛으로 재명에게 말을 걸었다.

– 저, 할머니 제가 보이세요?

– 백제님, 말씀 놓으세요.

– 백제라니요?

– 백제님은 오제의 한 분이시자 귀신의 왕이십니다.

– 네? 언니, 할머니가 뭐라고 그러시는 거야?

- 그러게, 우리 할머니 망령 들려면 아직 멀었는데.
- 이년아! 네 백제님이시고 네 몸주이시다. 아직도 그걸 몰랐냐?
- 몸주?
- 그래 이년아, 얼른 절 올려!
- 아니, 그게 저 제가 절을 받을 게 아니라…….

은미가 손사래를 쳤지만, 재명의 말은 단호했다.

- 백제님의 지난 시간은 오늘 낙주를 받아주시기 위함이셨습니다.
- 제가 언니를요?
- 언니 아닙니다. 그저 영매일 뿐입니다.
- 할머니!

몸과 눈만 움직이는 셋의 대화를 남자들은 눈을 멀뚱거리며 구경했다.

"은미가 뭔가 대단한 존재인가 본데?"

- 전 그저 언니한테 제 몸 좀 찾아달라고…….
- 백제님께서 여기까지 오신 이유도 이미 알고 있습니다. 그리고 반드시 여기까지 오셨어야 했습니다. 저를 만나야 비로소 억겁의 긴 세월 동안 쓰셨던 탈을 벗으실 수 있기 때문입니다.
- 아니, 할머니 난 그냥 은미라는 사람이에요. 그리고 난 지금 이대로가 좋아요.
- 안 됩니다, 백제님. 백제님은 백제님으로서의 그릇이 따로 있습

니다.

– 아이 참, 이게 아닌데…….

혼란스러워하는 은미를 보며 재명이 푸른 가지들이 성성한 채를 집어 위로 번쩍 들어 올렸다. 채를 휘두르면 은미가 자신의 존재를 명확하게 인식하게 될 터였다.

– 잠, 잠깐만요! 당분간, 제가 가진 이 영혼을 구할 수 있을 때까지 당분간만!

그러나 재명이 채를 휘두르려는 순간, 은미가 재명을 막아섰다. 이미 사당에서 재명을 만나고, 이야기를 나누면서 서서히 자신의 존재를 인식하기 시작했기 때문이다. 은미는 자신이 오랜 세월 여러 사람으로 환생해 왔었다는 사실을 비로소 깨달을 수 있었다. 그 여러 사람들의 운명이 매번 고달팠다는 것도, 지금의 탈인 은미도 억울한 삶을 살다 사라졌다는 사실도, 또한 자신으로 인해 자신의 탈이 되어주었던 사람들은 죽어서도 몸을 가지지 못했다는 사실도 은미는 깊이 깨달을 수 있었다.

– 백제님, 정말 잘 오셨습니다. 이년아, 얼른 절 안 올려?

재명의 일갈에 낙주가 화들짝 놀라 은미를 향해 절을 올렸다. 그러자 세 남자도 저도 모르게 덩달아 절을 올렸다.

- 자꾸 이러면 나 도망갈 거예요!
- 백제님, 무슨 특별한 연유라도 있으십니까?

재명이 은미를 향해 물을 때였다. 사당 밖에서 길고 가는 피리소리가 들렸다. 얌전하던 마당의 개들이 짖기 시작했다. 그러자 재명이 제단 곁에 세워놓았던 지팡이를 들며 일행을 돌아보았다.

“낙주야. 마고 챙겨라. 백제님 오셨다고 잡귀들이 마중 나온 모양이다.”

재명이 쪽문이 아닌 사당의 정문을 와락 열어젖혔다. 어느새 사당으로 들어설 때까지 청명하던 하늘에 먹구름으로 가득했다. 그리고 재명의 말처럼 사당 주변으로 귀신들이 바글바글 모여든 모습이 선명하게 보였다.

문제는 세 남자였다. 시경과 윤식, 진고랑은 눈앞에 펼쳐진 풍경에 입을 떡 벌리고 말았다.

“팀, 팀장님, 저, 저거 보여요?”

“허허허, 내, 내가 어떻게 귀신들을 볼 수 있는 거지?”

“맞, 맞죠? 저것들 사람이 아니라 귀신이죠? 이거 살 떨리는데요.”

“김 형사, 내 평생 이렇게 어이없는 건 처음이네. 내가 귀신들을 다 보게 되다니. 개벽할 일이네.”

당황해서 횡설수설하는 남자들을 향해 진고랑이 버럭 소리쳤다.

“이것들아, 너희들은 애초 다 같이 만날 운명이었어. 백제님이 여기 와서 백제임을 깨닫게 되고 흘러간 시간을 찾으며, 너희들도 따라서 개안을 한 거여. 왜냐고? 너희들이 바로 백제님을 보필할 사신이기 때문이여, 사신!”

"네? 사신이 뭔데요?"

"할머니, 저희는 그냥 귀신들하고 사업이나 하려던 것뿐입니다."

윤식과 시경이 무슨 말인지 모르겠다고 하자 재명이 다시 발끈했다.

"뭘 하든 사신이여!"

그때 낙주가 마고봉을 꺼내 들며 사당 밖으로 한 발을 내디뎠다.

"그런데 저것들이 백제님을 어찌 알고…… 은미라는 몸이 이리 온 걸 알고 찾아왔을 뿐인가?"

재명이 혼란스런 눈으로 귀신들을 살피며 혼잣말을 중얼거렸다. 달리 해석할 방법이 없었다. 누군가 낙주 일행을 따라붙었다는 말이었다. 그게 귀신이든 사람이든 그건 중요하지 않았다. 은미가 백제임을 각성하고 주위의 네 명이 사신임을 깨닫게 되었다면, 이제는 두려울 게 없었기 때문이다.

– 언니!

– 언니 아니라잖아요.

– 언니 안 하면 나도 백제 안 할 거야.

은미가 낙주를 향해 투정을 부리듯 말할 때였다. 길고 긴 단음의 피리 소리가 들려오기 시작했다.

5.

신들의 세계

백제신의 몸주

1

낙주는 사당 밖에 몰려든 귀신들을 보는 순간, 언젠가 은미가 들려준 이야기가 떠올랐다.

– 언니, 우리 쪽에도 왕따 같은 게 있어요.
– 왕따? 귀신계의 왕따?
– 그래요.
– 왕따라는 말을 아는 걸 보면 아주 옛날 귀신은 아닌 것도 같고. 그래, 어떤 귀신들이 왕따 당하는데?
– 사회랑은 좀 달라요. 왕따라기보다 스스로 숨는 거죠.
– 그건 왕따라고 하는 게 아니라 히키코모리라고 해야 맞지. 그런데 귀신들이 뭐 하러 스스로 숨어?
– 죽을 때 잘못 죽어서 그래요.
– 그게 무슨 말이야?

- 교통사고 같은 거요. 깨끗하게 죽으면 모를까, 몸이 완전히 부서져서 죽으면 그 몸으로 귀신 생활을 해야 하잖아요. 그래서 우리 사이에서는 그런 농담도 해요.

- 무슨?

- 과거로 돌아갈 수 있다면 딱 죽기 바로 직전으로 돌아가고 싶다고요.

- 왜?

- 옷을 좀 제대로 차려입고 죽을 수 있게요. 화장도 폼 나게 하고 말이에요. 물에 불어서 죽으면 물에 팅팅 분 몸으로 돌아다녀야 하는데, 생각만으로도 끔찍하지 않겠어요?

- 그렇겠네. 그런데 귀신 세계에서는 딱히 외모가 중요한 건 아니잖아?

- 언니도 참, 사람 사는 거랑 우리들 사는 거랑 별반 다르지 않다고 제가 몇 번을 말해요. 그래서 왕따도 생기는 거예요.

낙주는 은미의 이야기가 그럴듯해 고개를 끄덕였었다. 그런데 지금 그런 끔찍한 귀신들이 눈앞에 있었다. 온전한 몸으로 죽지 못한 기이한 몰골의 귀신들이 앞마당뿐만 아니라 둘레까지 빽빽하게 채우고 있었던 것이다.

"누, 누나 귀신들은 원래 저런 모습이야?"

태어난 처음으로 귀신을, 그것도 엄청난 수의 끔찍한 귀신들을 본 윤식이 말을 더듬으며 물었다. 얼굴 반쪽이 사라진 귀신, 팔이 떨어진 귀신, 몸이 반쪽만 남은 귀신, 눈 코 입이 없는 귀신, 얼굴이 피범벅인 귀신, 대나무처럼 마른 귀신, 다리를 잃은 귀신…… 끔찍한 몰골을 한 수천의 귀신들에 세 남자는 아예 낙주의 등 뒤에 숨어 앞으로 나설 생각도 못했다. 하지만 처음의 끔찍한 느낌도 잠시, 낙주가 한숨을 내쉬며 말했다.

- 본래 저들도 울고 웃고 화도 내고 마음 아파하던 사람들이었겠지.

- 그럴 거예요. 누군가의 아빠이거나 엄마이기도 했을 거고, 누군가의 자식이기도 했을 테죠. 다만 죽을 때 흉측하게 죽은 거뿐인데…….

- 그런데 저들은 왜 여길 못 떠나는 거지? 사고로 죽었으면 진즉 화장도 하고 그랬을 거 아냐?

귀신들이 마치 사당을 보호하고 있는 보호막을 뚫고 들어오기라도 하려는 듯 보이지 않는 허공을 향해 몸부림치고 있었다. 재명이 복숭아나무 채를 단단히 움켜쥐었다. 그때 진고랑이 갑자기 무리 앞으로 나가더니 책상다리를 하고 앉았다.

"할머니 저거 뚫리면 어떡해?"

"뚫리기야 허겄냐. 그래도 이 할미가 여기 터 잡고 한 번도 뚫린 적이……."

재명의 말이 끝나기도 전이었다. 물이 잔뜩 든 풍선이 퍽, 하고 터져 물이 쏟아져 나오듯이 무형의 벽에 가로막혀 있던 귀신들이 와르르 사당 쪽으로 쏟아지기 시작했다. 귀신들이 낙주 쪽으로, 정확하게 말하자면 낙주의 등 뒤에 숨은 은미를 향해 달려들었다.

- 언니, 나 어떡해?

은미는 낙주의 등에 바짝 달라붙어 몸을 떨었다. 낙주는 이제 귀신의 떨림을 온전히 느낄 수 있었다.

- 지난번처럼 비명 질러서 귀신들 나가떨어지게 할 수 없어?
- 몰라, 왜 그런지 안 돼. 비명을 지를 수가 없어. 언니 어떡하면 좋아.
- 너 잡아가도록 내버려두지 않아!

낙주는 양손으로 마고봉을 단단히 쥐고 두 다리를 벌리고 섰다.

- 은미야, 저 귀신들 왜 못 떠나고 있다고 그랬지?
- 나 아무 말 안 했는데?
- 뭐라고 하지 않았나? 아무튼 왜 여길 못 떠나는 거야? 몸이 헤지고 더러워졌으면 얼른 떠나고 싶을 텐데. 사고로 죽은 사람들이면 몸도 그냥 있었을 거고.
- 언니는 지금 이 판국에 그게 궁금해?

귀신들이 몰려들었다. 재명이 복숭아나무 채를 휘둘렀다. 흉측한 귀신들의 모습에 시경과 윤식은 아무짝에도 소용없었다. 두 사람은 낙주의 발치에 머리를 처박고 어깨를 떨 뿐이었다.

낙주는 마고봉을 휘둘렀다. 마고봉에 맞는 족족 귀신들은 눈에 보이지 않을 정도로 멀리 날아갔다. 하지만 아무리 낙주가 노력해도 귀신들의 수는 너무 많았다.

- 얼른 말해봐!

- 언니도 참. 나 진짜 무섭단 말이야!

- 나도 무서워. 하지만 그걸 알면 뭔가 다른 수가 생길 것도 같아서 그래.

마고봉을 한번 휘두를 때마다 낙주의 몸에서 기운이 쑥쑥 빠져나갔다. 그야말로 인해전술이었다. 낙주는 은미에게 몰려드는 귀신들의 얼굴을 보면서 문득 깨달았다. 저 모습으로는 이승을 떠날 수 없다는 것을. 훗날 윤회의 시간을 거쳐 다른 존재로 태어난다 하더라도 지금의 모습으로 태어날까 두려워할 수밖에 없는, 살아 있는 인간들은 물론, 생전의 모습대로 온전하게 죽은 귀신들을 부러워하고 질투할 수밖에 없는 모습들이었다. 귀신들은 언젠가 낙주가 무너질 것이라는 사실을 알고 있는 듯 악착같이 달려들었다. 귀신들은 혹은 귀신을 부리는 자들은 그 점을 알고 있는 듯했다.

복숭아나무 채를 휘두르는 재명의 힘도 점점 약해지고 있었다. 시경과 윤식은 여전히 두려움에 질려 바닥에 머리를 박고 있었고, 진고랑은 뭘 하는지 고개를 푹 숙인 채 눈을 감고 있었다. 결국 귀신들을 물리치는 건 오로지 재명과 낙주의 몫이었다. 귀신들의 손이 낙주의 머리와 어깨, 허리에 닿았다. 그 손길을 고스란히 느끼는 탓에 낙주의 몸은 땀으로 푹 젖고 말았다. 은미는 낙주의 등 뒤에 간신히 달라붙어 그녀의 몸과 함께 이리저리 흔들렸다. 귀신들은 어둠처럼 저항할 수 없는 형태로 밀려들었다. 하지만 살아 있는 사람들을 상처 입히지는 못했다. 그들의 목적은 오로지 은미였다.

- 백제님, 사당 안으로 들어가세요!

버티고 버티던 재명이 결국 다급하게 말했다. 귀신 몇몇쯤은 매서운 눈초리만으로도 물리칠 재명이었지만, 더 이상은 버틸 수 없었던 것이다.

- 언니, 나 사당에 들어가?

낙주는 힐끔 사당 입구 쪽을 쳐다보았다. 하지만 이미 사당 입구는 검은 귀신들로 가득했다.

- 저 귀신들은 왜 검은색이야?
- 검다고?
- 저 검은 귀신들 저승사자야?

낙주가 마고봉을 휘두르면서 은미에게 물었다. 은미가 그제야 뒤를 돌아다보았다. 아닌 게 아니라 사당 입구 쪽에 이목구비가 분명하지 않은 검은 귀신들이 진을 치고 있었다.

- 진짜 검네. 눈도 입도 잘 안 보이고.
- 저것들 뭐야?
- 나도 몰라. 검은 형체의 귀신은 처음 본다고.

봉을 휘두르던 낙주가 힘이 빠졌는지 삐끗하며 바닥에 엎어졌다. 인간의 힘을 뛰어넘는 낙주였지만, 그것도 이미 바닥난 지 오래였다. 귀신들이 그 틈을 놓치지 않고 은미를 향해 달려들었다. 그때였다. 갑자기 진고랑의 입에서 난생처음 들어보는 목소리가 튀어나왔다.

"비형! 비형! 비형!

비형, 나모라 다나다라 야야 비형!

나막알야 바로기제 새바라야 모지사다바야 마하 사다바야 마하가로니가야 비형!

옴살바 바예수 다라나 가라야 다사명 나막 까리다바 이맘 알야 바로기제 새바라 다바 비형!

니라간타 나막 하리나야 마발다 이사미 비형!

살발타 사다남 수반 아예염 살바보다남 바바말아 미수다감 다냐타 비형!

옴 아로계 아로가 마지로가 지가란제 혜혜하례 비형!

마하모지 사다바 사마라 사마라 하리나야……."

진고랑이 앉은 자리에서 높은 톤으로 불경을 읊기 시작했다. 그의 굵은 목소리가 울려 퍼진 순간이었다. 밀물처럼 밀려들던 귀신들이 깜짝 놀라 한 발 두 발 주춤거리며 물러서기 시작했다.

– 비형이라니?

– 비형? 비형이 뭐지?

– 비형이 비형이지, 뭐긴 뭐야?

– 저건 후렴구 같은 거야.

- 후렴구는 또 뭐야?
- 노래에서 후렴구. 되풀이되어 리듬을 만들어내는 후렴구 말이야.

본능적인 두려움에 몸을 떨며 수군대던 귀신들 중에서 모자를 푹 눌러 써서 눈이 보이지 않는 귀신이 우쭐대며 말했다.

- 아냐, 어디서 들은 이름이야.
- 어서 듣긴…… 혹시 신라 시대 때 그 비형?
- 귀신이랑 논다는 그 인간?
- 그게 노는 거야? 귀신을 데리고 지 맘대로 한 거지.
- 귀신도 죽일 수 있다는 그 비형?

진고랑의 입에서 흘러나오는 경문과 함께 귀신들의 수군거림이 점점 증폭되더니 마당을 채우기 시작했다. 비형이라는 단어는 주문의 후렴구처럼 흘러나와 귀신들의 무리를 파고들 듯 퍼져나갔다.

- 비형, 그 전설적인 귀신잡이!
- 맞아, 그 비형! 염라도 당할 재간이 없다던 그 비형!

삽시간에 귀신들 사이에서 비형이라는 이름이 흘러넘쳤다.

- 비형이다!

귀신들이 비명을 지르기 시작했다. 은미에게 달려들던 귀신들도 허겁지겁 달아나기 시작했다. 그럴수록 진고랑의 주문은 더 강렬해졌다.

"비형, 나모라 비형!
나막알야 바로기제 새바라야 비형!
모지사다바야 마하 사다바야 마하가로 니가야 비형!
옴살바 바예수 다라나 가라야 다사명 비형!
나막 까리다바 이맘 알야 바로기제 새바라 다바 비형!
니라간타 나막 하리나야 비형! 마발다 이사미 비형!
살발타 사다남 수반 아예염 살바보다남 비형! 바바말아 미수다감 다냐타 비형!
옴 아로계 아로가 비형! 마지로가 지가란제 혜혜하례 비형!
마하모지 사다바 사마라 사마라 하리나야 비형 비형 비형……."

진고랑의 주문이 천둥처럼 울려 퍼지자 귀신들의 머리 위로 먹구름이 빠르게 모여들기 시작했다. 기이하게도 사당의 하늘 위만 새카맣게 구름이 끼었을 뿐, 그 너머는 사방이 환했다. 곧이어 구름 속에서 붉은 번개 하나가 귀신들의 머리 위로 떨어졌다. 번개를 맞은 귀신들이 비명조차 내지 못한 채 연기처럼 사라졌다. 한 번 번개가 번쩍일 때마다 귀신 하나가 사라졌다.

- 비, 비형이 왔다!

떼로 몰려들던 귀신들이 삽시간에 흩어지기 시작했다. 서로를 밟고 서로를 통과하고 서로의 안위나 상태 따위 돌보지 않고 귀신들이 황급히 사방으로 도망가기 시작했다. 귀신들로 가득했던 사당이 텅 비어버리는 것은 순식간이었다.

2

낙주 일행은 넋을 놓고 붉은 번개의 춤을 구경했다. 귀신들의 줄어들면서 번개도 산발적으로 번득였다.

"선생님, 비형이 저 번개를 말하는 거예요?"

윤식은 귀신들을 향해 내리치는 번개를 보며 놀라 정신이 없었다.

"아냐. 저건 비형이 다스리는 자연 현상 중 하나일 뿐이야."

"그럼 비형이라는 게 뭐냐고요?"

"실제로 존재했던 인물인지 아닌지는 나도 잘 몰라."

진고랑이 이마에 맺힌 땀방울을 훔치며 말했다. 그의 백발이 푹 가라앉아 머리통에 딱 달라붙어 있었다. 머리까지 푹 젖은 몰골이었다.

"번개 하나에 귀신 하나, 진짜 대단하네요! 이건 완전히 토르네요."

시경은 제자리에 가만히 서 있지 못하고 부산스럽게 움직이며 말했다.

"가만히들 좀 앉아 있어!"

재명의 일갈에 그제야 어수선하던 분위기가 가라앉았다.

마당으로 노을이 길게 들어와 그들의 발을 적셨다. 마른 목을 적실 물병이 돌자 거친 숨들이 조금씩 잦아들었다. 모두 계단 턱에 앉아 붉게 젖어드는 서편 하늘을 바라보았다.

"비형은 말이야……."

진고랑이 재명을 쳐다보며 말끝을 흐리자 재명이 대신 대답을 했다.

"비형은 귀신을 제 맘대로 부릴 수 있는 신라 때 사람이야."

"왕이 벼슬을 줬는데도 벼슬엔 관심 없고 황천 언덕에 가서 귀신들과 놀던 사람이지."

진고랑이 학문적인 해석을 마저 했다.

"좋아요, 그런데 이름만 말한다고 귀신들이 도망가요?"

"그만큼 무서운 존재라는 거지."

"그래도 비형이라는 인물이 나타난 것도 아니고, 신라 때면 자그마치 1,500년 전 사람이잖아요."

좀 전까지 귀신들을 보고 벌벌 떨던 윤식이 의외다 싶을 정도로 꼬치꼬치 물었다.

"비형은……."

진고랑이 이번에도 대답을 하지 않고 재명을 쳐다보았다.

"비형은 나타나야 할 순간엔 나타난다고 알려져 있어."

"그런 이상한 말이 어디 있어요?"

"신라 때도 워낙 까칠한 사람이었다고 알려져 있어. 왕이자 아버지가 불러도 가지 않았을 정도이니까. 그러니까 비형은 한순간 악귀가 될 수도 있고 선귀가 될 수도 있다는 거야. 다행히 비형이 낙주를 귀여워하니까 우리 편이라 말할 순 있을 거야."

재명의 설명에 윤식이 깐죽거리듯이 물었다.

"비형을 진짜 보신 적 있어요?"

낙주의 얼굴이 빨갛게 달아올랐다. 윤식의 얼굴은 할머니와 살던 시절 자신이 할머니에게 대들 때의 그 표정이었다. 그러거나 말거나 재명은 그저 희미하게 미소를 지었다.

"딱 한번 오셨었지."

재명의 말에 낙주가 깜짝 놀란 표정을 지었다. 낙주도 그런 말을 듣기는 처음이었기 때문이다.

"에이, 진짜 1,500년 전 사람을 보셨다고요?"

윤식이 다시 빈정거리자 시경이 발끈해 소리쳤다.

"인마, 귀신들도 보았으면서 왜 그래?"

하지만 진고랑 역시 재명을 빤히 올려다보며 궁금한 듯 물었다.

"진짜로 보셨습니까?"

비형이라는 이름을 불러 귀신들을 쫓아낸 진고랑마저 한번도 본 적이 없었기 때문이다.

"봤지."

재명이 단호하게 말했다. 그때 곰곰이 생각에 잠겨 있던 시경이 진고랑을 향해 인상을 찌푸렸다.

"그런데, 진 선생님. 지난번에 귀신들이 떼지어 습격했을 때는 왜 비형을 안 부르셨어요?"

"맞다. 그때 비형을 불렀으면 됐잖아요!"

윤식이 맞장구를 치자 진고랑이 한숨을 내쉬며 대답했다.

"아까도 이야기했잖아. 나타날 준비가 되어 있어야 나타난다고! 나도 비형 그 양반 부르고 싶었지. 그런데 일절 느껴지지 않으니 못 부를 수밖에. 그 양반이 누가 부를 줄 알고 24시간 내내 대기를 하고 있겠어? 안 그래? 음의 기운이 기하급수적으로 높아지면 나타나고 그러는 거 같아. 원래 귀신잡이셨으니까. 그리고 내 파동이 약하면 불러도 소용이 없고. 나도 한껏 고양되어 있어야 그분을 부를 수 있다는 거야. 아무튼 앞으로 자주 나타나실 거 같아."

"이거 우리는 단순하게 귀신들 한풀이나 해주자고 덤벼든 건데. 뭐가 꼬여도 단단히 꼬였어."

윤식이 진고랑의 설명을 들으며 투덜거렸다.

- 언니, 고마워. 모두 고맙다고 좀 전해줘.

낙주의 등 뒤에서 몸을 떨던 은미가 말했다. 낙주는 은미를 보며 할머니가 은미를 잘못 보고 있다는 생각이 들었다. 은미는 그저 거리에서 흔히 볼 수 있는 귀신, 그 이상도 이하도 아니었기 때문이다.

"은미가 고맙대요."

낙주의 말이 끝나자마자 은미가 일행들 앞으로 나서더니 반절을 했다. 그러자 귀신을 볼 수 있게 된 일행들이 얼결에 그녀의 반절을 받았다. 하지만 재명은 화들짝 놀라 큰절로 그녀의 반절을 받았다.

"백제님이 저희에게 고마울 게 뭐가 있습니까? 이 무지한 것들이 뭘 몰라 그러니 용서하세요."

재명은 은미의 얼굴을 제대로 쳐다보지도 못했다.

- 할머니, 아니에요. 제가 무엇이든 간에 고마운 건 고마운 거죠.

- 실은 그게 백제님께서 마음만 먹으면…….

재명은 슬쩍 은미를 쳐다보며 말끝을 흐렸다. 재명이 보기에 은미는 자신이 백제라는 인식은 얼핏 한 것 같지만 완전히 자신의 존재를 깨우치지는 못한 듯했다. 백제는 마고와 같은 존재였다. 세상을 창조한. 마고봉을 들 수 있는 유일한 존재인 낙주가 이 시대에 태어난 건 백제 역시 이 시대에 개안이 된다는 뜻일 터였다. 그러나 아직은 준비가 안 되어 있단 말인가?

– 할머니, 자꾸 백제, 백제 하지 마세요. 나라 이름으로 불리니까 더 이상해요. 그냥 은미라고 하세요.

– 그럴 수 없습니다. 백제님은 백제님이시니까요.

– 그럼 저 도망갈 거예요. 할머니가 누구보다 잘 아시겠네요. 우린 도망가면 귀신도 못 찾는다는 걸요.

– 할머니, 은미 말대로 해요.

낙주가 은미를 두둔했다. 귀신을 볼 수 있게 되었지만, 귀신의 말을 들을 수는 없는 진고랑과 시경, 윤식은 몸 둘 바를 몰라 쩔쩔매는 재명과 부끄러움에 몸을 배배 꼬고 있는 은미를 구경할 수밖에 없었다.

– 이년아, 백제님을 백제님이라고 부르는 게 당연하지!

– 할머니, 백제님이 싫다고 그러잖아요.

– 참말로, 말세네. 말세여. 아니, 백제님을 백제님이라고 못 부르면 어쩌란 말인가?

재명이 복숭아나무 채로 제 가슴을 두드렸지만, 은미는 제 뜻을 굽힐 생각이 없어 보였다.

– 제가 무엇이든 간에 그냥 은미라고 부르세요.

– 그, 그럴 수는 없습니다. 세상에는 인간의 법도가 있듯이 귀신의

세계에도 엄연히 위와 아래 법도가 있습니다.

- 아이 참, 할머니! 그러면 나 정말 사라질 거예요.

- 그게 그러시면 안 되는데, 낙주의 몸주이시라 도망가신다 해도 다시 와야 하는데…….

- 할머니, 귀신도 사람하고 다르지 않다고 했잖아요?

- 맞지요.

- 제가 사람이었다면 이런 상황 아마 굉장히 싫었을 거 같아요. 게다가 제가 대단한 존재라고 생각하지도 않고요. 그러니까 그냥 은미라고 부르세요.

- 그, 그건…… 휴, 그럼 은미님이라고 부르겠습니다.

- 은미님? 할머니 손녀는 저를 그냥 은미라고 부르는데, 할머니가 저를 은미님이라고 부르면 이상하지 않아요? 군인들 말로 위계질서가 없잖아요.

- 그래도 은미님이라고 부를 수도 없다면 제가 이 사당을 떠나겠습니다.

은미와 호칭에 대해 설왕설래하던 재명이 벌떡 몸을 일으키자 낙주가 눈을 동그랗게 떴다.

- 할머니, 갈 데 있어?

- 이 할미가 갈 데가 없겠냐. 강릉에서도 무주에서도 오라고 하고, 오라는 사람 많다.

- 다 무당들이잖아.

- 무당이 무당을 찾아가지 그럼 누굴 찾아가?

"누나, 도대체 무슨 이야기들 나누는 겁니까?"

답답한 심사를 견디지 못하고 윤식이 물었다.

"우리 할머니가 은미를 어떻게 부르는지 문제로 말씨름하고 있어."

세 사람이 턱을 주억거렸다.

- 할머니, 좋아요. 그러면 은미님까지 봐줄게요.

- 감사합니다.

결국 은미의 허락에 재명은 다시 은미에게 큰절을 올리려 했다.

- 할머니, 자꾸 이러지 말라니까요! 언니가 절 그냥 은미라고 부르는 것처럼 저 역시 손녀 취급해 달란 말이에요.

- 참말로 백제, 아니 은미님은 제가 못할 짓만 골라 하시라고 하시네요.

- 은미야, 그냥 할머니한테 져주라. 은미님이라고 부르시는 것만 해도 많이 발전한 거지.

낙주가 참다못해 중재에 나섰다. 은미는 팔짱을 낀 채 침묵을 지키다가 결국 입을 열었다.

- 좋아요. 다만 언니가 저 부를 때 반말한다고 야단하지 않으신다는 조건이면 그렇게 할게요.

재명이 낙주를 쳐다보았고 낙주는 은미를 바라보았다.

– 다른 해결책은 없어요. 제 말대로 하세요. 네?

은미가 재촉하듯 묻자 재명은 마지못해 고개를 끄덕일 수밖에 없었다.

"귀신들이 눈에 보이니까 더 안 좋네."

윤식이 투덜거렸다.

"뭐가?"

"무성영화 보고 있는 기분이잖아요. 아니, 진짜 무성영화라면 변사라도 나와서 뭐라 뭐라 들려줄 텐데, 여기선 아무 이야기도 못 듣잖아요. 손짓 발짓은 기본에 삿대질도 하는데 전혀 이해가 안 되니 답답하잖아요."

"윤식아, 이해하려 들지 마. 그냥 받아들여, 그게 속 편해."

시경이 윤식의 등을 두드리며 말했다.

"선생님은 여기 나타난 귀신들도 그렇고, 비형이라는 존재가 궁금하지 않아요?"

윤식이 다시 이야기를 비형에 관한 방향으로 돌렸다.

"할머니도 참, 손녀인 나도 못 믿을 이야긴데."

낙주도 윤식을 거들고 나섰다.

"사람들은 자신이 믿고 싶은 것만 믿는 존재지."

재명의 말에 낙주는 달리 대꾸할 말이 얼른 떠오르지 않았다.

"비형이라는 귀신은 어떻게 생겼나요?"

윤식이 턱을 괴고 귀신 은미와 사람 재명을 번갈아보았다.

"그러니까 비형이라는 분은……."

3

비형은 신라시대 때 죽은 임금과 여인의 사이에서 귀신의 능력과 사람의 능력을 모두 갖고 태어난 독특한 존재였다.

"그러니까 낙주가 태어나던 그 시각이었지……."

어느새 사당에 밤이 찾아왔다. 어디선가 귀신들이 하나둘 나타나 사당 근처를 서성거리고 있었다. 그러나 그들은 일행을 습격했던 귀신들과는 다른 귀신들이었다. 귀신들 중 몇몇은 재명에게 인사를 하기도 했다.

"할머니, 낙주가 태어날 때 어땠는데요?"

진고랑과 시경, 윤식은 사당 정문을 활짝 열어놓고 마루에 앉아 재명이 내놓은 한과를 우적거리며 먹고 있었다. 당장 졸본까지 달려가야 할 상황이었지만, 세 사람 모두 발이 떨어지지 않았다. 밀물처럼 밀려들던 어마어마한 귀신들을 보게 된 일도 사당 밖으로 나가는 일을 두렵게 만들었고, 무엇보다 사고 당하고 상처입어서 헤진 육신을 가진 귀신들을 다시 봐야 한다는 사실이 무서웠다. 그때였다. 연분홍빛에 빨간 땡땡이 무늬의 원피스를 입은 여자가 재명에게 반갑게 손짓을 했다.

"잠깐만 있어봐."

재명이 끙, 하고 앓는 소리를 내며 마루에서 일어났다. 그녀가 사당 밖으로 나가자 낙주가 뒤를 따랐다. 그리고 그 뒤를 은미가 쫓았다.

"너는 뭐 하러 따라와?"

"저 귀신 알아요?"

"우리 사당에 매일 놀러 오는 년이야. 나한테 뭔가 할 말이 있는 모양이야."

재명이 계단 아래로 발을 내디뎠다. 낙주는 그녀의 말을 무시하고 뒤를 따랐다.

"안 따라와도 된다니까."

"할머니를 귀신들이 아무리 무서워한다고 해도 이젠 굼떠서 도망도 못가잖아. 지금 돌아가는 꼴을 보니까 귀신이든 사람이든 다시 몰려들 태센데."

낙주는 검게 물들기 시작하는 밤하늘을 올려다보았다. 아닌 게 아니라 오늘 밤은 더 깊고 검었다. 재명은 낙주를 더 이상 말리지 않고 마당을 가로질렀다. 낙주는 마고봉을 어깨에 메고 은미는 낙주의 팔을 잡고 재명을 쫓아갔다.

"내가 살다 살다 저런 풍경을 보게 될 거라곤 상상도 해본 적이 없네."

"누군 아닌가요?"

시경의 말을 윤식이 추임새처럼 받아주었다.

"그나저나 우리가 사신이면 우리도 뭐 무당이라는 건가요?"

시경이 진고랑에게 물었다. 진고랑은 입안에 가득 들어 있던 한과를 삼킨 후 입을 열었다.

"사신은 무당보다는 한 수 위야. 본래 영혼이 맑은 인간들이 사신이 된다고 하던데, 우리를 보면 또 그건 아닌 모양이네."

"아니, 그럼 우리가 더러운 영혼이라도 된단 말입니까?"

윤식이 퉁명스레 묻고는 마루에서 슬그머니 일어났다. 그 순간 사당의 전면을 가득 메운 건국시조들의 초상화들에서 기이한 바람 소리가 났다. 윤식이 움찔 어깨를 떨며 곧바로 주저앉았다.

"이, 이게 무슨 소리죠?"

“그냥 바람 소리…….”

시경이 대꾸를 하기도 전에 한 차례 더 기이한 소리가 들렸다. 바람이 지나가는 소리라기보다는 꼭 누군가의 울음소리 같았다. 겁에 질린 윤식이 시경의 곁에 더 바짝 붙어 앉았다. 시경도 조용히 진고랑의 곁으로 다가갔다.

“화성까지 우주선을 보내는 이 시대에 이게 무슨 짓인가 싶다.”

“아마 다른 사람들한테 말하면 미친놈이라고 할 거예요.”

“난 아직도 내가 어떻게 귀신을 보게 될 수 있는 건지 정말 모르겠단 말이야.”

“무당보다 더 신기가 강하다고 하잖아요.”

시경이 말하고 윤식이 대꾸했다. 진고랑은 둘의 말을 흘려들으며 눈길을 재명과 낙주에게서 떼지 않았다.

“귀신을 보는 건 좋아. 그런데 볼 수 있음 말이라도 알아들을 수 있든가!”

“제 말이 그 말이에요. 무성영화 보는 거랑 뭐가 달라요?”

“야, 무성영화는 그래도 무슨 뜻인지 대충 짐작이라도 가지.”

“그러게요. 우리가 어쩌다가 이렇게 된 건지. 그런데 팀장님은 몸이 이상하지 않아요?”

“뭐가?”

“몸 안에서 뭐가 막 돌아다니는 기분이에요. 꼭 작은 구슬들이 핏줄을 타고 돌아다니는 것처럼. 그리고 그게 굴러다니는 소리가 귀에 들리는 것도 같고.”

“갑자기 귀신을 보게 되었으니 뭐가 달라져도 달라졌겠지. 어쨌든 귀신을 보는 게 무슨 의미인지도 모르겠고.”

그때 진고랑이 입을 열었다.

"귀신을 보게 되었다는 말은, 인간으로서는 가질 수 없는 능력을 가졌다는 말이야. 그리고 그게 어떻게 작용하게 되는지는 아무도 몰라. 영매가 되든가, 박수가 되든가, 아님 판수가 될 수도 있겠지. 그게 아니면……."

"그게 아니면요?"

시경과 윤식이 진고랑에게 바짝 다가앉으며 물었다.

"뭔가 색다른 능력이 발현되겠지."

"글쎄 그게 뭐냐고요?"

"엄청난 힘? 미래를 보는 눈? 엄청나게 빠른 발? 그런 거겠지."

"슈퍼맨이 된다?"

"그런 정도는 아닐 거야. 아무튼 뭔가 예상하지 못한 변화가 몸에서 일어날 거야."

"선생님, 그럼 신 내림 받은 후에 맨발로 작두 위에 서도 다치지 않는 거랑 비슷한 그런 능력이 생길 수도 있다는 말인가요?"

"그럴 수도 있고……."

진고랑이 말을 얼버무리며 마당 쪽을 내다보았다. 시경과 윤식도 마당을 가로질러 사당 입구 쪽으로 걸어가는 재명과 낙주에게 눈길을 주었다.

"마음이 원하지 않아도 생기는 능력이 있을 거야."

세 사람은 말없이 고개를 주억거린 후 입구 쪽을 쳐다보았다.

4

- 인사해. 너보단 한 20년은 더 살았을 거야.
- 언니도 참. 나 그렇게 안 늙었어요!

재명이 낙주에게 말하자 원피스 여자가 발끈했다. 낙주가 피식 웃으며 인사를 했다.

- 언니 손녀요? 언니랑 생판 다르네. 양귀비가 부활했다고 해도 믿겠네.
- 양귀비 본 적도 없으면서 싱거운 소리는.
- 말이 그렇다는 거지. 그런데 진짜 언니랑 하나도 안 닮았어. 진짜 미인이라니까. 귀신 평생 언니 손녀 같은 미인은 첨이야.
- 너 나한테 왜 이렇게 아부하냐?
- 아부라니. 진짜라니까.

원피스 여자가 낙주를 요리조리 훑어보자 재명이 발끈했다.

- 그만 쳐다봐. 그나저나 왜 불렀어?

원피스 여자가 눈길을 낙주에게 둔 채 말했다.

- 언니하고 말하려고 해도 내가 사당엘 갈 수가 없잖아요. 그러니 부를 수밖에.

- 그러니까 왜 불렀냐고?
- 언니, 늦은 오후에 잡귀들이 여기 사당에 잔뜩 몰려오지 않았어?
- 그래.
- 듣도 보도 못한 잡귀들하고 몸 상한 귀신들하고 잔뜩 사당으로 달려가드만.
- 엄청나게 몰려왔으니까 여기 사는 귀신들도 다 알았겠지. 그 말 하려고 나를 불렀냐?

재명이 들을 것도 없다는 듯 등을 돌리려고 하자 원피스 여자가 정색을 하고 재명을 불렀다.

- 언니! 저 처자는 누구야?

원피서 여자가 가리킨 것은 낙주의 등 뒤에 서 있던 은미였다.

- 넌 알 거 없어. 다음부터는 심심하다고 나 부르면 혼난다.
- 저 처자도 분위기 있고 예쁘장하게 생겼네.
- 이것이 백제님한테 말을 함부로 하고 그럴 거야!

재명이 복숭아나무 채를 들어 올리자 원피스 여자가 찔끔하며 뒤로 물러섰다.

- 진짜 성질 급하다니까. 여기 사는 귀신들도 다들 놀랬어. 생전 처음 보는 귀신들이 떼거리로 몰려오니까. 다들 뭔 사단이 났다고 걱

정들이 태산이라고. 원래 여긴 신령한 산인데 잡귀들이 몰려오면 어떡해?

– 오늘은 그 잡귀들 물리치느라 피곤하니까 우리 내일 만나 이야기하자.

– 언니, 그게 아냐.

원피스의 여자는 눈을 반짝이며 낙주와 은미를 살폈다.

– 언니, 귀신들이 모두 여기에 몰려오는 거 보고서 나도 심심해서 따라와 봤는데, 글쎄 귀신들 뒤에서 황철을 봤어.

– 황철? 황철…….

– 언니도 늙긴 늙었네. 황철 모르오? 꼭 황달 걸린 놈처럼 노란 낯짝에 어깨에 큰 상자 메고 다니는 놈 말이야!

– 아, 황철!

재명이 놀라 탄성을 내질렀다.

– 그 귀신이 왜?

– 모르긴 몰라도 그 양반이 귀신들 몰고 온 거 같던데?

– 황철이 귀신들을 몰고 와?

– 귀신들 도망갈 때 보니까 상자 안으로 거의 대부분 기어들어가던데? 난 무서워서 도망가느라고 모두 상자 속으로 들어간 건지 모르겠지만.

– 그런데 할머니, 황철이 누구야? 지난번에도 들었던 거 같아.

낙주가 안산에서 있었던 일을 설명하자 재명의 얼굴이 찌푸려졌다.

- 귀신들을 모으고 있다고? 그 작자가 귀신을 왜 모으지?
- 백 만의 빛을 모으면 환생할 수 있다고 그러던데?
- 그거야 옛날부터 내려오는 전설일 뿐이야.
- 지금 전설이 사실처럼 들릴 판이잖아. 귀신들이 몰려다니고 공격도 하고 그러잖아.
- 아무튼 지금까지 살면서 이렇게 귀신들이 날뛴 적이 없었는데…….
- 그 작자도 비형만큼이나 전설적인 작자인데…….

재명은 사방을 둘러보았다. 왠지 어둠속 어딘가에 황철이 숨어 이쪽을 노려보고 있을 것만 같았다. 귀신을 가두고 귀신을 살리고 죽이는 귀신 황철. 비형이라는 존재도 그렇지만 황철 역시 역사적 기록이 있는 인물이었다. 진고랑은 그저 비형의 이름을 불렀을 뿐인데, 황철은 직접 나타났다는 말에 재명은 가슴이 답답해졌다.

- 황철을 직접 봤어?
- 봤으니까 하는 말이지. 어깨에 궤짝 들고 다니면서 귀신들 맘대로 부리는 작자가 황철 말고 또 있어? 언니, 근데 갑자기 왜 황철이 나타난 거지? 궤까지 들고 말이야. 수천년 전 판수 아냐? 나도 소문으로만 알고 있던 판순데 직접 보니까 섬뜩하더라고. 언니 요즘에 뭔 일 꾸미고 있는 거지?
- 이것아. 꾸미긴 뭘 꾸미냐. 설령 꾸민다고 해도 그것들이 왜 남의

사당까지 찾아오냔 말이야.

- 허긴…….

- 아무튼 뭔가 불길해.

- 불길하긴 뭐가 불길해.

- 언니가 걱정된다고. 내가 유일하게 이야기 나눌 수 있는 사람이 언니 뿐이데.

- 여기 내 손녀도 니 말 들려.

낙주는 재명과 원피스를 번갈아 쳐다보았다.

- 볼 수만 있는 게 아니라 언니처럼 나랑 말이 된다고?

이번엔 원피스가 낙주를 빤히 쳐다보았다.

- 진짜니?

- 네.

낙주는 가볍게 대답했다.

- 에그머니나 진짜네. 언니네 집안 사람들은 진짜 무서운 사람들이구나.

- 이년아, 진짜 무서운 건 황철 같은 놈이야!

- 그건 그래. 저 인간들도 나랑 말이 통해?

원피스는 진고랑과 시경, 윤식이 앉아 있는 쪽을 바라보았다. 느닷없이 등장한 엄청난 수의 귀신들에 대해 놀라고 귀신들을 떨쳐내느라 긴장한 탓인지 그들은 축 늘어져 보였다.

- 한 둘은 가능할거여.

원피스 여자는 낙주와 재명 그리고 은미까지 번갈아 쳐다보았다. 재명이 눈을 깜빡거렸다.

- 언니 솔직히 말해봐. 요즘 무슨 일 터지고 있지?

원피스 여자의 눈이 호기심으로 반짝거렸다.

- 뭔 일이 터지것냐. 그냥 귀신들이 좀 설치는 거겠지. 여가 성지라고 지들이 차지하려고 하는 건지도 모리고.

재명은 은미에 대해선 구체적으로 말하지 않았다.

- 그런데 아가씨가 들고 있는 그 봉은 뭐야?

그녀가 낙주의 마고봉을 가리키자 재명이 대신 대답했다.

- 옛날부터 우리 집안에 내려오던 쇠봉이야.
- 쇠봉?

– 대대로 마고봉이라고 불렀어.

– 설마 인간들 시초라는 그 마고는 아니지? 하늘을 열고 땅을 빚고 인간을 만들어냈다는 그 마고? 그럼 저 봉이 땅덩어리가 생길 때부터 마고가 들고 다녔다는 하늘을 덮고 땅을 가르는 그 봉이야?

– 넌 그런 소리를 어디서 그렇게 듣고 다니냐?

– 언니도 참, 여기 산 주인이 환수라는 신령 아니우? 그 양반이 맨날 귀신들 모아놓고 떠들어대는 걸 좋아하잖아. 아무튼 옛날 귀신들은 떠드는 걸 좋아한다니까. 늙으면 지갑을 열고 입을 닫으라 했는데.

– 뭔 소리를 그렇게 두서없이 해대냐?

– 아무튼 그렇다는 거야. 환수 산신령이 마고가 들고 다녔다는 봉 이야기를 해준 적이 있는데, 그 봉이 생과 사에 걸쳐 있는 유일한 물건이라고 했어. 설마 저 봉이 진짜 그런 물건은 아니겠지?

– 낸들 아냐? 그리고 그런 게 정말 있기나 하겠냐? 다 과장된 전설일 뿐이야.

– 하긴 그런 물건이 있어도 이 시대에 나올 리가 없지. 아무튼 난 소식 전했으니까 이만 갈게. 어쨌든 언니 황철이 조심해. 황철이가 나타났다는 건 뭔가 잡아가야 할 귀신이 있다는 말이니까.

원피스 여자가 은미를 은근한 눈길로 쳐다보며 사당을 떠났다. 낙주는 그 눈길이 께름칙했다. 은미 역시 원피스 여자의 눈길을 피해 낙주의 등 뒤로 숨었다.

"봐도 봐도 두 사람은 닮은 구석이 하나도 없어."

"그러게요."

재명과 낙주, 그리고 은미와 원피스 귀신을 구경하던 세 사람이 고개를 절레절레 저었다. 재명은 허리 굵은 느티나무라면 낙주는 낭창낭창한 대나무였다. 재명이 짙은 색감이라면 낙주는 푸른 색감을 가지고 있었다. 비슷한 점이 있다면, 날카로운 눈매와 아우라가 느껴진다는 것이었다.

5

밤이 깊어지자 낙주와 일행은 떠나지 못하고 사당에서 눈을 붙였다. 밤에 길을 떠나는 것도 찝찝하고, 재명이 만류하기도 했다. 어김없이 다시 아침이 찾아오고 일행이 피곤에 절은 눈을 비비며 일어났을 때, 새벽녘에 밖으로 나갔던 재명이 사당으로 돌아왔다. 문 앞에 선 그녀의 덩치가 사당 안으로 비집고 들어오던 아침햇살을 막았다.

"당분간 졸본에 가는 것은 좀 미루는 게 좋겠어. 여기저기 수소문했더니 졸본이라는 곳 시장처럼 시끄럽고 번잡한 곳이라더군. 뭐, 사람들에겐 한적한 곳인지 모르겠지만"

재명의 말에 시경이 다시 자리에 털썩 주저앉았다. 미리미리 챙기던 배낭도 도로 자리에 내려놓았다.

"당장 물건을 찾아오지 않으면 또 그놈들이 무슨 짓을 할지 모르잖아요?"

"은미님을 자꾸 찾아오는 걸 보면 궤나 열쇠만 있어서는 안 되는 걸 거야. 그리고 어제 일어났던 일이 자꾸 허수라는 생각이 드네."

"허수가 뭐예요?"

눈곱을 떼던 윤식이 물었다.

"함정일 수도 있다는 거지."

"뭐가요?"

재명은 귀신들이 몰려왔던 일, 특히 황철이 나타났던 일이 함정이고 유혹일 수도 있겠다고 말했다.

"그리고……."

재명이 말끝을 흐리자 이부자리에서 뒹굴던 낙주가 일어나며 물었다.

"할머니, 왜 그렇게 겁을 내셔?"

낙주는 미래의 일을 두고 재명이 염려하고 걱정하는 모습을 여태껏 본 적이 없었다. 재명은 이미 정해진 일이라면 그게 설령 불행이라 하더라도 수긍하고 받아들이는 삶을 살아왔기 때문이다.

"이년아, 겁을 내긴 내가 무슨 겁을 내!"

"아침부터 사람들 자는 데 들어와서 미주알고주알 이래라저래라 하잖아."

"이것아, 지금까지 자빠져 자는 건 니 하나여."

낙주가 눈을 비비며 주변을 둘러보았다. 시경은 어느새 씻었는지 말끔한 얼굴로 배낭까지 챙긴 뒤였고, 진고랑은 건국 시조들의 초상화를 앞에 두고 가부좌를 틀고 앉아 있었다. 윤식마저 언제 일어났는지 채비를 마치고 스마트폰을 들여다보고 있었다.

"나만 안 일어난 거 아니거든요?"

낙주가 입술을 삐죽이며 그때까지 누워 있던 은미를 가리켰다. 하지만 낙주를 타박하던 것과 달리 재명은 두 손을 모으고 은미에게 반절을 했다.

- 기침하셨습니까?

- 할머니! 기침이 뭐예요, 기침이. 그냥 일어났느냐고 하시면 되죠. 그리고 귀신들은 잠 안 자는 거 할머니도 아시잖아요. 아니 못 자는 거지만. 아무튼 뭐랄까 그냥 계속 사는 기분이라고요. 시간이 흘러가지 않고 머물러 있는 그런 기분이라고요. 그러니까 잠을 잤다고 말할 수는 없어요.

은미의 장황한 설명에 재명이 모로 서서 고개를 끄덕였다. 재명은 여전히 그녀 앞에서 자유롭지 못한 듯했다.

- 나중에 익숙해지면 그리하지요.

- 할머니, 은미가 좀 편하게 하라잖아요.

- 이년아, 은미님이라고 부르는 것만 해도 내한테는 파격이여, 파격!

- 하긴 할머니가 살아온 시절이 있으니 파격은 파격이지. 무슨 동아리나 카페도 아니고, 은미님이 뭐야, 은미님이!

은미가 낙주의 이야기를 듣고 깔깔 웃음을 터뜨렸다.

- 동아리니 카페니 무슨 소릴 하는지 모르것다. 아무튼 은미님, 며칠만 여기서 머물며 그 졸본이라는 데가 어떤 곳인지 좀 더 알아봐야 할 거 같습니다.

"낙주야, 무슨 이야기 하는 거야?"

두 사람과 한 귀신의 대화를 알아듣지 못하는 시경이 물었다.

"할머니가 무섭다고 천천히 움직이자고."

"그래도 이년이……."

재명이 눈을 부라릴 때였다. 비스듬히 앉아 있던 윤식이 벌떡 일어나 앉았다.

"누나, 찾았어. 황철!"

모두가 무슨 일인가 싶어 윤식을 쳐다보았다.

"고대의 술사, 고려 때의 술사로 도술과 잡술에 능한 인물이다. 귀신이나 요괴를 잡아 나무 궤짝에 가두고는 궤짝에 돌을 매달아 바다에 던져 귀신을 물리치는 인물이라고 알려져 있다. 실존했던 인물인지에 대해서는 확인할 수 없다. 다만 고려 때는 황철의 초상화라고 알려진 그림을 걸어 집 안에 귀신이 들어오는 걸 막았다는 설이 있다."

윤식의 설명을 모두 귀 기울여 들었다.

"할머니, 설마 황철이 무서운 거 아니겠지?"

낙주가 슬쩍 묻자 재명이 코웃음을 쳤다.

"황철 같은 실력의 판수가 아무리 많이 와도 비형 어른 하나만도 못한데 무서워할 이유가 없지."

어제 오후 귀신을 소멸시키는 무서운 번개를 목격한 터라 모두 고개를 끄덕거렸다.

"그런데 황철도 무서운 존재이긴 해. 게다가 황철이 나타났다는 것 자체가 특별한 뭔가가 있다는 뜻 아니겠어요?"

낙주가 재명에게 물었다.

"그려, 황철이 나타났다는 게 보통 일이 아니라는 말이기는 허지. 그 귀신이 귀신인지 사람인지 모를 존재로 나타났다는 건 뭔가 취할

이득이 있다는 말이기도 허고."

"그런데 황철은 왜 우리 앞에 나오지 않은 거죠?"

이번엔 시경이 물었다.

"황철은 지금은 귀신이지만 본래 살아 있을 적에는 판수였어. 귀신을 부리는 인간이었다는 게지. 그러니 귀신을 앞세우지 웬만해서는 자신이 앞으로 나서진 않으려고 할 거야. 죽어서도 제 버릇 못 버린다고 할까?"

"조금만 늦었어도 사당으로 밀고 들어왔을 텐데……."

"게다가 나도 있고, 사당 전체가 복숭아나무로 만들어져 있으니 꺼려졌겠지. 잡귀들이야 천방지축 날뛰다가 된통 당하겠지만, 황철 정도 되는 귀신은 잘못하면 작살이 날 줄 아니까 말이야. 어제는 그놈도 단순히 염탐이 목적이었을 거 같단 말이여."

듣고 보니 그럴 듯했다.

"그나저나 그놈들이 궤짝이고 열쇠고 다 가져가버렸으니 걱정이네요. 이미 열쇠로 궤를 열었으면 이 고생이 아무 의미가 없게 되는데……."

시경의 걱정에 재명이 고개를 저었다.

"일단 은미님만 잘 지키면 될 거여. 귀신들이 들어올 수 없는 곳인 줄 알면서도 여기까지 와서 무리수를 두는 걸 보면 필경 은미님이 필요하다는 뜻이니께. 어떤 이유인지는 모르겠지만 말이여."

시경은 재명의 말이 그럴듯하고 생각하며 걱정을 조금 내려놓았다. 누구인지 모를 정체불명의 사내들이 빼앗아간 궤는 열쇠, 그리고 은미가 있어야 어떤 식으로든 효용에 닿는다는 말이었다.

"은미 씨만 잘 보살피면 된다는 말이긴 한데……."

하지만 그게 쉬운 일이 아니었다. 사람이라면 계속 지켜본다지만 은미는 귀신이었다. 그녀가 마음만 먹으면 어디론가 훌쩍 사라져버릴 수 있는 존재였다.

- 언니, 시경 아저씨한테 엉뚱한 생각하지 말라고 해요.
- 무슨 생각? 다른 사람 생각도 읽어?
- 잘은 모르겠는데 집중하면 읽혀지기도 하는 거 같아요. 어떤 사람은 완전 까매서 도저히 읽을 수 없기도 하고, 어떤 때는 읽혔다가 안 읽히기도 하고 그래요.
- 내 생각도 읽어?
- 아뇨. 언니는 예의상 안 그래요.
- 그럼 다행이네.

낙주는 말은 그렇게 했지만 뭐가 다행인지 알 수 없었다.

- 어쨌든 형이 무슨 생각을 하는데?
- 날 어떻게 계속 감시하느냐고 고민하네요. 난 앞으론 어디로든 사라지지 않고 항상 같이 할 거라고 말해줘요.

낙주가 은미의 말을 전달하자 시경의 얼굴이 갑자기 창백해졌다가 금방 화색을 찾았다.

"은미 씨가 그러니까 할머님이 말하신 대로 높으신 양반이긴 한 거 같네."

시경이 웃으며 너스레를 떨었다.

"잔소리들 말고 짐들 꾸려."

"할머니, 졸본엔 안 간다며?"

"졸본에 안 가. 밀본법사를 몸주로 모시고 있는 담적 만나러 갈 거야."

"담적?"

"그래."

"그 아저씨 어디 있는데?"

"모악산에."

"전주 모악산?"

"그래 얼른 움직이자."

일행은 짐을 챙겨 사당을 나왔다. 재명은 사당 문을 모두 닫은 뒤 문마다 부적을 붙여놓았다.

6

승합차는 모악산 입구를 지나 산 안쪽 길을 따라 천천히 달렸다. 밤잠을 설친 터라 진고랑과 시경은 꾸벅꾸벅 졸고 있었다.

- 할머니, 낙주 언니 태어날 때 이야기해주다가 말았잖아요. 마저 해줘요.

은미가 낙주와 재명의 어깨 사이로 불쑥 고개를 내밀며 말했다.

- 존댓말하지 마세요. 그럼 말씀 안 드릴 거예요.

– 그, 그래요. 아니 그래. 얼른 이야기해줘.

은미의 재촉에 재명이 두어 차례 기침을 하고는 이야기를 풀어놓았다.

– 낙주는 제 사당에서 태어났습죠. 그날 낙주가 태어난 걸 축하해주러 온 귀신들도 많았어요. 그런데 그중에 낙주의 몸주가 될 사람을 알아보고 몰려온 귀신들이 있었어요.
– 우와, 우리 언니 귀신들 축하를 받은 인간이네!
– 내가 태어났을 때 사람들이 축하를 해주러 오는 게 아니라 귀신들이 축하를 해주러 왔다고?

은미가 탄성을 터뜨렸지만, 낙주는 투덜대며 창밖을 내다보았다. 양옆으로 상가들이 즐비한 길을 달리는 승합차의 네비게이션에서 10분 후 목적지에 도착한다는 알림이 들려왔다.

– 아무튼 낙주가 태어난 날 귀신들이 찾아왔는데, 이것들이 해코지를 하는 겁니다.
– 어떻게?
– 사당을 빙글빙글 돌며 저주를 퍼붓는 거죠.
– 뭐라고?
– 몸주를 몸으로 받으면, 그러니까…….

재명이 낙주를 힐끔대며 말끝을 흐렸다. 당사자 앞에서 이야기를 꺼내기가 꺼려졌기 때문이다. 하지만 제 이야기에 궁금함을 참지 못한 낙주가 재명을 채근했다.

– 할머니, 뭐라고 저주를 했는데? 빨리 말해봐!

– 휴, 몸주를 만나면 사계절이 끝나기 전에 몸주의 신세가 될 거라는 저주였다.

– 그게 무슨 소리야? 몸주의 신세가 되다니?

– 언니도 참, 이럴 때 보면 둔하다니까. 나처럼 귀신이 된다는 말이겠지.

– 정말?

낙주가 진저리를 치자 은미가 되물었다.

– 할머니, 그럼 내가 언니 곁을 떠나야 하는 거야?

– 아니요. 아무튼 그날 처음으로 비형을 봤어요.

– 비형을?

– 네, 그분이 오셔서 잡귀들을 물리쳐 주시는데…….

– 귀신이 귀신을 물리쳤다고?

– 그렇죠. 그분은 그게 가능해요. 아무튼 저주를 퍼붓던 귀신들을 모두 몰아내고 나중에 다시 만날 날이 있을 거라 말하곤 사라졌죠. 그리고 어제 저 양반한테서 비형이라는 말을 오랜만에 들었죠. 그래선지 비형 어른을 곧 만나게 될지도 모르겠다는 생각이 드네요.

– 할머니, 귀신들이 저주 퍼붓는다고 뭐가 달라지겠어?

– 이년아, 귀신들도 능력이 출중한 귀신들이 있어. 그런 귀신들이

저주를 퍼부으면 100퍼센트 그리 되지는 않아도 뭔가 반드시 동티가 나기 마련이야.

- 비형이란 귀신은 어떻게 생겼어?

은미의 물음에 재명이 옛 기억을 떠올리며 말했다.

- 그게 좀 기이해요. 황철은 한번 보고나면 그 후에 황철인지 금방 알겠는데, 비형은 좀 달라요.

- 어떻게?

- 일정한 모습이 없어요.

- 응? 그게 무슨 말이야?

- 자기 마음대로 변한다고요. 낙주가 태어났을 땐 우리 사당만 한 크기의 존재로 왔었죠. 그렇다고 몸놀림이 둔하지도 않으셨죠. 긴 작대기 하나만 들고 귀신들을 후려치는 족족 귀신들이 사라져 버렸죠.

- 거인의 모습으로 왔다? 재미있는 귀신이네. 그런데 비형한테 맞으면 어떻게 되는데?

- 잘은 모르겠지만, 그대로 소멸되는 거겠죠.

- 그건 귀신들이 정말 바라는 거잖아?

- 그게 안 그래요. 몸이 먼저 소멸되어야 다음 생도 기약을 할 수 있는데, 귀신이 먼저 소멸되면 그대로 영원히 아웃!

- 아웃?

- 그래요 아웃!

- 우리 할머니 아웃이라는 단어도 쓸 줄 아네.

- 이년아, 귀신들 중에 영어 쓰는 귀신들도 많거든. 그것들한테서

배웠지. 아웃!

재명의 말에 낙주와 은미가 깔깔거리고 웃었다. 그 사이 목적지에 도착한 승합차가 멈추었다. 윤식과 시경, 진고랑이 차에서 내리고, 재명과 낙주, 은미도 이야기를 나누며 따라 내렸다.

– 언니, 그런데 그 여자애랑 깜장 군복 아저씨는 어제부터 안 보이네.

– 그러게.

– 여자애랑 깜장 군복이라니요?

재명이 묻자 낙주가 걱정스런 기색으로 이야기했다.

– 엄마 찾아달라는 여자애랑 남영동에선가 죽은 남자가 자기 몸 찾아달라고 사당에 내려올 때까지만 해도 우리랑 붙어 있었거든.

– 왜 같이 데리고 들어오지.

– 할머니도 참, 우리 사당에 아무나 못 들어오잖아. 그 귀신들도 들어오고 싶은데 못 들어와서 승합차에 남아 있겠다고 했거든. 그런데 나중에 보니까 사라졌더라고.

– 그래? 흠, 혹시 황철이 들고 다니는 궤짝 속으로 빨려 들어간 건지도 모르겠네. 그럼 도망 나오기 힘들 텐데…….

낙주는 사라진 두 귀신을 걱정하며 수백 년은 됨직한 감나무에 시선을 주었다. 감나무의 무성한 가지들이 이끼가 잔뜩 자란 기와지붕의 집을 덮고 있었다. 기와집은 재명의 사당 절반 크기의 한옥이었다. 차 두 대 정도 주차할 수 있는 앞마당도 감나무 그늘이 내려앉아 있었는데, 이끼를 잔뜩 이고 있는 지붕과 달리 마당은 잡초 하나 없었다. 방금 전까지 비로 마당을 쓴 듯 정갈했다. 집 뒤로는 산으로 올라가는 작은 길 하나가 덩그러니 있을 뿐 근처에 민가라고는 눈에 띄지 않았다.

"어째 좀 스산하지?"

재명이 집으로 걸음을 옮기며 주변을 둘러보았다. 재명의 말처럼 처마 아래로 거미줄이 축축 늘어져 있었다. 재명이 문으로 다가가 열어 보았지만, 문은 굳게 닫혀 있었다.

"이상하네, 집을 비우는 인간이 아닌데……."

재명이 뒤로 물러나 집 전체를 훑어보았다. 시경과 윤식도 사방을 살폈다. 재명이 폴더폰을 꺼내 전화를 걸었다.

"와, 할머니 폴더폰 쓰시네."

윤식이 신기한 듯 말하자 재명이 화면을 들여다보며 대꾸했다.

"난 신식은 젬병이거든. 그런데 전화를 안 받네. 전화해 보고 올걸."

"전화도 안 하시고 그냥 오신 거예요?"

시경이 투덜대듯 말했다.

"이 인간은 집을 비운 적이 없거든."

전화를 끊은 재명이 다시 주변을 살폈다.

- 언니, 내가 안에 들어가서 보고 올게.

은미가 낙주의 대답을 듣기도 전에 대문 안으로 쏙 들어갔다. 일행은 한 발 뒤로 물러나 은미가 나무문에 스며들듯 들어가는 걸 넋 놓고 구경했다.

"신기하네요, 귀신들이 이렇게 벽이나 문을 뚫고 들어가는 건 처음 봐요. 팀장님, 보신 적 있어요?"

"인마, 당연히 나도 처음 보지."

"참나, 그 말에 인마가 왜 붙어요?"

"인마라는 말이 어때서? 그건 그냥 우리 시대에 애교 같은 거야."

"남자가 남자한테 애교를 부려요?"

"그게 아니라 그런 거라는 말이지!"

"혹시 게이세요?"

"아니, 이 자식이 정말!"

"아니면 왜 남자인 나한테 애교를 부려요?"

"진짜 애교가 아니라니까! 그런 거랑 비슷한 말이라는 거잖아!"

진고랑과 낙주는 둘의 어이없는 말싸움을 쳐다보며 한숨을 내쉬며 어디론가 열심히 전화를 하는 재명을 바라보았다.

"앞으로 저한테 애교 부리지 마세요."

"아따, 그놈 참!"

"그런 게 말 폭행이에요."

"뭐? 말 폭행? 너 진짜 말 다했어?"

시경이 발끈하며 윤식에게 바짝 다가들었다. 두 사람은 키도 비슷하고 덩치도 비슷했다.

"너 내가 월급 안 줬다고 강짜 부리는 겨?"

"사실 그것도 그래요. 내가 팀장님이랑 일한 게 벌써 반년이 지났는데, 월급 딱 한 번 받았잖아요."

"그거야 우리가 일이 없어서 그랬지."

"기업의 오너가 되면 자기를 희생해서라도 직원들 월급도 주고 그래야 하는 거 아닌가요? 자기 배만 채울 게 아니라."

"이놈 말하는 거 좀 보소. 야, 내가 기업 오너도 아니지만 널 직원으로 생각해본 적도 없어. 그냥 가족이지. 그리고 내가 언제 내 배만 채웠냐? 곁에서 지켜봐서 다 알잖아?"

"돈 만 원 주고 담배랑 소주랑 컵라면까지 사오라고 하질 않나. 음식 배달 시켜놓고 사라지질 않나. 그게 다 자기 배 채우는 거잖아요."

"그, 그건 내가 진짜 돈이 없어서……."

"그만들 하시게. 누가 보면 진짜 정분난 줄 알겠소."

진고랑이 한마디 툭 내뱉자 윤식이 어처구니없다는 얼굴로 목소리를 높였다.

"아니, 선생님까지 왜 그래요?"

"그러게 진 선생까지 그게 무슨 망발이야. 내가 어디 이런 놈하고……."

"이런 놈이요?"

"아니, 진짜 왜 그래? 평생 붙어살아야 하는 인간들이."

재명이 호통을 치자 그제야 두 사람이 떨어졌다. 그들이 서로를 노려보며 씩씩거리는 사이 은미가 다시 집에서 쑥 머리를 내밀며 나왔다.

- 언니, 집 안이 서늘해요.

- 그러겠지. 귀신 모시는 분이니까.

- 그게 아니고 오래전부터 비어 있었던 거 같아요. 그리고 사당 초상화, 그러니까 그 사람이 밀본법사 같은데, 그 초상화 아래 '재명에게'

라는 편지 봉투가 놓여 있었어요.

- 뭐라고요?

재명이 은미의 말에 깜짝 놀라 되물었다.

- '재명에게'라는 봉투가 있었다고요.

갑자기 재명의 눈가가 붉어졌다.

- 할머니, 눈이 왜 그래?

- 암것도 아녀.

낙주가 의아해 바라보자 재명이 얼른 몸을 돌렸다. 두 사람과 한 귀신을 구경하던 윤식과 시경 그리고 진고랑이 등을 보이는 재명에게 눈길을 주었다.

"낙주야, 할머니 심기가 좀 불편하신 거야?"

"누나, 할머니 우시는 거야?"

"인마, 그렇게 직접적으로 물어보면 우는 사람이 당황하잖아."

"팀장님, 우는 사람을 우는 사람이라고 말하지 뭐라고 말해요?"

낙주가 또 티격태격하는 두 사이를 비집고 들어갔다.

"그만해요. 배들 고파서 짜증이 나시는 모양인데."

"그, 그런가?"

"누나, 이건 진짜 강행군이에요. 우리 밥 언제 먹었는지 생각도 안 난다고요."

"그러게. 일단 여기서 나가면 전주까지 왔으니까 비빔밥이라도 먹으러 가자."

"팀장님도 참, 전주까지 와서 겨우 비빔밥만 먹어요? 전주에 먹을 게 얼마나 많은데."

다시 두 사람이 말씨름을 시작하려고 할 때, 재명이 돌아서며 목에 힘을 주어 말했다.

"낙주야, 문 열어라!"

"응?"

"문 열어보라고."

"어떻게?"

"그냥 열어!"

"부수라는 거야?"

"이 문은 너밖에 못 열어."

재명의 말에 낙주가 대문을 살피며 물었다.

"그냥 흔한 대문이구만. 그런데 왜 나밖에 못 열어?"

- 언니, 보기완 다르게 문이 굉장히 두꺼워. 안에 빗장까지 질러 있고. 빗장도 엄청 커.

- 거 이상하네. 안에서 빗장을 걸었으면, 집에 사람이 있다는 말이잖아?

은미의 말에 낙주가 고개를 갸웃하며 앞으로 나서 문에 두 손을 갖다 댔다. 그리고 단 한 호흡! 불끈 힘을 주며 밀자, 빗장이 부러지는 굉음이 났다.

"역시 우리 누나 짱!"

윤식이 엄지손가락을 들어 보였다.

"이렇게 문 부수고 들어가도 되는 건지 모르겠네."

시경은 주절거리면서 활짝 열린 대문 안으로 발을 들여놓았다. 나머지 사람들이 그의 뒤를 따랐다.

수도가 있는 작은 마당이 먼저 눈에 들어왔다. 마당 왼편에는 한 뼘 높이로 만들어 놓은 화단이 있었는데, 화단에는 도깨비 돌담고사리와 풍란이 가득했다. 하지만 잎들이 죄다 윤기도 없고 시들시들해져 푹 꺼져 있었다.

"사람 냄새가 안 나네."

"귀신 모시는 집에서 사람 냄새가 나겠어요?"

시경의 감상에 윤식이 토를 달았다.

"인마, 그런 사람 냄새를 말하는 게 아니잖아!"

"사람 냄새가 사람 냄새지, 다른 냄새가 어딨어요?"

"그만들 해. 여기서 나가면 맛있는 거 사드릴 테니."

쉴 새 없이 투덜대는 윤식과 시경을 보다 못한 낙주의 말에 두 사람이 동시에 눈을 반짝였다.

"진짜지?"

"누나 진짜 약속하는 거다."

그 사이 재명은 마당 안쪽의 사당을 향해 성큼성큼 발을 뗐다. 그녀가 걸을 때마다 좁은 마당이 쿵쿵 울렸다. 사당 문도 굳게 닫혀 있었다. 열쇠까지 걸려 있었는데, 그건 재명이 힘을 줘 비틀자 간단하게 끊어졌다. 재명이 사당 문을 활짝 열어젖히자 어두운 실내에 빛줄기가 쏟아져 들어갔다. 복숭아나무 지팡이를 든 밀본법사의 초상화가 전면에서 그들을 맞았다. 담적이 금분으로 정성들여 그린 밀본법사를 향해 재명이 합장을 하자 나머지도 덩달아 합장을 했다. 그리고 초상화 아래 제단에 은미가 말한 봉투가 놓여 있었다. 재명이 봉투를 들고 다시 사당 밖으로 나왔다.

네 사람과 한 귀신은 사당 앞 나무마루에 나란히 앉아 재명이 편지 봉투를 열기를 기다렸다. 잠깐 망설이던 재명이 봉투 입구를 조심조심 찢고, 내용물을 꺼내들었다.

재명에게

이 편지를 볼 수 있을지 모르겠으나, 댁이라면 볼 수 있을 거라 믿소.

우리의 예언이 모두 맞아떨어진다고 할 순 없겠지만, 그래도 좋은 일들보다 불길한 일들은 귀신같이 맞아떨어지는 걸 보면 예언은 본래 불행을 전하는 개념인지도 모르겠소. 그리고 그나마 우리가 있기에 불길한 일들을 막아오지 않았나 싶소.

지금 나는 불길하고도 불길한 일을 막기 위해 떠나오. 어쩌면 영영 돌아오지 못할지도 모르겠소. 댁이라면 어렴풋이 느끼고 있을 거라 생각하오. 세상엔 섭리가 있거늘, 그 섭리가 뒤바뀌는 일이 일어나서는 안 되는 거 아니겠소. 섭리가 깨지면 우리 세상은 뒤죽박죽이 될 것이오. 땅이 하늘이 되고, 바다가 뭍이 되고, 남자와 여자가 섞이고, 죽음이 쉬운 세상이 되며, 인간의 삶은 짐승의 삶이 되는 것이오.

"쯧쯧, 이 인간 멋 부리는 건 여전하네."

재명이 혼잣말처럼 중얼대며 마저 편지를 읽었다.

그런데 섭리를 뒤집어엎으려는 무리들이 있는 거 같소. 그들이 어떤 일을 행할지 지금은 나도 알 수 없소. 다만 귀신들이 한곳으로 모이고 있는 듯하오. 아니 누군가 귀신들을 끌어 모으고 있는 듯하오.

우리의 이름이 후세에 남으리라 생각하지 않소. 그래도 이런 종류의 일은 우리밖에 해낼 수 없기에 가야만 할 듯하오. 아직은 내가 해야 할 일이 어떤 종류의 일인지 정확히 모르기에 확정적으로 말할 수 없음을 양해해주길 바라오. 알다시피 우리의 입에서 흘러나온 말은 곧 씨가 되기 때문이지 않소?

만약 이 편지를 보게 되었다면, 아마 황철이 나타났기 때문이라 생각되오. 나나 댁의 몸주가 황철을 대적할 수 있을지 나도 잘 모르오. 그나저나 낙주도 걱정이오. 지금 편지를 읽고 있다면 낙주도 같이 왔을 거라 생각하오. 낙주도 언젠가는 우리처럼 다른 세상의 존재들을 보게 될 거라 생각했는데, 여기까지 왔다면 아마 귀신들을 보고 그들의 말도 듣게 되었을 거라 짐작되오.

재명, 낙주도 잘 부탁하오. 마지막으로 이 편지를 읽는 날은 법당에서 머물고 가소. 그날은 잡귀들이 승하는 날이니 괜한 시비에 휘말릴 수도 있으니 말이오. 나는 밀본법사께서 보살펴주니 내 걱정은 하지 마시고.

담적으로부터.

"할머니, 아저씨가 왜 나에 대해 굉장히 친근하게 말하는 거야?"

"이년아, 담적 아저씨가 널 얼마나 예뻐했는지 몰라? 그러니까 걱정돼서 그런 거지."

재명이 대수롭지 않게 말했다. 윤식과 시경, 진고랑이 담적의 편지를 돌려가며 읽었다.

"담적이 염려할 정도의 귀신이라면 황철은 아닐 텐데……."

재명이 구름 한 점 없이 텅 빈 하늘을 올려다보았다. 왼쪽에서 오른쪽으로 비행기 한 대가 빠르게 지나가며 흰 비행운을 그렸다.

"이 담적이란 분도 찾으러 가야 할 거 같은데요."

"그러게요. 할머니랑 썸이 좀 있는 분 같은데."

시경과 윤식이 의뭉수런 미소를 짓자 재명이 물었다.

"썸? 썸이 뭐냐?"

"흐흐흐, 그러니까 연인이 될지 말지 밀고 당기는 관계랄까요?"

윤식의 설명에 재명이 껄껄 웃음을 터뜨렸다. 낙주는 묘하게도 그 웃음이 다른 진실을 감추기 위한 것이라는 생각이 들었다. 하지만 무엇 하나 명쾌하지 않아 물어볼 수가 없었다.

"오늘은 여기 있자."

"왜요?"

시경이 바짝 마른 입술을 놀리며 재명에게 묻자 윤식이 버럭 소리쳤다.

"담적이란 아저씨가 여기 있으라잖아요!"

또다시 한바탕하는 둘을 냅두고 재명이 출입문은 물론 창문까지 활짝 열어젖혔다. 창가에 집을 지은 거미들이 화들짝 놀라 달아나고, 해가 들지 않아 눅눅했던 바닥과 창틀 위로 오랜만에 따스한 햇살이 내려앉았다.

"뭣들 혀? 청소들 허지 않고?"

일행이 곧바로 무거운 물품들을 치워 벽 쪽에 붙이고는 30분 남짓 청소를 하자 사당 안에 제법 온기가 돌았다. 밀본법사의 황금 초상화도 더 빛이 나는 듯했다.

- 언니, 그런데 법사님 초상화 빛이 좀 탁하지 않아?

- 나는 잘 모르겠는데.

- 왠지 모르겠는데 좀 탁해. 아주 맑은 황금빛이 아냐. 돌 속에 박힌 황금 같은 느낌이야. 균일한 빛이 나오는 게 아니라, 어느 부위에서는 좀 어두워.

- 은미님도 그런가요? 저도 그런데.

재명과 낙주가 밀본법사의 초상화를 들여다보자 진고랑과 시경, 윤식도 덩달아 초상화를 살피기 시작했다. 사당 안은 한 가지가 좋았다. 시도 때도 없이 보이던 귀신들이 사당 안으로는 들어오지 못한다는 점이었다. 그리고 해가 서쪽으로 조금씩 넘어가며 사당 안으로 들어오던 빛의 양이 조금 줄어들 때쯤이었다. 낯선 자동차들이 마당의 자갈을 짓밟으며 앞마당으로 들어왔다.

"정낙주 씨?"

차에서 내린 사내들이 출입문 앞으로 우르르 다가오며 낙주의 이름을 불렀다. 그들 뒤로도 대여섯 명의 사내들이 마당을 서성거렸다.

"누구시죠?"

"정낙주 씨 맞죠? 진고랑 씨, 고윤식 씨, 연재명 씨, 김시경 씨?"

무리의 맨 앞에 선 사내가 일행의 이름을 일일이 호명하며 사당으로 들어섰다.

"이것 봐요. 신발 벗고 들어와야 하잖아. 남의 집 안방에 신발 신고 들어오는 건 어느 나라 법도요?"

시경이 버럭 소리쳤지만 사내들은 아랑곳하지 않았다. 그리고 앞의 사내가 황당한 말들을 토해냈다.

"여러분들을 살인 및 사체 유기 혐의로 긴급 체포합니다. 정낙주 씨를 비롯해서 여러분들은 변호사를 선임할 권리가……."

낙주는 눈을 동그랗게 뜨고 사내를 쳐다보았다. 그들이 무슨 말을 하는지 통 이해가 되지 않았다. 그러자 사내가 셔츠 윗주머니에서 경찰신분증을 꺼내 보였다.

"뭐? 살인이랑 사체 유기? 그게 무슨 말이야? 너희들 어디 소속이야?"

시경이 황당한 얼굴로 버럭 소리쳤지만 사내는 개의치 않고 뒷주머니에서 수갑을 꺼내 들 뿐이었다.

"허, 벨일이 다 일어나는구만."

진고랑이 한숨을 푹 내쉬며 고개를 저었다.

"뭔가 착오가 있는 거 아닙니까?"

낙주가 앞으로 나서며 팔을 벌려 막아서자 사내가 얼굴을 찌푸렸다.

"이러는 건 공무집행 방해죄에 해당됩니다. 당신들한테서 받아간 시신에서 당신들 지문이 나왔어요."

"미치겠네! 그거야 우리가 시신을 구해 나왔으니까 당연한 거 아닙니까!"

"일단 조사를 해보면 나오겠지요. 야, 다들 태워!"

사내가 명령하자 형사들이 일제히 수갑을 꺼내 들었다. 그렇게 진고랑이 시경을, 시경이 윤식을, 그리고 윤식이 낙주를 쳐다보았다. 그때 차에서 내리는 낯익은 인영이 시경의 눈에 띄었다. 바로 방 형사였다. 시경과 방성태의 눈이 마주쳤다. 방성태가 스마트폰을 들어 확인해보라는 시늉을 했다.

'위에서 내려온 거야. 나도 어쩔 수 없었어. 구속영장도 내 이름으로 신청했는데, 다른 놈들이 신청하면 더 어려워질 거 같아서 그리했으니

그렇게 알아.'

시경은 얼른 스마트폰을 열고 톡을 확인하며 방 형사가 말하는 위가 어디인지 의문에 사로잡혔다.

'설마…… 나상원 고검장이?'

그라면 시경을 궁지에 몰고도 남을 인간이었다. 성폭행 당한 딸은 정신병원에 있고, 딸의 불행을 막지 못한 죄책감에 아내는 스스로 목숨을 끊었다. 그 모든 불행의 원흉이 놈의 아들이었다. 하지만 사과는커녕 시경을 궁지로 내몬 악독한 놈이었다. 아들을 두둔하는 놈에게 주먹질을 했다고 형사 옷을 벗긴 것도 모자라, 복직할 수 있는 거의 모든 길을 막은 인간이었다. 그라면 지금의 황당한 사태가 가능한 일이었다.

"빌어먹을!"

시경의 얼굴이 일그러졌다.

"귀신 일 해결해주다가 호적에 빨간 줄을 긋게 생겼네. 이게 무슨 꼴이야, 젠장!"

윤식이 수갑이 채워지는 시경을 보며 투덜거렸다. 낙주와 재명, 진고랑도 묵묵히 형사들의 지시에 따르고 있었다.

그러나 이어진 황당한 일에 윤식은 눈만 멀뚱거리고 말았다. 자신의 손이 점점 사라지더니 어느새 몸이 모두 사라져버렸기 때문이었다.

"어? 방금 내 앞에 있었는데, 이놈 어디로 튄 거지?"

윤식에게 수갑을 채우려고 다가오다가 잠깐 한눈을 팔았던 형사가 놀라 사방을 두리번거렸다. 윤식이 바로 앞에 서 있는 데도 보지 못했다. 윤식은 윤식대로 입을 떡 벌린 채 말을 잇지 못했다. 마침 벽면에 세워진 전신 거울이 눈에 띄었는데, 거울에 비친 자신의 모습만 사라져 있었다.

'이게 뭐지? 나 죽은 건가?'

윤식은 소름이 돋았다.

"박 형사, 원래 다섯 사람 아니었어?"

반장이 주머니에서 서류를 꺼내 살폈다.

"정낙주, 김시경, 고윤식, 진고랑, 연재명…… 왜 한 사람이 없는 거야?"

"방금 전까지, 그러니까 바로 제 앞에 있었거든요."

"누가 없는 거야?"

"그게 고윤식이라고 이들 중에 가장 젊은 놈이……."

반장이 시경을 쳐다보았다.

"고윤식이 그놈 어디 갔어?"

"윤식이?"

그제야 윤식이 사라진 것을 알아챈 일행도 눈을 크게 뜨고 사방을 살폈다. 하지만 윤식은 보이지 않았다.

- 은미야, 윤식이 보여?

- 아니.

낙주가 놀라 두리번거릴 때였다. 낙주의 귀에 윤식이 속삭였다.

"누, 누나!"

깜짝 놀란 낙주가 바로 옆을 돌아보았지만, 윤식의 모습은 여전히 보이지 않았다. 하지만 윤식의 속삭임은 다시 들려왔다.

"누나, 나 지금 바로 옆에 있어!"

“어, 어떻게 된 거야?”

“누나, 몸이 갑자기 사라지는데 그게 내 눈으로 보였어. 거울에도 안 비치고.”

낙주가 몸이 사라진 윤식의 목소리에 귀를 기울일 때였다.

“김시경 반장, 무슨 꿍꿍이야? 그놈 어디 갔어?”

“윤식이? 나도 몰라.”

“진짜 이것들이! 야, 다시 샅샅이 뒤져!”

형사들이 흩어져 사당을 뒤졌다. 창고도 뒤지고 뒤뜰까지 살펴보았다. 하지만 윤식은 여전히 대청마루에 멀쩡하게 서 있을 뿐이었다.

“누, 누나. 나 죽은 거 아니지?”

“나도 몰라. 은미도 너 안 보인대.”

“뭐, 은미 씨도?”

그러니까 윤식은 사람도 귀신도 볼 수 없는 존재가 되었다는 뜻이었다.

“이게 무슨 거지같은 경우야? 나 이렇게 투명하게 살아야 되는 거야? 아니, 살아 있기는 있는 건가?”

윤식이 울먹거릴 때였다. 재명이 사라진 윤식을 찾느라 부산을 떨고 있는 형사들을 보며 낙주에게 속삭였다.

“낙주야, 아무래도 윤식이 개안되면서 이상한 능력을 얻은 거 같은데?”

“그러게요. 할머니 저 어떡해요?”

윤식은 금방이라도 울음이 터질 것 같았다. 투명인간이 되고 싶다는 생각을 누구나 한 번쯤 해봤을 거였다. 윤식 역시 마찬가지였다. 아니, 윤식은 좀 더 많았다. 보증금 올려주지 못하면 방 빼라는 주인을 만났을 때, 카레이싱 선수의 스포츠카를 몰래 몰고 트랙을 한 바퀴 돌았다가 선수로부터 온갖 수모를 당했을 때, 곯은 배를 쥐고 중국집 앞에 있었을 때, 고등학생 시절 일진들에게 두들겨 맞았을 때…… 윤식은 자신이 투명인간이 되길 빌었었다. 하지만 진짜로 몸이 투명해지자 덜컥 겁부터 났다. 하지만 당황은 잠시뿐이었다. 윤식의 몸이 다시 나타난 때문이었다. 거울에 다시 윤식의 모습이 비쳤다.

"너 이 새끼, 어디 숨어 있다 나타난 거야!"

반장의 말에 일행이 윤식을 쳐다보았다. 일행도 놀라고 윤식도 놀랐다.

"나 어디 안 숨었었거든요."

"이 자식이 어디서 사기를 치고 그래!"

윤식을 담당했던 형사가 버럭 소리를 질렀다. 윤식은 끌려가는 것보다 느닷없이 투명해진 자신 때문에 당황스럽고 소름 끼쳤다.

- 언니, 윤식이 총각 진짜 사라졌다가 나타난 거 맞지?

은미의 말에 낙주가 고개를 끄덕였다.

- 그러게. 귀신도 아니고 이게 무슨 일이야?

- 귀신인 내 눈에도 안 보였다니까! 윤식이 총각 개안이 되면서 뭔가 잘못된 건가?

- 나도 뭐가 뭔지 모르겠다.

윤식은 침통한 얼굴로 형사의 손에 수갑이 채워진 채 끌려 나갔다.

귀신을 보게 된 일보다 갑자기 투명해진다는 사실이 윤식에겐 더 충격적이었다.

'이러다 영영 사라져버리는 건 아니겠지? 귀신을 보게 된 일부터 잘못된 거야. 그때부터 이상했는데. 이 사람들하고 엮일 때부터 이상했는데…….'

끌려가는 윤식에게서 한숨소리가 쉴 새 없이 흘러나왔다.

신의 물건

1

전주 담적의 사당에서 붙잡힌 낙주와 일행들은 서울로 이송된 뒤 각각 취조실로 나뉘어 들어갔다.

"이봐요, 정낙주 씨. 거길 어떻게 가게 되었냐고 묻잖아요!"

낙주의 앞에 앉아 있는 남자는 자신을 장국이라 말했다. 처음 그의 이름을 듣고 낙주는 상황에 어울리지 않게 쿡, 웃음소리를 내고 말았다. 하지만 제 이름을 처음 들은 상대방의 반응에 익숙한지 장 형사는 낙주를 한 차례 힐끔 쳐다본 게 전부였다.

"그 장소를 어떻게 알게 되었느냐고 수백 번도 더 물었습니다. 정말 그 시신과 관련이 없다면 말을 해야 할 거 아닙니까?"

장 형사의 다그침에 낙주는 다른 방에 갇힌 일행을 떠올렸다. 시경도 윤식도, 진고랑과 할머니도 은미라는 귀신 때문에 시신을 찾으러 갔다고 말할 수는 없어 난감해하고 있을 게 분명했다.

– 언니, 저 사람은 믿을 만한 거 같아. 방 형사하고는 좀 다른 것 같아.

– 방금 만난 사람을 보고 믿고 말고 할 게 어딨어?

– 할머니가 나 보고 백제라며? 그게 뭔 뜻인지 모르겠지만 아무튼 높은 사람이라는 것은 맞잖아. 꼭 할머니 말 때문은 아닌데, 내가 봐도 나 은근히 감이 좋은 거 같아. 나쁜 사람은 잘 모르겠는데, 좋은 사람은 금방 알겠더라고.

– 그래서 방 형사라는 인간은 나쁘고, 저 장 형사는 괜찮다?

– 방 형사는 좀 묘해. 무조건 나쁜 것만도 아닌 것 같고…… 뭐라고 한마디로 콕 짚어서 이야기하기 힘들어.

낙주가 은미와 한창 이야기를 나누고 있을 때였다.

"이봐요! 정낙주 씨!"

장 형사가 두꺼운 서류철로 책상을 매섭게 내리쳤다.

"지금 취조 중인데 눈감고 뭐 하는 짓입니까! 좋아, 그곳에 어떻게 갔는지는 일단 넘어가고. 그 여자 몸에 장기가 없는 걸 보면 장기 밀매라는 건데, 중국 마피아 쪽과 선 닿아 있는 거지?"

기분이 나빠졌는지 장 형사의 말이 짧아졌다.

– 은미야, 저 사람 진짜 믿을 만한 거 같아?

– 그렇다니까.

– 한번 믿어볼까?

– 여기서 나가려면 그래야 하지 않을까?

은미의 말에 낙주가 취조실의 한쪽 벽면을 가득 유리창 쪽을 쳐다보며 물었다.

"장 형사님, 지금 저 유리 안에서 여기 들여다보고 있죠?"

"지금 그게 중요한 게 아니잖아!"

"반말하지 마세요!"

낙주의 갑작스런 호통에 장 형사가 흠칫거렸다.

"지, 지금 그게 중요한 게 아니잖아요."

"장 형사님, 저 유리 안에 아무도 없다면 제가 다 말씀드릴게요."

"뭐라고…… 요?"

"말 그대로예요. 저 유리 안에 아무도 없다면 다 말씀드린다고요."

"나 원 참."

낙주의 제안에 고민하던 장 형사가 의자에서 일어나 밖으로 나갔다.

- 언니, 무슨 꿍꿍이를 부리는지 내가 나가볼게.

은미가 유리를 뚫고 머리만 저편으로 들이밀었다. 낙주가 몸의 반은 취조실에 둔 채 상체만 유리 너머로 들이민 은미의 뒷모습이 우스꽝스러워 피식 웃음을 지었다. 은미는 대기실로 들어간 장 형사와 원래부터 있던 세 명의 남자와 한 명의 여자를 훔쳐보았다.

"우리가 없으면 진술하겠다는 게 말이 돼?"

"이 인간들은 다들 왜 이래? 김시경 그 인간도 묵비권이지, 장물아비도 입 닫아걸고 아무 말도 안 하지, 젊은 놈은 반쯤 혼이 나가 횡설수설하다가 경기 들린 것처럼 놀라면서 제 몸이나 훑어보고, 몸집 큰 할머니도 입을 꾹 다물고 있고, 진짜 알다가도 모르겠네."

“장 형사님, 우리 모두 나갔다고 적당히 속여 봐요.”

“난 거짓말하면 티가 나. 그리고 그러고 싶지도 않고.”

“장 형사님도 참, 진짜 고지식해요.”

여자가 유리 너머의 낙주를 살피며 말했다.

“그나저나 저 여자 옛날엔 역도 선수로 잘나갔던 거 같은데, 어쩌다가 장기 밀매까지 했대? 저 미모에 할 게 그렇게 없었을까?”

여자의 비아냥거림에 형사들이 낙주를 들여다보았다.

“참 특이한 이력이야. 저 미모에 역도 선수를 하질 않나, 범죄 집단이랑 어울리지를 않나.”

“이봐, 김 형사. 정낙주 씨 아직 범인 아냐. 정황상 취조하고 있지만, 장기 밀매인지 뭔지 아직은 아무것도 밝혀진 게 없잖아. 그렇게 단언하지 마. 그리고 난 이 사람들이 그 여자를 어떻게 한 거라고 생각하지 않아.”

“장 형사님, 또 그놈의 감인지 뭔지 믿었다간 큰일 내십니다.”

“난 누구처럼 죄 없는 사람한테 죄를 만들어 사형까지 언도하는 그런 짓은 하지 말아야 한다는 거야. 엄한 사람 죄인 만들지 말자는 거야. 아무튼 일단 알았어. 모두 나가 있어!”

장 형사가 다시 취조실로 들어와 낙주에게 말했다.

“모두 나가라고 했어요.”

– 언니, 거짓말이에요. 한 사람도 안 나갔어요.

“왜 거짓말하십니까? 한 사람도 안 나갔잖아요.”

낙주의 말에 장 형사의 얼굴이 일그러졌다.

"모두 나가라고 했다니까요!"

- 언니, 여자 한 명에 남자가 세 명 있어요. 그리고 남자 중의 하나는 장 형사라는 이 사람한테 그놈의 직감 같은 거 믿지 말라고 비아냥거렸어요.

낙주가 눈에 본 것처럼 은미의 말을 전하자, 그제야 장 형사가 한숨을 푹 내쉬고는 결국 다시 취조실을 나갔다. 은미도 다시 유리 너머를 훔쳐보았다. 낙주는 장 형사를 믿을 수 없다면 어떤 말들도 할 수 없었다. 도움을 청한 방 형사가 일행을 범죄자로 몰아세워 피의자가 됐는데, 누굴 믿을 수 있을까 싶었다. 잠시 후 장 형사가 돌아왔다.

"모두 나가라고 했소. 그러니 진술 제대로 해봐요."

- 언니, 이 아저씨가 진짜 모두 나가라고 말을 했는데, 아직도 한 사람이 나가는 척하다가 다시 돌아왔어.

"남아 있는 분은 누구죠?"

"정낙주 씨, 나가라도 했다고!"

장 형사가가 벌컥 짜증을 냈지만 낙주는 고개를 저었다.

"다시 한 번 나가보세요. 그리고 녹음도 하지 말고요."

"진짜!"

장 형사가 벌떡 일어났다. 은미도 다시 유리를 살피고 돌아와 말했다.

- 장 형사가 엄청 화를 내니까 마지막까지 남아 있던 사람도 결국 나갔어. 녹음기도 껐고.

- 다른 방은 둘러봤어?

- 다들 수사관들도 애먹고 있던데. 내가 입 닫으라고 말해두었어.

- 할머니나 알아듣지 다른 사람들은 못 알아듣잖아?

낙주의 물음에 은미가 입에 지퍼를 채우는 시늉을 했다.

- 아직은 다들 내가 보이는 게 어색한가봐. 내가 수사관들에게 들킬까봐 눈으로만 알았다고 깜빡거리는데 얼마나 웃긴지.

은미가 재미있다는 듯 깔깔거렸다. 이럴 때보면 귀신이라기보다 제 나이 때의 소녀 같은 느낌이 더 강하게 들었다.

- 윤식이는?

- 아직도 정신이 없는 거 같긴 한데, 다시 몸이 사라지고 그러지는 않더라고.

- 개안이 되면서 생긴 능력이겠지?

- 그런데 능력이라고 말하기는 좀 그렇지 않아? 자기도 모르게 투명해졌다가 자기도 모르게 다시 나타나잖아.

- 그러게 말이다.

- 내 눈에도 안 보이는 거는 진짜 신기해.

- 아무튼 별 탈 없어야 할 텐데.

그때 얼굴이 붉으락푸르락해진 장 형사가 돌아왔다.

"진짜 모두 나갔어요. 당신 뜻대로 해줬는데 별 말 아니기만 해봐!"

- 언니, 진짜 사실대로 말할 거야? 이 사람이 믿을까?

- 네가 믿음이 간다며?

- 나야 믿음이 가긴 하지만, 그건 귀신의 믿음이지 사람의 믿음이 아니잖아.

- 이제 와서 그러면 어떡해?

"시간이 더 필요해요?"

장 형사의 채근에 낙주가 막 입을 떼려던 순간이었다.

- 밀지 좀 마!

취조실로 불쑥 두 명이 들어왔다. 검은 군복의 남자와 소녀였다.

- 상도 아저씨, 어떻게 알고 여길 찾아왔어요? 소영이 넌 어디 있었어?

은미의 말에 낙주는 검은 군복 사내 이름이 상도라는 걸 기억해냈다. 엄마를 찾아달라는 소녀의 이름도. 갑자기 취조실이 귀신들의 집합소가 되었다.

- 사당에서 그 뭣이냐 황철이 보고 냅다 도망갔지. 그놈 진짜 무섭

다는 말 전에도 들은 적이 있었거든.

- 그냥 사당 안으로 들어오지 그랬어요.

- 참말로 나나 소영인 못 들어간다니까. 다른 귀신들이 못 들어가듯이.

- 그런데 여긴 어떻게 알고 왔어요?

- 참말로 내가 산 세월이 얼마요? 사당 부근을 맴도는데 어떤 원피스 입은 예쁜 귀신이 알려주더라고. 모악산의 담적이라는 사람 만나러 갔다고. 그래서 또 힘들게 달려갔죠.

- 아저씨도 참, 우리가 뭐가 힘들었다고 그래?

- 소영아, 난 진짜 힘들었거든.

- 아무튼 얼른 말이나 해드려요.

상도가 헛기침을 하고 다시 말을 이어나갔다.

- 도착하니까 경찰들이 낙주 씨랑 할머니랑 잡아가더라고요. 그래서 형사들만 탄 차에 신세를 좀 지고 왔지요. 그런데 방 형사라는 사람이 구속영장 신청한 거라면서요?

- 그 이야긴 어떻게 들었어요?

- 형사들끼리 떠들어대더라고요. 그 인간 밥맛이라는 둥, 곧 승진할 건데 잘 보여야 한다는 둥, 경찰청장을 할 인간이라는 둥, 한남동에 집이 있는데 으리으리하다는 둥, 별의별 이야기를 다 들었죠.

"아니, 이제 아무도 없다는데 왜 또 입을 다물어요!"

장 형사의 목소리가 날카로워졌다.

- 어? 낙주 씨, 나 이 사람 알아요!

- 네?

- 이 수사관을 안다고요.

상도가 낙주의 곁에 앉아 장 형사를 빤히 들여다보았다.

- 어떻게요?

- 내가 남영동 끌려갔을 때 선배 수사관들 몰래 물도 넣어주고 밥도 넣어주고 그랬던 수사관이에요. 그래 기억나네. 나한테 미안하다고 그랬어. 내가 죽기 전에 인간다운 인간으로 마지막 본 인간이라 그 말이랑 그때 얼굴이랑 아주 선명하게 기억하고 있어요. 이 사람도 많이 늙었네.

상도의 말에 장 형사가 다시금 보였다. 선천적으로 선한 인간이라는 생각이 들었다. 보통의 성깔 있는 형사였다면 진즉 욕이 튀어나왔을 텐데, 그는 짜증을 내면서도 낙주의 청을 들어주면서 참고 있었다. 그래서였다. 낙주는 장 형사를 믿고 싶어졌다.

"혹시 김상도라고 아세요?"

"김상도? 그게 누굽니까?"

- 남영동에 있을 때 대외적으로는 알려지지 않은 옥상 층에서 죽은 남자라고 말해 봐요.

낙주가 상도의 이야기를 장 형사에게 전했다.

"고문받을 때 물도 넣어주고 밥도 넣어주고 그랬다네요."

"뭐, 뭐야 당신? 나, 난 남영동 모, 모른단 말이야!"

깜짝 놀란 장 형사가 의자에서 벌떡 일어났다.

"형사님을 어쩌자는 게 아니라 지금부터 우리 이야기를 제대로 해드리려고 하는 겁니다."

"우리?"

"지금 이 방에 저만 있는 게 아니라, 귀신 셋도 같이 있거든요."

"뭐 귀신? 지금 나랑 장난하는 겁니까?"

장 형사의 얼굴이 빨갛게 달아올랐다.

– 하, 얼굴 보니까 속속 생각나네. 저한테 담배 한 대 주면서 딸 이야기를 했어요. 심장이 많이 아프다고 그랬지. 나를 담당했던 수사관이 이근배였잖아요. 그 사람이 수사팀장이었고, 장 형사는 말단이었죠. 딸이 아파서 집에 가봐야 하는데 팀장이란 사람이 퇴근을 못하게 하는 괴팍한 사람이었다는 말도 기억나요. 참, 와이프가 신문사 기자라고 했어요. 그때 딸 때문에 휴직을 했다고 그랬는데…….

낙주는 상도가 전해주는 말을 장 형사에게 들려주었다. 이야기가 길어지면서 장 형사가 맥이 풀렸는지 의자에 털썩 주저앉았다.

"당, 당신이 뭐 하는 사람이야? 내 과거를 당신이 어떻게 아는 거지?"

"믿지 못하겠지만 진짜 이 방에 그때 취조를 받았던 김상도라는 분이 와 있어요."

낙주의 말에 장 형사가 좁은 취조실을 빠르게 두리번거렸다.

"바로 앞에 있어요."

장 형사가 흠칫 놀랐다.

"정낙주 씨 장난하지 맙시다. 어떻게 내 뒷조사를 했는지는 모르겠지만……."

- 언니, 손가락 몇 개 폈는지 알아맞히겠다고 해봐.

낙주가 은미의 말대로 제안하자 장 형사가 헛웃음을 터뜨렸다.

"정말 어이가 없어서. 좋아요. 지금 내가 손가락을 몇 개 펴고 있나요?"

낙주가 두 개, 세 개, 다섯 개 모두를 번번이 맞혔다. 하지만 그래도 장 형사는 좀처럼 믿을 수가 없었다.

"속, 속임수를 내가 몰라볼 수도 있으니까…… 지금 내, 내 손 안에 돈이 얼마나 쥐어져 있는지도 맞힐 수 있습니까?"

낙주는 장 형사의 움켜쥔 손을 보며 피식 웃었다.

"모두 1,300원이에요. 5백 원짜리 동전 두 개와 1백 원짜리 세 개."

낙주는 이번에도 정확히 맞혔지만, 장 형사가 다시금 고개를 절레절레 저었다.

"허허허, 귀신한테 홀린 것도 아니고 진짜 어처구니없네. 이제 그만합시다. ……죽은 여성하고 무슨 관계인지나 밝히세요. 정낙주 씨가 요구한 대로 다른 수사관들 모두 다른 곳으로 보내라 해서 보냈으니까."

하지만 다시 유리벽 너머를 살핀 은미가 낙주를 향해 고개를 저었다. 상도와 소영도 목만 삐죽 내밀어 유리벽 너머를 들여다보고는 코웃음을 쳤다.

- 언니, 방금 전에 여자랑 남자 한 명이 또 몰래 들어왔어.

- 저 언니는 단발머리보다는 긴 머리가 어울리겠는데.

- 한정민 수사관? 젊은 거 같은데 머리가 하얗게 셌네. 염색한 건가?

낙주는 은미와 상도, 소영이 들려준 이야기를 토씨 하나 빼먹지 않고 그대로 전달했다.

"설마……."

장 형사가 취조실 밖으로 부리나케 달려 나갔다.

- 이젠 믿겠네.

- 그러게. 그런데 믿어도 문제다.

- 뭐가?

- 저 형사 혼자서 우릴 내보낼 수는 없잖아. 뭔가 절차가 필요하겠지. 그나저나 형이 걱정이네.

- 시경 아저씨?

- 그래. 궤짝이랑 열쇠랑 얼마나 찾고 싶었으면, 여기 끌려오는 동안에 잠깐 잠들었는데 잠꼬대를 다 하더라고.

- 할머니가 당분간 움직이지 말라며?

- 그렇긴 한데…… 그리고 사실 그거 우리 게 아니기도 하잖아.

- 언니, 시경 아저씨한테 내가 다른 귀신들 꼬드겨서 돈 될 만한 거 찾아봐 드린다고 말해.

- 니가 형을 잘 몰라서 그래. 한번 꽂히면 해결될 때까지 그것만 집요하게 파고드는 인간이거든.

낙주가 은미와 이야기하는 사이 장 형사가 돌아왔다. 그의 얼굴이 벌겋게 상기되어 있었다.

"도, 도대체 유리 너머에 누가 있는지 어, 어떻게 하는 겁니까?"

"장 형사님, 제가 다른 수사관들 내보내라 했던 것도 이야기를 해봤자 다른 수사관들이 믿지 못할 거라 생각했기 때문이에요."

"귀신들을?"

"그래요."

"그런데 나는 왜?"

"믿을 수 있을 거 같아서요."

낙주의 말에 장 형사가 고민어린 얼굴로 물었다.

"이 방에 진짜 김상도 씨가 와 있나요?"

"네."

낙주가 고개를 끄덕이자 장 형사가 갑자기 고개를 푹 숙였다. 그리고 흐느끼는 듯 어깨를 떨었다.

"이해해요. 귀신들을 실제로 보기 전에는 누구도 믿지 못할 거예요."

"마지막으로 한 가지만 묻죠."

낙주가 그의 얼굴을 빤히 쳐다보았다.

"그때 상도 씨가……."

말을 하던 장 형사가 구석 벽 위에 달려 있는 감시카메라에 눈길을 주었다. 은미가 유리벽 너머에 고개를 들이밀었다가 돌아왔다.

– 언니, 모두 꺼져 있어.

"걱정하지 말래요. 모두 꺼져 있대요."

“그때 상도 씨를 담은 백이 취조실에서 나갈 때 내가 한 가지 준 게 있어요.”

“백에요?”

“그래요. 사람들 죽으면 담는 백. 그러니까 귀신이 존재한다면 귀신만 알 수 있는 일인 겁니다.”

– 아, 맞아! 그때 장 형사가 내 손에 쥐어준 게 있었어. 바로 이거야.

상도가 제 손을 들어 펼쳐보았다. 상도의 손바닥에는 네잎 클로버가 하나 놓여 있었다.

– 오빠, 이제야 손을 폈네. 맨날 주먹 쥐고 다녔잖아.

– 그러게. 나도 이유를 모르면서 주먹을 쥐고 다녔거든. 이걸 잃어버리지 않으려고 그랬구나. 그랬어. 장 형사 진짜 착한 사람이었어. 진짜 몸을 찾으면 이 클로버는 다 뭉그러져 있겠지.

낙주가 네잎클로버에 대해 말하자 장 형사가 흐느끼며 이야기를 풀어놓기 시작했다.

“난 상도 씨가 그렇게 가버린 뒤로 10년도 넘게 제대로 잠을 못 잤어요.”

“상도 씨가 괜찮답니다. 그런데 자기 몸을 찾아달라고 절 찾아왔는데, 혹시 상도 씨 시신이 어디에 있는지 아시나요?”

장 형사가 고개를 저었다.

“이근배 팀장이 혼자 갔어요. 차도 자기가 직접 몰고.”

어느새 취조는 이상한 모양새가 되고 말았다. 장 형사는 다른 수사관들을 내몬 이유를 해명해야 했다. 무엇보다 여자 시신과는 아무런 연관이 없다는 점을 다른 수사관들에게 어떻게 밝히느냐가 문제였다.

"실은 김 형사님 제가 존경하는 분이었어요. 전설적인 분이니까. 그래서 우리 서에 끌려왔을 때 그분과는 마주치지 않으려고 했어요. 그런데 문제는 현장에서 지문 하나 안 나왔다는 거예요. 게다가 더 중요한 건 여성의 신원을 파악할 수가 없다는 점이에요."

장 형사의 말을 들으며 낙주는 방 형사가 왜 이런 무리수를 두었는지가 의문이었다. 국과수에서도 충분히 조사가 진행될 테니 신원이 밝혀지지 않았더라고 여자의 사인과 살해 추정시간이 밝혀지면 금방 풀려날 터였다.

"……그러니까 댁들은 귀신들 문제를 해결해주는 해결사라는 거죠?"

장 형사의 질문이 막 끝났을 때였다. 그의 스마트폰이 울렸다.

"뭐라고?"

전화를 받은 그의 허리가 꼿꼿하게 펴졌다. 통화를 끝낸 그가 낙주를 빤히 쳐다보았다.

"여자 시신이 흔적도 없이 사라졌답니다."

2

시경은 윤 차장 검사의 눈을 빤히 들여다보았다.

"김 반장, 아무리 퇴직했어도 그렇지. 이 꼴이 뭐냐?"

윤 검사가 빙글빙글 웃었다. 시경은 책상 건너편에 앉아 있는 윤 검사를 노려보았다.

"왜? 내 턱도 갈겨 보려고?"

"당신이 여길 뭐 하러 와?"

"오호, 경찰이 검사한테 반말? 아, 아니지 지금은 경찰이 아니니까 그럴 수 있겠네."

"너도 나한테 반말했잖아."

"내가? 내가 그랬나?"

윤 검사가 뒤에 서 있는 두 명의 수사관을 돌아보며 너스레를 떨었다.

"그래, 반말 좀 하면 어때. 듣자하니 요즘 심부름센터를 한다며?"

"남이야 뭘 하든 무슨 상관인데?"

"하긴 내가 뭐 알 바 아니지."

잠시 딴청을 부리던 그가 슬쩍 본론을 꺼냈다.

"그런데 말이지. 우리 고검장 아드님을 고소해봐야 오히려 너만 손해일 텐데 말이야. 안 그래?"

짐작을 했다. 시경은 본색을 드러낸 그를 향해 어깨를 으쓱했다.

"이미 손해 볼 만큼 봤는데? 이제 바닥이라 더 손해 볼 것도 없어."

한창 심문을 하던 형사가 나가더니 윤 검사가 들어올 때부터 짐작을 했지만 이토록 노골적으로 말하리라곤 생각하지 않았다.

"잘난 고검장한테 가서 전해. 내가 귀한 아들 꼭 잡아 처넣을 거라고."

"하하하, 호기롭네. 가능할까? 애써 힘쓰지 말라고. 우리 고검장님께서 워낙 인간적이고 배려심이 깊으신 분이라 김 반장 혹 상처 받을까봐 염려해서 미리 말씀을 해주셨는데, 아무리 날고 기어도 그 건은 성립이 안 된다는 거 잘 알잖아?"

묵묵히 듣고 있던 시경이 갑자기 웃음을 터뜨렸다.

"크크크, 난 그냥 흔들기만 하는 거야. 고검장이 옷 벗을 때까지 계속. 그리고 간간이 뉴스에 나오면 사람들도 잊지 않고 보기에도 좋잖아"

"김 반장, 대를 위해선 소를 희생해야지. 그게 이 세상의 법칙이야. 날도 추운데 빨리빨리 해결하고 들어가서 밥 먹자고."

"이봐, 윤 검사. 난 그럴 생각 없거든."

"김 반장이 아직 이쪽 세계 무서운 걸 모르는구나. 너 같은 거 영원히 묻을 수도 있다는 거 잘 알잖아?"

"어디 묻어보라고 해."

"차기 총장 되실 분을 그렇게 홀대하면 쓰겠어. 아니 막말로다가 고검장님이 그러신 거냐고? 막나가는 그 아들놈이 그런 거잖아?"

"그럼 그에 합당한 벌을 받게 해줘야지. 훗날 총장 될 분이 아들놈 귀한 줄은 알고 내 딸하고 아내 귀한 줄은 모르면 안 되잖아?"

시경에 대한 설득이 먹히자 않자 윤 검사가 책상 가까이 다가들었다.

"막말로 총장님이 김 반장 와이프 죽인 것도 아니고, 총장님 아들이 죽인 것도 아니잖아. 혼자 스스로……."

한창 말을 꺼내던 윤 검사가 말꼬리를 흐렸다. 시경의 눈빛 때문이었다. 중수부의 독사라는 별명이 딱 어울리는 살벌한 눈빛이었다.

"항소하고, 안 되면 상고까지 갈 거야. 형사로 안 되면 민사로도 흔들 거고. 그런 인간이 고검장이라는 사실이 무섭고, 검찰총장 된다는 건 더 무서운 일이지. 친일 집안 자손이라 그런지 법을 우습게 알잖아."

윤 검사가 더 바짝 다가들었다. 그리고 귀에 대고 속삭였다.

"이봐, 김 반장. 대한민국은 안 변해. 왠지 알아? 이미 이 사회는 뒤바뀔 수 없을 정도로 굳어졌거든. 친일파가 뭐 어때서? 그들은 이제 대한민국의 기둥이야. 그들을 정리해야 한다고? 그러려면 대한민국도 정리를 해야 해. 정리가 가능할 것 같아? 잘 알 거 아냐. 우리 카르텔이 무너질 거라고 생각해? 판사, 검사, 경찰, 언론까지 주요 요직에 우리 카르텔이 다 있다는 거 설마 모르는 건 아니지? 우리 카르텔은 대한민국이 멸망할 때까지 안 깨져! 잘 알고나 지껄여! 버러지 같은 새끼! 살 길을 주려고 해도……."

윤 검사가 으르렁댈 때였다. 시경이 그의 멱살을 와락 움켜잡았다.

"허, 이것 봐라. 지금 대한민국 검사 멱살을 잡아?"

윤 검사의 눈 흰자위가 시경을 향해 번뜩였다. 악마조차 두렵지 않다는 눈빛이었다. 하지만 시경은 개의치 않았다.

"설령 달걀로 바위를 깨는 일이더라도 난 죽을 때까지 포기하지 않을 거야. 내가 못하면 내 자식이, 내 자식이 못하면 그다음 자식이 하도록 가르칠 거야. 나를 아는 모든 사람들에게도 가르칠 거야. 지저분하고 오만하고 선민의식에 찌든 너희 카르텔을 반드시 부숴달라고 부탁할 거야. 그리고 반드시 이뤄낼 거야, 이 개자식아!"

뒤에 서 있던 수사관 둘이 황급히 다가와 시경을 윤 검사에게서 떼어냈다.

"김 반장, 여기에 왜 잡혀온 건지 아직도 모르겠어? 네 말대로 고검장님께서 너 무릎 꿇을 때까지 흔드는 거야. 너만 괴롭히는 게 아니라 네 주변의 인간들까지 모두 다! 널 구속시키려고 하는 게 아니라, 지쳐 나가떨어지게 만드는 거라고."

시경은 그제야 담적의 사당 마당에서 본 방 형사가 떠올랐다. 위에서 내려온 지시이며 자신도 어쩔 수 없었다던 방 형사의 말이 기억났다.

시경이 피식 웃음을 터뜨렸다.

"흔들어도 난 잃을 게 없어. 너나 그 잘난 고검장이 더 많겠지."

"아직도 우리 카르텔을 몰라? 딸년처럼 너도 정신병원에 들어가게 해줄까?"

"이 개새끼!"

시경이 막 그의 턱에 주먹을 날리려고 할 때였다. 장 형사가 취조실 문을 벌컥 열고 들어섰다.

"김 반장님, 그만해요!"

장 반장의 말에 시경이 들어 올렸던 주먹을 멈췄다. 윤 검사는 오히려 시경이 주먹질을 멈춘 게 아쉽다는 듯 혀를 찼다.

"김 반장님, 나가도 됩니다."

"잡을 땐 언제고?"

장 반장의 말에 시경이 물었다.

"그렇게 됐어요."

장 형사가 윤 검사를 흘깃거리며 대답했다.

"아쉽네, 조금 더 친해질 수 있었을 거 같은데."

윤 검사는 옷매무새를 바로 잡은 채 유유히 취조실 밖으로 걸어 나갔다.

3

시경은 좀처럼 가만있지 못하고 좁은 책방을 연신 오갔다.

"정신없으니까 좀 앉아 있어!"

책을 들여다보던 진고랑이 벌컥 짜증을 냈다. 윤식은 거울을 들여다보며 자기 몸이 보이나 안 보이나 연신 확인하고 있었다. 하루에도 수십 차례 거울을 들여다보았는데, 다행히 사당에서처럼 사라지는 경우는 없었다.

"윤식이 너도 제발 그만 좀 해!"

진고랑의 짜증에 윤식을 걱정스럽게 보던 시경이 윤식의 편을 들어줬다.

"선생님 같으면 가만히 있을 수 있겠어요? 아무짝에도 쓸 데 없는 능력이 생기는 바람에 돌아버리겠는데!"

"난 가만히 있잖아. 그리고 은미 씨가 없으면 아무것도 안 되는 거라면서. 은미 씨만 우리 곁에 있으면 김 형사가 걱정하는 그것들을 지킬 수 있을 거야."

"모르죠. 말도 안 되는 사건들이잖아요. 그러니까 말도 안 되는 무슨 술수로 그걸 깨부술 수 있을지도 모르잖아요."

시경의 말도 일견 그럴듯했지만 진고랑은 고개를 저었다.

"그렇진 않을 거야. 기원전의 것들은 모든 게 시간과 깊은 연관이 있어. 시간의 사슬을 쥔 자가 아니면 그걸 열 수 없을 거야."

"진 선생님 말 멋지네요. 그나저나 졸본에 빨리 가봐야 하는데……."

낙주와 일행들은 여자의 시신이 흔적도 없이 사라지면서 느닷없이 경찰서에서 풀려나게 되었다. 정확한 내막은 모르지만 일행은 여자의 신원이 확인 안 되면서 미제로 처리될 가능성이 높다는 말만 들을 수 있었다.

"형, 지금 졸본에 가는 게 문제가 아니잖아. 그 여자 시신이 사라졌다는 게 문제지."

낙주는 여러모로 걱정이 되었다. 무엇보다 장기를 적출한 무리들의 흔적이 감쪽같이 사라졌다는 게 이해되지 않았다.

"안산에 있는 양 형사한테 좀 알아봐 달라고 부탁은 해놨어. 뭔지 모르겠지만 이건 굉장히 큰 뭔가가 연루되어 있다는 생각이 자꾸 들어."

시경의 말에 낙주 역시 고개를 끄덕였다. 굉장히 큰 뭔가가 연결되어 있다는 의심이 강하게 들었기 때문이다. 사실 낙주가 귀신을 보기 시작한 일도 그렇고, 이제는 시경과 윤식, 진고랑까지 귀신을 보게 되었다는 사실만으로도 굉장히 큰 사건이었다. 하지만 윤식은 두려움에 얼굴을 찌푸렸다.

"팀장님, 그 직감 믿지 말아요. 직감을 믿는다는 건 뭔가 굉장히 큰 사건이 벌어지고 있다는 말이잖아요. 난 지금도 감당하기 힘든데."

낙주가 걱정 가득한 윤식을 쳐다보았다. 그녀도 이해할 수 없는 능력이 윤식에게 생겼지만, 한 번 그런 일이 일어났다고 능력이라 말하기는 좀 부족했다. 물론 그렇다고 아주 없던 일은 분명 아니었다.

"지금은 말짱하지? 혹시 혼자 있을 때 사라지고 그런 적은 없고?"

"그랬다간 저 미쳐버렸을지도 몰라요."

"할머니가 좀 알아보신다니까 기다려봐."

윤식이 다시 자기 손을 들어 이리저리 살피며 말하자, 낙주가 윤식을 안심시켰다. 시경도 윤식을 향해 위로의 말을 건넸다.

"그래, 뭔가 다 쓰일 데가 있겠지."

"난 이런 능력 원하지 않는다고요!"

윤식은 한숨을 길게 내쉬었다. 몸이 투명해지는 게 무슨 대단한 능력이겠는가. 윤식은 대단한 능력을 갖고 싶은 마음이 일절 없었다.

"그런데 윤식아, 투명인간이 되면 그것도 재미있지 않겠냐?"

"형!"

"김 형사!"

낙주와 진고랑이 동시에 말했다. 시경을 바라보는 윤식의 얼굴이 일그러졌다.

"팀장님, 나도 첨엔 투명인간이 되면 나쁜 짓을 해도 남들이 아무도 모르고 좋겠다고 생각했는데 가만히 따져보면 이건 비정상인거예요. 하다 못해 연애도 못한다고요. 나중에 결혼이라도 하면 자식도 투명한 유전자를 물려받아서 나오면 어떡해요? 애기 땐 멋 모르고 사방팔방 기어다닐텐데 투명해지면 어쩌냐고요! 팀장님 남의 일이라고 쉽게 말하지 마세요. 난 지금 심각하니까."

"생각해보니 그렇겠네. 그런데 이 상황에서 부정적으로 생각해봐야 나아지는 건 없잖아. 긍정적으로 받아들여야……."

시경이 말하다 멈추었다. 윤식이 손을 들어 그의 말을 막은 때문이었다.

"저도 좋은 쪽으로 생각하려고 하니까. 더 보태진 마세요. 전엔 좀 웃긴 이야기지만 투명인간이 되면 여탕에도 한번 들어가 보겠다고 상상을 했는데 이게 그러면 안되는 일이잖아요. 내가 왜 이렇게 된 건지 고민을 좀 더 해봐야할 거 같아요. 뭔가 색다른 책임감이 필요한 거 같기도 하고요.”

윤식이 잠깐 낙주를 쳐다보았다. 낙주는 어깨를 으쓱거렸다.

“은행에도 들어가 맘대로 돈도 들고 나오고, 나쁜 놈들 한 대 쥐어박고 도망가기도 하고……. 그렇게 생각했는데 막상 투명해지니까 겁이 더럭 나더라고요. 지금도 마찬가지지만.”

“우리 윤식이가 갑자기 훌쩍 더 큰 어른이 된 거 같네.”

진고랑이 말했다.

“좋은 쪽으로 생각해. 그리고 사라졌다가 다시 나타나잖아. 그게 얼마나 다행이야. 하다못해 네가 결혼을 했는데 갑자기 부인 앞에서 투명해져봐. 얼마나 황당하겠어. 뭐, 다시 나타나니까 별 문제는 없겠지.”

낙주는 시경의 말에 헛웃음을 웃으며 책방 안을 둘러보았다. 아까부터 은미가 보이지 않았다. 상도는 물론 소영 역시 보이지 않았다.

“겁 많은 애가 어딜 간 거야?”

낙주는 책방 출입문 쪽으로 다가가 밖을 살폈다. 길 건너편에서, 그리고 멀찌감치 떨어진 골목에서 책방을 감시하는 눈길이 보였다. 수사관들로 보였는데, 그들은 일부러 몸을 숨기지 않고 대놓고 이쪽을 감시하는 중이었다. 시경이 낙주 옆에 서서 얼굴을 찌푸렸다.

“미치겠네. 얼른 열쇠 찾으러 가야 하는데 저것들은 지치지도 않나? 그런데 낙주야, 재명 할머니는 왜 이렇게 안 오신대?”

시경의 물음에 낙주는 고개를 저었다. 재명은 잠시 어딜 다녀온다는 말만 남기고 책방에서 사라졌다. 수사관들이 따라붙었을지도 모른다는 생각에 낙주는 재명에 대한 걱정을 끊을 수가 없었다.

“아니, 진 선생은 책만 보면 답니까?”

시경이 다시 책에 얼굴을 묻은 진고랑을 향해 괜히 역정을 부렸다. 하지만 진고랑은 들은 척도 하지 않았다.

"왜 그래? 하수들처럼."

"뭐요? 하수? 나 원 참. 지금 이 시국에 책이 눈에 들어옵니까?"

"안 그럼? 우리가 지금 뭘 할 수 있는데?"

"아, 그러니까 하다못해…… 아무 거라도 해야죠!"

"쯧쯧, 김 형사도 꼼짝 못하는데 우리가 뭘 어쩌겠어. 그리고 은미랑 다른 친구들이랑 안 보여서 하는 소린데, 귀신들은 15년쯤은 아무것도 아냐. 수십 년, 수백 년, 어쩌면 수천 년을 기다리는 귀신들도 있다고. 그 상도라는 친구도 따져보면 20년도 더 지나 우릴 찾아와서 몸 찾아달라고 하잖아. 그 시간을 견디고 기다리고 있는 거야."

"다른 세상으로 가기 위해 기다려야한다? 좀 안쓰럽네요. 우리도 나중에 죽으면 그렇게 되겠죠. 그러니까 우리도 잘 죽어야 하는 거네요."

시경을 쳐다보던 진고랑이 입을 열었다.

"잘 죽어야 한다는 말은 곧 잘 살아야 한다는 말이기도 해."

"그게 어디 쉽나요?"

"그러게 쉽지 않지. 판수 생활을 좀 해보니까 죽는 일도 쉽지 않아. 은미 씨만 해도 사실 언제 죽은 건지도 모르잖아. 궤짝과 연관이 있다면 죽은 지 2천 년도 넘었다는 뜻이야. 아니, 3천 년쯤 됐을지도 모르지. 무슨 말인지 알겠어?"

"아이고, 나는 선생님 하는 얘기 하나도 모르겠어요."

윤식이 고개를 절레절레 저으며 출입문 밖으로 눈길을 돌렸다. 낙주가 그를 보고 슬쩍 미소를 지었다. 윤식이 투덜거리는 걸 보면 평정심을 되찾은 듯 싶었다.

"은미 씨도 몸 찾으려고 어쩌면 2천 년, 3천 년, 까마득한 세월을 기다린 거라는 말이네요. 그렇게 귀신들은 뭔가를 기다리는 데 아주 익숙하다는 말이죠? 그리고 간혹 보면 그걸 못 깨달을 수도 있어. 너무 오래 기다려서 자신이 뭔가를 기다렸으면서도 기다린 줄 모르는 귀신들도 있는 거 같아."

"은미 씨도 그럴까요?"

"그야 나도 모르지. 그 지하실에서 나온 몸도 자기 몸이 아니라며?"

"그렇다고 하더라고요. 은미 씨도 그렇고 다른 귀신들이 몸 찾아달라고 찾아오는 거 보면 자기 죽는 순간을 알고 죽은 모습을 볼 수 있다는 게 행복한 일일 수도 있겠단 생각이 들더라고요."

시경이 말이 끝날 무렵 그의 스마트폰이 늴리리야, 늴리리야, 하며 요란스럽게 울리기 시작했다.

"팀장님, 폰 소리 좀 바꾸면 안 돼요? 힙합이 대세인 시대에 늴리리야가 뭐예요, 늴리리야가?"

우울 모드에서 다시 쾌활 모드로 완전히 돌아온 윤식을 향해 시경이 어깨를 으쓱였다.

"인마, 이 소리가 귀신을 쫓아준다잖아."

시경이 윤식의 입을 막으며 통화 버튼을 눌렀다.

"그래, 양 형사!"

사람들 관심이 쏠리자 시경이 스피커폰으로 설정을 바꿨다. 양 형사의 말이 일행의 귀에 선명히 들리자, 윤식이 스마트폰을 향해 큰소리로 인사를 했다.

"안녕하세요!"

"누구시죠?"

"저 윤식이에요. 여기 낙주 누나랑 진고랑 선생님이랑 다 같이 있어요."

"어, 그래요. 다들 안녕하시죠."

낙주와 진고랑도 양 형사와 인사를 나눴다.

"자꾸 집중하는 데 흐트러트리지 말고, 뭐 좀 알아낸 거라도 있어?

"형님은 방 형사에 대해 몰랐어요?"

"방 형사 뭐?"

"부모님이 안 계시다는데 그거 알고 계셨어요?"

"방 형사 부모 없는 거랑 우리 일이랑 관계없잖아?"

"그렇긴 한데…… 꼭 그렇지도 않은 것 같아서요. 그게 그러니까 방 형사가 고아, 아니 고아라기보다는 부모가 있는데 보육원에 맡겨 놓았던 거 같아요."

"내 말은 그게 우리랑 무슨 연관이 있느냐고?"

"그게 말입니다. 그 보육원이 전남 쪽 졸본에 있던 거예요."

양 형사의 말에 시경을 비롯해 모두 눈을 부릅떴다. 시경이 침을 꿀꺽 삼켰다. 낙주는 물론 윤식과 진고랑까지 긴장한 듯 마른침을 삼켰다.

"양, 양 형사가 직접 그 보육원에 다녀온 거야?"

"시간이 없어 못 갔죠. 그리고 전에 알려드린 이근배라고 있죠."

"응? 갑자기 이근배는 또 왜?"

"그게 그러니까 이근배도 거기 출신이라는 거예요."

"뭐?"

그때였다. 상도와 소영이 출입문을 통과해 불쑥 책방 안으로 들어왔다. 호랑이도 제 말 하면 온다더니 상도가 나타난 것이다.

- 낙주 씨, 분위기가 왜 이래요?

상도의 물음에 모두가 입을 벌린 채 다물 줄 몰랐다.

"형님, 뭔 일 있어요? 왜 갑자기 조용해졌어요?"

이번엔 폰 저편의 양 형사가 물었다.

"그게 그러니까……."

시경은 설명하기가 난감해 얼른 원래 이야기로 말을 돌렸다.

"아무튼 방 형사도 그렇고 이근배도 그렇고 졸본하고 관계가 있다는 거지?"

"그렇겠죠. 아무래도 기분 나쁜 감이 들어요."

상도와 소영도 양 형사의 목소리에 귀를 기울였다. 시경이나 윤식, 진고랑은 귀신들의 이야기를 듣지 못해도 귀신들은 사람들의 이야기를 들을 수 있었다. 하지만 시경이나 윤식은 굳이 귀신들의 이야기를 듣고 싶은 마음이 없었다. 특히 윤식은 겨우 마음을 가다듬었는데 뭔가 더 어지럽고 기이한 일들이 일어날 것만 같은 기분이 들어서 찝찝했다. 앞으로 투명해지는 일 없이 지나가기를 바랄 뿐이었다.

'지난번엔 샤워하는데 누가 지켜보고 있는 거야. 얼마나 놀랐는지. 수건으로 가리고 보니까 여학생들이 잔뜩 모여서 나를 구경하고 있더라고. 욕실 문 쪽에 앉아 있는 폼을 보니까 자주 그랬던 것 같은데, 나가라고 막 소리를 지르니까 뭐라고 말을 하는데 난 못 알아듣잖아. 그런데 자세히 보니까 여자애들 몸이 물에 젖어 있는 거야. 왜 그런지 알 수 없지만.'

시경이 그런 말을 한 뒤로 윤식은 아예 불을 꺼놓고 샤워를 하고 있었다. 그런 터라 시경과 윤식은 귀신들의 존재를 몰랐을 예전의 평범했던 시절로 돌아가기를 바랐다. 귀신들이 어디에서든 나타난다고 생각하니 소름 끼칠 수밖에 없었다. 낙주는 그냥 무시하고 지내라 말해준 게 전부였다.

"기분 나쁜 감이 뭔데?"

시경이 묻자 양 형사의 목소리가 들려왔다.

"방 형사도 그렇고 이근배도 그렇고 뭔지 모르겠지만 아주 오래전부터 뭔가를 준비해왔다는 생각이 드는 거죠."

그야말로 기분 나쁜 느낌이었다. 이미 오래전부터 준비되어 예감에 모두가 답답한 듯 한숨을 내쉬었다.

"양 형사, 그런 걸 감이라고 말하면 되냐? 구체성이 없잖아. 요즘 감은 구체성이 있어야 그나마 먹힌다고."

"너무 허무맹랑한 감이고 이야기라……."

"한번 말해 보세요. 요즘 주위에서 일어나는 일들이 죄다 허무맹랑한 것뿐이라서 놀라지도 않을 겁니다. 귀신들이 보이질 않나, 몸이 사라지지를 않나……."

윤식의 투덜대는 말에 양 형사가 목소리를 높였다.

"뭐라고요?"

"아냐, 윤식이가 헛소리를 하네. 그러니까 허무맹랑한 이야기가 대체 뭐야?"

시경이 윤식을 향해 눈을 부라리며 다시 화제를 돌렸다.

"사실 정상적인 사람이 귀신과 대화를 나눌 수 있다는 것부터 그렇잖아요. 그러니까 뭐 산 자와 죽은 자들의 경계를 허문다? 좀 황당하기는 하죠? 그래서 말 안 하려고 했는데."

양 형사가 얘기를 꺼내놓고 스스로 말도 안 된다고 했지만, 책방에 모인 이들은 아무도 웃지 않았다. 바로 곁에 수많은 귀신들이 사람들과 똑같이 일상적으로 살아가고 있다는 걸 눈으로 확인하고 있기 때문이었다.

"그래서 귀신들 세계를 조사해야 한다?"

시경은 물으면서도 내심 두려웠다. 귀신들의 세계는 시경이 빼앗긴 열쇠와 잃어버린 궤가 연관되어 있을 터였다. 하지만 졸본이 번잡한 마을이든 복잡한 마을이든 그곳으로 달려가 궤도 찾고 열쇠도 찾아야 한다고 생각하면서도 막상 그 귀신들의 무리 안으로 들어가야 한다는 사실이 좀처럼 내키지 않았다. 하나 더 마음에 걸리는 게 있다면 그곳에 가기 위해서 어떤 준비를 해야 하는지 모른다는 점이었다. 윤식의 말처럼 일단 가서 부딪쳐보는 게 지금으로서는 가장 현명한 방법인지도 몰랐다.

"나도 좀 더 알아볼게요. 그리고 방 형사나 이근배는 접근하기 쉽지 않을 거 같아요. 졸본 출신이라는 것만 알게 되었지 나머지 자료들은 접근할 수 없더라고요. 요즘은 형사라고 개인 정보 함부로 들여다볼 수도 없잖아요. 나중에 또 전화할게요."

양 형사와의 통화가 끝나고 그들은 눈알만 굴리며 서로를 쳐다보았다. 그 사이 책방 문이 스르르 열렸다. 그리고 은미가 들어왔다. 일행들 모두가 눈앞의 광경에 너무 놀라 벌떡 일어섰다. 낙주가 떨리는 목소리로 은미에게 물었다.

- 은, 은미야, 어떻게 된 거야? 네, 네가 문 연 거 맞아?

- 나도 잘 모르겠어요. 문을 열어야겠다고 생각하고 손을 잡고 여니까 열리네요.

은미는 자신이 현실의 문을 열게 되었다는 사실에 크게 놀라지 않은 모습이었다.

- 언니 그런데 분위기가 왜 이래요?

- 오늘 놀랄 일들만 생겨서 말이야. 그건 그거고 어디 다녀온 거야. 걱정했잖아.

- 나랑 처음 몸 찾으러 갔던 지하실에 갔다 왔어요.

- 거긴 왜?

- 자꾸 거기가 눈에 밟히더라고요.

- 거기 가봐야 아무 것도 없을 텐데?

- 언니, 우리가 갔을 때 다른 귀신들 못 봤잖아요. 그런데 다시 갔는데도 아무도 없더라고요.

- 무슨 말이 그래? 아무도 없었으니까 없는 거지.

- 아니, 제 말은 꼭 아무도 못 들어가는 곳 같다는 거죠.

- 넌 들어갈 수 있잖아?

- 그게 이상하다는 거예요. 거긴 지하라고요! 지하는 죽은 자들의 공간!

- 말 돌리지 말고 핵심을 말해봐.

- 그러니까 귀신들이 좋아할 만한 장소인데도 귀신들이 하나도 없다는 거 이상하지 않아요?

- 귀신들이 좋아하겠어? 귀신도 사람하고 똑같다며? 그렇게 음습

하고 깊은 지하는 사람도 귀신도 싫어하지 않을까?

- 그렇죠. 그런데 사람들 만나는 걸 불편해 하는 사람들 있잖아요.

- 히키코모리?

- 히키코모리? 음, 언제 들어본 적이 있었는데…….

- 지난번에 말해줬잖아. 왕따랑 비슷한 거라고. 남들과 교류 안 하고 자기 방에서만 생활하는 은둔자? 사회적 관계를 단절하고 혼자만의 세계에서 사는 사람들이야. 사회 부적응자이기도 하고.

- 맞다, 히키코모리! 아무튼 그런 사람들처럼 귀신들도 히키코모리가 있다고 말했잖아요.

- 그랬지.

- 사고 당한 몸을 가진 귀신들이나 병으로 죽은 귀신들은 몰골이 남 보여주기 싫어하는 건 사람들이랑 별로 다르지 않잖아요.

낙주는 고개를 끄덕거렸다. 상도와 소영은 손으로 턱을 괴고 앉아 두 사람의 이야기를 들었다. 시경과 윤식, 진고랑 역시 뭔지 모르지만 낙주가 이야기를 나누고 있다는 것쯤은 알았다.

- 그래, 그런 귀신들이 있지. 사당에도 잔뜩 몰려왔었고.

- 그곳은 그러니까 그런 귀신들한테 좋은 안식처인데, 그런 귀신들조차 아무도 없던 거예요.

은미의 이야기를 듣고 보니 그럴 법했다.

- 그래서 순전히 그걸 살피러 다녀온 거야?

- 그게 아니고요. 내 기억이 거기서 시작되었으니까 거기에 가면 할머니가 말한 백제니 뭐니 하는 것들에 대해 조금이라도 더 알 수도 있지 않을까 싶었어요.

- 그래도 그렇지, 혼자 갔단 말이야?

- 밤이면 안 갔을 텐데 낮이라 괜찮을 줄 알았죠. 그래도 지하로 내려가니까 엄청 무서웠어요.

은미가 몸서리를 쳤다. 낙주는 은미를 빤히 쳐다보았다. 사람이 몸서리치는 건 자주 보았어도 귀신이 몸서리치는 건 아무리 봐도 익숙하지가 않았다.

"누나, 은미가 뭐래요?"

윤식이 은미에게 곁눈질을 하며 다가와 물었다.

"그 장기 적출하던 델 다녀왔대."

"아니, 겁도 많은 분이 거길 뭐 하러 다녀왔대?"

"거기가 기억의 시작이자 끝이라서 갔다 왔다네. 거길 가면 자기가 백제인지 뭔지 알 수도 있지 않을까 싶어서."

"아무것도 없었대요?"

"응, 귀신들도 없었대."

"그럼 거기도 재명 할머니 사당 같은 곳인가?"

시경이 말을 거들었다. 가만히 이야기를 듣고 있던 진고랑이 의자에서 일어나 뒷마당으로 나가는 문을 닫았다.

"가을이 언제 왔나 싶었는데 벌써 겨울이니……."

진고랑이 책방 중앙에 있는 전기난로의 전원을 켰다. 그리고 난로 위에 냄비를 얹고 물을 부었다.

"선생님, 뭐 하시려고요?"

"뭐든 좀 든든하게 먹어야 귀신들하고 싸우지."

진고랑은 책상 서랍을 뒤져 라면 세 개를 꺼냈다. 그러자 사람은 물론 귀신들까지 난로 주변으로 모여들었다.

- 언니, 아닌 게 아니라 밖이 점점 추워지는 거 같아요.

- 난 지금도 이해가 안 되는데, 귀신도 추위를 느껴?

- 실제로는 못 느끼겠지만 기분이 그런 거라고 했잖아요?

은미는 라면을 끓이려 준비하는 진고랑을 멍하니 보며 말했다. 특히 소영은 눈을 뗄 줄 몰랐다.

- 진짜 저거 한번 먹어봤으면 원이 없겠어요.

소영의 말에 낙주에게는 씁쓸한 미소를 지었다. 소영은 라면 한 번 먹어보지 못하고 죽은 소녀였기 때문이다.

어느새 라면이 보글보글 끓기 시작했다. 낙주 혼자 먹어도 모자랄 양인데, 그걸 네 사람이 먹어야 했다. 애초 라면을 먹을 계획이 없었으니 누굴 탓할 일은 아니었다. 진고랑은 각자에게 그릇과 젓가락 한 벌씩을 돌렸다. 주변에서 서성거리는 귀신들은 애써 모른 척했다. 하기야 그들에게 라면을 나눠줄 수도 없었다. 네 사람이 난로 주변으로 모여 앉아 그릇에 라면을 건져 올리고 국물까지 부었다.

"일단은 이근배라는 친구를 먼저 찾아봐야 할 거 같아."

진고랑이 라면을 먹으며 말했다.

“방 형사도 뒤를 밟아봐야겠죠.”

시경의 말에 진고랑이 고개를 저었다.

“방 형사가 졸본 사람이라고 하지만 아무 말도 못 들을 거야. 날 경계하기도 하지만 뭐든 자기 머릿속으로 들어간 것은 절대로 입으로 발설하지 않는 인간이니까.”

“그래도 우리를 왜 궁지로 몰아넣었는지는 물어봐야죠.”

“묻는다고 답해줄까? 그리고 그 여자 시신에 관련해서는 방 형사뿐만 아니라 경찰이나 검찰도 아무런 자료가 없을 거야. 신원을 알 수 없다면 더더욱 그렇겠지.”

“그런 인간이 전화도 안 받아요?”

윤식이 입속의 라면 가닥이 튀어나올 정도로 투덜거렸다.

“너 같으면 전화 받겠냐? 그리고 나도 전화하고 싶지도 않고.”

“말이 나왔으니까 하는 말인데, 서장이라는 사람은 어떻게 그런 인간을 팀장님한테 보낼 수가 있어요?”

“뭐가?”

“처음에 그랬잖아요. 서장이 전화를 받았을 때 믿을 만한 사람 보낼 거라고.”

“그놈이 나서서 오겠다고 했다는데 어떻게? 마침 출동할 사람이 아무도 없었으니 그렇게 된 거지.”

“흥, 그 말이 그 말이죠.”

진고랑이 인상을 찌푸리자 두 사람이 입을 다물었다.

“일단 이근배라는 친구부터 찾아보자고.”

– 낙주 씨, 진 선생한테 고맙다고 전해줘요. 내가 몸만 찾으면 여기

계신 분들이 금괴 몽땅 가질 수 있도록 해드릴게요.

상도가 고마움을 전했지만, 낙주는 금괴에 관한 이야기는 굳이 전달하지 않았다. 귀신의 말을 믿지 못해서가 아니라 귀신들이 간직하고 있는 기억은 때론 수십 년 전의 기억일 때가 많았기 때문이다. 세월이 흘러 땅이 변하고 길도 변했다. 건물도 사라졌을 수도 있었다. 무엇보다 사람이 변하지 않고 그대로일 가능성은 희박했다. 필경 누군가의 손을 탔을 가능성이 크다는 뜻이었다.

– 그리고 그 황철이라는 판수 말이에요. 그놈 정말 무서운 놈이에요. 차 안에 숨어서 지켜보니까 궤짝에 귀신들이 억지로 끌려 들어가는데 섬뜩하더라고요. 우리도 거기 있다가 궤짝에 끌려가겠다 싶어서 겨우겨우 도망치기는 했지만.

– 그때 모악산까지는 어떻게 온 거예요?

– 언니, 히치하이킹이랑 비슷해.

– 히치하이킹?

– 너도 그런 말 알아?

– 언니! 귀신들도 뭔가를 배우거든.

– 미안. 아무튼…….

– 아무튼 이 차 저 차 얻어 타고 온 거지.

– 귀신들도 먼 거리를 이동할 때는 이동 수단에 의지한다는 거 듣기는 들었지만, 들을 때마다 매번 이상해.

– 언니, 우리가 얼마나 편한 줄 알아? 일단 돈을 안 내잖아. 그리고 문이 열릴 때까지 기다릴 필요도 없고 말이야.

– 그나저나 그 황철이라는 놈이 이 세상에 왜 나타난 건지 모르겠네요. 1,500년 전 판수였다면서요? 빨리 몸 찾아서 다른 세상으로 떠나야 하는데…….

상도는 낙주와 눈을 마주치지 않았다.

– 몸을 찾을 수 있을지 없을지 아직은 몰라요.
– 알아요. 노력만으로도 금괴 있는 데까지는 제가 반드시 안내할게요.

라면이 거의 바닥 날 즈음 책방 뒷문을 두드리는 소리가 들렸다. 책방을 찾는 손님이라면 앞 출입문을 두드리는 게 상식이었다. 게다가 뒷문은 구불구불 이어진 골목길 안에 있어서 뒷문을 정확하게 알지 못하고선 두드릴 수가 없었다.
"누구지……."
진고랑이 천천히 의자에서 일어나 문을 열었다. 문 밖에 서 있던 사람은 바로 낙주를 취조했던 장 형사였다.

4

장 형사가 방금 전까지 라면을 먹던 테이블 위에 서류 뭉치를 내려놓았다.
"장 형사, 이런 거 가져나오면 나중에 문제될 텐데……."

시경의 말에 장 형사가 고개를 저었다.

"미제사건이라 상관없어요."

하지만 은미와 낙주는 장 형사가 가져온 서류들에 흥미를 느끼지 못했다.

- 언니, 할머니는 어디 가셨어?

- 그러게 통 연락이 없으시네. 윤식이가 어떻게 투명해지게 된 건지도 알아보러 가신다고 하셨는데.

- 전화라도 해봐야 하는 거 아냐?

"이건 제가 해결하지 못한 사건 중 하나입니다. 이 사건만 해결해주시면 김 형사님한테 필요한 뭐든 제공해 드릴게요."

장 형사가 파일을 건네며 시경을 바라보았다.

"나한테 필요한 거? 장 형사, 우리가 범인 아니라는 걸 뻔히 알면서 잡아둔 사람이 누군데?"

"선배님, 저도 선배님 풀어드리려고 백방으로 노력했다고요."

"그야 시체가 없어져서 사건 성립 자체가 안 되니까 풀려난 거지. 의료기록까지 모두 사라졌다며?"

"그 여자 시신, 애초에 신원 확인이 안 되는 여성이었어요."

장 형사는 시경의 눈을 제대로 마주치지 못했다.

"그나저나 방 형사 그 인간은 뭔데?"

"아시잖아요. 부녀자 사건은 방 형사 담당이라는 거. 게다가 원칙주의자이고. 그래도 저 역시 왜 김 반장님이랑 여러분까지 연행했는지는 의문이에요. 시체에서 지문이 나왔으니 어쩔 수 없다고는 하지만…….

그리고 반장님도 시신을 맨손으로 만져서 일을 크게 만든 거잖아요. 아무튼 현재까지는 혐의가 완전히 사라진 건 아니에요. 반장님 내보냈다고 방 형사가 얼마나 길길이 날뛰었다고요."

"시신이 사라졌다며?"

"그건 내사과에서 수사 중이에요. 그런데 흐지부지될 거 같아요. 시신의 신원조회 자체가 안 되거든요. 지문도 없고 치과 기록도 없고, 심지어 국과수 감시카메라 기록도 사라졌어요. 그래선지 몇몇은 우리가 귀신한테 홀렸던 거라는 말까지 해요."

"국과수에 시신이 들어온 기록만은 분명하게 남아 있다면서?"

"그게 이상한 게 들어온 기록도 나간 기록도 사라졌어요."

"뭐?"

시경이 놀라 소리를 질렀다.

"뭐가 뒤가 엄청 구리다는 말이네. 그럼 그 시신은 세상에 존재하지 않는 시신이 되는 거야?"

"그럴 수도 있어요."

"그게 말이 돼?"

"내사과에서 좀 더 은밀히 조사를 하긴 하겠지만, 뭔가가 막고 있는 거 같아요."

"포렌직 팀들은 뭐래?"

"감시카메라에 지워진 흔적이 없대요. 결정적으로 현장에서 아무것도 안 나왔다면서요?"

시경은 맥이 빠졌다. 종종 그런 경험이 있었다. 감당할 수 없는 누군가 연결되어 있을 때 사건이 흐지부지되던. 하지만 지금은 있던 사실을 없던 사실로 바꿀 수 있는 시대가 아니라 시경은 믿었는데, 어쩌면 있던 사실을 없던 사실로 만들기에 더 편하고 간단해진 세상이 된 건지도 몰랐다. 게다가 이제 자신은 형사도 아니었다. 그런 일에 관련된다면 어떤 일이 벌어질지 몰랐다.

"분명 어딘가에 기록이 남아 있을 거야."

"그게 오히려 선배님한테 안 좋을 수도 있어요. 살해 혐의도 다시 부상을 하는 거니까."

"아니, 형사님! 이건 말도 안 돼요! 증거 불충분, 아니 그전에 심증조차도 없다고요. 우리가 왜 그 지하실까지 가서 시체를 들고 나왔는데요."

윤식이 장 형사에게 대들 듯 소리를 질렀다.

"저야 결백하다는 거 믿지만 검찰이나 경찰은 다르다는 거 아시잖아요. 만에 하나 여자 시신 다시 나오고 사건이 커지면 선배님이랑 다른 분들도 힘들어지실 수도 있다는 겁니다. 보세요. 지금 밖에 형사들이 잠복해 있잖아요. 둘만 잠복하고 있다고 생각하실 텐데 실은 몇이 더 있는 거 같아요."

"말이 안 되잖아. 사건 자체가 사라져버렸는데 왜 우릴 감시해?"

"감시하는 팀은 우리 쪽 애들이 아니에요."

"그럼?"

"대공 쪽 사람들 같기도 하고, 검찰 수사관들 같기도 했어요."

"나 원 참, 대공 애들은 뭐고, 검찰은 또 뭐야? 검찰 수사관은 잠복 같은 거 안 하잖아?"

"요청이 들어오면 할 수도 있어요."

"아까 두어 놈인가 있던데, 그놈들 말고 또 있다고?"

"네, 선배님은 그런 거까지는 모르잖아요."

"그놈들 드러내놓고 감시하던데?"

"저도 뒷문으로 조심스럽게 들어온다고 들어왔는데, 아마 뒷문 쪽도 그렇고 차가 빠져나갈 만한 곳에는 몇이 더 있을 거예요."

"허, 우리가 중대 범죄자도 아니고. 도대체 무슨 이유로 우리를 감시하는 거야? 어떤 놈이 이런 말도 안 되는 지시를 한 거지?"

"잘은 모르겠지만 검찰도 선배님이랑 책방 분들 주시하고 있는 거 같아요. 방 형사 쪽 사람들도 있는 거 같고요."

"그놈이 왜? 나랑 웬수 진 일도 없는데, 왜?"

"아직 확실한 건 몰라요. 나중에 확인 한번 해봐야 할 거예요."

시경은 이유를 짐작조차 할 수 없어 답답했다.

"선배님, 방 형사가 문제가 아니에요. 요즘 안치소에서 시체가 자꾸 없어져요. 그래서 지금 검찰이랑 경찰 신경이 곤두서 있다고요."

"그럼 그 사건들을 검찰이나 방 형사가 죄다 우리랑 엮어 놓으려고 한다?"

"제가 아니면 이런 정보 들으실 수 없는 거잖아요. 그러니까 이 사건……."

장 형사가 슬그머니 서류철을 다시 내밀었다. 시경은 낙주와 진고랑, 윤식을 쳐다보았다. 은미와 상도, 소영은 팔짱을 끼고 서서 사람들의 흥정을 구경하기만 했다.

"장 형사 말 들어보면 우리 쉽게 움직일 수도 없잖아?"

"다른 분들이 있잖아요."

"다른 분들?"

시경의 눈길이 은미에게로 향했다.

"장 형사, 귀신들하고 말 나눌 수 있어?"

장 형사가 고개를 저으며 말했다.

"그러니까 낙주 씨가 같이 나가야죠."

"참 나……."

일행 누구라고 할 것 없이 한숨을 내쉬었다. 지금은 눈에 보이지 않은 감옥에 갇혀 있다고 봐야 했다. 그렇다고 마냥 감시가 풀리기만을 기다릴 수는 없었다.

"시간 지날수록 자꾸 증거만 사라진다는 거 아시잖아요."

장 형사 말대로 증거는 시간이 지나면 지날수록 점점 더 훼손된다. 하지만 어떤 증거를 찾는단 말인가. 그 점도 막막했다. 게다가 시경은 복잡한 사건에 더 이상 연루되고 싶지 않았다. 그는 오로지 졸본으로 내려가 궤와 열쇠를 찾는 게 현재의 목적이었다. 진고랑이나 윤식도 장 형사의 등장이 달가운 눈치가 아니었다. 딱히 지금 이 시점에서 미제사건 수사관 놀이를 할 마음의 여유가 없었다.

"우리나라 수사 시스템이 좀 미진하다고 해도 그래도 거의 세계적이잖아. 과학수사도 많이 발전했고. 그런 판국에 우리 같은 아마추어가 뭘 하겠어? 귀신들 데리고 다닌다고 미제사건이 뚝딱 해결될 거 같아? 우리랑 엮여서 좋을 것도 없을 테고."

"선배님, 저 살면서 한 번도 선배님께 부탁드린 적 없어요."

"장 형사, 나는 이제 수사를 할 권한이 없다는 거 잘 알잖아. 미제는 그냥 미제야."

시경이 서류철을 도로 내밀었다. 그 순간 장 형사가 고개를 푹 숙인 채 어깨를 떨었다.

"선배님, 한 번만……."

"진짜 나 보고 어쩌라고?"

시경이 답답해할 때였다. 곁에 서 있던 낙주가 서류철을 시경 앞으로 다시 밀어주었다.

"형, 한번 보기나 해봐요. 내가 나갈 수 있을지는 모르겠지만."

"낙주야, 이건 아냐. 이런 짓 하다가 들키면 그땐 진짜 다 구속될 수도 있다고!"

"구속돼봐야 공무원 사칭이나 그 정도겠죠."

"장 형사도 옷 벗을 수 있어. 그리고 우리 일도 물 건너갈 수도 있고."

"선배님 제발……."

장 형사가 갑자기 무릎을 꿇었다. 순간 시경의 머릿속에 한 가지 사건이 떠올랐다. 3년 전인가 일어났던 '테이프 질식사건'이었다. 시경이 서류철을 펼쳐보았다. 책방 안은 그가 급하게 서류철 넘기는 소리만 들렸다. 끝까지 넘겨본 그가 서류철을 탁, 소리 나게 덮은 후 담배를 꺼내 물었다. 시경의 입에서 담배연기가 흘러나왔다.

"장 형사, 이미 지난 일이야. 이젠 잊어. 그런다고 죽은 사람이 돌아오는 거 아니잖아."

시경의 말이 끝나자 장 형사는 손바닥으로 바닥을 짚고 더 크게 흐느꼈다.

"나 원 참……."

시경은 누구보다 그 심정을 잘 알았다. 시경 역시 부인이 억울하게 목숨을 잃었기 때문이다. 다만 시경의 부인이 죽은 일은 낙주도 윤식도 알지 못했다. 장 형사도 딸인 진희가 성폭행을 당했다는 정도는 알고 있을 뿐이었다.

"선배님, 사건의 진실 같은 거 중요하지 않아요. 딱 한 번만 저희 와이프 만나게 해주십쇼. 그것만으로 저는 만족합니다. 흑흑흑."

어깨를 떨며 사정하는 장 형사의 말에 일행이 시경을 돌아보았다.

"형, 장 형사님 무슨 소리야?"

"그런 게 있어."

"그런 게 뭐냐고?"

"그런 게 있다니까."

"글쎄, 그런 게 뭐냐고!"

"넌 알 필요 없어!"

시경이 버럭 소리를 치자 장 형사가 낙주를 향해 애원했다.

"낙주 씨, 한 번만 제 아내를 만나게 해줘요. 이 미제사건의 피해자가 제 아내예요."

순간 시경을 제외한 사람들과 귀신들 모두 탄성을 내질렀다.

"휴, 그 사건 내가 맡았던 사건이야."

시경이 답답한지 의자에서 벌떡 일어나 출입문 쪽으로 걸어갔다.

어떤 목격자도 없었다. 아파트 감시카메라를 아무리 뒤져도 혐의가 갈 만한 인물이 잡히지 않았다. 면식범일 수도 있겠다는 판단 아래 주변 인물들을 낱낱이 조사했지만 모두 알리바이가 분명했다. 사건 현장에서는 증거도 전혀 발견하지 못했다. 장 형사의 부인을 죽게 만든 테이프에는 지문 하나 나오지 않았고, 발자국은 물론 어떤 흔적도 남아 있지 않았다. 더 기가 막힌 것은 장 형사 부인의 사망 추정 시간 이후 두 시간 가량 범인이 집에 머물며 컴퓨터까지 사용했다는 점이었다.

"……무서운 건 장 형사 부인이 서서히 죽어갔다는 거야. 코하고 입을 테이프로 막은 채 범인은 컴퓨터를 했어. 그런데 포렌직팀에서 밝힌 건 범인이 그저 단순하게 검색 사이트만 들어갔다 나왔다는 거야. 검색했다는 게 '죽기 전에 가봐야 할 국내 관광지 10곳' 그런 것들이었어. 한 사람을 죽이면서 태연하게 그런 짓을 벌인 거야. 정말 무섭도록 잔인한 놈이지."

일행들이 입을 떡 벌린 채 시경의 설명을 듣는 동안 장 형사는 내내 어깨를 떨었다.

- 언니, 내가 가볼게요.

- 너 혼자 결정할 일이 아냐.

- 왜요? 불쌍하잖아요!

- 우린 팀이니까.

- 흥, 시경 아저씨는 귀신 보기 시작한 뒤로 겁이 더 많아진 거 같아요.

- 그러게. 몰랐던 세계를 알게 되었으니 복잡하기는 하겠지. 사실 나도 첨엔 얼마나 무서웠다고.

- 그래요?

- 그럼.

- 그래도 우리 저 장 형사님 도와줘요. 그냥 죽은 부인 만나게만 해 달라잖아요.

- 은미야, 우리가 사건 현장에 가본다고 해서 장 형사 부인을 만날 수 있을지 없을지 장담할 수 없잖아.

- 그래도 가봐야죠. 언제나 현장에 답이 있다. 몰라요?

- 너 그런 말은 어디서 배웠어?

- 기억에 남아 있는 거예요. 어쩌면 옛날에 나도 형사도 하고 그랬던 건지도 모르죠. 아니면 건설 현장 같은 데서 일했을지도 모르고요. 그런데 가면 그런 말 많잖아요. 격언 같은 거.

낙주는 뜬금없는 은미의 말에 웃음이 새어나오려고 했지만, 애써 웃음을 참았다. 이런 상황에서 웃는 것은 예의가 아니었다. 그때 진고랑의 목소리가 들려왔다.

"김 형사, 우리 장 형사 도와주자."

장 형사가 고개를 번쩍 들었다.

"가, 감사합니다!"

하지만 웬만한 일들은 대부분 시경이 결정하고 있었다.

"선생님도 참. 잠깐만요."

시경이 턱을 만지며 생각에 잠겼다가 한숨을 내쉬며 입을 열었다.

"장 형사. 우리가 간다고 해서 자네 부인을 만날 수 있을 거라는 보장을 할 수가 없어. 귀신들의 세계를 귀신들조차 다 알지 못해."

- 그건 그래요.

상도가 말했다.

- 진짜 그래요?

소영이 묻자 은미가 대답했다.

- 그런 거 같아.

"귀신들이 그렇대요."

낙주가 그들의 말을 장 형사에게 대신 전달했다.

"알겠습니다. 그래도 딱 한 번만 거기에 가주세요. 제 아내라면 떠나지 않았을 거라 저는 믿어요. 나한테 못한 말들, 내가 못한 말들이 너무 많아요. 그리고 딸내미가 밤마다 엄마를 찾는데……."

그는 말끝을 맺지 못하고 소리 없이 눈물을 뚝뚝 흘렸다. 시경이 다가가 그의 어깨를 감싸주었다. 그러자 장 형사가 기다렸다는 듯 시경의 품에 안겨 펑펑 울었다.

시경은 그의 어깨를 천천히 다독여주며 문득 그도 자신의 아내를 다시 볼 수 있지 않을까, 하는 생각이 들었다. 비록 스스로 목숨을 끊은 아내라 다른 귀신들 다른 사람들 앞에 나서기를 괴로워할 수도 있겠지만 말이다.

'그래도 우리 딸 진희는 찾아다니지 않을까? 만나면 뭐라고 하지?'

시경은 자신도 아내를 보고 싶었지만 이내 입술을 깨물며 마음을 접었다. 아내를 만나봤자 미안하다는 말밖에 할 말이 없었다. 경찰이 되어서 미안했고, 법을 집행하는 경찰임에도 딸의 삶을 망가트린 인간을 어찌할 수 없어서 미안했다. 아내 혼자 딸의 억울함 풀어주고 예전으로 돌아갈 수 있게 동분서주하느라 마음의 병이 깊어져 갔는데도, 거실 가운데 서서 딸 생각하며 눈물을 뚝뚝 흘리는데도 다가가 어깨 한 번 다독여주지 못해서 미안했다. 시경도 찔끔 눈물이 흘렀다.

5

진고랑은 망설이고 망설였다.

"이를 어쩐다……."

장 형사와 낙주가 책방에서 나가기로 결정을 했는데 나갈 방법이 마땅찮았다. 사방에 감시자들이 널려 있었다. 감시카메라의 수도 만만찮았다. 무엇보다 께름칙한 건 검찰에서도 감시를 한다는 점이었다. 그 이유를 알 수가 없어서 진고랑은 불안했다. 그렇게 수차례 한숨을 내쉬던 진고랑이 결정을 한 듯 전기난로를 치우고 테이블을 한쪽으로 붙였다. 그리고 오른편에 쌓여있는 책더미들을 반대편으로 밀어붙였다. 그가 아무 말 없이 움직이기에 다른 사람들은 멀뚱하니 쳐다보기만 했다.

"책들 좀 치워!"

진고랑의 말을 듣고 나서야 모두가 진고랑을 도와 움직였다. 쌓여있는 책들을 치우고 책꽂이 하단에 꽂혀 있던 책을 들어낸 순간이었다. 눈앞에 캔버스 100호 크기의 반듯한 벽면이 나타났다. 그리고 벽면 중앙에는 부적이 붙어 있었다.

"이걸 열면 밖으로 통하게 되어 있어. 내가 만일을 위해 수십 년 동안 만들어 놓은 건데 이제 처음 쓰네. 중요한 것은 이 부적 때문에 귀신들도 이곳은 못 드나든다는 것이지."

낙주는 깜짝 놀라 진고랑을 바라보았다. 그가 과거 유명한 판수였다는 것이 이제야 와 닿았다. 진고랑이 부적이 붙은 면을 힘껏 뒤로 밀자, 그 순간 문이라고 짐작되는 부분이 뒤로 밀리더니 위로 올라갔다. 그리고 문 뒤에 까만 구멍이 나타났다.

"선생님, 이걸 도대체 언제?"

"책방에 있을 땐 별로 할 일이 없잖아. 책이나 보는 게 다지. 그래서 한번 파볼까 해서 파봤지."

진고랑이 스마트폰을 꺼내들고 손전등 앱을 켰다. 환한 불빛이 새

까만 어둠을 밝혔다. 하지만 얼마나 깊은지 어둠은 그 끝이 보이지 않았다.

"도대체 얼마나 판 거예요?"

"한 15년?"

진고랑의 말에 사람도 귀신도 놀랐다.

"완전 쇼생크 탈출이네."

– 언니, 쇼생크 탈출이 뭐예요?

– 나도 잘 몰라.

낙주가 시경에게 묻자, 윤식이 황당한 눈빛으로 되물었다.

"누나, 그 유명한 영화도 몰라요? 주인공이 오랫동안 감옥 벽을 파서 탈출하는 영화잖아요!"

그제야 은미가 듣고 이해가 되었는지 고개를 끄덕거렸다.

"이리로 나가면 돼. 앞으로도 자주 사용하게 될 거란 생각이 드네."

"선생님, 이게 어디로 통해요?"

"복개한 청계천 밑을 지나서 동대문역 8번 출구!"

진고랑의 대답에 이번에도 일행들 모두 놀라 입을 떡 벌렸다.

"맙소사, 혼자서 거기까지 팠다고요?"

"그건 아냐. 내가 판 건 얼마 안 돼. 이건 비밀인데……."

진고랑은 괜히 책방 안을 둘러보며 목소리를 낮췄다.

"실은 청계천 밑에 옛날에 파놓은 통로들이 있어."

"그야 하수가 지나는 하수구 말하는 거잖아요."

시경이 아는 체를 하자 진고랑이 고개를 저었다.

"그거 말고. 전혀 새로운 통로야. 언제 만들었는지 모르겠는데, 짐작이지만 조선 초에 놓았던 거 같아."

"에이, 그런 게 아직까지도 안 알려졌겠어요?"

진고랑이 희미하게 미소를 지었다.

"궁금하면 들어가 봐. 화려한 통로가 아닌데다가 은밀한 기분이 드니까."

떠날 순간이 됐다. 장 형사가 책방 사람들을 향해 고개를 꾸벅 숙였다.

"고맙습니다. 아내를 만나든 만나지 못하든 이 은혜 평생 잊지 않을게요. 그리고 만약 아내를 만나게 된다면 여러분께 고마워해야 한다고 말할게요."

"그런 소리 하지 마. 정 고맙다면 은미 씨한테 인사나 해."

"은미 씨라면……?"

"장 형사님, 바로 뒤에 서 있어요."

낙주의 말에 장 형사가 몸을 움찔했다. 그렇게 인사가 끝나자 진고랑이 설명을 마저 했다.

"반듯하게만 걸어가. 그럼 원래 파놓았던 출구와 만나게 돼. 좌우를 살펴보면 희미하게 빛이 흘러나오는 쪽이 있을 거야. 거길 따라가면 청계천 하수 통로와 만나는데, 그 길로 가지 말고 반대 방향으로 가야 해. 그럼 동대문역 지하 배선실로 나가게 되어 있어. 낙주 아가씨, 새로운 통로 경험해 보시게. 그리고 은미 씨가 지나갈 수 있을지는 잘 모르겠지만……."

진고랑의 설명을 들으며 낙주는 이제야 비로소 그가 일원을 모두 믿게 된 것 같다는 생각이 들었다. 골동품 장물아비로 남들을 속이는 일에 평생을 바쳐왔지만, 이제는 현재의 구성원들을 신뢰하게 된 듯했다. 만약 구성원들 중에서 누구 하나라도 믿지 못했다면 이 통로는 개방하지 않았을 테니까. 하지만 그의 마지막 말은 좀처럼 이해되지 않았다. 은미가 지나갈 수 없을지도 모른다니.

통로는 허리를 굽혀야 통과할 수 있는 높이와 폭이었다. 그래도 나름 사면이 반듯해 매사 꼼꼼한 진고랑의 성격을 그대로 드러낸 통로였다. 한 가지 이상한 건 지하에 구축한 것임에도 습한 비린내보다는 고소한 냄새가 난다는 점이었다. 마치 흙의 냄새일까? 게다가 빛이 들어오지 않는 지하인데도 공기가 건조했다. 낙주는 한 발 두 발 조심스럽게 통로 속으로 들어갔다. 불빛을 비추자 눈먼 벌레들이 재빠르게 흩어졌다. 낙주가 먼저 앞서고 그 뒤를 장 형사가 쫓았다.

- 언니, 빛이 있어 그런지 오히려 더 깜깜한 거 같아요.

- 원래 그런 거 아냐? 빛은 어둠을 더 어둠답게 만들어주는 거잖아.

- 언니 좀 멋있는데!

- 멋있긴. 그냥 머릿속에 떠오른 대로 떠들어 본 소리야.

- 진 선생님 정말 대단하지 않아요? 무슨 일 생겼을 때 도망가려고 이런 굴을 팠다는 게.

- 그러게, 대단하네. 그런데 이렇게 굴을 팔 거까지는 없었을 거 같기도 하고…….

전자담배 열 모금쯤 빨아들일 만큼의 시간이 흘렀을까? 어둠의 끝에 빛이 보였다. 그리고 희미하게 물비린내가 났다. 허리가 아플 즈음에 통로가 끝나고 넓고 새로운 통로가 나타났다. 낙주는 허리를 펴고 전등으로 사방을 비춰보았다.

“이건…….”

장 형사의 입에서 감탄이 터져 나왔다. 낙주도 마찬가지였다. 벽면에 빽빽하게 채워진 낯선 한자들 때문이었다. 마치 물건을 보고 글자를 만든 듯이 상형문자의 느낌이 강한 한자는 뜻을 몰라도 그 의미를 헤아릴 수 있을 것만 같았다. 그래서였을까. 통로는 수백 년 전, 혹은 그보다 더 오래전에 조성된 느낌이었다. 특히 벽의 글자들은 양각 형태로 튀어나와 있어 마치 살아 있다는 느낌이 들었다.

낙주는 다시 조금씩 앞으로 나아갔다. 한 발 한 발 앞으로 나아갈수록 서늘한 물비린내가 짙게 풍겼다. 불빛이 닿은 곳을 제외하고는 어둠뿐임에도 귀기가 느껴지지 않았다. 낙주는 잠깐 은미에게 고개를 돌렸다.

- 은미야, 좀 이상하지 않아?

- 좀 답답하긴 해도 무섭거나 그러진 않아요. 원래 이렇게 깜깜한 데는 좀 무서운데.

은미의 말을 듣고 보니 그런 점도 이상했다. 은미는 귀신임에도 어둠을 무서워했다.

- 빛의 반대 방향으로 가라고 했지?

- 저쪽이에요.

낙주는 은미가 가리킨 오른쪽으로 길을 잡아 나갔다. 새로 접어든 통로는 허리를 펴고 걸을 수 있어 한결 걷기가 수월했다. 5분 남짓 걸었을까. 막다른 길이 앞에 나타났다. 낙주는 진고랑과의 대화를 떠올렸다.

'끝에 가면 직사각형의 금이 눈에 띌 거야. 거기서 한자를 찾아. 상개(上開) 두 글자를. 말 그대로 위로 연다는 뜻이야. 두 한자를 동시에 누르면, 직사각형 벽이 위로 올라가게 되어 있어.'

'그런 걸 도대체 누가 만든 거예요? 선생님이 만든 건 아닐 테고.'

'누가 만들었는지 연구했지만 아직은 몰라. 중요한 건 이 통로로 누군가 드나들었다는 거야. 그리고 벽의 한자들을 보면 알겠지만 기원전의 한자들이야. 그야말로 상형문자로서의 한자.'

장 형사가 전등을 비추자 진고랑의 말대로 직사각형 상단에 '상개'라는 두 글자가 보였고, 책방에서 보았던 것과 비슷한 부적이 그 아래 붙어 있었다.

"이거 완전히 인디아나 존스 같네요."

장 형사의 말에 낙주도 마침 그런 기분이 들어 피식 웃고 말았다. 곧바로 낙주가 한자를 동시에 누르자 사각형이 천천히 위로 올라갔다.

"진 선생이 이 동네에다 책방을 낸 건 여길 연구하려고 했던 건지도 모르겠네요."

장 형사의 말을 들으며 낙주가 먼저 구멍 안으로 들어갔다. 허리를 굽히고 무릎도 반쯤 접어야 들어갈 수 있을 정도로 낮았다. 도망가기 위한 탈출구가 아니라는 생각이 들었다. 구멍의 끝에 이르자 사각의 틈으로 빛이 새어나왔다.

'밖에서 잠그게 되어 있는 문이야. 내가 미리 열어놨으니까 슬며시 밀면 좌측으로 열릴 거야.'

모든 게 진고랑의 말 그대로였다. 문은 쇠로 된 철문임에도 진고랑이 미리 경첩자리에 기름을 발라 놓아 소리 없이 열렸다. 나름 꼼꼼하게 준비해두고 있었던 듯했다. 문을 열고 나가자 갑자기 넓은 공간이 나타났다. 낙주와 장 형사가 들어선 공간은 잡다한 기계들로 가득했다. 기계들은 높은 천장까지 닿아 있었고, 전동차가 지나갈 때마다 들들들 몸을 떨어댔다.

'안에선 쉽게 열 수 있어. 그리고 문 열고 나가면 반드시 잠가야 해. 안 그러면 들킬 수가 있으니까.'

낙주는 주머니에서 진고랑이 건넨 열쇠를 꺼냈다. 열쇠로 문을 열고 앞으로 슬며시 잡아당기자 갑자기 사람들의 말소리가 쏟아져 들어왔다. 낙주는 재빨리 문을 열고 밖으로 나갔다. 장 형사도 몸을 재게 놀렸다. 낙주와 장 형사가 선 곳은 8번 출구 쪽 복도였다. 모든 게 진고랑이 말한 대로였다. 사람들이 곁을 지나다가 슬쩍슬쩍 두 사람을 쳐다보았지만 지하철 직원이려니 생각하는 눈치였다. 두 사람은 그렇게 족히 수백 년 혹은 수천 년의 세월 동안 잠들어 있던 통로를 지나 동대문역으로 들어섰다.

6

- 언니, 지하철은 언제 타도 재미있어요.

- 뭐가?

- 흔들흔들 흔들리는 것도 재미있고, 사람들이 떠드는 소리 듣는 것도 재미있고, 뭔가에 골몰해 있는 것도 재미있고요.

– 넌 참, 그런 게 재미있어?

– 그럼요. 왜 그런지 모르겠는데 사람들 많은 곳에 가면 그냥 재미있어요.

– 요즘은 다들 스마트폰 들여다보느라고 정신없잖아.

– 그래도 재미있어요.

아닌 게 아니라 은미의 얼굴이 한결 밝아보였다.

– 상도 아저씨랑 소영인 또 어디 간 거야?

– 몰라요. 귀신들 소리 없이 사라지는 걸 낸들 알겠어요. 어쩌면 지하철 타고 돌아다니고 있는지도 몰라요.

– 왜?

– 재미있으니까.

– 그게 뭐가 그렇게 재미있을까?

– 언니도 참, 귀신들 사람 따라다니는 게 가장 큰 재미고 취미라니까요. 상도 아저씬 아마 자기 살아 있을 때 친구들 보러 다니는 거 같아요. 사실 귀신들도 그런 걸 궁금해 하긴 하니까.

– 너는?

– 난 지금 내 모습으로 만난 사람들에 대해선 기억이 하나도 없어요. 이상하긴 한데.

은미가 창밖을 내다보며 말했다. 낙주와 장 형사, 은미가 탄 전철이 청량리를 벗어나자 땅 위의 세상이 나타났다. 매서운 날씨에 종종걸음 치는 사람들이 눈에 들어왔다. 다들 두툼한 옷차림이었다.

"낙주 씨 다음다음 정거장에서 내려요."
"회기요?"
"네."
말하진 않았지만 장 형사의 눈이 붉게 충혈되어 있었다.
"걱정돼서 드리는 말씀인데 혹시 못 만나도 너무 서운해 하지 말아요. 은미한테 부탁해서 혹시라도 나타나면 데려오라고 할게요."
"은미라는 그 분이 제 아내에게 뭐라 설명하죠? 귀신들도 사람과 쉽게 대화할 수 있다는 걸 믿는 귀신이 드물 거 아닙니까. 제 아내도 은미 씨를 보고 싱거운 귀신이라 볼 수도 있지 않을까요?"
"제가 잘 설명하면 이해할 겁니다. 형사님 이름도 말하고요. 만약 만나게 되는 장소가 집이 아니라면 열심히 설명해야죠."
은미의 말을 낙주가 장 형사에게 전달해주었다.
"귀신들은 지금 우리처럼 얼굴도 안 보고 통화만 하고 그럴 수는 없대요. 직접 만나야만 말할 수 있나 봐요. 그러니 만나기만 하면 은미가 꼭 설득해서 데려오겠답니다."
"그, 그렇군요. 어떻게 보면 사람들보다 더 정감 있는 일이네요."
"네?"
"귀신들은 직접 봐야 소식을 전할 수 있다면서요? 우리야 전화 한 통 하거나 톡 보내거나 하면 끝이잖아요. 그런데 귀신들은 만나야 한다면서요?"
"그렇게 말하니까 정감 있긴 한 거 같네요."
낙주는 직접 만나야만 한다는 사실이 정감 있는 일이라고 생각해 본 적이 없었다. 그런데 장 형사의 말을 듣고 보니 그런 것도 같았다.
"그래도 한 가지 다행이라면 그들은 우리보단 좀 빨리 움직일 수 있는 거 같아요."

"그럼 순간이동 같은 걸 하나요?"

"그렇진 않아요. 우리들이랑 똑같이 지하철 타고 택시도 타고 그래요. 물론 무임승차지만. 그래도 걸리는 게 없으니까요. 그리고 일단 몸이 가벼우니까 사람들보단 걸음이 빠르다고 보시면 돼요."

"우리가 아는 귀신들의 세계랑은 아주 다르네요."

"어떻게 생각하셨는데요?"

"귀신들은 순식간에 여기저기 다닐 수 있다고 생각하죠. 아무래도 몸이라는 제약이 없으니까. 하늘 나는 건 기본이고, 땅 속이고 어디고 그냥 드나들 수 있다고 생각했죠."

"저도 첨엔 그렇게 생각했는데 아니래요. 그냥 사람들하고 똑같다고 생각하면 된대요. 그나저나 부인은 어떤 분이셨어요?"

낙주는 뭔가를 물어야 할 것만 같은 책임감에 장 형사에게 질문을 했다. 붉게 충혈되었던 장 형사의 눈은 차츰 맑아졌다. 그에 반해 볼은 조금씩 상기되어 갔다.

"베테랑 기자였어요. 정말 왜 그런 일이 나한테 생긴 건지…… 모든 게 내 잘못 같기만 하고…… 여기 아내 사진입니다."

장 형사가 점퍼 안주머니를 뒤적이더니 사진 한 장을 꺼내 내밀었다. 사진을 건네는 그의 손이 미세하게 떨렸다. 장 형사의 부인은 단발머리에 작고 오밀조밀한 이목구비를 가진 여자였다. 수수하면서도 기품이 있어 보였다. 특히 눈매가 아름다웠다. 사진 속에서 살짝 미소를 짓고 있었는데, 그윽하면서도 따뜻한 기운이 눈가에 서려 있었다.

– 이분 예쁘시네. 우리 언니만큼은 아니어도.

은미가 말하며 살짝 낙주를 쳐다보았다.

- 은미야, 나 예쁘다는 말 안 하면 안 되겠어? 난 내가 예쁜지도 모르겠고, 자꾸 듣다보니까 내가 마네킹이라는 생각이 들기도 해.

- 마네킹?

- 쇼윈도에 세워놓은 인형들 있잖아. 사람들하고 똑같은 크기로 만들어서 사람 대신 옷 입고 서 있는 인형.

- 아, 마네킹! 언니 예쁘다는 소리가 그렇게 듣기 싫어요?

- 그렇진 않지만…….

- 개성 있다는 말보단 나은 말인 거 같은데…….

낙주는 은미의 말에 쓴웃음을 지었다. 한편으로 보는 그대로 말하는 걸 말릴 수는 없겠다는 생각도 들었다.

- 어쨌든 얼마나 억울할까요? 죽은 사람도 산 사람도.

은미가 장 형사와 죽은 부인의 아픈 사연에 다시금 훌쩍거렸다. 낙주는 그런 은미를 보며 고개를 갸웃했다. 할머니 말이 사실이라면 은미는 천하를 호령할 수 있는 대단한 귀신이었다. 하지만 이럴 때보면 도무지 그럴만한 귀신이 아니었다.

낙주는 사진을 장 형사에게 돌려주며, 그의 딸에 대해서 물어보려다 입을 다물었다. 마침 전동차가 회기역에 도착했다. 장 형사가 앞서 내리고 낙주와 은미가 뒤이어 내렸다. 이제는 일상이 되었지만, 사람들 사는 곳곳에 사람들과 별반 다르지 않은 모습으로 살아가고 있는 귀신들이 보였다. 귀신들은 거리를 걷고, 쇼윈도 안을 구경하고, 서로 말을 나누고 다투기도 했다. 어느 식당에는 사람보다 귀신들이 더 바글바글 했고, 텅 빈 버스로 보이지만 귀신들이 가득 타고 있는 모습도 보였다. 계단에 앉아 울고 있는 귀신도 눈에 띄었다. 전자제품 대리점 앞에서 춤을 추는 귀신들도 있었다. 낙주는 귀신들의 세상도 인간들의 세상과 다르지 않다는 걸 새삼 깨달았다. 하지만 사람들은 알지 못했다. 귀신들과 가까이 더불어 살고 있다는 사실을. 굳이 알 필요 없는 일이기도 했다. 귀신과 사람들이 함께 부대끼고 있는 모습을 보면 보통의 사람들은 기절할 게 분명했다. 장 형사가 뚜벅뚜벅 경희대학교 쪽으로 걸어가며 뒤를 돌아보았다.

"조금만 더 가면 돼요. 와이프가 경희대를 졸업했는데 여기가 그래도 집값도 싸고 다른 데보다 물가도 좀 저렴해서 여기 눌러 앉았어요."

경희대학교로 올라가는 도로는 젊은 사람들과 젊은 귀신들로 넘쳤다.

- 언니, 귀신들 보이지?

- 사람들이랑 진짜 하나 다를 거 없네. 젊은 사람들 모이는 거리에 젊은 귀신들도 모이는 거겠지?

- 맞아. 그런데 좀 달라.

- 뭐가?

- 여기 귀신들은 여길 떠나지 않아.

- 왜?

- 그냥 여기가 고향인 귀신이거나 여기서 죽은 귀신이거나, 마땅히 갈 데가 없으니까 여기서 사는 거야.

- 그럼 저 귀신들도 다 몸뚱이 못 찾아서 떠돌고 있는 거야?

- 찾은 귀신들도 있을 텐데 누가 화장을 안 해줬거나 묻어주지 않아서 그럴 수도 있고. 몸을 찾았는데 사람들이 발견하지 못해서 떠도는 귀신들도 있어.

낙주는 소란스럽게 떠드는 한 무리의 귀신들을 보았다. 보기에는 은미 또래의 귀신들로 보였다. 하지만 그들의 옷차림새나 헤어스타일은 제각각이었다. 촌스러운 나팔바지를 입은 남자와 꽃무늬 치마를 입은 여자가 있는가 하면, 엉덩이가 훤히 보이는 짧은 미니스커트에 반바지 차림의 남자도 있고, 상투를 튼 남자와 치마저고리를 입은 여자도 보였다. 댕기머리의 아이들도 보였으며 민무늬의 군복을 입은 군인들도 보였다. 낙주는 귀신들이 시대를 초월해서 존재한다는 걸 다시 한 번 깨달았다.

- 은미야, 그런데 귀신들이 갑자기 다 어디로 가는 거야?

귀신들이 갑자기 건물 안으로 골목 안으로 혹은 멈춰선 버스나 택시 안으로 숨기에 바빴다. 은미마저도 낙주의 뒤에 숨었다.

"이 골목으로 들어가면 다가구주택들이 나와요. 조금만 더 걸으면 됩니다."

장 형사가 이야기를 건넸지만, 낙주는 갑자기 사라지는 귀신들에 홀려 그의 말이 제대로 귀에 들어오지 않았다. 그때였다.

- 언니!

은미의 깜짝 놀란 목소리와 함께 땅을 울리는 발소리가 들렸다. 은미가 경희대학교 쪽을 손가락으로 가리켰다. 학교 진입로에서 보통 사람의 키보다 세 배쯤 되는 어마어마한 키를 자랑하는 귀신이 사방을 해찰하며 내려오고 있었다.

– 저건 뭐야?

보통 크기의 귀신들만 보았던 낙주는 깜짝 놀랐다. 눈앞의 귀신은 거인이었다. 옷차림도 특이했다. 해태의 문양이 들어간 굵은 허리띠에 소매와 바짓가랑이가 펄럭이지 않도록 단단히 묶은 소복 차림이었다. 팔뚝에는 꽃시계풍의 나뭇잎 띠를 둘렀으며 머리는 백발이었다. 부리부리한 눈매하며 두툼한 입술까지도 강렬하기 그지없었다.

– 고대 귀신이에요.
– 고대?
– 아주 옛날, 그러니까 기원전 귀신이라고 보면 돼요.
– 그런 귀신이 아직도 남아 있어?
– 언니, 우린 어디론가 사라지기 전에는 인간의 땅에 영원히 남아 있게 된다고 말했잖아요.

좌우를 살피며 걸어오는 고대 귀신은 그야말로 신화 속에나 나올 법한 모습이었다. 낙주가 혹시나 싶어 슬그머니 어깨에서 마고봉이 담긴 가방을 내려놓았다. 봉이 땅에 닿으며 쿵, 하고 묵직한 소리를 냈다. 그러자 고대 귀신이 낙주를 향해 고개를 돌렸다. 한창 자동차들이 클

랙슨을 울리며 지나가고, 청년들이 왁자지껄 떠들어대고 있었지만, 거기에는 일절 관심을 보이지 않던 귀신이 낙주의 봉이 땅에 닿는 소리에는 관심을 보였다. 귀신의 눈길이 낙주에게서 떨어지지 않았다.

– 니 뭐요?

위협적인 덩치의 입에서 느닷없이 사투리가 흘러나왔고, 낙주는 저도 모르게 웃고 말았다.

– 와 웃으시오?
– 귀신인데, 사투리가 신기해서요.

낙주의 말에 고대 귀신이 성큼성큼 다가와 바닥에 털썩 주저앉았다. 그의 엉덩이 아래로 사람들이 지나가고 있었다. 하지만 그들은 고대 귀신이 자신들을 깔아뭉개듯 앉아 있다는 사실을 알 턱이 없었다.

– 예쁜 처자님, 지금이 몇 년도고?
– 2020년인데요?
– 그라요? 그럼 올해 내 나이가 을마지? 허, 생각도 안 나네. 그나저나 살다 살다 내가 별 놈의 인간을 다 만납니다.

덥수룩한 수염과 백발의 머리카락을 한 고대 귀신이 신기한 듯 낙주를 빤히 들여다보았다. 그것도 모르고 앞서 걷던 장 형사가 멈춰 서서 낙주를 기다렸다. 낙주가 그에게 손을 들어 보였다. 잠깐만 기다려 달라는 뜻이었다.

– 간혹 내를 보는 인간들은 봤는디 말 통하는 인간은 처음이네. 그라고…….

고대 귀신이 이번에는 은미를 빤히 쳐다보았다. 은미가 슬그머니 낙주의 뒤로 몸을 숨겼다.

– 낭자는 내 본 일 없소?

은미가 고개를 젓자 고대 귀신이 갸우뚱대다가 재차 물었다.

– 낯이 익은 얼굴인디…… 그나저나 혹시 검은산이라고, 어디로 가는지 아시오?
– 검은산이요?
– 그래요. 검은산. 혹시 알고 있소?

하지만 낙주는 처음 들어보는 산이었다.

– 신산이라고도 불리던 산이오. 지금이야 뭐라 부르는지 모르겠지만.
– 거긴 왜요?
– 거기서 내 주인이 기다리고 있는디 갈 방법을 모르것소. 내가 나타나믄 죄다 숨기들 바쁘니 물어볼 귀신들도 읎고. 설령 내랑 대면해

도 제대로 아는 귀신도 읎고.

- 거기에 계신 주인이 누군데요?

- 맹랑하긴. 내가 그걸 말할 거 같소? 나도 다 주워듣는 이야기가 있는디.

코웃음을 치는 고대 귀신의 모습에 낙주는 고개를 갸웃거렸다.

- 이 놈의 세상은 눈만 감으믄 코 베어 간다믄서요?

- 귀신의 코를 누가 베어가요?

낙주가 피식 웃자 고대 귀신이 제 코를 만지작거렸다.

- 그렇긴 한디, 워낙 세상이 어지러워서 당최 어떤 놈의 세상인지 알 수가 있어야지.

- 찾으시는 분이?

- 알 거 읎소. 내한텐 아주 중요한 분인 건 확실하지만. 안즉 거 계실라나 모르고.

고대 귀신이 용을 쓰며 일어나자 낙주가 말했다.

- 혹시 모르지만 황학동에 귀신들 문제를 해결해주는 곳이 있어요.

- 그라요?

고대 귀신이 허리를 잔뜩 구부린 채 낙주를 내려다보았다.

- 황학동에 오봉서점이라고 있는데, 그리로 가보세요.
- 거긴 또 어떻게 가오?
- 지하철 타고요.
- 지하철이라…… 그 땅 속에서 굴러다니는 지네 같은 놈 말이오?

낙주가 고개를 끄덕거렸다.

- 내가 탈 수나 있소?
- 그냥 사람들 뒤를 따라 들어가면 되죠.
- 타는 거라곤 말밖에 타본 적이 없는디…….
- 그냥 타면 돼요.

고대 귀신의 이마에 주름이 잡히자 은미가 나서서 말했다. 은미는 고대 귀신의 커다란 덩치에도 크게 위압감이 느껴지지 않았다.

- 아, 그렇소? 그냥 타면 된다. 좋아요. 그람 어서 내리요?
- 동대문역이에요. 그곳에서 내리셔서 근처 귀신들한테 물어보면 돼요.
- 아, 그렇군. 낭자들 고마웠소.

고대 귀신이 감사 인사를 하고는 마저 걸음을 옮기려다가 마저 한마디를 했다.

- 참, 오다가다 내를 아는 귀신 만나믄 나 이 동니서 잘살고 있다고

전해주시오. 낼 만나려믄 이 시각 여기에 있음 된다고도 전해주시고.

고대 귀신이 다시 고개를 돌리고 지하철 역사 쪽으로 갔다. 그의 거대한 뒷모습이 쓸쓸해보였다.

고대 귀신은 지하철 역사 쪽으로 멀어지며 빛과 사람들의 무리 속에 서서히 지워졌다.

낙주는 고대귀신에게서 눈길을 거두고 장 형사를 쳐다보았다. 낙주를 기다리는 그의 등 뒤로 노을이 깔리고 있었다. 노을을 등진 때문인지 그의 얼굴이 어두워 보였다.

"죄송해요. 누굴 좀 만나서요."

"아닙니다. 이리로 가시죠."

장 형사가 먼저 골목 안으로 들어갔다. 해질 무렵의 어스름이 깔린 골목은 나트륨 가로등이 하나둘 불을 밝히고 있었다. 장 형사가 앞서고 낙주가 뒤를 따라갔다. 비슷한 모양새의 다가구 주택들이 다닥다닥 붙어 있었다. 장 형사가 '레몬 트리'라고 이름 붙여진 건물 앞에 섰다.

"보통 사람들은 어느 집에서 사건이 터지면 곧장 이사를 갑니다. 그런데 전 가지 않았어요."

장 형사의 말투가 무거웠다.

"딸이 있다고 하셨잖아요, 그럼 그 따님도 여기에……."

장 형사가 고개를 저었다.

"딸한테는 차마 그럴 수가 없어서 지금은 파주 쪽 어머니 집에서 살고 있습니다. 전 떠날 수가 없네요."

장 형사는 건물 출입문의 비밀번호를 누르고 계단을 걸어 올라갔다.

– 은미야, 잘 살펴봐. 장 형사가 보여준 사진 기억나지?

– 기억하고 있지. 그런데 살해당했다면 몰골이 흉측할 텐데, 난 그런 귀신들 보는 거 정말 싫은데…….

– 그래도 이번엔 좀 잘 살펴봐. 그리고 장 형사 부인은 질식사라잖아. 보기 흉한 몰골은 아닐 거야.

– 언니도 잘 살펴봐요. 죽은 지 오래되고 신체 일부를 잃어버린 귀신들은 숨어서 잘 나타나지 않으려고 하니까.

– 그래, 알았어.

장 형사가 202호 앞에서 멈춰 섰다. 한 층에 두 집이 있는 구조였다. 문이 나란히 계단 쪽을 바라보고 서 있었다. 낙주는 장 형사의 집에 발을 들여놓는 순간 집 안에 고인 냉기 때문에 등골이 서늘했다.

– 언니, 사람이 안 산 지 오래된 집 같아.

– 바쁘기도 하고 그러니까 더더욱 집에 들어올 맘이 없었겠지.

– 그러게. 장 형사님 정말 불쌍한 거 같아.

– 안타깝기는 한데, 세상에 안 불쌍한 인간이 어디 있겠어?

– 언니도 참, 안 불쌍한 인간들 많거든. 언니가 몰라서 그렇지. 인간쓰레기들이 얼마나 많은 데.

은미의 말이 맞을 터였다. 인간이라는 게 많이 살아야 고작 백년을 사는 데 악독하게 살면 억울하고 화가 날 것 같았다. 은미는 말없이 사라졌다. 은미는 울적한 기분이 들면 연기처럼 훌쩍 사라지고는 했다. 낙주는 어디론가 또 사라져버린 은미를 보며 귀신이라는 게 딱히 나쁜

지 않겠다는 생각도 들었다. 소리도 흔적도 남기지 않고 사라질 수 있으니, 좋은 재주였다.

장 형사가 불을 켜고 거실의 갈색 소파에 조심스럽게 앉았다. 소파 앞 테이블에는 여러 서류들이 잔뜩 쌓여 있었다.

"이것들이 뭔가요?"

낙주가 테이블 위의 서류들에 대해 물었다.

"아내와 연관된 사건 자료들이에요."

"잘은 모르겠지만 이런 걸 가져나올 수 없는 거 아닌가요?"

"그렇죠. 가져나올 수 없는 자료들인데……."

장 형사가 말끝을 흐리며 서류철을 뒤적이다가 화제를 돌렸다.

"집이 좀 춥죠?"

"아, 아니요. 괜찮아요."

뭔가 위로를 하고 싶었지만 낙주는 그 말밖에 하지 못했다.

"이 집에서 나 혼자 따뜻하게 있는 게 너무 미안해서 난방을 하지 않아요. 집사람은 지금 차가운 세상을 떠돌고 있을 텐데……."

그때였다. 잠시 사라졌던 은미가 나타나 낙주를 불렀다.

- 언니! 그런 거 아니라고 말해줘.

- 뭘?

- 우리 귀신들은 추운 거 못 느낀다고. 그러니까 굳이 돌아가신 아내 때문에 난방 안 할 필요 없다고.

- 진짜지?

- 그렇다니까. 전에 건우 봤잖아. 걘 영하 30도에도 반팔로 돌아다니잖아.

- 그런가?
- 귀신들한텐 시간도 날씨도 무의미해요.
- 그렇겠네.

낙주는 장 형사 옆에 앉으며 두어 번 헛기침을 했다.

"저기 은미가 그러는데, 그쪽 세계는 추위가 없대요. 아니 추위를 느끼지 않는다고 하네요."

"아……."

장 형사가 낮은 신음을 흘렸다. 낙주는 장 형사를 쳐다보기 민망해 테이블의 서류철에 시선을 주었다.

"아내가 안 올 수도 있는데, 그냥 이렇게 앉아서 기다리면 되나요? 하기야 사방으로 찾으러 다닌다고 만난다는 보장도 없고. 영혼에게 주소가 있는 것도 아닐 테니……."

낙주는 영혼에겐 주소가 없다는 장 형사의 말이 가슴 아프게 들렸다.

- 언니 그런데 있잖아.

은미가 슬쩍 낙주의 눈치를 살폈다.

- 왜 지난번에 언니랑 모두 경찰서 끌려갔을 때 말이야.
- 그런데?
- 우리 나갈 때 잠깐 시경 아저씨 취조당하는 방에 들어갔었거든.
- 언제 거기까지 갔다 왔어?
- 우린 빠르잖아. 아무튼 갔었는데, 검사라는 사람이 있더라.

– 검사?

– 응, 그런데 그 검사 이야기가…….

– 검사가 뭐?

– 대충 들어보니까 고검장인가 뭐가 하는 사람의 아들이 시경 아저씨 딸을 성폭행해서 정신병원에 입원해 있나봐.

– 뭐?

낙주가 깜짝 놀라 은미를 쳐다보았다. 시경은 자신의 이야기를 하지 않았다. 그건 윤식도 마찬가지였다.

– 그리고…….

– 그리고 뭐? 빨리 말해!

– 시경 아저씨 부인은 자살했대. 그런데 그 고검장인가 하는 사람 아들은 지금 그냥 돌아다니고 있대. 심신미약인가 뭔가로. 그래서 시경 아저씨가 항소를 해놓은 상황이고. 그 검사라는 사람이 괜히 힘 빼지 말고 항소 취하하라고 그러더라고.

낙주는 너무 놀라 입을 떡 벌리고 말았다. 시종일관 밝게 행동하는 시경에게 가족사가 있을 거라곤 상상도 한 적이 없었다.

– 장 형사 아저씨가 부탁하는 거 보니까, 시경 아저씨도 죽은 부인이 보고 싶을 거 같다는 생각이 들더라. 뭐, 이젠 시경 아저씨도 볼 수 있으니까 다행이긴 하지만.

"낙주 씨 무슨 일 있어요?"

장 형사가 물었다.

"아, 아니에요. 참, 김 반장님 가족이 어떻게 돼요?"

"저도 잘은 모르는데…… 사모님하고 따님 있는 건 알아요."

"그 사모님은 어디에 있나요?"

"네? 사모님은 집에…… 그런 걸 왜 물으시는지?"

"아, 아니에요. 시경이 형이 집에 잘 안 들어가셔서."

"옛날부터 그랬어요. 사건 터지면 아예 집에 안 들어가는 걸로 유명했어요. 그래서 다른 형사들이 힘들어하긴 했었죠. 반장이 집엘 안 가니까 자기들도 들어갈 수가 없잖아요. 그런데 뭐 때문에……."

장 형사도 시경의 사정을 모르는 듯했다. 낙주는 시경의 얼굴을 떠올리며 입을 다물었다. 괜히 아는 척할 필요는 없었다. 다시 차가운 집안에 적막이 흐르자 은미가 다시 입을 뗐다.

- 언니, 너무 조용하네. 뭐든 좀 물어봐.
- 뭘?
- 아무거나.
- 너는 귀신이 조용한 걸 못 견디니?
- 언니도 견디기 힘들잖아.

낙주는 입을 삐죽대는 은미를 보며 귀신과 사람이 다르지 않음을 다시금 느꼈다. 물질적 존재라는 점과 비물질적 존재라는 점의 차이가 있지만. 무엇보다 시경의 가족 이야기를 들은 뒤라 그런지 자꾸만 우울해졌다. 낙주는 장 형사를 쳐다보며 입을 열었다.

"아내 분이 기자셨다고요?"

"그랬죠. 아주 유능한 사회부 기자였죠."

장 형사가 테이블 위의 서류들을 손으로 보듬으며 대답했다.

"이것들 모두 아내가 취재했던 내용들이에요. 특히 아내가 죽기 전에 취재했던 내용들하고 아내의 죽음을 수사했던 기록들이에요. 사실상 하나의 사건인 거죠. 저는 아내가 죽은 사건과 아내가 마지막으로 취재했던 사건이 연결되어 있다고 확신하는데, 연결고리를 찾을 수가 없어요."

"미제 사건이라고 결론 났다면서요?"

"경찰에서는 단순 강도로 마무리했는데, 말도 안 되죠. 제가 형사 생활만 15년 넘었는데 강도가 질식시켜서 살인하는 경우는 거의 없어요. 보통은 피가 낭자한데, 이 집엔 핏자국 하나 없어요."

장 형사는 단순 강도 사건이 아니라고 확신하며 아직까지 범인을 찾고 있었다. 그리고 아내가 마지막으로 취재하던 내용과 뭔가 연결고리가 있을 거라 강하게 의심하는 듯했다.

"그럼 아내 분이 뭘 취재했던 거죠?"

"그게, 3년 전에 충주호에서 유람선 침몰 사건이 있었어요."

"아, 그때 생각보다 사람들이 많이 죽어서 저도 어렴풋이 기억나네요. 특이하게도 임신하셨던 분들 몇이 죽어서 기억에 오래 남았던 거 같아요."

"몇 년 된 사건인데, 잘 기억하시네요. 그런데……."

장 형사가 주머니를 뒤적거리다 멈칫했다. 낙주가 주머니에서 담배를 꺼내 그에게 건넸다.

"감사합니다. 담배를 끊는 중인데 사실 잘 안 되네요. 담배라도 피워야 조금 답답한 마음이 가시곤 하니."

낙주는 담배를 피우는 장 형사를 보다가 물었다.

"그때 그 사건 회사 관리 잘못으로 결론이 나지 않았나요? 승선 인원 규정 어겨서."

"맞아요. 그렇게 결론이 마무리되었죠. 그런데 임산부 두 명이 죽었는데, 방성사이언스에서 일했던 여직원들이었어요."

"둘 다요?"

"네, 둘 다."

"특이하네요. 회사에서 워크숍 갔다가 사고가 난 건가요?"

"그랬겠죠. 그런데 그 유족들이 억울하다며 제 아내를 찾아왔어요. 저는 더 파지 말고 모른 척하라고 했는데 제 아내가 그걸 못했어요. 불의를 보면 못 참는 성격이었죠. 대학 다닐 땐 길 가다가도 누가 잘못하면 끝까지 따져서 사과를 받아내는 성격이었죠. 자기는 경찰이나 기자가 되겠다고 했는데 기자가 된 거고요."

장 형사가 담배 한 개비를 더 달라고 말했다.

"아무튼 죽은 여자들의 남동생과 외삼촌이라는 분이 같이 찾아왔어요. 찾아와선 언론에는 알려지지 않은 내용을 말하더라고요."

"무슨?"

"물론 100퍼센트 믿을 수 있는 이야기는 아니에요. 괜히 보상금 더 받아내려고 거짓말하는 사람들도 많거든요. 아무튼 두 여자가 임신을 하고 있는 상황이었는데, 두 아이가 모두 방성사이언스 회장인 방경언의 아이라는 겁니다."

낙주보다 은미가 더 놀라 눈을 동그랗게 떴다.

"그럼 그분들이 찾아온 건……."

"제 아내도 굉장히 의심을 많이 했어요. 순수하게 진실을 밝히려고 하는 건지, 아니면 회사로부터 보상을 바라고 그러는 건지 알 수 없어서요. 한쪽 이야기만 듣고 취재를 했다가 무고로 큰 화를 당할 수도 있으니까요."

"그래서 어떻게 되었는데요?"

"저는 말렸어요. 무고일 가능성이 크다고요. 무엇보다 방성사이언스는 이미지도 좋은 회사이니까요. 대외적으로 연말에 불우이웃 돕기 성금도 많이 내고, 노숙자들 점심 제공하는 프로그램도 운영하고, 소년소녀 가장 장학금 지급도 많이 하고, 비정규직을 최소한으로 유지하려고 하는 회사이기도 하고요. 무엇보다 개발한 신약들을 시장에 저렴하게 공급하는 회사잖아요. 회사 직원들을 계열사 병원에서 저렴하게 진료 받을 수 있게도 해주고요. 더군다나 방성사이언스의 회장은 이미 백 살이라 여성을 임신시킬 만한 능력이 없을 것 같았고요. 그래서 말렸지요. 설령 비리가 있을 수도 있겠지만 그 정도의 선행이면 그쯤은 눈감아주어야 하는 거 아니냐고요. 게다가 두 여자를 유람 떠나게 만들고 배를 침몰시켜서 죽게 만들었다는 게 너무 음모론 같아서 말렸죠. 제 아내도 처음엔 수긍했는데…… 나중에 저 모르게 혼자 취재하고 조사 다니고 그랬더라고요."

거실로 밀려드는 한기가 더 차가워지고 있었다. 장 형사와 낙주가 숨을 쉴 때마다 하얀 입김이 흘러나왔다.

"그러다가 녹취 하나를 발견하게 된 겁니다. 그게 희한하게도 실수로 녹취가 된 거예요. 기획실에 근무했던 조영숙이라는 분이랑 이미영이라는 분이 임신하면서 퇴직을 했죠. 각자 고민도 많이 했을 거고요. 그런데 어느 날 회사에서 연락이 온 겁니다. 회사 차원에서 지원해주겠다고요. 거주지며 산모에 대한 적극적인 케어까지. 그런데 거기엔 다른 꼼수가 있었던 겁니다. 아내의 취재에 의하면 두 임산부의 배에 든 아이가 회장의 아이인지 확인하기 위한 것이었던 겁니다. 병원을 회사 계열 병원에서 진료받고 케어 받을 수 있게 해주면서 확인 절차에 들어갔던 거지요. 그런데 그 모든 이야기가 방 회장의 두 번째 부인 귀에 들어간 겁니다. 김순자라는 여성인데 방 회장이 워낙 장수하다 보니 두 번째 부인을 환갑 무렵에 얻었고 나이 차이도 30살 가까이 나는데. 그 부인이 뒤치다꺼리를 다 해 왔던 겁니다. 그런데 회사 기획실에 근무하는 여성들과 문제가 있을 거라곤 상상하지 못했던 거죠. 과거에 스캔들 일으켰던 여성들은 보상금 얼마 받고 관계를 끝내곤 했는데 이 두 여잔 달랐던 겁니다. 과거의 여자들은 아이를 배지 않았는데 이 두 여자는 희한하게도 피임도 안했고 아이까지 임신했던 거죠. 김순자가 노발대발했다고 하네요. 아무튼 사실로 확인된 바 없지만 그게 취재 내용이에요. 그리고 그 사건과 연관이 있는 건지는 모르겠지만 아무튼 아내가 그 무렵 취재하던 한 인물이 더 있는데 그 인물에 대한 취재를 하던 도중에 그만…….”

장 형사는 재가 떨어지는 담배를 그냥 들고만 있었다.

“백 살이나 먹은 노인의 아이라면 그냥…….”

낙주는 차마 뒤의 이야기는 꺼내지 못했다.

“회사 차원에서도 그걸 빌미로 돈 뜯어내려고 한다고 본 걸 겁니다. 그 김순자라는 여자가 그렇게 생각했을 겁니다.”

“그럼 이 기사들은 어떻게 된 거죠?”

낙주가 기사처럼 작성되어 있는 종이를 들어 보였다.

“집사람 컴퓨터에 들어가 보니 파일로 되어 있는 자료들은 어찌된 건지 대부분 다 사라지고 딸 교육 자료라는 이름으로 된 폴더에 그 기사를 숨겨두었더라고요. 경찰 수사상으로는 범인이 아내 컴퓨터를 켜 놓고 엉뚱한 것만 검색하다 돌아갔다고 되어 있는데, 아마 아내가 수집해 놓은 자료들 찾아 삭제시켰던 거 같아요."

"그 마지막에 취재를 했던 인물이라는 사람이 누구죠?"

"지금은 황학동에서 폐지 줍고 일요일마다 배식 봉사하고 사는 인간인데, 한때 노동운동하고 학생운동하던 사람들 잡아다 고문했던…… 아내가 그 사람을 취재했는데……"

"설, 설마 상도 씨가 말한 그 이근배 씨?"

"……네, 맞아요."

낙주는 짐작했지만 그래도 적잖이 놀랐다. 장 형사는 잠시 뜸을 들였다.

"아내가 이근배를 취재하던 그때 차마 말을 못했어요. 잠깐 같은 부서에 있었다는 말을……. 너무 미안해서요. 상도 씨에게도 아내에게도……"

고개를 숙인 장 형사의 턱에서 눈물 방울이 후드득 떨어졌다. 낙주는 그의 눈물을 못 본 척했다.

6.

전설이 깨어나다

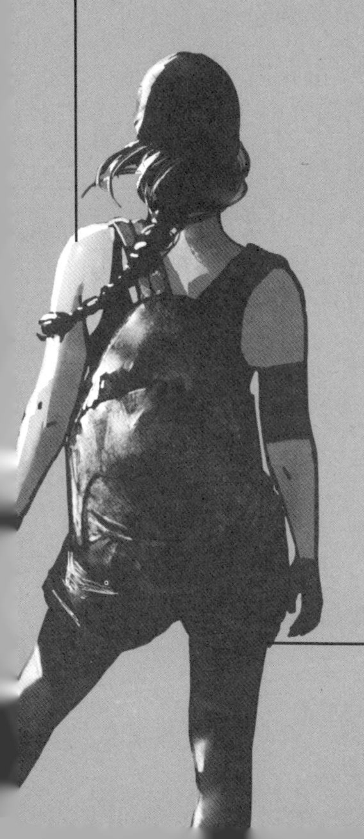

금괴

1

주위를 살피며 비좁은 골목을 걷던 낙주가 길 건너 30층 높이의 건물을 올려다봤다. 깊은 밤이었지만 건물은 환히 불을 밝히고 있었다. 옷 도매 시장은 그렇게 도시가 잠든 밤이 성시였다.

"팀장님, 이 집 맞아요?"

윤식이 녹색 대문 앞에 멈추더니 귀를 갖다 대며 시경에게 물었다. 한동안 수척했던 그의 얼굴이 좀 밝아보였다.

"우리나라 경찰을 호구로 아냐?"

"흥, 또 딴죽 거시네?"

두 사람의 말다툼이 또 시작되었지만 낙주는 굳이 말리지 않았다.

"넌 인마, 한국 경찰을 우습게 알잖아."

"아니, 말이 나왔으니 말이지. 안 우습게 생각하게 생겼냐고요. 아무 죄도 없는 우릴 구속시키려고 하질 않나? 위험에 처한 시민이 출동 좀 해달라는데 알아서 해결하라고 하질 않나? 내가 믿게 생겼어요?"

"말은 똑바로 해. 구속이 아니라 임의동행이야. 그리고 방 형사가 그렇게까지 나올 줄 내가 알았냐? 실은 다른 이유가 있는 건지도 모르고. 그리고 그런 걸 형사 혼자 결정하지 못해. 검사들이 결정해야지."

"다른 이유?"

"아닐 수도 있고."

시경은 취조실에서 만났던 윤 검사를 떠올렸다. 윤 검사가 제 입으로 말하진 않았지만 어쩌면 사소하게 하나둘 조이기 시작하면서 운신의 폭을 줄이려 들고 있는지도 모르겠다는 생각이 들었다.

"팀장님, 한때 잘나가던 수사반장 맞아요?"

"그래, 맞아."

"그런 사람을, 한때 동료였던 사람을, 구속 비슷하게 끌고 가는 게 말이 돼요? 그리고 배고프다고 곰탕 좀 한 그릇 넣어달라니까 뭐라고 그러는 줄 알아요?"

"뭐 곰탕? 때가 되면 시켜주고 그래."

"시켜주기는…… 경찰을 호구로 안다고 뒤통수나 때리던데!"

"사람이 다 똑같을 수는 없으니까……."

"그 방 형사라는 인간 진짜 밥맛이에요."

"지금 그 인간 이야기가 왜 나와? 평생 우려먹겠다는 거야?"

"뭘 평생 우려먹어요? 어쨌든 그런 인간을 파주로 불러서 그 사단을 일으킨 거잖아요?"

"인마, 우리가 잠깐 붙잡혀 간 게 무슨 큰 사단이냐?"

"이런저런 신문도 받았잖아요!"

윤식이 발끈하자 시경이 입맛을 다셨다.

"아무튼 이근배라는 위험한 인간이 이렇게 자기 집을 쉽게 노출시키는 거 어딘가 이상하지 않아요?"

"인마, 그 인간도 다 늙었어. 이제 별 볼일 없다고. 그러니까 폐지나 줍고 살지."

시경과 낙주, 윤식이 찾아온 곳은 바로 이근배의 집이었다. 장 형사에겐 미리 말하지 않았다. 물론 아직 장 형사의 아내인 정해경을 찾지 못한 상태였다.

"장 형사한테 말했다가는 여기 쑥대밭 될지도 몰라."

"얌전한 사람이던데요."

"평소엔 얌전하지. 여자를 상대로 범죄 저지르는 인간들한텐 야수야, 야수!"

"야수 좋아하고 있네."

윤식이 굳게 닫힌 대문 너머의 집을 바라보며 빈정거렸다.

"장 형사 말대로 장 형사 부인하고 이근배하고 뭔가 있을지도 몰라. 하지만 심증만으로는 아무 것도 해결할 수 없는 시대라는 거 알잖아."

"흥, 한번 나쁜 놈은 계속해서 나쁜 놈이에요."

"그건 아니지. 사람이니까 회개도 하고 그럴 수도 있는 거라고."

윤식이 시경의 눈앞으로 얼굴을 바짝 들이밀었다.

"팀장님, 진짜 그렇게 생각해요? 사람 죽여 놓고 회개하면 그 죄가 없어지는 거예요? 살인자는 영원히 살인자라고요. 신이 용서하면 그 죄가 없어지냐고요. 남은 사람들 상처는 어쩌고요? 회개하면 상처도 아문대요?"

"윤식아, 그만해."

낙주가 윤식의 어깨를 붙잡았다. 윤식의 말도 일리가 있었지만, 낙주는 윤식을 살필 때가 아니었다. 지금 누구보다 마음이 아픈 이는 바로 시경이었다. 그나마 장 형사는 죽은 부인을 애타게 찾고 있었지만, 시경은 내색조차 못하고 있었다. 낙주가 아는 한 시경은 낙천적인 사람이었다. 그런 사람이 저런 연기를 한다는 것은 그 내면에 어떤 고통이 도사리고 있을지 낙주는 짐작조차 할 수 없었다.

"팀장님, 내가 보기에 장 형사는 교통순경이나 하면 딱 맞아요."

"인마, 내가 장 형사 와이프 사건 담당이었다고 했지?"

"그래서요?"

"그때 장 형사가……."

시경이 말이 잇는 순간 대문 너머에서 인기척이 났다.

"잠깐만!"

낙주가 몸을 낮추자, 시경과 윤식도 덩달아 몸을 숙였다. 은미마저도 낙주 뒤에 쪼그려 앉았다.

"왜 그래?"

시경이 최대한 목소리를 낮추며 물었다.

"뭔가 소리가 났어."

낙주는 고개를 돌려 은미를 쳐다보았다.

- 나를 왜 봐요?
- 은미야, 네가 먼저 들어가 볼래?
- 언니! 나 어두운 거 질색하는 줄 알면서 그런 소릴 해?
- 우리가 대문 밖에 바로 있잖아. 그러니까…….

그때 거친 발자국 소리가 들렸다. 모두 몸을 더 낮추었다. 낙주가 은미를 재촉했다.

– 얼른!

– 언니, 나 싫은데…….

은미가 투덜대며 휼쩍 대문 안으로 사라졌다. 낙주는 고개를 저었다. 할머니가 그녀를 두고 몸주니, 백제니 하는 말들이 여전히 이해되지 않았다.

"낙주야, 은미 어디 가는 거야?"

대문 안으로 들어가는 은미를 보며 시경이 물었다.

"누군가는 들어가 봐야 하잖아."

"그렇긴 한데, 무서움 많이 탄다며?"

"그것도 그래. 귀신이 무서움 탄다는 게 말이 돼요?"

"넌 왜 그렇게 매사 삐딱하냐?"

다시 윤식과 시경이 소곤소곤 말다툼을 했다.

"내가 안 삐딱할 수가 있어요? 당장 집주인이 내일까지 집세 안 내면 방 빼라는데!"

윤식의 갑작스런 말에 시경이 당황해 말을 더듬었다.

"그, 그건…… 윤식아, 조금만 기다려. 이근배 만나서 거 누구냐, 그 검은 군복 입은, 그래 김상도 몸만 찾아주면 우리가 금괴를 몽땅……."

"흥, 그 귀신도 못 믿겠어요. 우리가 귀신들 쫓아다니면서 제대로 번 적이라도 있으면 내가 말을 안 해요. 할머니 집에 가서 인삼주 건져낸 게 전부잖아요!"

"아니지, 창천동에서 옛날 돈들도 좀 가져왔잖아?"

"그거 그냥 그 가치밖에 안 됐잖아요. 진씨 아저씨 한 달 월세도 안

되던데."

"그러게 말이다."

시경이 반론을 하다 말고 입맛을 다셨다. 윤식의 말처럼 계속 이렇게 가다가는 팀이 찢어질 판이었다. 하지만 지금은 찢어질 수도 없었다. 돌이킬 수 없는 다리를 건너버렸다는 기분이었다. 그건 시경은 물론 윤식도 진고랑과 낙주도 어렴풋이 느끼는 기분이었다.

"제발 우리도 돈이 되는 일 좀 하자고요."

"그러니까 졸본에 가서 열쇠도 찾고 궤도 찾으면……."

"팀장님, 그거 찾으면 우리가 졸지에 갑부가 될 거 같죠? 천만에요. 난 안 믿어요. 추측이지만 그 안에 필경 엉뚱한 물건이 들어 있을 거예요. 아니면 수수께끼 같은 편지가 들어 있거나."

시경은 윤식의 부정적인 말에 더 이상 대꾸할 말이 떠오르지 않았다. 지금도 무작정 달려오긴 했지만 윤식의 말대로 이근배가 쉽게 입을 열 거라고는 생각하지 않았다. 낙주는 마른 손으로 얼굴을 문질렀다. 시경은 주머니에 손을 푹 찔러 넣고 입술만 씰룩거렸다. 그때 집에 들어갔던 은미가 달려 나오며 외쳤다.

- 언니, 언니! 큰일 났어.

- 왜?

- 얼른 들어가 봐야 해.

- 그러니까 왜? 우린 수색 영장이니 뭐니 그런 거 없다고. 잘못 들어갔다가 그 인간한테 괜한 빌미를 줄 수도 있어.

- 언니, 그게 아냐. 지금 그 인간 죽어가고 있다고!.

- 뭐?

낙주는 은미의 말이 끝나자마다 철문을 어깨로 밀어버렸다. 잠겨 있던 대문은 단숨에 떨어져버렸다. 대문이 떨어져 나가는 소리에 골목 저편 보양식 가게 개장 속에 잠들어 있던 개들이 일제히 짖어대기 시작했다. 병들고 힘없는 개들이라 짖는 소리가 약했지만, 그래도 개들의 울부짖음이 골목을 채우자 여간 시끄러운 게 아니었다.

"낙주야, 갑자기 왜 그래?"

시경이 물었지만 낙주는 대답 대신 집으로 들어가 은미가 가리키는 방문을 와락 열어젖혔다. 파랗고 희미한 빛 한 줄기가 방 안을 맴돌았다. 윤식이 켠 손전등이었다. 재빠르게 살피니 방 안쪽 싱글 침대 위에 늙고 추레한 몰골의 사내가 누워 있는 게 보였다.

"젠장, 이게 어떻게 된 일이야!"

시경의 고함에 낙주는 얼른 다가가 이근배의 목 동맥을 손가락으로 짚어보았다. 맥이 잡히지 않았다. 코에 손가락도 대 보았다. 역시 숨결이 느껴지지 않았다. 하지만 그의 몸에 온기는 미세하게 남아 있었다.

"한 발 늦었네."

"혹시 아까 났던 인기척이……."

윤식의 말에 시경이 득달같이 밖으로 뛰쳐나갔다. 하지만 소용없는 짓이었다. 정체 모를 상대는 이미 멀리 달아났을 터였다. 낙주는 벽에 등을 기대고 주저앉았다. 윤식은 방문 밖 마루에 걸터앉았다. 대문가에 서서 담배를 꺼내 물던 시경이 낙주를 향해 고개를 돌렸다.

"낙주야, 저 인간 죽었다면 영혼, 그러니까 귀신이 나왔을 거 아냐?"

낙주가 서둘러 주위를 확인했다. 그러나 이근배의 귀신은 보이지 않았다.

- 은미야, 사람이 죽으면 곧장 귀신이 되는 거 아냐?

- 맞아. 그런데 진짜 안 보이네.

- 금방 어디로 안 사라지지?

- 아마 그럴걸. 자신이 죽은 게 믿기지 않으니까 금방 못 사라지지. 그런데 진짜 안 보이네.

윤식과 시경도 사방을 살폈다. 남자, 여자, 늙고 어린 귀신들이 무덤덤한 표정으로 동네를 떠돌고 있었지만, 그들 중에 이근배는 보이지 않았다.

"설마 죽이고 나서 곧장 귀신까지 걷어간 거 아냐?"

"그렇다면 진짜 소름끼치네요."

"어째 요즘 하는 일마다 다 빼그러지냐."

"그러게 말입니다."

- 은미야, 그런데 귀신을 어떻게 걷어가?

- 귀신잽이들이 봤었잖아! 육신에서 나와서 어리둥절해 있을 때 냅다 잡으면 되잖아.

- 그러니까 누가 잡느냐고?

- 판수들이겠지.

- 판수?

- 응, 판수. 귀신잽이 할 수 있는 인간들이 판수 말고는 없잖아. 귀신 사냥꾼들은 사람까지는 못 죽이거든. 그럼 답 나왔네. 판수들이라고. 사람도 죽이고 귀신도 걷어가고.

은미의 말에 낙주가 답답한지 점퍼 안주머니를 뒤져 담배를 꺼냈다.

- 언니, 담배 끊는다며?
- 지금 담배 끊게 생겼냐?

낙주는 담배를 입에 물고 불을 붙였다.

"낙주야, 어떻게 하지? 유일한 단서를 가진 인간이었는데."

"팀장님, 전 개인적으로 이근배 같은 인간은 진즉 하늘의 심판을 받았어야 한다고 봐요. 이런 게 하늘의 심판답지는 않지만."

"얼른 뜨자."

낙주가 담배를 입에 문 채 몸을 일으켰다.

"여긴 신고할까?"

"무슨 소리야? 또 무슨 봉변을 당하려고! 얼른 뜨기나 하자. 신고 들어갔을지도 몰라."

"그러게 왜 대문을 부수고 그래."

"급한데 그럼 어떡해요?"

"나 원 참."

세 사람은 서둘러 집에서 빠져나왔다. 개들이 사납게 짖던 골목에는 어느새 어둠과 적막만이 가득했다.

"이제 어쩐다……."

낙주는 골목 입구로 나오며 도로를 살폈다. 간간이 자동차가 빠르게 지나갈 뿐 사람은 보이지 않았다. 그때였다. 은미가 비명을 지르듯 소리쳤다.

– 언니, 저기!

거대한 형제 하나와 상투를 틀고 궤를 어깨에 멘 형체가 보였다. 가로등 불빛 아래 서 있는데 그림자는 없었다. 귀신들이었다. 그들을 발견한 은미가 제대로 움직이지 못하고 겨우 겨우겨우 낙주의 등 뒤로 몸을 숨겼다.

– 언니, 나 몸이 이상해. 못 움직이겠어.
– 내 뒤에 바짝 붙어 있어.

"낙주야, 저것들 뭐야?"

시경이 골목의 전봇대 꼭대기 위에 서 있는 귀신 둘을 올려다보았다.

"궤를 든 놈은 지난번 사당에서 도망친 황철인 거 같은데……."

낙주가 등 뒤에 매고 있던 마고봉을 꺼내 결합하는 사이, 시경과 윤식은 겁에 질려 뒤로 물러났다. 특히 궤를 든 존재의 눈에서 쏟아지는 파란빛에 소름이 돋았다.

– 오호, 네 년이 정낙주? 듣던 대로 천하의 미인일세.

황철이 낙주의 이름을 불렀다. 그건 시경은 물론 윤식과 진고랑과 할머니에 대해서도 이미 알고 있다는 말이었다. 저들이 뭘 얼마만큼 알고 있는지, 왜 일행에 대해 알고 있는지 알 수 없지만 소름이 돋았다. 무엇보다 왜 이토록 사사건건 부딪치는지 알 수가 없었다. 낙주는 왼손으로 들고 있던 마고봉을 오른손으로 고쳐 잡았다.

황철은 낙주 뒤의 은미를 살피며 입으로 뭔가를 계속해서 중얼거렸다. 은미가 못 움직이는 게 황철의 주문인 듯했다. 그의 입을 보고 있자니 마치 한 몸에 두 인간이 존재하는 듯 기이한 기분이 들었다.

- 너, 황철 맞지?
- 덩치가 산만해서 미련한 줄 알았더니 제법 똑똑하구나.
- 너야말로 큰 덩치 데리고 다니느라 도망가지 못한 모양이네.

낙주가 히죽 웃으며 한 발 앞으로 나갔다.

- 그게 아냐! 난 누구보다 빨라! 그리고 날 능가할 판수는 없어!

낙주는 황철이 잘난 척하고 나서기 좋아하는 존재라는 걸 깨달았다. 별별 사람이 다 있듯 별별 귀신도 있는 법. 게다가 그는 성질도 급한 듯했다. 그 순간만큼은 중얼거림이 사라졌다.

- 원래 빈 수레가 요란하다고 하던데.
- 그게 아니라고! 굼뜬 인간들 몇 먼저 도망가게 하느라고…….

황철이 씩씩대자 뒤에 서 있던 덩치가 슬쩍 말을 내뱉었다.

- 그게 아니잖아요. 근배 그 자식이 뭔 수를 쓴 건지 발버둥 치느라 그런 거죠. 인간들은 진즉에 달아났잖아요.
- 이 쌍놈의 잡귀 새끼가 궤짝에서 평생 썩고 싶어서 지랄이지? 누

가 너더러 입 열라고 했어.

그들이 다른 누군가와 함께 이근배를 정리하러 왔다는 사실을 둘의 대화가 증명해 주었다. 그들은 질서도 없고 눈치도 없는 존재들인 듯했다. 낙주가 한 걸음 앞으로 나가고 황철과 덩치가 뒤로 한 걸음 물러났다.

- 누군가 우리보다 먼저 여길 다녀갔다? 그게 누구지?

낙주가 다가오는 만큼 뒤로 물러서면서도 황철의 눈은 여전히 낙주의 등 뒤를 향해 있었다.

- 은미야, 어디로든 도망가.
- 그게 안 돼. 뭔가 발목을 잡아서 놔주질 않아.

낙주는 결국 계속해서 황철의 주의를 끌어야 한다고 생각했다.

- 여기 왔던 놈이 누구야?
- 이년이! 내가 너보다 천 살은 더 많이 먹었는데, 반말을 찍찍거리다니!
- 나이를 처먹었으면 나이 값을 해야지. 귀신이나 잡으러 다니는 놈한테 내가 뭐 하러 존댓말을 쓰냐? 소문에 들으니 애들이고 노인이고 할 거 없이 다 잡아간다며? 그 궤짝 안에 몇이나 가둔 거야? 귀신들의 왕이 되고 싶은가? 그렇게 모으면 환생이 되는가? 그렇게 환생해서

뭘 할 거지? 나쁜 놈이나 되겠지.

낙주가 봉으로 바닥을 찍었다. 순간, 땅이 쩍 갈라지며 금이 황철 쪽으로 빠르게 흘러갔다. 그러자 움찔 놀란 황철이 뒤로 물러서고 덩치가 주춤거리며 앞으로 나섰다.

– 아무튼 귀신들한테 뭔 일을 맡기면 꼭 동티가 난다니까. 뭐 해? 저 년 끌고 와!

– 자꾸 년, 년 하지 마! 기분 나쁘니까.

– 너 말하는 거 아니야, 이년아. 네 등 뒤에 숨어 있는 년 말하는 거지.

황철의 입에서 흘러나온 중얼거림이 점점 더 분명한 단어들로 들리기 시작했다. 은미는 낙주의 어깨를 안간힘을 다해 붙잡고 있었다.

– 언니, 나 어떡해?

– 걱정하지 마. 언니가 있잖아!

낙주는 마고봉을 들고 덩치에게 달려들었다. 그러나 매섭게 휘두른 마고봉은 덩치에 부딪친 뒤 도로 튕겨져 나갔다. 낙주는 깜짝 놀랐다. 지금까지 마고에 맞은 귀신들은 죄다 사라져버리거나 도망쳤는데, 덩치는 전혀 타격을 받지 않았기 때문이다. 그 사이 황철은 궤를 세워놓고 손을 모은 채 주문을 중얼거렸다. 그러자 은미가 조금씩 황철 쪽으로 끌려가기 시작했다.

– 너희, 우리가 올 줄 알았지?
– 그 정도 수는 읽어야 최고의 판수겠지.

황철은 주문 중에도 쉽게 말을 꺼냈다. 낙주는 황철의 주문이 어떤 주문인지 가늠이 되질 않았다. 할머니에게선 들어본 적이 없는 주문이었다.

– ……팔만운뇌 대장신 오방만뇌 대장신 뇌부총명 금사자 만적도반 관뇌사 호사진성인 속거백만 대장신 진조 병역 태현신 항구이인 대장신 봉내창수 사자뇌정 도청판 상경 도원수 오방영진 대장신 도해안면 대장신……

덩치가 집채만 한 주먹을 낙주를 향해 내리찍었다. 낙주가 얼결에 마고봉을 들어 덩치의 주먹을 막아냈다. 덩치의 주먹이 튕겨져 나가며 뒤로 물러났다.

– 언니!

은미가 황철의 주문에 저항하고, 덩치가 낙주를 향해 다시 주먹을 휘두를 때였다. 골목으로 뛰어드는 발자국 소리가 들렸다.
"너희들만 여길 오면 어떡해?"
진고랑이었다. 그가 숨을 몰아쉬며 상황을 재빠르게 살피더니 곧바로 주저앉아 손바닥을 모았다.
"……옴살바 바예수 다라나 가라야 다사명 나막 까리다바 이맘 알

야 바로기제 새바라 다바

니라간타 나막 하리나야 마발다 이사미 살발타 사다남 수반 아예염 살바보다남 바바말아 미수다감 다냐타 옴 아로계 아로가 마지로가 지가란제 혜혜하례……"

진고랑의 입에서 주문이 시작되자 덩치의 몸이 조금씩 깨지고 줄어들기 시작했다.

— 버, 법사님!

덩치가 당황해 황철을 불렀다. 하지만 황철의 모습은 이미 사라진 뒤였다. 전신에 쩍쩍 금이 가며 주춤주춤 뒤로 물러나는 덩치의 얼굴이 일그러졌다. 턱을 덮은 텁수룩한 수염이 유독 눈에 들어왔다. 그 역시 고대 귀신인 걸까? 낙주는 생각을 접고 벽을 타고 뛰어오르며 봉으로 그의 머리통을 내려쳤다. 순간, 빛이 반짝이더니 덩치가 순식간에 사라져버렸다. 그러자 진고랑의 주문도 멈추고, 낙주의 품에 매달려 있던 은미도 안도의 한숨을 내쉬며 낙주에게서 떨어졌다.

2

일행은 책방으로 어떻게 돌아왔는지 알 수 없을 정도로 정신이 없었다.

"난 제 명에 못 죽을 거야."

윤식이 투덜대며 책방 불을 밝히자 전기난로 앞에 앉아 손을 쬐고 있는 상도와 소영이 보였다.

- 난로도 안 켜졌는데, 뭐 하는 거예요?

- 그냥 기분만 내는 거야. 그럼 진짜 따뜻해지거든. 그게 진짜 감정인지는 잘 모르겠지만.

상도와 소영은 난로에서 멀어졌다. 낙주는 망설이지 않고 이근배가 누군가에 의해 살해당했다는 말을 상도에게 해주었다. 그리고 그의 귀신까지 사라졌다는 말도.

- 그럼 내 몸뚱이는 못 찾는 건가요?

- 현재로서는…….

상도가 책방 출입구 쪽으로 걸어가 새벽이 밀려드는 거리를 내다보았다.

"누나, 말했어?"

"그래, 말 안 하면 계속 속이는 거잖아."

"누나도 참, 금괴 위치나 알아보고 말해주지."

"야! 죽은 것도 억울한데 거짓말까지 들어야 하겠어?"

"누나도 참, 그냥 아쉬우니까 그렇지. 책방 임대료도 내야 한다면서!"

윤식이 짜증을 낼 때였다. 상도가 낙주를 향해 고개를 돌렸다.

- 낙주 씨, 금괴 위치는 알려줄게요.

- 그러실 필요 없어요.

– 내 금괴도 아닌데요, 뭘. 그리고 우리가 써먹을 수 있는 것도 아니고. 단, 한 가지 조건이 있어요.

– 뭐죠?

– 나랑 소영이 여기서 내쫓지 말아줘요. 갈 데도 없으니까.

특별히 공간을 차지하는 것도 아니니 굳이 허락을 받을 이유가 없었다. 그래도 상도는 그런 형식을 취하고 싶었던 듯했다. 무언가에 속하고 어느 곳에 정착하는 시간이 필요한 듯했다. 낙주와 상도의 의견을 묻자 진고랑은 흔쾌히 허락을 했다.

– 쇠뿔도 단김에 뽑으랬다고 오늘 저녁에 가서 금괴 가져오죠.

귀신들에게도 표정이 있다. 매번 똑같은 표정일 거라 생각했는데 귀신들에 대한 오해였다. 투명한 얼굴 표면이 조금 짙어지기도 했고, 더 엷어지기도 했다. 때론 상기되어 붉게 물이 든다고 느낄 때도 있었다. 사람의 인식으로는 해석할 수 없지만 귀신들에게도 표정이 있었다. 상도의 얼굴이 노랗게 빛났다.

– 그리고 어제부터 덩치가 산만 한 귀신이 역사 쪽에서 서성거리던데 그놈도 쫓아내줄 수 없나요?

– 네?

– 어제부턴가 그제부턴가…….

– 어제부터야. 그젠 잠깐 왔다가 사라졌고. 이젠 아예 이 동네에 터전을 잡으려나봐.

- 여긴 우리 나와바리인데…….

소영의 말투에 낙주는 어린아이의 모습이지만 소영이 꽤 오래전의 사람이라는 생각이 들었다. 새삼 귀신들은 죽은 당시의 말투와 생각과 문화를 가지고 있기 때문이었다. 기원전의 귀신과 바로 어제 죽은 귀신이 공존하는 세상이니.

- 오늘도 있던가요?
- 오늘은 안 보이던데, 밤에 오겠죠.
- 그 덩치 귀신도 뭔가 사연이 있겠지. 한번 둘러보고 올게요. 여의도도 한번 돌아봐야할 거 같아요. 금괴 있다고 말했는데 행여 그 사이 누가 가져갈 수도 있을테니까요.

상도가 책방을 나가자 소영이 뒤를 따랐다.

낙주는 상도의 이야기를 전했다. 시경과 윤식은 물론 진고랑의 얼굴도 밝아졌다.

"낙주야, 앞으론 내가 같이 가는 게 아니면 은미 씨 데리고 어디 가지 마라. 우린 상대가 누군지도 모르는데 저들은 점점 더 대범해지고 있는 거 같아."

진고랑의 충고에 낙주가 고개를 끄덕였다.

"알았어요. 은미야, 선생님 말 들었지?"

- 난 언니가 곁에 없으면 불안하단 말이야.

은미가 입술을 삐죽였는데, 낙주 역시 한편으론 그녀의 마음이 이해가 됐다. 만약 할머니 말대로 그녀가 기원전에도 살았던 인물이라면 그 세월 동안 소멸되지도 못한 채 견뎌왔을 시간을 생각해보면 억장이 무너질 일일 터였다. 설령 다른 존재로 끝없이 환생을 했다 하더라도 그 점은 마찬가지라는 생각이 들었다.

– 그러면 선생님이랑 항상 같이 움직이면 되겠네.
– 그래요. 언니는 진짜 똑똑한 거 같아.

낙주는 그녀의 말이 너무 어이없어 웃고 말았다. 그때 시경의 폰이 울렸다. 장 형사였다. 시경이 이근배의 죽음을 알려야 할지 말아야 할지 망설이며 폰의 통화 기능을 스피커폰으로 설정했다.

"그래. 이근배를 만나러 갔었는데…… 뭐? 그게 정말이야?"

네 사람과 한 귀신이 전기난로를 중심으로 모여들었다. 낙주는 은미를 위해 윤식과의 사이에서 틈을 더 벌려주었다. 굳이 그렇게 하지 않아도 될 일이지만 낙주는 그렇게 행동했다. 할머니 재명은 은미뿐만 아니라 세상의 모든 귀신은 사람과 다르지 않다고 말했다. 낙주는 이제 그 말을 그대로 따르고 싶었다.

"……실은 이근배 그 사람 오랫동안 주시하고 있었어요. 아내가 죽은 뒤에 안 건데, 이근배를 취재하러 다녔으니까요. 그런데 아까 퇴근하면서 잠깐 들러보니까 대문이 부서져 있더라고요."

장 형사의 목소리에 시경과 윤식이 제 손으로 입을 막았다.

"혹시 아세요?"

"뭘?"

"누가 다녀간 거 같았어요. 워낙 미움 산 일이 많아서 원한 가진 사람들이 많기는 했어도 대문을 부수고 들어가거나 그런 경우는 없었거든요. 사실 그 사람이 이근배인지 아는 사람도 드물었고요."

"그래서?"

"그래서요? 대문이 부서져서 호신봉 꺼내들고 안으로 들어갔죠. 그런데 아무도 없더라구요."

"뭐?"

시경이 자신도 모르게 놀라 소리를 질렀다.

"갑자기 왜 놀라세요? 저한테 뭐 숨기는 거 있으세요?"

"아, 아무도 없다고 하니까 놀란 거지. 다 확인해봤어?"

"샅샅이 뒤졌는데 이근배는 코빼기도 안 보이더라고요. 아무래도 그 인간 뭔가 잘못된 거 같아요."

시경이 눈을 동그랗게 뜨고 낙주와 눈길을 마주쳤다. 진고랑도 윤식도 동공이 커져 눈마저 크게 부풀었다.

"난감하네. 그놈이 유일한 단선데……."

시경은 모르는 척 너스레를 떨었다.

"한 가지 궁금해서 그러는데 물어볼게요."

"뭘?"

"귀신들은 죽기 전에 자주 갔던 장소에 죽어서도 자주 가나요?"

시경이 불을 쬐고 있는 은미를 쳐다보았다. 은미가 고개를 끄덕거렸다.

"그렇다네."

"그럼 해경이가 이근배 집 부근에도 자주 갔겠네요. 아무튼 이근배 이 인간이 어디로 사라졌다는 거 알려드리려고 전화했어요."

장 형사와 통화가 끝났다. 윤식과 은미는 그때까지도 손으로 입을 막고 있었다. 진고랑은 진저리를 쳤고, 낙주는 천장만 바라보았다.

"처음엔 우리가 나타나서 이근배 시신을 가져가지 못했던 거 같아. 시신까지 걷어가려고 그랬던 거 같아. 그런데 누가 왜 시신까지 가져갔을까?"

시경이 혼잣말을 중얼거리는데 낙주 곁으로 상도가 조용히 다가왔다.

– 낙주 씨!

낙주는 깜짝 놀라 어깨를 움찔거렸다. 덩달아 은미도 놀랐다.

– 여의도로 가야 해요.
– 언니, 진짜 금괴가 있어요.

상도 곁에 달라붙어 있던 소영이 말했다.

– 소영아, 낙주 씨한테 언제부터 언니라고 불렀냐?
– 은미 언니가 언니라고 부르니까 나도 그냥 언니라고 부르는 거야.
– 예의 좀 갖춰야지. 낙주 씨는 그러니까…….
– 괜찮아요. 여의도로 가야 한다고요?
– 그래요, 여의도요. 국회의사당 앞 건물 지하로!

3

상도가 말한 공간은 건물의 기계실로 안쪽에 있었다.

"보일러가 뭐가 이렇게 커요?"

윤식이 건물 지하의 보일러 크기에 질려 혀를 내둘렀다. 위쪽 끝이 보이지 않을 정도로 어마어마한 크기였다.

"나도 이런 기계실에는 처음 들어와 봐."

"옆으로 눕혀놓고 달리기를 해도 되겠네."

통로가 좁아 일행은 일렬로 걸었다. 상도가 이끄는 대로 나가는데 보일러 뒤의 비좁은 틈을 비집고 들어갔다. 그리고 막다른 길에 이르자 두어 사람 비비고 서 있을 만한 공간이 나오더니, 밥통 크기의 자물쇠가 달린 문이 보였다.

- 우리는 그냥 들어갈 수 있는데…….

일행이 일제히 낙주를 쳐다보았다.

"왜 나를 봐요?"

"낙주야, 당연히 이걸 열 수 있는 사람이 너밖에 더 있냐?"

"누나, 이럴 때 힘써야지."

결국 낙주가 소매를 걷어 올리며 앞으로 나섰다.

"무슨 놈의 자물쇠가 이렇게 커?"

자물쇠의 고리가 동아줄처럼 굵었다. 자물쇠의 몸통을 잡고 흔들어 보니 무게가 족히 쌀 한가마니는 될 법했다. 한 번의 힘! 낙주가 자물쇠 몸통을 움켜쥐고 있는 힘을 다해 비틀었다. 한 차례 두 차례 세 차례 힘을 주자 금속 깨지는 소리가 기계실을 울리며 자물쇠 고리가 산산조각이 났다.

"역시 낙주야. 이런 험한 세상에 낙주 없었으면 우리 어떻게 버텼을까 몰라."

"이 판국에 험한 세상이 왜 나와요? 사이몬하고 가펑클이에요?"

윤식이 딴죽을 걸었다. 시경은 대꾸하지 않았다. 당장 눈앞에 금괴가 있는데 그쯤은 재롱으로 받아들일 수 있을 터였다. 문을 연 일행은 다시 한 사람씩 길고 좁은 복도를 걸었다. 복도에는 불빛이 없어 휴대폰 손전등으로 앞을 밝혀야만 했다.

- 사이몬하고 가펑클이 뭐예요?
- 사이몬하고 가펑클이 가수라는 건 아는데, 나도 잘 몰라.
- 가수라고요? 미국 가수?

귀신들이 궁금해하자 낙주가 윤식에게 설명을 부탁했다.

"1960년대 중반부터 활동한 남자 듀엣이야. '험한 세상에 다리가 되어'라는 노래가 우리나라에 잘 알려져 있고."

"그때면 넌 태어나기도 전이잖아?"

"누나, 노래랑 내가 태어난 거랑 상관없거든. 백년 전 노래라도 듣기 좋으면 좋은 거지."

"난 비틀즈가 최고더라."

시경이 말하자 진고랑이 맞받아쳤다.

"노래는 역시 트로트지. 너희들은 배호 노래를 들어본 적이 없을 테지만, 그야말로 절절하거든."

느닷없이 가수들 이야기가 흘러나왔다. 누굴 좋아하고 어떤 노래가 좋고. 일행들이 일일이 가수를 호명하고 좋아하는 노래를 언급하는 동안에도 복도는 끝나지 않았다.

"누나, 길이 조금씩 아래로 내려가는 거 같지 않아?"

"나도 그런 거 같은데……."

낙주도 몸이 앞으로 쏠리는 기분이 들었다.

- 낙주 씨, 좌우로 몇 번 길이 꺾일 거예요.

- 얼마나 내려가죠?

- 그냥 계속 내려가기만 해서 잘은 모르겠지만 한 10층쯤 내려가는 느낌이에요.

상도의 말대로 복도는 좌측으로 꺾였다가 얼마 지나지 않아 다시 우측으로 꺾였고, 한동안 약간 급한 경사를 내려간다 싶더니 평지인 듯한 길이 나왔다.

"도대체 어디까지 내려가는 거야?"

윤식의 불평처럼 낙주도 슬쩍 두려움이 생겼다. 이토록 깊은 지하는 처음이었다. 은미의 몸을 찾으러 내려갔던 지하가 그중 가장 깊은 곳이었을 뿐이었다. 조금씩 답답한 기분이 배가 될 때쯤 상도가 손가락으로 앞을 가리켰다. 직사각형 형태의 희미한 빛이 새어나오고 있었다. 복도의 끝이었다.

모두 걸음을 멈추었다. 이제 들리는 것은 서로의 숨소리뿐이었다. 간간이 마른침이 넘어가는 소리도 들렸다. 낙주는 손전등으로 문을 살폈다. 잠금장치가 문 안에 내장되어 있는 구조였다. 세 사람의 시선과 세 귀신의 시선이 일제히 낙주에게 쏠렸다. 낙주는 괜히 심술이 나서 물었다.

– 상도 아저씨, 열쇠 같은 거 없어요?

– 우리야 그런 게 필요 없으니까. 게다가 여기 드나들면서 열쇠 같은 거 못 보기도 했고. 하긴 여길 누가 드나드는 걸 본 적이 없지.

– 그런데 상도 아저씨는 여길 어떻게 알아요?

– 그러니까 그 인간, 날 고문했던 그 인간 뒤를 쫓아다녔거든. 내 몸 찾으려고. 그런데 어느 날 여길 오더라고. 그 이후에 잠깐 방심한 사이에 그 인간이 어디론가 이사 간 후로는 그냥 가끔 나 혼자 여기 들렀죠. 그 인간이 나타날지 모르겠다는 생각에서.

낙주는 투덜거림을 포기하고 문의 두께를 가늠해보았다. 빛이 희미하게 새어나오니 문이 그리 두껍지는 않겠다는 생각이 들었다.

"낙주야, 여기 이근배가 드나들었다면 황철이란 놈이랑 그놈 뒤에 뭐가 있는지 모르겠지만 아무튼 뒷배를 봐주는 놈들도 다 아는 곳 아닐까?"

"그러게요."

모처럼 시경과 윤식의 의견이 맞았다.

"그럴 수도 있겠지만 아닐 수도 있죠. 자기 혼자만 알고 있으려고 했을지도 모르잖아요."

"나 같으면 진즉 금괴 들고 나와서 팔자 고쳤겠다."

"나도 그럴 거 같아요."

시경과 윤식이 이번에도 죽이 맞았다. 그때 묵묵히 있던 진고랑이 의견을 냈다.

"때를 기다렸을 수도 있지. 그리고…… 이근배 집에 나타났던 인간들도 이 금괴를 노렸던 것일 수도 있고. 그래서 이근배 귀신까지 잡아간 거 아닐까?"

"아, 그럴 수도 있겠네요! 누나 얼른 문 좀 어떻게 해봐요."

윤식이 재촉을 했다.

- 언니, 진 선생님 말이 맞는 거 같은 감이 들어.

- 네가 언제부터 감으로 살았냐?

- 황철이 이근배를 뭐 하러 잡으러 갔겠어? 이젠 쓸모가 있는 것도 아닐 텐데.

낙주는 다섯 발짝쯤 뒤로 물러났다. 낙주가 뭘 하려는지 눈치 챈 셋이 벽에 바짝 몸을 붙였다. 낙주가 그대로 돌진해 문에 어깨를 부딪쳤다. 쾅, 하는 소리와 함께 두꺼운 문이 잠깐 흔들렸다.

"우리 누나 진짜 짱이야, 짱!"

낙주가 이번에는 좀 더 뒤로 물러나더니 다시 문을 향해 달려들었다. 처음에는 문의 상태를 가늠한 거라 혼신의 힘을 다하진 않았지만, 이번에는 기합도 없이 온힘을 다했다. 그러자 문의 이음새가 떨어져나가며 문이 안쪽으로 뜯어져버렸다. 그 바람에 낙주가 떨어진 문짝 위를 뒹굴었다. 뽀얀 먼지가 희미한 불빛 사이를 떠다녔다.

세 사람과 세 귀신이 들어선 곳은 벙커였다. 알려지지 않은, 설계하고 사용하던 사람들이 모두 사라져버렸거나 죽어버려 잊힌 공간이었다. 기록으로 남겨지지도 않았을 공간을 이근배는 어떻게 알았을까?

낙주와 일행은 벙커를 천천히 훑어보았다. 벽과 천장 모서리에 2미터 간격으로 작은 전구가 희미하게 빛을 내고 있었다. 방 전체를 둘러보기엔 어둔 빛이지만 사물의 위치를 파악하는 데는 부족함이 없었다.

일행이 일제히 휴대폰의 손전등을 켜자 갑자기 주위가 환해졌다. 그들은 천천히 발을 옮기며 벽을 따라 깔끔하게 정돈된 사물함을 둘러보았다. 다른 출입문이 있는 것 같지는 않았다. 은밀한 곳에 아무도 모르게 감춰져 있던 공간이니 어딘가에 다른 문이 있을 지도 모르지만, 지금 눈에 띄지 않았다.

"얼른얼른 살펴보고 나가자."

진고랑이 먼지를 손으로 휘휘 저으며 말했다. 곧바로 시경과 윤식이 정신없이 사방을 뒤지기 시작했다. 눈앞에 있는 상도가 낙주에게 손짓을 했다. 벽을 따라 이어진 수납장들 끝 쪽에 궤 하나가 보였다.

– 낙주 씨, 저 상자야.

낙주가 상도가 궤 앞으로 다가갔다. 길고긴 갱도 같은 굴의 끝에서 만난 궤는 나왕목으로 물건이었다. 궤라기보다 상자라고 말하는 게 어울릴 정도로 조금은 엉성한 궤였다.

"상도 씨가 이 궤래요."

낙주의 말에 모두가 재빨리 달려와 손전등으로 궤를 비췄다. 시경이 저도 모르게 삼킨 침소리가 천둥소리처럼 들렸다.

"열어보자."

시경이 멋쩍은 듯 웃으며 말했지만 누구도 선뜻 나서지 못했다. 궤는 별다른 잠금장치도 되어 있지 않았다. 안전한 밀실에 보관된 때문인 듯했다. 그때 낙주가 불쑥 손을 내밀었다. 누구도 그녀를 말리지 않았다. 누군가는 열어야 했으니까. 상도와 소영, 은미도 숨을 죽였다. 낙주가 뚜껑을 걷어내자 빛이 쏟아져 나왔다. 상도의 말은 사실이었다. 골드바가 가로로 네 줄 세로로 네 줄 궤 안에 놓여 있었다. 윤식과 시경이 절로 탄성을 내질렀다. 그런데 차마 손을 뻗지 못했다. 낙주조차도 그저 구경만 할 뿐 골드바를 꺼내지 못했다. 궤의 바닥까지 쌓여 있다면 가늠해 보건데 64개가량의 골드바가 들어 있을 터였다.

아무도 골드바를 꺼내지 못하고 있을 때, 진고랑이 손을 뻗어 골드바 하나를 들어 올려 유심히 살피더니 탄성을 터뜨렸다.

"어허, 소화 15년이라니!"

골드바에 한자로 소화 15년이라 적혀 있었다.

"소화 15년이요? 뭘 소화해요?"

윤식의 물음에 진고랑이 혀를 차며 말했다.

"이건 년도를 말해주는 거야. 소화 15년이면 1940년이라는 말이지."

"1940년이요? 그러면 일제 때라는 소리 아니에요?"

"맞아. 일제 때 금괴라는 거야."

"그럼 이 밀실도 일제 때 지은 걸까요?"

"그건 모르겠고……."

진고랑이 골드바를 다시 궤 안에 놓았다.

"왜요? 이거 안 가져가요?"

윤식의 물음에 낙주와 시경은 물론 귀신들도 진고랑을 빤히 쳐다보았다.

4

1킬로그램 골드바의 시세는 6천만 원이었다. 그런 골드바가 궤 안에 64개가 들어 있었다. 결론은 빨리 났다. 금액이 너무 컸다. 큰돈에는 큰 액운이 따른다는 게 진고랑의 지론이었다. 그가 그동안 골동품을 취급해오며 만난 사람들의 운명이 그랬다. 희대의 청자를 도굴한 도굴꾼은 행복하지 않았다. 윤선도의 그림을 소더비 경매에 내놓았던 수집가의 삶도 평탄하지 않았고, 반가사유상을 부처의 복장에서 훔쳐낸 인간도 비명횡사했다.

결국 진고랑의 이야기를 들은 낙주와 시경은 운영비로 4개의 골드바만 취하고 독립군기념사업회에 기증하기로 결론을 냈다. 귀신들도 찬성했다.

"우리가 그 사람들처럼 불행해지란 법도 없잖아요!"

하지만 딱 한 명, 윤식은 이미 결론 난 일을 두고 투덜거리기 바빴다.

"윤식아, 운전이나 똑바로 해."

윤식은 시경의 말에도 아랑곳없이 빨간 불에도 차를 멈추지 않고 그냥 내달렸다. 깊은 새벽이라 지나가는 차량이 없어 다행이었다.

"윤식아, 내가 맡았던 사건 중에 로또 1등 당첨된 사람 사건이 있었는데, 형제지간에 돈 때문에 결국에 동생이 형을 칼로 찌른 사건이 있었어. 다행히 사람이 죽진 않았는데, 그 형제들 예전처럼 살 수 있겠냐?"

일행이 탄 스타렉스가 마포대교로 진입했다. 한강에 비친 밤 불빛들이 물결을 타고 서편으로 흘러가고 있었다. 낙주는 창밖을 내다보았다. 돈이야 있으면 좋지만 너무 많으면 증오만 키울 거란 생각이 들었다. 나누지 못할 돈은 그 순간 악이 된다고 믿었다.

"옛날엔 로또 대신 주택복권이 있었는데, 복권에 당첨된 사람이 가족까지 버리고 뉴질랜드로 이민을 갔어. 거기서 혼자 주유소를 했는데 노름에 빠져서 결국에는 재산 다 탕진하고 다시 한국으로 기어들어왔지. 결국 어떻게 됐는지 알아? 객사했어."

"에이, 진 선생님도 참. 그런 소문들은 저도 들어본 적 있는데, 그거 소문일 뿐이잖아요?"

"진짜야. 내 동생 이야기니까. 그놈도 참 불쌍하지. 평생 할 게 없어서 노름판이나 기웃거리고 살았으니."

진고랑의 말에 모두 입을 떡 벌렸다.

"물론 큰돈이 생겨서 관리 잘하고 행복하게 사는 사람들도 있지. 그런데 이건 그런 로또랑 달라. 이 금덩이에는 피가 너무 많이 묻어 있어."

시경과 낙주가 고개를 끄덕거렸다. 큰돈을 원했지만 막상 금괴가 일제강점기의 물건이라 판명되자 두려움이 앞섰다.

"어쩌면 이근배 그 인간도 선뜻 금괴를 내다 쓰지 못한 게 두려웠기 때문일지도 몰라. 게다가 이 금괴를 우리만 안다고 보기 힘들어. 이근배 영혼을 잡아갔다면, 그놈들도 알게 될지 모르잖아."

"윤식아, 그래도 우리 4개는 챙겼잖아. 밀린 임대료 내고, 공과금 내고, 승합차도 바꾸고 그러면 되잖아. 밀린 월급들도 해결하고."

낙주의 말에 윤식이 전방에 눈길을 준 채 한숨을 내쉬었다.

"누나, 그렇게 하는 게 맞는 거 같긴 한데, 왠지 억울한 생각이 들어서 그래요."

"너, 이 돈 그냥 꿀꺽하면 아마 귀신들이 평생 쫓아다닐걸?"

윤식이 고개를 홱 돌려 시경을 노려보았다가 다시 전방으로 눈길을 주었다. 그의 얼굴이 쉬지 않고 씰룩거렸다. 혼잣말을 해대는데 알아들을 수가 없었다. 윤식은 그들의 결정을 좀처럼 받아들일 수가 없었다.

"장가도 가고, 집도 사고…… 나 같은 놈이 서울 바닥에 전셋집이라도 얻으려면……."

그때였다. 진고랑이 윤식을 향해 한마디 툭 내뱉었다.

"내 집 줄게."

"네? 책방이요?"

"아니, 북촌에 집 한 채 있어. 크진 않지만 네가 결혼해서 산다면 그 집 너한테 줄게."

진고랑의 말에 윤식이 눈을 부릅떴다. 시경과 낙주뿐만 아니라 귀신들도 놀라 진고랑을 쳐다보았다.

"장물아비 하면서 마련한 거야. 나야 물려줄 자식도 없고. 죽으면 그냥 기증하려고 한 건데."

"제가 그걸 어떻게 받아요?"

"그럼 그냥 기증할까?"

"그, 그런데 저만 받기는 좀 그렇잖아요! 누, 누나도 집 없는데……."

당황한 윤식이 우물쭈물하자 낙주가 피식 웃으며 고개를 저었다.

"난 할머니 사당 있잖아."

"거긴 시골이고요."

"난 일 없어. 언젠가 우리한테도 정당한 돈이 생기지 않겠어?"

"그, 그럴까요?"

“그러겠지.”

그때 은미가 끼어들었다.

- 언니 팀 사람들은 참 긍정적이야.

- 그래? 윤식인 맨날 투덜대잖아.

- 그건 젊어서 그런 거지. 어느 때 보면 한 가족 같다니까. 게다가 모두 귀신도 보잖아.

- 그래서 뭐?

- 그냥 같이 한 집에서 살라고. 진고랑 아저씨 집에서 다 같이 살면 되겠네. 다들 외로운 사람들 아냐?

은미의 말에 낙주는 슬쩍 사람들을 바라보았다. 시경도 윤식도 진고랑도 그리고 낙주 자신도 은미의 말처럼 외롭게 살아온 사람들이었다.

“아무튼 그 금괴는 무서운 거야. 돈에는 내력이 있어. 악한 내력이 있는 돈이면 악하게 흘러가고, 귀한 내력이 있는 돈은 귀하게 흘러가. 슬픈 내력이 있는 돈은 슬프게 흘러가고.”

“에이, 그런 게 어딨어요?”

말도 안 된다는 윤식을 향해 진고랑이 차근차근 자기 생각을 풀어냈다.

“돈은 생물이야. 내가 장물아비하면서 크게 깨달은 거지. 우리가 저 금괴를 모두 가져가면 저 금괴의 내력대로 우리 미래가 흘러갈 거야. 당장은 모르지만 결국엔 그렇게 돼. 검은 돈은 검게, 흰 돈은 희게 흘러가는 게 인생의 섭리야.”

윤식이 입을 삐죽거렸다.

"귀신들은 좋겠네. 돈이 필요 없으니까."

"사람이 돈 좋아하듯이 귀신들도 돈 좋아한대."

"에이, 그런 게 어딨어요? 귀신들은 돈 쓸 일 없잖아요."

– 왜 없어?

맨 뒷좌석에 나란히 앉아 있던 귀신들이 이구동성으로 외쳤다.

– 그냥 좋은 거야. 물론 적당히 가질 때 좋은 거지만.

– 엄청 돈 많이 가진 귀신이 있는데 그래서 뭐? 다들 그렇게 보잖아. 돈 많으니까 살아 있을 때처럼 유세를 떨 거라고 생각하는데 천만에. 그건 이쪽에선 바보짓이라는 거 다 알거든.

– 사람들은 잘 몰라. 돈이 넘치면 인간을 다치게 만든다는 걸. 낙주 언니, 윤식이 오빠한테 나중에 귀신 돼서 후회하지 말라고 전해줘요.

낙주는 귀신들의 이야기를 고스란히 윤식에게 전달했다.

"내가 왜 오빠야? 실제로는 나보다 훨씬 나이가 많잖아!"

"죽었을 때 나이로 치면 그렇잖아."

"휴, 내가 말을 말아야지……."

윤식은 더 이상 토를 달지 않았다.

'너는 살아 있는 것만으로도 소영이나 상도 아저씨, 은미보다 더 복 받은 거야.'

낙주는 마음의 말을 윤식에게 굳이 꺼내지 않았다. 아니, 꺼낼 필요가 없었다. 룸 미러에 비친 윤식의 얼굴에 어느새 희미한 미소가 떠올라 있었기 때문이다.

당신의 실체

1

일행이 따로 챙긴 금괴 네 개를 가져간 곳은 진고랑이 장물아비로 지낼 때부터 인연을 맺은 금은방이었다. 예전의 정을 생각한다며 금은방 주인은 제값을 쳐주었다. 한동안 생활을 유지할 수 있는 돈이 될 터였다.

통장에 찍힌 돈을 확인한 진고랑은 공통으로 쓸 비용을 제외하고 나머지를 똑같이 일행에게 나누어주었다. 그는 돈에 관한한 빨리 결정하고 실행했는데, 그건 오랜 장물아비 생활에서 터득한 습관이라 했다. 그렇지 않으면 금방 사달이 나는 세계였으니까. 스마트폰으로 송금된 돈을 확인한 윤식은 그제야 얼굴에 화색이 돌았다.

“우리 생각만 했네.”

“우리 생각만 했다는 게 무슨 말이에요?”

“이거 상도 그 양반이 알려주지 않았으면 없는 돈이잖아. 몸도 못 찾았는데.”

시경의 말에 상도가 손사래를 쳤다.

– 에이, 괜찮아요. 내 돈도 아닌데요, 뭘. 대신 나중에 꼭 찾아준다고 약속해주면 됩니다.

– 그래도 고마워요.

– 그러실 거 없어요. 내 몸 찾아줄 거라 믿고 드리는 선불이라고 생각해요. 남의 돈으로 생색내는 게 좀 그렇지만.

상도가 네 사람을 보며 환하게 웃었다.

"우리 라면만 먹었는데 모처럼 맛난 거 먹으러 가요."

윤식이 신이 나서 금은방 문을 열고 나가다 걸음을 딱 멈추었다.

"누, 누나, 보여?"

윤식이 10차선의 대로를 가리켰다. 도로를 가득 메운 귀신들이 종로에서 종로3가 방향으로 물밀 듯이 흘러가고 있었다. 그 수가 너무 많아 걸어간다는 표현보다 흘러간다고 말하는 게 맞을 듯했다.

"맙소사, 이렇게 많은 귀신들 첨 봐. 아무리 봐도 적응 안 되네."

윤식이 열었던 출입문을 다시 닫았다.

"저 많은 귀신들이 어딜 가는 거지?"

낙주가 은미를 쳐다보았다.

– 나도 궁금하네. 한번 갔다 올게.

은미가 금은방을 나가자 덩달아 상도와 소영도 따라 나갔다.

"뭐 잘못된 거라도 있어?"

금은방 주인이 출입문에서 망설이는 일행을 보고 물었다.

"아녀, 나중에 좋은 물건 나오면 그때 한잔하자고."

일행이 서둘러 금은방을 나와 가게 앞에 서서 은미를 기다렸다. 은미는 금방 돌아왔다.

- 구경 간대.

- 구경? 무슨 구경?

- 귀신들 격투기가 있대.

- 귀신들끼리 격투기를 해?

낙주가 놀라 되묻자 은미가 당연하다는 듯이 말했다.

- 그럼, 귀신들도 사람들이 하는 거 다 해. 오히려 귀신들은 특별한 놀이도 없으니까 이런 일이 있으면 더 신나서 몰려가는 거지. 아무튼 귀신들도 별의별 거 다 해.

- 뭘 하는데?

- 소랑 붙어서 싸우기도 해.

낙주는 갈수록 수가 줄었지만 그래도 도로 절반을 채우고 있는 귀신들을 보며 다시 은미에게 물었다.

- 그런 거 하는 귀신들은 살아 있을 때 격투기 하던 귀신들이겠네.

- 아니, 주로 고대 귀신들이 하는 모양이야.

- 고대 귀신?

- 왜 지난번에 장 형사 부인 찾으러 갔다가 만난 그런 덩치 큰 귀신

말이야.

– 그게 말이 돼?

– 왜 말이 안 돼?

– 기원전에 죽은 귀신들끼리 싸운다는 말이잖아? 그리고 귀신들이 서로한테 타격을 입힐 수 있다고?

– 난 싸움하는 거 싫어서 구경한 적 없는데 귀신끼리는 아마 가능할걸?

낙주는 고개를 내저었다. 지구상에는 살아 있는 사람보다 귀신의 수가 더 많을지도 몰랐다. 기원전 귀신까지 같이 공존하고 있으니.

낙주가 은미의 말을 전하자 일행들이 웃으며 공영주차장으로 돌아가 스타렉스에 올라탔다. 윤식도 이제는 귀신들을 봐도 무시하고 운전하는 데에 익숙해지면서 더 이상 귀신들에게 눈길을 주지 않았다.

"회기동은 도대체 왜 가요? 오늘은 우리 어디 근사한 데 가서 한잔해야죠. 그동안 쌓인 피로도 해소를 좀 해야 하지 않아요?"

"장 형사 부인 먼저 찾아봐야지."

"그게 상도 아저씨랑 무슨 상관인데요?"

윤식이 다시 꼬치꼬치 캐물었다.

"우리가 이제 이근배를 다시 만나기는 힘들잖아. 상도 씨가 이근배 쫓아다녔듯이 장 형사 부인도 이근배 따라다녔을 거야."

"장 형사님 부인은 시신이 있잖아요. 화장해서 납골당에 들어가 있고요."

"그게……."

윤식의 궁금증을 풀어주려던 시경이 우물쭈물하다가 힘겹게 입을 떴다.

"장 형사 부인 시신에 손가락 하나가 없어."

"그게 무슨 말이에요?"

"말 그대로야. 손가락이 하나 없다고."

"원래 없었어요?"

"아니."

윤식이 교차로의 정지신호를 보고 멈추었다. 그리고 시경을 돌아보았다.

"설, 설마 범인이 손가락 하나를 잘라간 거예요?"

"그런가봐."

윤식은 황당한 눈빛으로 다시 물었다.

"손가락이 없으면 소멸 못하는 거 맞죠? 몸의 일부가 훼손되면……."

"그렇다고 하네."

"그럼, 어쨌든 만날 수 있다는 말이잖아요."

"그걸 확인하기 전까지는 우리도 모르지. 사실은 귀신들도 잘 모른대. 그럴 거라 짐작만 하지. 물론 그렇지 않은 경우도 있어. 몸도 있었고 화장도 했는데 여전히 이승에 남아 떠도는 귀신들도 있다고."

"왜요?"

"이승에 미련이 너무 큰 거지. 무난하게 살다갔다면 쉽게 흩어지겠지만, 안 그런 귀신들이 훨씬 많은 게 문제지. 귀신들 세계는 질서가 없어. 나이도 천차만별이지, 사연도 정말 다양하지. 당장 주어진 질서에만 충실하며 사는 걸 거야."

진고랑의 말이 차 안을 맴돌았다. 그들이 탄 차가 막 광장시장을 지나가고 있었다.

"팀장님, 귀신들은 선배 후배가 없나요?"

윤식이 엉뚱한 질문을 했다.

"내가 어떻게 알아. 낙주라면 모를까."

"나도 그런 건 몰라. 얼핏 이야기 나누는 거 보면 선후배 개념은 없는 거 같기도 해."

낙주의 이야기가 끝나자 윤식이 신이 나서 떠들기 시작했다.

"죽은 다음부터는 계급이 없어지는 모양이네. 죽은 뒤에 말 놓으면 뭐하겠어. 살아있을 때부터 말 놓아야지. 우리고 그런 의미에서 지금부터 말 놓을까요?"

이런저런 이야기를 나누는 사이 그들이 탄 차는 장 형사가 살던 회기동의 다가구주택 골목에 도착해 있었다.

2

장 형사의 집에 들어간 낙주가 소파에 털썩 주저앉았다. 진고랑과 윤식도 곧바로 뒤따라 들어왔는데 시경만 현관문 밖에서 머뭇거렸다.

"왜 안 들어와요?"

"저기 그러니까…… 장 형사가 비번을 알려줬다고?"

시경의 엉뚱한 질문에 낙주가 고개를 갸웃했다.

"그게 왜요?"

"장 형사도 참, 그냥 팔아버리지……."

시경은 다시 사건 현장에 오니 기분이 착잡했다. 범인을 잡지 못했고, 어떤 단서도 찾아내지 못한 살인 사건이었다. 게다가 범인이 살인을 저지르고도 태연하게 두 시간이나 컴퓨터를 사용했다. 끔찍한 일이었다. 시경은 장 형사에게 미안했고 그의 딸에도 죄지은 기분이었다.

"너무 죄책감 갖지 말고 들어와. 이제부터 찾아주면 되잖아."

진고랑이 시경의 마음을 짐작한 듯 그를 불러들였다. 그제야 시경이 신발을 벗고 거실로 들어왔다. 몇 년 전 문지방이 닳도록 드나든 곳이었지만 시경에겐 여전히 낯설었다. 테이블 위를 덮은 서류철들이 눈에 들어왔지만, 그는 못 본 척 고개를 돌렸다.

"김 형사, 자세히 이야기 좀 해봐. 뭘 알아야 우리도 의견이라도 내지."

진고랑의 물음에 시경이 한동안

"그게……."

진고랑의 물음에 시경의 쉽게 입을 떼지 못했다.

"말하기 곤란하면 안 해도 되고."

"아닙니다. 지난번에 말했듯이 범인은 장 형사 부인을 질식사시켰어요. 특이하게도 테이프로 입과 코를 막아서 질식사를 시켰는데…… 고문을 했던 거 같아요."

- 천하의 죽일 놈! 잔인하게 고문을 하다니!

상도가 주먹을 부르르 떨었다. 물 가득 담은 욕조 속에 머리를 처박아야 했던 순간이 생생하게 기억났다.

- 숨을 못쉬면 가슴이 타 들어가지. 조금씩 죽음이 다가오는 것도

느껴지고. 인간이라는 존재도 그렇고 살아있다는 사실도 얼마나 하찮게 느껴지는지. 나를 고문한 인간들은 인간이 아니라 악마처럼 느껴져.

말을 끝낸 상도는 진저리를 쳤다.

"더 소름 끼치는 건 범인이 장 형사 부인이 죽는 걸 지켜봤다는 거고, 죽은 뒤에 부인이 유저로 등록되어 있는 데스크탑 컴퓨터를 두 시간이나 사용했다는 거야."

"그런데 지문이 없어요? 테이프든 컴퓨터든?"

시경이 고개를 저었다.

"이 근처 CCTV도 많을 텐데, 아무것도 안 잡혔어요?"

"지금과 달라서 드문드문 있었는데, 사망 추정 시간에 주변 CCTV에 찍힌 남성들은 모두 만나봤어."

"몇 사람이나?"

"천 명쯤 될 거야."

"천 명이나요?"

낙주를 비롯해 모두가 눈을 부릅떴다. 상상할 수도 없는 숫자였기 때문이다. 은미마저 턱을 괴고 그의 이야기에 귀를 기울였다.

"그래도 못 잡았어. 경찰 가족이 희생당했다는 것 때문에 전폭적인 지원도 받았는데 결과는 아무것도 나오지 않았지. 추측이긴 하지만 범인은 여기 골목 구조나 감시카메라 위치까지 다 알고 있었을 가능성이 커."

"치밀하게 계획을 했다? 왜요?"

이번엔 낙주가 물었다.

"그런데도 심증 가는 인물조차 찾지 못했어. 아니 있기는 했는데……."

시경이 점퍼 주머니에서 담배를 꺼냈다. 주저하다가 베란다로 나갔다. 베란다 창을 열자 순식간에 겨울바람이 거실로 밀려들어왔다. 하지만 누구 하나 그에게 담배 피지 말라고 말리지 못했다.

"정 기자가 그즈음 방성사이언스라는 회사를 취재하고 있었어. 겉보기에는 그냥 일반적인 제약회사야. 그런데 방성 주력 상품이 노화방지약이야. 독보적이지. 그 회사의 회장이 방경언이라고 지금은 아마 백세가 넘었을 거야. 정 기자 사건으로 그 양반 참고인 조사를 해야 했는데, 이상하게 다른 건 다 전폭적으로 지지해주면서 그 양반 조사만 막는 거야. 경찰청에 기부도 많이 하는, 경찰을 위해 애 많이 쓰는 사람이라고 말이야. 경찰뿐만 아니라 검찰에서도 지시가 내려왔어. 그 양반 조사할 필요가 없다고. 그런데 나도 성깔이 있지. 일단 찾아갔지. 하지만 만날 수는 없었어. 그래서 그 양반 나올 때까지 회사 앞에서 잠복 비슷하게 기다렸는데……."

시경이 담배 하나를 더 꺼내들었다.

"그런데 내 예상과는 완전히 딴판이었어. 백발에 허리 구부정한 노인이 아니라, 이제 겨우 칠십을 넘긴 노인처럼 보이는 거야."

"그거야 그럴 수도 있죠. 자기관리 잘하면."

"그래. 자기관리 잘하면 그렇게 젊어 보일 수도 있겠지. 어쨌든 좀 더 파고들어가니까 이상한 점들이 보이더라고. 정 기자 자료 중에 비슷한 약을 개발하는 제약회사에서 몇 건의 소송이 진행되었던 게 있었어. 그런데 매번 방성사이언스가 승소를 했더라고 약이나 제품 디자인이 다른 회사에서 공개하기 전의 약 성분이나 제품 디자인과 너무도 흡사했거든. 그런데 먼저 방성이 선수를 친 거야. 심지어 누구나 알 만한 대형 제약회사들도 방성한테는 판판이 깨졌다는 게 신기했지."

"탁월한 연구원들이 많았던 모양이죠."

"정확히는 모르겠지만 옛날에 본 자료 뒤져보면 방성사이언스는 연구원보다는 마케팅하거나 홍보하는 직원들이 더 많았던 거 같았어. 그리고 M&A 전문가들도 있었고. 신약 하나 개발하는데 100억 가까이 들고, 연구 기간도 몇 년씩 걸리는데, 그렇게 연구하던 걸 다른 제약회사가 발표하면 그 투자는 실패하는 거야. 100억의 빚이 생기는 거지. 그런데 방성에서는 연구원도 많지 않고 연구 기간도 길어야 6개월이니 다른 회사들이 의심할 수밖에. 중요한 건 늘 방성이 먼저 개발 발표를 해버리니까. 그러니 거액을 투자해서 연구했던 다른 제약사들은 닭 쫓던 개가 지붕만 쳐다보는 꼴이 된 거지. 나도 상식적으로 이해가 안 돼 조사를 더 해보고 싶었는데, 겉으로는 진짜 아무런 문제가 없는 거야."

"형, 경찰이 아니라 회사원 했어도 잘 어울렸겠는데."

낙주의 말에 시경이 피식 웃고는 마저 설명을 이어나갔다.

"아무튼 아무리 파고들어도 아무것도 안 나오더라고. 방성은 후발 제약회사였어. 그래서 급성장을 해서 다른 제약회사 연구원들을 스카우트했나 싶었지. 그런데 그것도 아니야. 결국 다른 제약 회사들이 포기했어. 그 뒤로도 매번 중요한 신약 같은 것들이 방성에서 먼저 나오는 거야. 정 기자는 그 뒤에 뭔가 있을 거라 믿고 취재를 한 것이지. 나 역시 찾아낸 게 없어서 장 형사한테 미안한 거고."

시경이 더 이상 할 말이 없다는 듯 베란다 창밖을 내다보았다. 힘줘서 건너뛰면 충분히 닿을 만큼 가까운 곳에 맞은편 건물 벽이 보였다.

낙주는 잠깐 주위를 둘러본 후 장 형사에게서 들었던 이야기를 꺼냈다. 방성의 여직원 두 명이 유람선을 탔다가 불귀의 객이 된 사건의 전말이었다.

"나도 그 이야기 들었어. 직원들 만족도도 굉장히 높은 회사로 알려져 있는 방성이 폭발적으로 성장하게 된 배경까지도 알게 되었겠지. 그런데 장 형사가 말한 대로 그 건에 대한 자료는 없어. 모든 게 심증이고 추측이지. 그러니 어려운 거야. 더군다나 대형 로펌과 연계된 회사를 상대로 수사를 제대로 할 수나 있겠어?"

낙주 역시 거대한 벽이라 느꼈다. 베테랑이라는 형사와 기자들이 찾아내지 못한 진실이라면 영원히 어둠 속에 묻혀버릴 수도 있겠다 싶었다. 시경이 손바닥으로 마른세수를 하며 맞은편 건물을 바라보았다.

"이렇게 옆집이 가까운데 사람이 죽어가는 데도 모르다니."

"서울이라는 데가 그렇지 뭐."

"아무튼 계획적으로 살인을 했다는 말이네요."

"맞긴 한데. 밖에서 침입한 흔적이 없어. 그럴 경우 아는 사람들의 범행일 가능성이 큰데, 사돈의 팔촌까지 모두 조사를 했는데 다들 알리바이가 확실했지. 동료 기자들부터 건물에 사는 사람들, 심지어 골목 입구 슈퍼 주인까지 모두……."

"어떤 놈인지는 모르겠지만 진짜 무서운 인간이네."

윤식의 말을 끝으로 거실 안은 조용해졌다. 속절없이 시간만 흘러갔다. 좀이 쑤신 윤식이 스마트폰을 들여다보며 장 형사 부인 사건을 검색해보거나 쏠라티의 사양에 대해 알아보는 게 다였다. 사람들이 많이 모인 탓인지, 전에는 서늘하던 거실이 훈훈했다. 그 훈기가 잔뜩 긴장해 있던 사람들을 졸음으로 몰아가고 있었다.

"윤식이랑 김 반장은 먼저 들어가는 게 좋겠어. 난 은미 씨가 여기 있으면 나도 있어야 하니까. 낙주랑 나랑 있을게."

"선생님 말대로 모두 여기 있는 건 불필요해. 그러니까 형이랑 윤식인 들어가."

"그, 그럴까?"

진고랑과 낙주의 말에 윤식이 주뼛거리며 소파에서 일어났다. 벽에 등을 기대고 있던 시경도 떠날 채비를 했다. 솔직히 시경은 이곳에서 얼른 벗어나고 싶은 눈치였다. 그렇게 그와 윤식이 현관에서 신발을 꿰어 신을 때였다. 누군가 불쑥 현관문을 뚫고 들어왔다.

- 어머!

여자가 시경과 윤식을 보곤 놀란 듯 다시 문밖으로 사라졌다. 그녀를 시경과 윤식도 보았다.

"설마……."

그녀는 사진 속의 여자였다. 바로 장 형사의 부인인! 시경이 부리나케 문을 열고 복도로 뛰어나갔다. 장 형사의 부인은 아래층으로 계단을 내려가고 있었다. 시경은 그녀를 한눈에 알아봤다. 죽을 때의 옷차림이라 잊을 수가 없었다. 곧바로 뒤따라 뛰어나온 낙주가 그녀를 불러 세웠다.

- 정해경 씨죠?

낙주의 물음에 정해경은 깜짝 놀라 걸음을 멈췄다. 귀신이 아닌 존재가 자신을 알아봤다는 것 때문이었다.

– 정해경 씨, 저희는 장만도 형사 부탁으로 왔어요.

– 당, 당신 사람이에요? 귀신이에요?

– 사람이에요.

– 혹시 판수 같은 건가요?

– 판수 아니에요. 무당도 아니고, 영매도 아니에요. 전 그냥 귀신을 볼 수 있고 이야기도 나눌 수 있는 사람일 뿐이에요. 정혜경 씨를 기다리는 사람이 있어요.

– 누가 날 기다린다는 거죠? 내가 귀신이라고 해서 날 놀리지 마세요.

– 이봐요!

장 형사의 부인이 좀처럼 믿으려고 하지 않자 은미가 앞으로 나섰다.

– 우리 언니 나쁜 사람 아니에요. 장만도라는 형사님을 만나게 해드리려고 기다린 거라고요.

은미의 입에서 남편의 이름이 나오자 장해경은 그제야 그 자리에 멈춰 섰다.

– 진짜 제 이름을 어떻게 아시게 된 거예요?

– 장 형사님한테서 듣지 누구한테 듣겠어요.

"낙주야, 장 형사 부인 맞지?"

"응."

"참나. 막무가내로 도망만 가면 어떡해?"

"나라도 도망갔을 거야. 살아 있을 때 우리 집이었는데, 죽은 다음에도 자주 들렀는데 오늘 보니까 다른 사람들이 있었다면 얼마나 놀랐겠어?"

낙주는 장 형사가 집을 처분하지 않고 지금까지 가지고 있던 이유를 알 것 같았다. 귀신들도 자신들에게 익숙한 장소에 드나든다는 건 새삼스러운 일도 아니었다.

"그나저나 장 형사한테 전화부터 걸자고."

시경이 스마트폰을 꺼내 장 형사에게 전화를 걸었다.

"……그래, 자네 부인 만났어."

스마트폰 너머에서 장 형사의 흐느낌이 들려왔다. 귀신은 사람의 말을 알아들을 수 있었다. 하지만 귀신들의 말을 알아듣는 것뿐만 아니라 귀신과 대화를 나눌 수 있는 사람은 낙주만이 유일했다.

"낙주야, 일단 집으로 들어가자고 그래. 밖에서 실랑이하는 모습 남들한테는 이상하게 보일 거야."

시경의 말에 낙주가 그녀에게 손을 내밀었다.

- 들으셨겠지만 곧 장 형사님이 집에 올 거예요. 제가 부인 분과 장 형사님 이야기 나눌 수 있게 도와드릴게요.

낙주의 설명에 장해경이 기어코 흐느껴 울기 시작했다.

3

장 형사가 올 때까지 집 안은 조용했다. 누구도 쉽게 입을 열지 않았다. 사고를 당하거나 스스로 목숨을 끊었거나 늙어 죽은 사람과 살해를 당한 사람은 달랐다. 사람은 물론 자신들과 같은 존재인 귀신들조차 쉽게 믿으려 들지 않았다. 윤식과 진고랑은 책방으로 돌아갔다. 장해경이 부담스러워할 수도 있겠다는 판단에서였다. 그리고 동이 틀 무렵 장 형사가 문을 열어젖히며 들어왔다. 낙주와 시경이 소파에서 일어나며 그를 맞이했다.

"낙주 씨, 우리 해경이 어디 있어요?"

낙주가 소파의 왼쪽 끝자리를 눈으로 가리켰다. 장 형사는 아내를 볼 수 없었지만 그리로 성큼성큼 걸어가 풀썩 주저앉았다. 그리고 그녀의 무릎에 얼굴을 묻듯 고개를 떨어트리고 흐느끼기 시작했다. 낙주의 눈에는 진짜로 장 형사가 장해경의 무릎 위에 머리를 묻은 모습이었다. 그 모습에 시경이 한숨을 내쉬며 말했다.

"장 형사, 결국엔 만나게 되네. 그 열정이 부럽네."

– 할 말은 많지만…… 우선 약속 하나 해줘요.

– 뭘요?

– 자주 볼 수는 없지만 여러분 사무실에서 일주일에 한 번 정도만이라도 남편과 만나서 이야기 나눌 수 있게 도와줄 수 있나요?

– 그건 어려운 일은 아니죠. 가능해요.

낙주는 시경과 의논하지도 않고 고개를 끄덕거렸다. 잠시 뒤 울음을 멈춘 장 형사가 낙주에게 눈길을 주며 물었다.

- 질문이 좀 이상하지만, 괜찮은지 좀 물어봐 줄래요?

낙주는 토씨 하나 다르지 않게 그대로 전달했다. 낙주는 본의 아니게 귀신과 사람의 동시통역사가 되었다.

- 여보, 전 괜찮아요. 유선이 많이 힘들어하죠?

장 형사가 고개를 끄덕거렸다. 그의 눈에 다시 눈물이 차올랐다.

- 여보, 정말 미안해. 당신을 이렇게 만든 범인을 아직도 못 잡았어.
- 미안해하지 말아요. 누구라도 못 잡았을 거예요.
- 정말 미안한데…….

장 형사가 아내가 보이기라도 하듯이 아내 쪽을 바라보며 망설였다.

- 여보, 말 돌리지 말고 직접적으로 말해요.

장 형사를 바라보는 그녀의 눈에는 연민이 가득했다.

- 당신도 알고 있겠지만 대대적으로 수사를 진행했었는데…….
- 알아요. 누구보다 당신이 고생했다는 거.
- 그러니까 저기…….

– 나를 죽인 사람이 누군지 궁금하죠?

– 그래.

– 그런 걸 미안해할 필요는 없어요.

– 그러니까 당신을 이렇게 만든 범인이 누구인지 말해줄 수 있겠어?

– 물론이죠. 나를 그렇게 죽인 인간은…… 바로 이근배예요.

정해경의 대답에 모두가 이를 악물었다. 낙주는 가슴 아프고 회한이 일어 끌어안고 있던 마고봉을 힘주어 잡았다. 그 순간 봉을 감싸고 있던 케이스의 바늘 틈 같은 구멍구멍에서 빛이 하나둘 새어나오기 시작했다. 마치 낙주의 분노를 그대로 전달받는 듯이 마고봉이 빛을 뿜어내더니 천둥소리를 토해냈다. 하늘을 여는 소리, 땅을 가르는 소리라 해도 무방할 정도의 엄청난 소리였다. 낙주는 마침내 깨달았다. 마고봉이 5천 년도 넘은 기나긴 잠의 사슬에서 스스로 깨어나고 있음을.

2권에서 계속

귀신 문제 해결 탐정단

귀결사 1

초판 1쇄 인쇄 | 2021년 4월 22일
초판 1쇄 발행 | 2021년 4월 30일

지은이 | 전희원
펴낸이 | 전준석
펴낸곳 | 열세번째방
주소 | 서울특별시 마포구 독막로3길 51, 402호
대표전화 | 02-6339-0117
팩스 | 02-304-9122
이메일 | secret@jstone.biz
블로그 | blog.naver.com/jstone2018
페이스북 | @secrethouse2018
인스타그램 | @secrethouse_book
출판등록 | 2018년 10월 1일 제2019-000001호

ISBN 979-11-90259-67-5 04810
979-11-90259-66-8 04810(세트)

열세번째방은 시크릿하우스의 문학 브랜드입니다.